香港大學饒宗頤學術館・研究叢書

第二輯・第三種

況周頤研究二集

鄭煒明　陳玉瑩　著

齊魯書社

目　録

研究編

文獻編

研究篇

一、論《蕙風詞話》的文獻整理

第一節 小引

況周頤(1861—1926),號蕙風,畢生以詞學創作和研究爲專業,是19世紀末20世紀初最重要的詞學大家之一。他最爲人所熟知的詞學著作,當數被朱祖謀許爲"自有詞話以來,無此有功詞學之作"①的《蕙風詞話》。作爲一部劃時代的重要詞學專著,《蕙風詞話》自問世後70多年以來,曾幾經後人增訂或整理出版,因此形成了各種不同的版本。筆者認爲其中一些版本,并非真正有利於我們對《蕙風詞話》和況氏詞學體系的全面掌握和理解。因此,本文將從詞話文獻整理的角度,對相關的問題加以剖析,同時亦將反思當前詞話文獻輯録和整理的一些可商榷的現象。

第二節 《蕙風詞話》複雜而漫長的成書過程

《蕙風詞話》是況周頤晚年親自編定的詞學專著,收録了他自撰的詞話共325則,并編爲5卷,交由其弟子趙尊嶽刊刻印行,是爲

---

① 引自龍榆生:《〈詞學講義〉附記》,《詞學季刊》創刊號,民國二十四年(1935)初版,澳門海外圖書出版社1976年6月再版發行,第112頁。

武進趙氏惜陰堂刊本。此本刊行於民國甲子年(1924),即況氏去世前兩年。它是況周頤畢生詞學的精華所在,代表著況氏晚年親自認定的、以詞話形式表現的、屬於他自己的詞學理論體系。

現在我們所讀到的《蕙風詞話》5 卷,絶非一般隨手撰録的論詞話語。《蕙風詞話》卷一涵蓋了況氏最主要的詞學主張或理論,如釋詞學之義、詞的要旨,論天分學力的分别、養詞心之道、作詞的要法,以至於學詞、讀詞的法門,大抵都可以在這一卷找到;而卷二至卷五,則主要評論歷代詞家作品的得失和優劣,兼及考據、標出警策、箋明題旨等,在編纂方面,基本上能够顧及所論詞人詞事的時序先後,後人大可依據此書卷二至卷五,編撰一部詞史。《蕙風詞話》是一部獨立的、完整的、具有相對嚴密體系和内在邏輯的、經過作者精心甄選和編纂而成的詞論專著。張暉曾在《〈蕙風詞話〉考》中説道:"(《蕙風詞話》)大體結構嚴謹,層次分明。稍有不妥的是卷五中三十二至四十則談理論的一部分,該部分爲況氏後來添寫的。如能調整到卷一,則全書結構將更趨嚴密。"①張氏的判斷基本正確,但他似乎忽略了第 41 則其實也應該被調整到卷一中,因該則所論涉及填詞的煉字之法,正好補充《蕙風詞話》卷一論作詞、改詞方法之未備。此外,《蕙風詞話》卷五的第 32 至 41 的 10 則詞話,筆者認爲是況氏編定《蕙風詞話》并付梓之後,纔添寫的 10 則詞學理論,可能因爲已經付刊,來不及正式編入卷一,唯有續編、續刻在原稿的最後,即卷五第 31 則之後,所以原刻本在該則之末,刻有"已下續話"4 小字,以作説明。也可以説這 10 則詞話,纔是況周頤自己唯一承認過的"《蕙風詞話》續話"。

《蕙風詞話》的成書過程是複雜而漫長的。在編定《蕙風詞話》之前,況周頤已撰寫過大量的詞話和有關的著述。其中詞話類的

① 見蔣寅、張伯偉主編:《中國詩學》,人民文學出版社 2002 年版,第 77 頁。

著述包括:《香海棠館詞話》、《珠花簃詞話》、《餐櫻廡詞話》、《玉棲述雅》、《宋人詞話》、《織餘瑣述》(與卜娛合撰)上卷等。而含有零散詞話的筆記類著作則包括《選巷叢譚》《西底叢譚》《蘭雲菱夢樓筆記》《蕙風簃隨筆》《蕙風簃二筆》《香東漫筆》《眉廬叢話》《餐櫻廡隨筆》等。至於況周頤所撰輯的詞別集、總集和詞學專著,如《薇省詞鈔》《粵西詞見》《歷代詞人考略》等,其中亦常見他的論詞話語,不过是以序、跋、校記、按語等形式呈現的。以上所説還未包括往往被研究者忽略的況氏詞作小序中的詞話,以及況周頤爲友人詞作所撰的評語等。總的來説,《蕙風詞話》就是況氏在上述詞話著作的基礎上,歷經不同階段的增删改訂,最後精挑細選,系統地編纂訂定而成的詞學論著。

亦因此可知,況氏這些詞話的創作時間跨度很大,從約於 1895 年編成的《香海棠館詞話》37 則,到 1924 年共 325 則的《蕙風詞話》,前後經歷了 30 年;而前者最後入選《蕙風詞話》的就有 25 則,大部分幾乎没有改動。這樣説來,況氏的詞學理論體系,其實前後經歷了超過 30 年的醞釀和發展。

第三節　歷來《蕙風詞話》的文獻整理工作及其衍生的版本

1. 劉咸炘所輯未刊稿(1932 年前)

《蕙風詞話》刊行後,四川雙流的劉咸炘(1896—1932),曾經比照連載的《餐櫻廡詞話》,凡未録入的諸則,一一録於刊本《蕙風詞話》裏頁,稿本今藏四川省圖書館。[①] 此本筆者未見,估計其輯録範

① 參考況周頤撰,屈興國輯注:《蕙風詞話輯注》之《前言》,江西人民出版社 2000 年版,《前言》第 10 頁。

圍，僅爲《餐櫻廡詞話》一種，屬《餐櫻廡詞話》中未被選入《蕙風詞話》的"剩稿"。實況待考。

2. 唐圭璋輯本《蕙風詞話續編》(1936 年)①

1936 年，唐圭璋從況氏其他詞話和雜著中，輯得《蕙風詞話》未收的詞話共 126 則，編爲《蕙風詞話續編》3 卷，分期發表於《藝文》雜志。② 輯録範圍包括《餐櫻廡詞話》《選巷叢譚》《蘭雲菱夢樓筆記》《蕙風簃隨筆》《蕙風簃二筆》《香東漫筆》《香海棠館詞話》7 種況周頤的詞話和雜記著作。③ 唐氏最初的用意，大概是從手頭的資料，輯録《蕙風詞話》以外的況氏論詞之語，以便研究者參考。可是《蕙風詞話續編》，成了後繼學者致力"續輯"《蕙風詞話》的先例和依據，甚至成爲現當代詞話文獻整理工作的濫觴。

但唐氏此本，是否絶對可靠？是否堪稱善本？筆者將於後文

① 張暉認爲《蕙風詞話續編》的輯者并非唐圭璋，謂："唐圭璋門人朱崇才説：'唐圭璋師自況氏著作中又輯出若干則，釐爲《續編》二卷。'是錯誤的。"但張氏并没有説明根據。見張暉：《〈蕙風詞話〉考》，載蔣寅、張伯偉主編《中國詩學》，人民文學出版社 2002 年版，第 75 頁。筆者按：張氏此説大謬，因爲《蕙風詞話續編》爲唐圭璋所輯，并非朱崇才的發明，而是唐圭璋先生自己承認的。《詞話叢編》本《蕙風詞話》卷一之前，有唐圭璋識語云："續詞話二卷，係予從況氏著作中輯出，分期發表於藝文雜誌。"(見唐圭璋編：《詞話叢編》第 5 册，中華書局 1986 年版，第 4405 頁。)

② 《藝文》本《蕙風詞話續編》，筆者未見。相關資料據《詞話叢編》本《蕙風詞話》之唐圭璋識語。見唐圭璋編：《詞話叢編》第 5 册，中華書局 1986 年版，第 4405 頁。詞話總則數暫據王幼安校訂本《蕙風詞話續編》，見《蕙風詞話 · 人間詞話》(合訂本)，人民文學出版社 1960 年版，第 131 ~ 186 頁。

③ 據《蕙風詞話續編》的王幼安校訂本及《詞話叢編》本，上述 7 種資料來源的後 6 種，由續編者附注於所輯録的詞話之後。但兩個版本都没有注明《蕙風詞話續編》卷一中詞話的出處。筆者比對之下，發現該卷的前 69 則詞話(《詞話叢編》本則爲前 68 則)，應源自《餐櫻廡詞話》。參考《小説月報》第 11 卷第 5 ~ 11 號。

展開詳細論述。

3. 王幼安校訂本《蕙風詞話》(1960 年)

1960 年,王幼安取唐氏輯本《蕙風詞話續編》3 卷,合并爲 2 卷,連同況周頤原編的《蕙風詞話》5 卷,均加以校訂,合爲 7 卷本,仍總稱爲《蕙風詞話》,與《人間詞話》合訂爲一書,由人民文學出版社出版。① 此書曾經多次印刷,流傳甚廣。自此,《蕙風詞話》一書,即由況氏原來編定的 5 卷,"擴充"而成了所謂正、續編共 7 卷的本子,漸漸成爲《蕙風詞話》文獻的通行內容,以致後來的輯本、校本、箋注本、導讀本等,無不以此 7 卷爲必然之本(詳後),影響極爲深遠。

王氏在此本的"校訂後記"中説,他曾改正唐氏所輯《蕙風詞話續編》的顯著錯誤,并對況氏原著中的考證未周之處酌加附注,但王氏并未表明曾以況氏原來的詞話和雜著校勘《蕙風詞話續編》的內容。因此,《蕙風詞話續編》的校勘過程,從一開始就有所缺漏;而後來各個版本的整理,亦大多因循了這個漏洞。

4.《詞話叢編》本《蕙風詞話》(1986 年)

1986 年,唐圭璋把《蕙風詞話》收入《詞話叢編》的增訂本中。此本內容包括況氏原編《蕙風詞話》、唐氏所輯的《蕙風詞話續編》和夏敬觀的《蕙風詞話詮評》3 種文獻。② 唐氏采納了王幼安校訂本的意見,將《蕙風詞話續編》删訂爲 124 則,并 3 卷爲 2 卷。唐氏更爲《詞話叢編》本《蕙風詞話》全編各條冠上小標題。《詞話叢

① 王幼安校訂:《蕙風詞話》,見《蕙風詞話 · 人間詞話》(合訂本),人民文學出版社 1960 年版。

② 見唐圭璋編:《詞話叢編》第 5 册,中華書局 1986 年 1 月第 1 版,第 4387 ~ 4600 頁。

編》歷經多次重印,作爲詞學研究領域中不可或缺的參考書籍之一,它認可了王幼安校訂本"正、續編"合刊的做法,更進一步確立了《蕙風詞話》以正、續7卷本,作爲一個整體來呈現的難以拂逆的"必然性"。此外,叢編本又把夏敬觀的《蕙風詞話詮評》引入爲《蕙風詞話》的附録,顯示出主編者對夏氏詮評觀點的充分肯定,對後來讀者理解和接受《蕙風詞話》有著决定性的影響。但這些影響對讀者來説,未必都是有利的。

5. 屈興國《蕙風詞話輯注》(2000年)

2000年,有屈興國《蕙風詞話輯注》①的出版。此本據《詞話叢編》本録入《蕙風詞話》5卷325則、《蕙風詞話續編》2卷122則②,加上屈氏所補輯的《蕙風詞話補編》③4卷294則,以及《蕙風詞話外編》1卷(據該書前言,即《織餘瑣述》之中没有入選《蕙風詞話》的部分)78則。書中《蕙風詞話補編》的輯録範圍很廣,涉及況周頤詞學和筆記著作多種,包括《詞學講義》《玉棲述雅》《薇省詞鈔》《眉廬叢話》《餐櫻廡隨筆》《餐櫻廡漫筆》《天春樓漫筆》《天春樓瑣語》《天春樓脞語》等(上述部分著作至今尚未刊刻成書,散見於民國時期上海各報章雜志),以及有關詞學的序跋校記等。屈氏把輯録所得,又不見於《蕙風詞話》正、續編的論詞話語條文,"重新編次,加上小標題,釐爲四卷"④。可惜這些新輯録所得的詞話,大部

① 況周頤撰,屈興國輯注:《蕙風詞話輯注》,江西人民出版社2000年10月第1版。

② 此本據《詞話叢編》本爲底本,再删其重複2則,成122則。

③ 據林玫儀主編:《詞學論著總目》,臺北"中研院"中國文哲研究所1995年6月初版,第293頁;屈興國(興,原刊作新)曾輯有《蕙風詞話補編》(一)及(二),發表於(南京)《文教資料》1991年第2期(第74~84頁)及1991年第3期(第76~91頁),未知與此本《蕙風詞話補編》是否相同,待考。

④ 詳參況周頤撰,屈興國輯注:《蕙風詞話輯注》,江西人民出版社2000年10月第1版,《前言》第10~11頁。

分都没有注明資料出處,與現代學術規範不符,不利於後繼研究者的工作。然而,全書多有屈氏的校記、箋注和按語,頗具參考價值。

總之此本在正、續 7 卷的“必然”基礎上,又增編了 5 卷,合共 12 卷,詞話總數 819 則,較之況氏原著,已擴充了超過一倍。

6. 孫克強《蕙風詞話 · 廣蕙風詞話》(2003 年)

2003 年,有孫克強輯考的《蕙風詞話 · 廣蕙風詞話》。[①] 上編《蕙風詞話》,包括了《蕙風詞話》5 卷 325 則和《蕙風詞話續編》2 卷 126 則,均以王幼安校訂本爲底本。下編《廣蕙風詞話》871 則,分爲卷一《詞學講義》13 則,卷二《玉棲述雅》33 則[②],卷三《織餘瑣述》113 則,卷四《歷代詞人考略》按語 563 則,卷五《餐櫻廡詞話》65 則(其中包括《餐櫻廡詞話删稿》36 則和《餐櫻廡詞話輯佚》29 則),卷六《蕙風詞話輯佚》57 則,卷七《蕙風序跋》27 篇。

《蕙風詞話 · 廣蕙風詞話》共刊詞話 14 卷,1322 則。此本仍以《蕙風詞話》正、續 7 卷爲“必然”内容,條文總數是《蕙風詞話》原著的 4 倍,可謂是《蕙風詞話》“擴編工程”的極致! 但這種對特定文獻不斷擴編、補輯的做法是否恰當呢? 本文將於本篇第四節詳細剖析。

7.《四庫家藏》本《蕙風詞話》(2004 年)

2004 年,李康化整理、方智範審閲的《四庫家藏》本《蕙風詞

① 況周頤原著,孫克强輯考:《蕙風詞話 · 廣蕙風詞話》,中州古籍出版社 2003 年 11 月第 1 版。

② 據《蕙風詞話 · 廣蕙風詞話》目録及内文,下編卷二《玉棲述雅》的詞話編號,由〇一起至三五止,中缺第 29、32 則,總數實爲 33 則,與《詞話叢編》本一致。

話》,内容包括《蕙風詞話》5 卷和《蕙風詞話續編》2 卷。整理者標明,前 5 卷以惜陰堂本爲底本,後 2 卷以《藝文》月刊本爲底本,二者并以《詞話叢編》本爲參校本,又參考了王幼安校訂本。[①] 此本在校勘方面,似乎是試圖返璞歸真,回溯最早的本子。但在内容方面,它依然維持著自王幼安校訂本以來,以《蕙風詞話》正、續七卷本,作爲一個整體來呈現的"必然"體系。

8. 俞潤生《蕙風詞話箋註》(2006 年)

2006 年,有俞潤生的《蕙風詞話箋註》[②],内容包括《蕙風詞話》5 卷 325 則、《蕙風詞話續編》2 卷 124 則、《蕙風詞話補編》1 卷(即《玉棲述雅》)33 則。正、續編 7 卷以《詞話叢編》本爲底本,王幼安校訂本爲參校本。補編 1 卷仍以《詞話叢編》本爲底本,并參考了屈興國《蕙風詞話輯注》。此本仍因襲"傳統",以正、續編七卷本作爲《蕙風詞話》的基本面貌。

9. 上海古籍出版社導讀本《蕙風詞話》(2009 年)

2009 年,上海古籍出版社出版了由孫克強導讀的《蕙風詞話》[③],内容包括《蕙風詞話》5 卷 325 則、《蕙風詞話續編》2 卷 124 則,以及附録《蕙風詞話詮評》。孫氏并未交代所根據的底本,但從詞話數目、小標題和附録看來,此本應是以《詞話叢編》本爲底本的。此本幾乎完全繼承了上述王氏校訂本和《詞話叢編》本的各種問題,而這些自唐輯本以來所累積的問題,也會因此本的推廣普

---

① 據況周頤撰,李康化整理,方智範審閱:《蕙風詞話》,《四庫家藏·集部·文藝論評》,山東畫報出版社 2004 年版,第 293 頁。

② 況周頤著,俞潤生箋註:《蕙風詞話·蕙風詞箋註》,巴蜀書社 2006 年 12 月第 1 版。

③ 況周頤著,孫克強導讀:《蕙風詞話》,上海古籍出版社 2009 年 8 月第 1 版。

及,越加深入民心,更加習非成是。

第四節 《蕙風詞話》文獻整理的錯誤概念

《蕙風詞話》的文獻整理,與《人間詞話》的情況很相似。我們可以從北京大學中文系劉烜教授於 1984 年發表,但没有受到足够重視的一段話中獲得一些啓發:

王國維生前發表的《人間詞話》,應該是最有權威的材料。被稱為"人間詞話三卷"或"人間詞話補遺"中的其他材料,雖是王國維的著作,但不宜稱之為《人間詞話》。王國維的《人間詞話》的精粹雋永,字字珠璣,為人所愛,這是可以理解的;但是他的其他著作本來另有篇名,何必要統統讓它們加入《人間詞話》呢! 當然,這些材料作為研究《人間詞話》的資料,附在後面,並加以説明,對讀者也有益;可惜搜集並不完備、精當。不但王國維的手稿中有大量材料並未收入;就是王國維已出版的集子中也有不少材料可供"補遺"的。①

上述這段話,把《人間詞話》换成《蕙風詞話》,也是完全可以成立的,證明我們接著要討論的《蕙風詞話》文獻整理的種種問題,并不是孤立的現象。

《人間詞話》《蕙風詞話》文獻整理的問題,其實都反映出從事詞學文獻整理工作的學者,亟須從根本理論以至操作方法等各層面更深入細緻地思考和探索。關於《蕙風詞話》,以及有關況周頤詞學論著整理工作的一些問題,包括概念和操作兩大方面。

---

① 劉烜:《王國維〈人間詞話〉的手稿》,《讀書》1980 年第 7 期。

1. 文獻輯佚概念的混淆

從況氏詞學的文獻整理方面可以看出,前輩學者最有興趣於《蕙風詞話》的“整理”。但是與其説是整理,不如説是不停地、無限量地擴充《蕙風詞話》的篇幅。從王幼安本增編唐輯《蕙風詞話續編》2 卷起,到《詞話叢編》本又在 7 卷本之上附編夏敬觀《蕙風詞話詮評》,到屈興國在 7 卷本之上增輯了《蕙風詞話補編》4 卷和《蕙風詞話外編》1 卷,到孫克強在 7 卷本之上又增加了《廣蕙風詞話》7 卷等,可見一斑。

按照文獻輯佚學的理論,本書以上所提及的《蕙風詞話》文獻整理者所做的續輯、補遺和擴編等工作,實際上意味著他們認爲原著的内容有所缺佚,或本來就未够完備,因此需要加入續編、補編和增編的内容,使它恢復原貌或構成全豹。可是就《蕙風詞話》原著而言,這些所謂“原貌”和“全豹”,都不是原作者況周頤的本意,而是這些文獻整理者的“後期加工”,這是無法否認的。

況周頤的本意十分明確,他在 1924 年的時候,從自己歷來所撰寫的衆多詞話條文中,親自選定了 325 則編定爲《蕙風詞話》5 卷,作爲自己確認的詞學理論體系的代表性著作,并希望這部著作以這種面貌流傳後世。況氏將書交由惜陰堂刊行後,這個版本的《蕙風詞話》至今一直完整無缺地流傳。没有綫索顯示,《蕙風詞話》存在不同版本或 325 則以外的佚文;亦不曾聽説況氏在去世前對此書再有任何增修删訂的意圖。如果此書不存在缺佚的情況,那麽“輯佚”理應無從説起,因而我們本就不應以文獻輯佚的概念去進行整理工作。既非輯佚,又何必把況氏其他詞話文獻甚至是他人的評論著作加入到《蕙風詞話》中呢?這樣做衹會徒增混淆而已。

2. 況周頤所捨去的詞話,被重新納入了《蕙風詞話》文獻中,因而混淆了《蕙風詞話》的論詞體系

現在我們通常把唐輯《蕙風詞話續編》、屈輯《蕙風詞話補編》、孫輯《廣蕙風詞話》等文本,理解成整理或完善《蕙風詞話》的文獻工作。這種理解其實是大有問題的。這些文獻整理者,衹是把原本不屬於《蕙風詞話》的内容,增刊於《蕙風詞話》中,在未經原作者況周頤授權或同意的情况下,爲《蕙風詞話》添加了各種"新"的校輯增刊本。

這些校輯增刊本所添加的内容,全都輯録自況周頤的其他詞學文獻和雜著。因而就《蕙風詞話》這部獨立論著來説,這些"新"的校輯本所增編的内容,幾乎原來都是在作者弃選之列的。況氏在編纂《蕙風詞話》時,自己曾撰述的論詞話語,恐怕有逾千則,而他偏偏選取了特定的325則而捨弃了其他,其中必然有自己的主意和取捨標準。這些標準可能代表著況氏不同階段詞學主張的變化,也可能是爲了要配合這部著作的主題思想和呈現形式等而所做的考慮,衹是我們現在還未研究清楚罷了。

後人對《蕙風詞話》所做的添加補充,無疑是把作者經過深思熟慮而弃選掉的詞話,重新羼入《蕙風詞話》的體系中來(筆者掌握了一些例證,但因篇幅所限,暫時從略)。現在《蕙風詞話》的正、續編7卷本,儼然已成爲此書的必然結構和體系,但這種"必然性"無可避免地模糊了況氏《蕙風詞話》論詞體系的原貌。這種"文獻整理"工作,却一直在進行,由從前的唐本、王本到現在的屈本、孫本等,以況氏其他詞話爲材料的僭建部分不停地增加,也不斷地在模糊人們對《蕙風詞話》原著的閲讀視綫,最後使讀者越來越看不清此書的原創形貌。這些都不是文獻整理工作者應該做的事情。

總之,我們認爲況氏原來編撰的《蕙風詞話》5卷(惜陰堂刊本,即本文所稱的原刻本),是一部獨立的、自成體系的詞學論著;任何經過後來文獻整理者添加附會的内容,就像是一座建築物的僭建部分,爲著用家(讀者)的安全(利益)起見,理應予以拆除(清理)。

3.《蕙風詞話》與"況周頤《蕙風詞話》集外詞話"混爲一談

以往文獻整理者爲《蕙風詞話》所做的增編補輯,實際上是對《蕙風詞話》以外況氏的著作進行大規模的選輯編録,不過仍然沿用了《蕙風詞話》這個書名。這樣做的客觀效果,是將《蕙風詞話》基礎文獻的内容,不斷地大幅度增加。隨著更多況周頤詞學相關文獻的陸續展現,相信日後可供增編補輯的材料,還遠不止於此呢(如果還要繼續增編的話)!

至此我們不禁要反思,以往增編補輯的模式是不是整理況周頤詞論文獻的恰當辦法?是否會模糊了況氏編纂《蕙風詞話》的初衷?是否真正有助於我們更深入地認識《蕙風詞話》本身完整的理論體系呢?

這種文獻整理辦法,無疑爲讀者提供和編集了許多況氏《蕙風詞話》以外的論詞話語,是研究況周頤詞論和《蕙風詞話》非常有用的資料。因此,退一萬步説,我們最多衹能够接受文獻整理工作者將所添加的内容(況氏《蕙風詞話》5卷本以外的論詞話語),作爲附録的參考資料,以供讀者作進一步研究之用。

但一直以來,衆多整理者顯然是把"況周頤的詞話"和《蕙風詞話》兩個不同的概念混淆了。《蕙風詞話》既然是況氏獨立自成體系的一部詞學論著,那麽他散見於其他著作的論詞話語,如果一定要彙集爲一編的話,那些《蕙風詞話》之外的況周頤詞話,在充分注明各則出處的必要條件下,大可命名爲"《蕙風詞話》集外集""況周頤《蕙風詞話》集外論詞話語匯編”等。總之,那些詞話就不應被納入《蕙風詞話》這個總名之下及其必然的體系之内。就文獻文本而言,《蕙風詞話》和“況周頤《蕙風詞話》集外論詞話語匯編”,這兩個概念必須明確地分開,兩者混爲一談的話,將十分不利於我們對況周頤詞學的深入研究。

4. 附録《蕙風詞話詮評》有礙讀者對《蕙風詞話》的客觀理解

夏敬觀《蕙風詞話詮評》的廣泛流傳,得益於唐圭璋的《詞話叢編》把它附於《蕙風詞話》名下。唐氏有簡單的識語:“《詮評》係就前五卷加以闡明或辨正者,亦附録於後,以供讀者參考。”①但没有説明此篇的出處。就筆者所知,“《詮評》”曾發表於 1942 年 2 月的《同聲月刊》,題爲《況夔笙蕙風詞話詮評》,署名“玄修”,是《蕙風詞話》研究的最早期文獻之一。此文没有被王幼安收録於《蕙風詞話》校訂本中,直至 1986 年纔被《詞話叢編》納入到《蕙風詞話》的“基礎”文獻,於 2009 年又被孫克強教授編入上海古籍出版社的《蕙風詞話》導讀本中。於是夏敬觀(玄修)的《蕙風詞話詮評》,變成了被詞學宗師、專家教授和權威出版社加持過的,在閱讀理解《蕙風詞話》時的首要參考資料。

《詞話叢編》和《蕙風詞話》導讀本的編録方式,不免讓較適宜於進階研究時閱讀的夏敬觀的《蕙風詞話詮評》,過早地介入了讀者與《蕙風詞話》的初步接觸。把《蕙風詞話詮評》納入爲《蕙風詞話》基礎文獻的一部分,體現了主編者對夏氏觀點的肯定和推薦。一般讀者(尤其是初學者)不明就裏,都會樂意透過文本所附載的《蕙風詞話詮評》去初步理解《蕙風詞話》,自然就會不知不覺地受

① 見唐圭璋編:《詞話叢編》第 5 册,中華書局 1986 年 1 月第 1 版,第 4405 頁。

到夏氏觀點先入爲主的影響和引導。然而,夏氏《蕙風詞話詮評》中的許多觀點,都是值得商榷的;其中不乏對況周頤詞學理論的誤解或曲解之處,例如況氏主張初學作詞,最快捷而合適的途徑就是從聯句、和韵入手;而曾經填詞而又停寫了一段時間的作者,也可以用這個方法來重新起步。他説:

> 初學作詞,最宜聯句、和韻。始作,取辦而已,毋存戚拙嗜勝之見。久之,靈源日濬,機括日熟,名章俊語紛交,衡有進益於不自覺者矣。手生重理舊彈者亦然。離羣索居,日對古人,研精覃思,寧無心得,未若取徑乎此之捷而適也。①

由此可見,況氏十分重視聯句在練習填詞方面的功能。聯句、和韵的詞作,在況氏看來,不完全等同於詞的原創性創作,但包含了對詞學的深入研究、在填詞實踐方面的練習和再創作。夏氏的《蕙風詞話詮評》,却把況氏對填詞練習方法的主張,强行曲解爲填詞的文學創作標準,指摘況氏"以此示初學,誤盡蒼生"②。明明是況氏的練習論,却被夏氏强拗爲創作論而妄加批判;像這種充滿著有意無意的誤讀、并不公道的詮評③,就算是專家學者也未必容易判别,例如,有學者在評論《蕙風詞話》得失時,就全盤繼承了夏氏的觀

① 見臨桂況周頤夔笙譔:《蕙風詞話》卷一,"惜陰堂"叢書,(民國)甲子(1924)刻本。筆者據臺灣世界書局景印本,1979年10月第5版。

② 夏敬觀:《蕙風詞話詮評》,見唐圭璋編《詞話叢編》第5册,中華書局1986年版,第4594頁。

③ 在拙著《蕙風散佚詞研究》中,筆者曾就這一點有所論述,讀者可據以參考。見鄭煒明:《蕙風散佚詞研究》,《香港大學饒宗頤學術館學術論文·報告系列(二十一)》,2010年6月,第42~44頁。筆者异日當再撰文詳細評析夏氏的《蕙風詞話詮評》。

點,儼然夏氏所言全屬正確①,更何況是初學者呢?

唐圭璋將夏氏對況氏詞話的評論專著,附在《詞話叢編》本《蕙風詞話》之後,在整部《詞話叢編》中屬於特例。雖然《詞話叢編》中的個别其他詞話也有一些附録,但這些都是補充性的、資料性的,并非評論性的。因此説,唐氏附録夏氏《詮評》於況氏詞話之後,自有其誘導讀者的用心,絶對是一個特例。而上海古籍出版社的詞學普及讀物《蕙風詞話》導讀本,則因循權威,無所訂正,實屬貽誤初學之舉。像這種主觀引導讀者的、介入性文獻整理方式,其實有違文獻整理工作的原則。對《蕙風詞話》原著來説,更無疑是一種傷害,對讀者來説也是不公平的。文獻學家理應審慎以對。

附録《蕙風詞話詮評》於《蕙風詞話》後的不良影響已遠超乎我們的想像,因爲這種影響已經由初學者的層面,向專家學者層面擴散。臺灣有兩篇已經專家學者審評通過的碩士學位論文,把《蕙風詞話》和《蕙風詞話詮評》張冠李戴,甚至混爲一談。例如,稱夏敬觀的《蕙風詞話詮評》爲"況周頤的《蕙風詞話附録》",把夏氏所説的"清初詞風當以陳其年、朱彝尊爲冠"一語,誤以爲況氏語。② 又如,誤以爲《蕙風詞話》曾引録夏敬觀語,其實乃夏氏在《蕙風詞話詮評》中所言,況氏從未引録過。③ 内地學者,也有把《蕙風詞話》之語,混作夏氏《蕙風詞話詮評》的情況,如把《蕙風詞話》卷一第 20 則的

① 如廣州大學中文系的曾大興教授,在他的《況周頤〈蕙風詞話〉的得與失》一文中,就延續了夏氏詮評的有關錯誤。見曾大興:《況周頤〈蕙風詞話〉的得與失》,《文藝研究》2008 年第 5 期。

② 見李欣益:《陳維崧和陽羨詞派詞論之研究》摘要部分,臺灣中山大學中國文學系研究所未刊碩士論文,2007 年;按:《詞話叢編》本《蕙風詞話詮評》原文爲"清初詞當以陳其年、朱彝尊爲冠"。李氏所引有异,未知何據。

③ 見吴婉君:《馮煦詞學研究》第六章第一節注 26,臺灣成功大學中國文學系碩士班未刊碩士論文,2009 年 7 月,第 119 頁。

"所謂滿心而發,肆口而成,擲地作金石聲矣……"誤其出處爲《蕙風詞話附録》。① 又如把《蕙風詞話》卷一第22則的"寒酸語不可作,即愁苦之音,亦以華貴出之。飲水詞人所以爲重光後身也",誤其出處爲《蕙風詞話附録》。② 按所謂《蕙風詞話附録》,實即夏氏的《蕙風詞話詮評》。由此可見《詞話叢編》對《蕙風詞話》的文獻處理方式,其負面影響何其深遠!當然,讀者和研究者必須負疏忽和誤讀的責任,但始作俑者的文獻整理和編輯者亦難辭其咎。

5. 模糊了況周頤詞學的本來面目

近人對況周頤詞學的研究,每每偏重於《蕙風詞話》的範圍,而鮮及其他。學者對於況氏詞學論著的整理工作,絶大部分都圍繞著《蕙風詞話》而作。其實況氏的其他詞學文獻,除《蕙風詞話》外,至少還有十多種。它們大都具有本身的學術目的和主題,自成系統,是很值得學者單獨考察、整理和研究的。祇可惜自唐圭璋、王幼安以來,學者們就算發現了這些文獻,也祇會從中輯録某些部分,或者將其全部内容,以輯佚、補遺的方法,以續編、補編、擴編的形式,納入《蕙風詞話》的文獻體系内,這隱没了況氏其他詞學著作獨立存在的價值(包括這些著作的理論價值),使這些著作失去了它們原本應該獲得的重視。

例如《玉棲述雅》,含有況周頤論清代閨秀詞人詞作的筆記33則③,唐圭璋把它收入《詞話叢編》時,是獨立於《蕙風詞話》之外的,這樣做十分正確,因爲它本來就是一部具有專門主題的詞話著

① 見張秉戍:《納蘭詞箋注·前言》,北京出版社1996年第1版。

② 劉童:《淺析納蘭詞的優美與崇高》,《詩詞國際》2011夏季號,見"劉童新浪博客",2011年7月4日。下載日期:2011年11月19日。

③ 見唐圭璋編:《詞話叢編》第5册,中華書局,1986年1月第1版,第4601~4622頁。

述。後來屈興國、孫克強、俞潤生等,先後把它納入《蕙風詞話》文獻體系之内。其中屈興國的問題尤爲嚴重,他在采録《玉棲述雅》各則詞話時,没有注明這些詞話是出自《玉棲述雅》的,亦非依照《詞話叢編》本原卷次序録入,中間又插入況氏其他詞話,而没有説明改動原編次序的原因,令人費解。無論如何,上述 3 位學者對《玉棲述雅》的處理方式,表面看是擴大了《蕙風詞話》的篇幅,其實是隱没了《玉棲述雅》作爲清代閨秀詞話的獨特文獻價值。

又如《歷代詞人考略》,是況周頤代藏書家、出版家劉承幹編纂的大規模詞學專著。以現存的 37 卷稿本①所見,全書編排有序,大體上按照歷代詞人年代編次著録詞人傳記,并采編相關的歷代詞話、詞評、詞集或詞作考據,再附以編者(即況氏)按語加以箋識、補充或議決。這部著作具有獨立題旨,體例完備,理應予以獨立整理排印出版。孫克强教授却衹把編者按語的部分分拆出來,編入《蕙風詞話》的文獻體系,成爲《廣蕙風詞話》的主要内容,變相地向讀者暗示了《歷代詞人考略》按語以外部分,是相對次要的,這種分拆上市的做法,同樣會隱没《歷代詞人考略》獨立的文獻價值。②

上舉二例,就好比把一位主人建築得美輪美奂的兩座别墅强行拆卸,然後把拆卸下來的部分磚瓦堆砌到這位主人的大宅屋頂處和花園裏,殊不知這樣已把原本設計精美、風格統一的人宅僭建得不倫不類,更對大宅的住客和參觀者構成潜在的危險。

就這樣,在《蕙風詞話》變得越來越厚的同時,況氏的其他

① 據《歷代詞人考略》,《中國公共圖書館古籍文獻珍本匯刊·集部》,(北京)全國圖書館文獻縮微複製中心,據南京圖書館藏本影印,2003 年 5 月。

② 可喜的是,最近孫克强教授已真正注意到《歷代詞人考略》的詞學文獻價值。參考孫克强:《況周頤〈歷代詞人考略〉的文獻和理論價值》,《河南大學學報(社會科學版)》2010 年第 50 卷第 3 期,第 38 ~ 43 頁。

詞學著作被擠到我們視綫範圍以外，它們能够得到整理和研究的機會，也就變得越來越小。而況氏詞學的多元化格局，無形中也被遮蔽了。這是至目前爲止，在開展況周頤詞學研究方面的一個重大的障礙和缺陷。詞學文獻整理工作，不幸地變成了詞學文獻整"埋"工作，這肯定不是詞學研究者和詞學文獻整理者的初衷！

第五節　《蕙風詞話》文獻整理的操作失誤

況周頤的詞話，廣泛散布於他的衆多著述之中，現在尚有很多未被輯録整理的文獻，因此我們并不認爲這種無止境的續輯，是整理況周頤詞學文獻的好方法。我們現在姑且撇開這個問題不論，單從文獻整理的技術角度來審視以往整理者的工作；從各種經過整理、作爲學術成果出版的《蕙風詞話》文獻中，發現了頗多技術上的問題，使人不得不質疑這些版本的可靠性。現謹條述如下：

甲、文獻輯録方面的失誤

1. 輯本的輯録工作有著很大的隨意性，以致失收、重録的情况頻仍

到目前爲止，曾經"續輯"《蕙風詞話》的學者主要有唐圭璋、屈興國、孫克强等，他們在選録和編輯詞話時，都表現出各自的隨意性和不完備之處。

據張宇的校勘結果可知，在況周頤的筆記總集《阮盦筆記五種》内，共録有詞話 55 則，其中見於《蕙風詞話》21 則，見於《蕙風

詞話續編》30 則,另有 4 則詞話失收。① 此外《蕙風詞話續編》常見節録原著詞話而未加説明的。例如,《蕙風詞話續編》卷二第 29 則“乾隆寫本白石道人集”,原著於《香東漫筆》時所附的姜白石世系表及詩詞年譜,都被唐氏删去。這樣的例子還有不少,像況氏在筆記中所録的論詞絶句多種,也遭唐氏捨弃而不見任何説明。關於《蕙風詞話續編》的遺漏失載的情況,張暉在《〈蕙風詞話〉考》文中已有述及。② 可見唐氏最初的整理工作亦未盡精審。

又如發表於 1920 年的《餐櫻廡詞話》253 則,況周頤編纂《蕙風詞話》時衹采用了其中的 158 則,剩下了 95 則。唐圭璋所輯的《蕙風詞話續編》又采録了 71 則,扣除重出的 1 則後,餘下的 25 則没有入選。唐氏并未説明不收録這 25 則的原因,至於他是否另有所本,恐已難於稽考。後來孫克強又輯有《餐櫻廡詞話删稿》36 則,編入《廣蕙風詞話》;經筆者考知,其中 9 則重出(6 則已入《蕙風詞話》,3 則已入《蕙風詞話續編》),4 則根本不屬於《餐櫻廡詞話》,而且并非涉詞之話語③,餘下的 23 則纔是不見於《蕙風詞話》和《蕙風詞話續編》的篇目。於是在孫氏整理之後,《餐櫻廡詞話》仍有 2 則未被録入《蕙風詞話》的“補遺”文獻之中。

---

① 據張宇:《況周頤筆記與〈蕙風詞話〉關係考論》,《名作欣賞》2010 年第 5 期,第 44 ~ 47 頁。

② 見蔣寅、張伯偉主編:《中國詩學》,人民文學出版社 2002 年 6 月第 1 版,第 79 頁。

③ 該 4 則分别爲《雨人雜體詩鈔》《雨人七夕集經》《雨人好爲諧體詩文》《雨人作俗語試帖詩》,録於《蕙風詞話・廣蕙風詞話》下編卷五甲部第 33 至 36 則,第 405 ~ 406 頁。上述 4 則筆記,原載 1920 年 12 月《小説月報》的《天春樓瑣語》,并非同刊《餐櫻廡詞話》部分的内容,見該刊第 11 卷第 12 號。《天春樓瑣語》是況周頤的另一部著作,發表時署名秀盦(況氏别號之一),主要内容爲文史雜記;孫氏以之輯入《廣蕙風詞話》,并未説明理據。

2. 輯録所得的詞話没有注明出處

從事文獻整理工作的學者都清楚,對輯録得來的文獻資料,必須交代文獻來源。從這方面來看,《廣蕙風詞話》的問題不大,《蕙風詞話續編》則呈現局部疏忽的狀况,而《蕙風詞話補編》的問題則最爲嚴重。

唐圭璋所輯的《蕙風詞話續編》卷一共72則(《詞話叢編》本删去重複的1則,定爲71則),通卷没有注明各條詞話的資料出處,與卷二每於某幾則詞話之後説明"以上見某某書"的情况不同,或是初發表時的手民之誤,但後來整理者又未能考知這些詞話的出處,因此這個缺失到目前爲止一直未被糾正過來。現經筆者核對,前69則來自《餐櫻廡詞話》,後3則來自《選巷叢譚》。由於唐氏没有交代文獻來源,後繼整理者即便願意校勘原著,亦會舉步維艱。

屈興國所輯的《蕙風詞話補編》4卷共294則,除了卷四的25篇序跋文外,其餘大部分都没有注明出處,使後來的研究者,難以沿前輩的軌迹前進。屈氏把他補輯的況周頤詞話,重新編次,分録於《蕙風詞話補編》的卷一至卷三。或許屈氏的編排自有其本身的邏輯,但個中情况并未向讀者説明,由於没有交代來源,又不依照文獻來源的次序録出,因而更加不利於後續的梳理和研究工作。屈氏在輯録況氏詞話的過程中,曾查閲過大量文獻資料,如報章、雜志等,所涉及的況氏著作亦很多,再加上箋注的部分,可以看出整理者曾經進行過幾番辛勤的勞動,但未能交代文獻來源這一項缺憾,使得整部《蕙風詞話輯注》較少被關注,著實可惜。如孫克强所輯的《廣蕙風詞話》,似乎對屈氏《蕙風詞話輯注》所披露的綫索完全没有任何跟進,以致許多屈氏所輯録的況氏詞話文獻,都没有被録入《廣蕙風詞話》。

結果大量材料被發掘出來編爲詞話,與這些材料相依附的原生態文獻信息和史料却被隱没了。他人如要徵引相關詞話以進行更深入研究的話，恐怕得從頭再發掘一遍。難道文獻整理者的時間就注定應該這樣浪費在重複的工作上嗎？所以初步整理者萬不可看輕注明文獻來源的重要性。

文獻工作者的任務是艱巨的，尤其是做第一手文獻資料整理的人。我們所面對的讀者，可能一輩子也無法接觸到我們曾經整理過的原始文獻。他們衹能透過我們整理出來的版本，去窺探原始材料和原始文獻的形態。因此，我們在輯録、整理和羅列材料的時候，理應同時公布材料的出處，讓新生文獻的原生態信息得以披露和保存，這纔合乎文獻學工作的規範，對相關課題的學術進展而言，亦至關重要。

乙、版本校勘方面的失誤

1. 未能善擇底本

關於文獻底本選擇的問題，筆者擬使用《蕙風詞話》5 卷爲例來闡明。《蕙風詞話》5 卷，經後人整理刊行的版本有 7 種。無論整理者有沒有進行進一步的輯録、内容考訂和箋注等工作，它們最低限度地都屬於《蕙風詞話》5 卷的校刊本。以下列出各本所依據的版本和參考資料情況：

	《蕙風詞話》5 卷經後人整理的版本	版本簡稱	聲明采用的底本	聲明的參校本	聲明的參考資料	文獻整理工作（就筆者所知）
1	王幼安校訂，《蕙風詞話·人間詞話》本	王校本	原刻本（即惜陰堂本）	没有聲明	没有聲明（筆者按：應已參考了用以考訂引文的關係書）	校勘、標點、考訂引文（含异文校記、考據按語）

（續表）

	《蕙風詞話》5卷經後人整理的版本	版本簡稱	聲明采用的底本	聲明的參校本	聲明的參考資料	文獻整理工作（就筆者所知）
2	唐圭璋主編，《詞話叢編》本	叢編本	原刻本	没有聲明	聲明采入王校本中的校勘附注	標點、各則加入小標題、摘録部分王幼安按語
3	屈興國輯注，《蕙風詞話輯注》本	屈注本	叢編本	原刻本		校勘、考證、箋注（含校改及异文校記）
4	孫克強輯考，《蕙風詞話·廣蕙風詞話》本	孫校本	王校本	原刻本、叢編本	采入張暉校勘糾誤數則	校勘（附注校改校記）
5	俞潤生箋註，《蕙風詞話·蕙風詞箋註》本	俞注本	叢編本	王校本	屈注本	校勘、考證、箋注（含校改及异文校記）
6	李康化整理、方智範審閱，《蕙風詞話》四庫家藏本	李校本	原刻本	叢編本	聲明采入王校本中校注的足資啓發部分	校勘（附注校改及异文附校記）
7	孫克強導讀，《蕙風詞話》	導讀本	不詳	不詳	没有説明	校對所據之本、詞人詞集簡注

《蕙風詞話》原刻本（即惜陰堂刊本）是況周頤親自編定和校刻的，最能代表此書的本來面目。以古（祖本、早本）、全（足本）、善

(精本)等擇本標準來衡量,用原刻本來做底本是理所當然的正確選擇。但此本是舊刻綫裝,没有標點句讀,現代學者使用起來會較花功夫。

王校本是《蕙風詞話》的最早校本,故衹有原刻本可據。王氏對此書加以現代標點,并對況氏原著所引用的作品和書籍等内容,做了大量細緻的勘訂和整理工作。如果選擇以王校本爲底本,而能够誠實認真地對校原刻本的話,也是差强可以接受的辦法。

叢編本表明以原刻本爲底本,而没有使用任何對校之本;但認爲王校本"間加附注,足資啓發,因並采入"①,似乎表示已采入了王校本的附注。但其實叢編本衹摘用了部分王幼安校注,并非全部采入。此本訛字較多,且没有與王校本對校,校勘程序并不完整。因此,叢編本其實是不適合用來做日後校勘底本的。可是,屈注本和俞注本都用它做底本,也許是因爲《詞話叢編》和主編者唐圭璋先生名氣太大的緣故。現在流傳的許多版本,都是以叢編本爲依據的,此本影響極大。

其後的本子所選擇的校勘底本,不是王校本就是叢編本,全部都捨弃了原刻本這個"當然之選"。(按:其中李校本有訛稱以惜陰堂刊本爲底本之虞,而導讀本則根本没有向讀者交代其版本依據。詳下文。)這必然會衍生出校勘學上的種種問題。

2. 訛稱底本或參校本

在交代底本的問題上,最奇怪的要數李校本。此本聲明以原刻本爲底本,并參校以叢編本。但比勘之下,纔發現李校本竟然有訛稱底本之虞。姑舉三例以資證明:

---

① 見唐圭璋編:《詞話叢編》第5册,中華書局1986年1月第1版,第4405頁。

a.《蕙風詞話》卷一第 8 則“詞忌刻意爲曲折”①:原刻本作“詞筆”,叢編本同,王校本誤作“詩筆”,李校本校記謂:“原作‘詩’,據唐本(按即本文所説的叢編本)改。”而事實上原刻本已作“詞”,根本無須據叢編本改。

b.《蕙風詞話》卷二第 49 則“黄幾仲竹齋詩餘”條:原刻本作“春酲”,叢編本同,王校本誤作“香酲”,李校本亦作“香酲”。如果李校本真的依原刻本,并校以叢編本,兩本皆作“春酲”,那麽又豈會有誤作“香酲”之理?

c.《蕙風詞話》卷三第 29 則“李治詞”,原刻本作“欒城李治”,叢編本同,王校本奪“欒城”二字而作“李治”,李校本亦作“李治”。情況同上一例。

李校本此類例子頗多,幾乎無一例外地與王校本相同。據此可知,李校本所用的底本,肯定不是原刻本,反而極有可能是王校本。但此本特别在提要中聲明,“本次點校,以《惜陰堂叢書》刊本爲底本”②,實在使人不明所以。

屈注本聲稱以叢編本爲底本,原刻本爲參校本。但如果據以下例子,實情又似乎并非如此。如《蕙風詞話》卷一第 26 則“述所歷詞境”條,此本作“冥坐”,但叢編本與原刻本并作“暝坐”。又如卷二第 57 則“方壺點絳脣”條,叢編本與原刻本并作“繡幕”,而此本誤作“簾幕”。加上上文所舉的“春酲”和“欒城李治”二例,此本亦不依其底本和參校本,而誤作“香酲”和“李治”。這些例子在在

---

① 爲方便讀者參閱,本文所引《蕙風詞話》和《蕙風詞話續編》各則之小標題,皆據唐圭璋編《詞話叢編》,見第 5 册,中華書局 1986 年 1 月第 1 版,第 4405 ~ 4584 頁。

② 見況周頤撰,李康化整理,方智範審閲:《蕙風詞話》,《四庫家藏·集部·文藝論評》,山東畫報出版社 2004 年第 1 版,第 293 頁。

似據王校本，否則便會使人疑惑，屈注本莫非另有所本？

3. 没有充分對勘參校之本

這個問題姑舉孫校本爲例。此本聲稱以王校本爲底本，并參校以原刻本和叢編本。此本經常把王校本中的王幼安校按，誤以爲是原作者況周頤的按語羼入原文之中。下文校勘病例【例九】將有詳細論列，在此不再贅述。

關於王幼安校注的處理，王校本的《校訂後記》已有所提示："况氏原著，間有考證未週之處，酌加附注，以便讀者（有方括號者爲附注）。"①意思是指，書中凡以方括號標示的注文或按語，皆由王幼安所撰。由此可以推知，書中圓括號内的注文或按語，則屬况氏原著所有。筆者曾覆檢况氏原著原刻本，證實上述王校本中圓括號内的文字皆屬况氏原注。

因此是况按抑或是王按，單從孫校本的底本（即王校本）的括弧式樣已可分辨出來。就算孫氏真的一時未能辨察括弧式樣而致誤，但如果能够清楚對勘其參校本（即原刻本）的話，應不會有像下文【例九】那樣多的失校情況，因爲在原刻本之中，必定没有王幼安的校按，一看便可分曉。

此外，孫校本亦有許多地方未能據其參校本匡正底本的錯誤，略舉數例如下：

a.《蕙風詞話》卷三第14則"董解元哨遍"條：王校本作"漸漸次第"，原刻本、叢編本并作"漸次第"，孫校本一仍王校本之誤，顯然失校。

① 王幼安：《〈蕙風詞話〉校訂後記》，見《蕙風詞話·人間詞話》（合訂本），人民文學出版社1960年4月初版，第187頁。

b.《蕙風詞話》卷四第 6 則“花蕊夫人詞”條：王校本作“始知”，原刻本、叢編本并作“始決知”，孫校本没有訂正王校本之脱漏。

c.《蕙風詞話》卷四第 34 則“僕散汝弼詞”條：王校本作“慷慨”，原刻本、叢編本并作“慨慷”，王校本或因習用語“慷慨”而誤倒原文，孫校本亦未能校正此誤。

d.《蕙風詞話》卷五第 10 則“鄒樞談宫律”條：王校本作“昭示”，原刻本、叢編本并作“詔示”，孫校本失校。

以上數例同時顯示，底本與參校本之間有异文，但孫校本完全不出校記，亦有失文獻校勘的規範。

4. 完全不交代所據之本

導讀本《蕙風詞話》則根本没有向讀者交代其版本依據，完全不符合文獻校勘的規範。此本内容包括《蕙風詞話》5 卷、《蕙風詞話續編》2 卷和附録夏敬觀的《蕙風詞話詮評》，特别是其中《蕙風詞話續編》2 卷所載的詞話總數爲 124 則，與叢編本相同，因此筆者頗疑此本主要依據叢編本。出版者上海古籍出版社是權威出版機構，導讀者更是《蕙風詞話》文獻研究的名家，理應更加謹慎。此本目的爲普及《蕙風詞話》，因此似乎更應該説明所依據的版本，并詳加勘誤，以免貽誤初學。我們認爲導讀本應該務求成爲一個最忠於原著而又最有利於讀者正確理解《蕙風詞話》内容的版本。可惜目前這個導讀本并非如此。

5. 改動底本而不出校記

既已擇定了底本和參校本，如果校出异文而决定改正底本的話，就必須要出校記説明，這是文獻校勘的基本原則。但很遺憾，上舉《蕙風詞話》各本大都没有完全遵從這個基本原則。略舉屈注本爲例,屈注本《蕙風詞話》卷一第 17 則改其底本(即叢編本)"有"爲"猶",第 22 則改"書"爲"出",第 26 則改"鼎"爲"蟲",第 52 則改"箸"爲"著"等,應是據其參校本(即原刻本)而加以改正,但都没有做校記。又如俞注本,《蕙風詞話》卷一第 9 則改其底本(即叢編本)"重輕"爲"輕重",第 11 則改"模"爲"橅",第 61 則改"微"爲"薇",同則又改"褒"爲"裦"等,似據其參校本(即王校本)改,然而所改固非全部正確,也没有做校記以説明改動底本的原因和依據。其他各本亦頗有同樣的情況,此不再贅述。

筆者認爲從事校勘工作,不但改動底本時必須做校記,而且但凡有异文處都應該做校記。因爲時代不同了,今日的讀者舊學基礎已日趨薄弱。如果在校勘古籍時,由校勘者隨意决定哪些异文要做校記,哪些不做,又或者依循校改通用字、假借字不出校的舊學説,那麼經過這種方法整理出來的古籍新版本,衹會愈來愈混亂,而讀者亦衹會感到愈來愈混淆而已。

6.《蕙風詞話》文獻校勘病例舉隅

就算衹以現存的各家《蕙風詞話》相關文獻整理本來説,它們仍普遍存在著不少的校勘問題①,其種種謬誤,對《蕙風詞話》研究影響深遠,亟需詞學研究者正視。以下筆者將檢部分《蕙風詞話》相關文獻在校勘上的各種具體病例,論析一二。②

① 張暉已曾發表《蕙風詞話》校勘糾誤 10 則,而張宇亦訂正了《蕙風詞話》的訛脱文字 8 則。二者已校出的誤例,本文儘量不再複述。請參考張暉:《〈蕙風詞話〉考》,見蔣寅、張伯偉主編《中國詩學》,人民文學出版社 2002 年 6 月第 1 版,第 75 ~ 79 頁。張宇:《況周頤筆記與〈蕙風詞話〉關係考論》,見《名作欣賞》2010 年第 5 期,第 44 ~ 47 頁。

② 本文以下所列舉的各項校勘病例,主要據王叔岷先生《斠讎學》(補訂本)中所列舉的通例作出分析,王氏在書中分别論述了古籍訛誤的校勘通例共 124 式。見王叔岷撰:《斠讎學(補訂本)· 斠讎别録》,中華書局 2007 年 6 月第 1 版,第 271 ~ 423 頁。

【例一】不明文義而錯亂或妄删

《蕙風詞話》卷五第31則，王校本在此則詞話的序號下注"（已下續話）"；而叢編本則將"已下續話"一語注於此條詞話的末尾。屈注本、孫校本、俞注本、導讀本，皆注於小標題後，與王校本類似；李校本則完全不録注語。筆者取況氏親自編定的《蕙風詞話》惜陰堂刊本對校，乃知"已下續話"四字，是以小字附刻於此則詞話的末尾，意思是要説明這則詞話之後的條目，乃況氏於1924年編纂此書時新撰的詞話。除叢編本之外，其他各本皆誤。王校本對原刻本有所誤讀，而屈注本、孫校本、俞注本和導讀本，皆依王校本，因而上述5種版本，皆使讀者誤以爲第31則也是"續話"之一；李校本甚至把"續話"的信息也删掉。這些版本或許都因爲没有檢核原著，而致未能校正此誤。

【例二】誤以爲重疊而妄删

《蕙風詞話》卷四第6則"花蕊夫人詞"條，原刻本有"謞金城作花蕊，而花蕊遂蒙不白之冤矣"等語；王校本、叢編本、屈注本、李校本、俞注本、導讀本，一律奪去了"而花蕊"三字[①]，文章就變得不合語法了。相信各本都誤以爲原文繁複而致妄删。至於孫校本，則在"而花蕊"三字之後附注："上三字原無，據《蕙風簃二筆》卷一補。"所謂原無，是指其底本（即王校本）無此三字。其實孫氏也毋

① 張暉在其論文《〈蕙風詞話〉考》的第三節《〈蕙風詞話〉校勘糾誤》之中，據《蕙風簃二筆》卷一中相關筆記，校正了王校本和叢編本，但筆者深感奇怪的是，既然要校勘糾誤，爲甚麽要捨近求遠，不首先直接用原刻本對校，而衹問津於早本？這同樣是不符合校勘學基本原則的。（張暉論文見蔣寅、張伯偉主編：《中國詩學》，人民文學出版社2002年6月第1版，第75～79頁，論文第三節見第78頁。）

須校以況氏較早期的筆記著作《蕙風簃二筆》,衹需認真地校對其聲明參校的原刻本,便足以訂正有關錯誤。

【例三】因習用語而誤倒

上文第3點"没有充分對勘參校之本"所舉的《蕙風詞話》卷四第34則"慨慷"誤作"慷慨"可證此例。此外,又如《蕙風詞話》卷二第9則"晏叔原詞序"條,原刻本有"夫傳不傳亦何足重輕之有"句,叢編本、屈注本同。但王校本、孫校本、李校本、俞注本、導讀本,一律把原文"重輕"誤倒爲"輕重"而未加説明。除叢編本和屈注本外,相信各本皆没有留意"重輕"二字,乃相對於前文"傳不傳"的敘述次序,因而按照了習用語而致誤倒。此外,各本中仍不乏一般的誤倒例子,因篇幅有限,於兹不贅。

【例四】不明古訓而妄改

比如《蕙風詞話》卷一第57則"詞不可概人"條,原刻本有"《延露詞》吐屬香豔,多涉闖襜"句。"闖"從門從爲,據《説文・門部》,本義開門,有開、闢的意思。① "襜",據《説文・衣部》,有衣蔽前之意;又據《玉篇・衣部》,指蔽膝;《方言》謂凡言襜,即有障蔽之義。② 況氏二字連用,即有揭開障蔽身體衣裳的意思,并以此指《延露詞》内容涉及色情。筆者爲慎重起見,再檢此則詞話的早本《香東漫筆》卷一第67則對校,發現二字仍作"闖襜",確定原刻本誤刻的可能性極低。叢編本、俞注本同原刻本。但王校本、屈注本、孫校本、李校本、導讀本,一律把"闖"字妄改作"閨",誤字之餘更失去

① 見宗福邦、陳世鐃、蕭海波主編:《故訓匯纂》,商務印書館2003年7月第1版,第2413頁。

② 見宗福邦、陳世鐃、蕭海波主編:《故訓匯纂》,商務印書館2003年7月第1版,第2078頁。

了況氏原來的意思,是不明古訓而妄改之例。

又如《蕙風詞話續編》卷二第 37 則"與叔問聯句",其中有句,王校本、叢編本、屈注本、孫校本、李校本、俞注本、導讀本,全部都作"某夕,漏未三滴,招子苪讌集,不至"。"漏未三滴"一語,令人摸不著頭腦。筆者檢校原著《香東漫筆》,原文是"漏未三商"。《故訓匯纂》:"商,謂商量,是刻漏之名。《儀禮·士昏禮》篇題下鄭玄注'日入三商爲昏'賈公彦疏……"①據此,"漏未三商",乃時間刻漏還未顯示到黄昏的意思。無獨有偶,以上所有版本都把"三商"訛作"三滴";一字之差而已,即可能已陷原作者於不學之譏。如果文獻整理者能够細心校勘原刻本的話,這樣令人啼笑皆非的失校,相信是可以避免的。

【例五】不辨篇章而錯亂

《蕙風詞話》卷四第 11 則"生查子誤入朱淑真集"條和第 12 則"朱淑真菊花詩"條,在各本中(李校本除外)的排列都相同,且清楚分爲兩則。李校本則把第 12 則錯接於第 11 則之末,二則便合而爲一,形成了此本的《蕙風詞話》卷四,衹有詞話 41 則,與其餘各本(包括原刻本)的 42 則相異。李校本這種章節錯接,無疑是文獻文本竄亂的一種典型狀況。

《蕙風詞話續編》卷一第 47 則"周必大近體樂府"條的篇章錯亂情況更加嚴重。先看詞話的王校本全文:

> 周必大《近體樂府》,有《點絳脣·七夜趙富文出家姬小瓊再賦》,"七夕"作"七夜",甚新。小瓊即范石湖所謂與韓无咎、晁伯如家姬稱爲三傑者。見《本事詞》注。〔按:見周密《齊東野語》卷一五。〕又《木蘭花慢·贈貴游摘阮時得名妾故戲及之》

① 見宗福邦、陳世鏡、蕭海波主編:《故訓匯纂》,商務印書館 2003 年 7 月第 1 版,第 362 頁。

云:"松閒玄鶴舞翩翩。山鬼下蒼烟。正閉户焚香,捩商泛角,非指非絃。"曩見宋人所繪九歌圖,山鬼像絶娟倩,所謂"既含睇兮又宜笑,子慕余兮善窈窕"。彼雲屏妙姬,能當之無愧色耶?〔按:所引《木蘭花慢》詞,乃元人劉時中作,此誤引。〕①

上文末王氏按語指出,況氏誤引《木蘭花慢》爲周必大詞作。叢編本無此按語。屈注本亦於附注中,據引王幼安按語謂況氏誤。② 孫校本同王校本。李校本該則有校記云:"據王幼安按,此《木蘭花慢》詞乃元人劉時中作。"③俞注本(作第46則)注四云:"唐圭璋在《全宋語》(筆者按:語字應爲'詞'字)第二册(筆者按:應爲第三册)註:'《蕙風詞話續編》卷一載周必大《木蘭花慢》……實元人劉時中作,見《中庵樂府》。'"并引王按。④ 導讀本(作第46則)夾注:"此爲元人劉時中作,況氏誤引。"但没有説明是王按。⑤

① 筆者所據乃人民出版社1960年4月北京第1版,1982年11月北京第4次印刷本。此則見該書第146~147頁。

② 見況周頤撰,屈興國輯注:《蕙風詞話輯注》,江西人民出版社2000年10月第1版,第284~285頁。屈氏并據《全金元詞》考訂王氏所云的劉時中,實應爲劉敏中。

③ 據況周頤撰,李康化整理,方智範審閲:《蕙風詞話》,《四庫家藏·集部·文藝論評》,山東畫報出版社2004年第1版,第408頁。

④ 見況周頤著,俞潤生箋註:《蕙風詞話·蕙風詞箋註》,巴蜀書社2006年12月第1版,第446~447頁。筆者按:經覆檢《全宋詞》第3册,周必大存目詞後之唐圭璋識語,可證唐氏確曾於此厚誣況氏。(見唐圭璋編:《全宋詞》,中華書局香港分局1977年11月第1版,第3册,第1610頁。)

⑤ 見況周頤著,孫克強導讀:《蕙風詞話》,上海古籍出版社2009年8月第1版,第175頁。筆者按:上引各本除屈注本外,皆沿襲王幼安之説,謂《木蘭花慢》乃劉時中所作,然而據況氏《餐櫻廡詞話》原著,此詞爲《中菴詩餘》(作者爲劉敏中)集内作品。

總而言之，上述整理者全都認爲況氏引用周必大的詞出了錯。可是經筆者檢校況氏原著，纔知道實情并非如此。據《餐櫻廡詞話》，周必大一則全文，至"見《本事詞》注"句爲止①，别無後文。而"又《木蘭花慢》……能當之無愧色耶?"一段，其實是另一則獨立的詞話②，載於"中菴詩餘鵲橋仙"一則之後。因此，況氏所引《木蘭花慢》詞，原本就是指《中菴詩餘》而言，況氏從來没有誤作周必大詞。今之學者往往引據此則，以證明《蕙風詞話》的不可靠，這是很不公平的。

若還原真相的話，筆者相信極大的可能是唐圭璋在輯録詞話的時候出了錯，把兩則不同的詞話，嫁接在一起；而王幼安校訂時又未及檢閲原文，便妄加批判，以爲是況氏誤引。對於這個極其嚴重的嫁接錯誤，以後各本全部失校，從而厚誣原作者失考，使況氏這位一代詞宗，在詞學聲譽上蒙受了極大的冤屈，甚至可以説是侮辱。而況氏的這個所謂"疏失"，更曾被唐圭璋在其所編的《全宋詞》作第二度傳播，影響詞學界達數十年之久，至今未見有學者加以訂正。殊不知所謂況氏的"疏失"，始作俑者的繫鈴人正是唐圭璋。③

而孫克強所編的《蕙風詞話・廣蕙風詞話》，雖然把"中庵木蘭

---

① 見《小説月報》1920 年第 11 卷第 12 號，第 14 頁。

② 見《小説月報》1920 年第 11 卷第 12 號，第 15 頁。

③ 王仲聞在《全宋詞》的審稿意見中，曾詢問唐圭璋，《全宋詞》應否據《蕙風詞話續編》補入周必大《木蘭花慢》，唐氏回應説："《蕙風詞話》恐不可靠，不如不補。"王氏又曾要求唐氏就《蕙風詞話》是否可靠，做最後表態，但唐氏仍維持原見。二位先生始終都没有察覺到，況周頤的原稿本來是正確的，衹是唐氏在輯録的時候，出現了錯誤嫁接的問題，而王氏又疏於覆檢況氏原著，最終纔會造成現在所謂的《蕙風詞話》不可靠的非議。詳參王仲聞撰，唐圭璋批注：《全宋詞審稿筆記》，中華書局 2009 年 9 月，第 175、545 ~ 546 頁。

花慢”這則詞話，録入《餐櫻廡詞話删稿》該卷之中①，但未能訂正“周必大”一則的錯亂，真可謂失諸交臂。

【例六】因種種原因之誤字、妄改、衍字、誤倒、標點錯誤

以下一則詞話的校勘失誤，更加匪夷所思。《蕙風詞話續編》卷二第42則“蓼園詞選”條，王校本作：

> 余女兄三，其仲適黄，名俊熙，字籲卿。籲卿之曾祖蓼園先生，有詞選梓行。（詞選無先生名，名待攷。）起玄真子《漁歌子》，訖周美成《六醜》，都二百二十四闋。並渾雅温麗，極合倚聲消息。每闋有箋，徵引贍博。余年十二，女兄于歸，詒余是編，如獲拱璧。心維口誦，輒仿爲之。是余詞之導師也。先生選詞若是之精，斷無不工填詞之理。顧所作迄未得見。可知吾詞粵人湮没不彰者夥矣。（黄氏家祠内有《偶彭樓詞》，舉版貯其上，並可登眺城西山色，女兄以余幼故，請登樓勿許，當時爲之惘然。至樓名何，則至今不知。）

各本有校勘問題多處，如：(1)原著《香東漫筆》“其仲適黄”，叢編本、俞注本、導讀本皆誤作“某仲适黄”。(2)原著“元真子”，各本直接改爲“玄真子”而不加説明。(3)原著“最二百二十四闋”的“最”字，各本都誤作“都”。(4)原著“于歸”，叢編本誤作“於歸”，屬簡繁字轉换而誤字之例。(5)原著“昉”字，各本都作“仿”，而又皆不出校記。(6)原著“迄未得見”，俞注本衍作“迄未能得見”。(7)原著“吾粵詞人”，王校本、屈注本、孫校本、導讀本都誤倒爲

① 况周頤原著，孫克强輯考：《蕙風詞話・廣蕙風詞話》，中州古籍出版社2003年11月第1版，第402頁。

"吾詞粤人"。(8)原著"夥矣",導讀本誤作"多矣"。(9)原著"有詞選梓行",并注文"詞選無先生名"句,李校本於"詞選"二字,皆誤加書名號。這些例子之中,因襲底本而致錯誤者有之,新添錯誤者亦有之,情況十分複雜。

【例七】訛、脱、衍字;因字誤而失句讀

續以上引的一則詞話爲例,更加惡劣的情況還在後面。乍讀各本的上文,似乎况氏一方面在慨嘆"迄未得見"蓼園先生的詞,而文末自注又説有《偶彭樓詞》,自相矛盾,讀來有不知所云之感。况周頤的文筆真的如此差勁嗎?經筆者核對原著後,纔知各整理本的荒謬之處已危害了讀者對况氏文章的基本認識。據《香東漫筆》所載,此則詞話文末注(標點由筆者所加)謂:

> 黄氏家祠内有偶彭樓,詞選版貯其上,並可眺城西山色。女兄以余幼故,請登樓弗許,當時為之惘然。至樓名何指,則至今不知。

除屈注本有相對正確的校訂①之外,其他各本都因爲校對和標點的失誤,致使文意錯亂。這些失誤包括:(1)訛字("選"訛作"舉","弗"訛作"勿")。(2)脱漏(脱"指"字)。(3)衍文("眺"衍爲"登眺")。(4)誤讀("偶彭樓"讀作"偶彭樓詞")。雖然説校勘書籍時,處理文字資料繁多,偶有失誤是在所難免的,但以上述一則詞話而兼有各種失校的情況,實屬罕見。然而這些錯誤真的無可避

① 見况周頤撰,屈興國輯注:《蕙風詞話輯注》,江西人民出版社2000年10月第1版,第343~344頁。筆者按:屈氏除了仍誤"弗許"爲"勿許"外,其餘注文皆已據《香東漫筆》原文訂正。

免嗎？如果整理者能檢校原著的話，相信這段注文早就可以恢復本來面目了。

【例八】誤原注或原按爲校注或校按，甚至因而妄删

此例仍以《蕙風詞話續編》卷二第42則“蓼園詞選”條爲證。文中第一段夾注“詞選無先生名，名待攷”，實乃況氏原來按語，以小字雙行夾注樣式刊出，見於《香東漫筆》原著。王校本、叢編本并以小字單行夾注方式排印（王校本外加括號），皆不誤。但孫校本和俞注本不知何故，把此條按語標明爲“王幼安按”。更加令人奇怪的是，導讀本竟然把這條按語删去了。俞注本用來校勘的版本是叢編本和王校本，而導讀本没有説明版本依據，莫非它們都暗自采納了孫校本“王幼安按”之説而致此誤？

【例九】誤校按或校注爲原按或原注

此例與前例剛剛相反。孫校本誤以王幼安校按爲況氏原按的情况，俯拾即是。粗略觀之，可見於以下詞話：《蕙風詞話》卷二第22、39、46、68、77、96則，又卷三第14、28、30、76則，又卷四第4、6、24則，又《蕙風詞話續編》卷一第47則等。以上這些王幼安按語，衹在括號中標爲“按”，與該書中其他況氏按語的處理方式無异。但在孫校本之中，又確有另一些按語，明確地被標注爲“王幼安按”，如《蕙風詞話》卷四第18、28則，又如《蕙風詞話續編》卷一第3、6、10則之類，其屬於王幼安校按的部分，都在括號中標示爲“王幼安按”。那就是説，以孫校本的體例而言，凡没有被標明爲“王幼安按”的按語，即被孫氏認爲乃原作者況氏的按語，至少讀者是容易被這樣誤導的。經過這樣的“文獻整理”之後，部分原屬王幼安的觀點或研究成果，忽然變成了況氏所有，不但嚴重竄亂了《蕙風詞話》原書和況氏詞話的原作，甚至連著者和校者的著作權也被擾亂了。

【例十】既脱漏或妄删部分原注，又誤其餘原注爲校注

《蕙風詞話續編》卷一第38則，據原著《餐樱廡詞話》第150則① 的末段正文及原按語（原文衹有句讀，以下標點由筆者所加）云：

“民以食爲天”，尋常語耳。（按見《通鑑》賈潤甫謂李密語，下句“而有司曾無愛惜脣越”。）“爲食天”，更雋而新。

王校本“尋常語耳”句後按語，衹作“見《通鑑》賈潤甫謂李密語”。原按語後文全被删去，而未做任何解釋。此外，王校本以方括號標示此按語，致使讀者（包括後來的文獻整理者）誤以爲乃王氏按語。

【例十一】既脱漏或妄删部分原注，又誤正文入原注

再以上則詞話爲例，叢編本則作：

民以食爲天，尋常語耳。（按見《通鑑》，賈潤甫謂李密語“爲食天”更雋而新。）

此本顯然有妄删或脱漏的情況，致使把原來正文“‘爲食天’，更雋而新”句，羼入了按語之中。

其他各本的處理方法，并略述如下：屈注本索性把該段按語删去。李校本、導讀本（作第37則）同屈注本。孫校本、俞注本（作第37則）則從王校本，因而把原屬況氏的前半段按語錯誤地標明爲王幼安按語。

① 見《小説月報》1920年第11卷第12號，第1頁。

【例十二】因繁簡體字互換失校而致形訛

《蕙風詞話》的原刻本以繁體字刊刻,各本《蕙風詞話》文獻之中,王校本、叢編本、俞注本3種都以繁體字排印。但隨著國人多已日漸習慣使用簡體字,國内出版的涉及繁簡轉换的版本,均常見許多因此而產生的訛誤。

例如,叢編本常把原文的"必"字,誤作"爲",可舉此本《蕙風詞話》卷一第15則中的"所作爲佳"、同卷第34則中的"不爲再改"、卷五第32則中的"爲非求變化"條等爲例,據原刻本,依次應作"所作必佳""不必再改""必非求變化"等。筆者估計這是由於"爲"字,簡體字寫作"为",與"必"的字形相混而致誤,屬形訛的例子。

上述前兩個例子,俞注本仍然失校,未能改正有關訛誤。俞注本此類問題頗多,如"旁面襯託"(卷一第40則)的"託"字應作"托",又如"非吾意所專註"(卷一第58則),"註"字應作"注"等。

又如屈注本,把上引叢編本《蕙風詞話》卷一第15則中"所作爲佳"的"爲"字改正作"必",可是又把原來的"佳"訛作"傳",變成"所作必傳"。這仍屬因繁簡字互换而形訛的例子,因爲"傳"的簡體爲"传",大概是字形近"佳"字而致訛誤。

筆者順帶一提:俞注本尚有較多其他普通的失校之處,如"其淵源在足……其途徑亦在足"(卷一第52則)的"足"原應作"是",又如"花枝相拓"(卷一第57則)原應作"花枝相妬",又如"吐屬豔香"(卷一第57則)原應作"吐屬香豔",又如"斯旨可以語人"(卷一第60則)原應作"斯旨可以語大"等,參閱時宜加倍小心。

7. 校勘問題小結

《蕙風詞話》文獻整理方面的失誤,可謂不勝枚舉。由於篇幅所限,筆者僅摘録其中較爲顯著或特别的例子,列舉如上。根據上述討論過的《蕙風詞話》文獻整理特别是校勘學方面的種種問題,我們可以總結出一些經驗,謹列如下:

a. 傳統校勘學的理論與方法,適用於處理古籍。但對於像《蕙風詞話》這樣的20世紀以來的新經典,恐怕傳統的理論與方法已經不能全面涵蓋。因此,校勘學的理論與方法也應該有所發展;在傳統的理論與方法基礎上,發展出新的校勘學理論。

b. 前輩校勘學家,往往主張在處理他校法時,對於不同版本中的行文稍有出入、虚字增損等情況,不必出校記,不必列异同。① 筆者認爲這種觀點,用於處理古代的史部經典或許勉强可行,但對於經、子、集部的古籍來説,似乎并不適合,因爲對這些書來説,往往一字之别,意遠千里,我們應該更加慎重。

c. 又有些校勘學家,依從舊學説,主張古今字、通假字、异體字、俗體字等,一律不出校;又或據通行的繁體字改,亦不必出校等。② 他們的原意本來是衹針對古書的,因此面對新經典的新情況,并不全部適用。我們必須按時代要求,爲校勘學的發展做出努力。

d. 20世紀以來,著作發表和刊行的流變更加多樣化;加上往往文言白話并存、繁簡體字并行和東西方思想互爲影響等的因素,情況比之古籍,更有不同層面的複雜性。而最重要的是,讀書人和文獻整理者的舊學根底已大不如前輩,因此對於校勘像《蕙風詞話》這樣的新經典,筆者主張凡异文必出校記,非如此則許多問題,不但不能弄清楚,而且會被隱埋。

---

① 請參考黄永年:《古籍整理概論》,上海書店出版社2001年1月第1版,第83頁。

② 詳參中華書局擬訂《古籍校點釋例》中的校勘部分,轉引自張涌泉、傅傑著:《校勘學概論》,江蘇教育出版社2007年4月第1版,第125~126頁。

e. 經過這次對《蕙風詞話》文獻整理工作的回顧與述評，筆者發現除了王叔岷《斠讎學》一書所羅列的校勘通例①，以及張涌泉、傅傑的《校勘學概論》所總結的訛誤類型②之外，至少還可以增加 10 則校勘通例，以適應新時代和新經典的文獻整理工作。現列如下：

◆不明文義而錯亂（參上文【例一】）；

◆誤以爲重疊而妄删（參上文【例二】）；

◆不明古訓而妄改（參上文【例四】）；

◆不辨篇章而錯亂（參上文【例五】）；

◆誤原注或原按爲校注或校按（參上文【例八】）；

◆誤原注或原按爲校注或校按而妄删（參上文【例八】）；

◆誤校按或校注爲原按或原注（參上文【例九】）；

◆既脱漏或妄删部分原注，又誤其餘原注爲校注（參上文【例十】）；

◆既脱漏或妄删部分原注，又誤正文入原注（參上文【例十一】）；

◆因繁簡體字互换失校而致形訛（參上文【例十二】）。

雖然我們上述對《蕙風詞話》文獻整理并不系統和全面，但僅此已可爲校勘學的校勘通例增加 10 則。據此可證，書本中的校勘誤例是層出不窮的。相信隨著校勘學的發展，新的校勘通例還會不斷增加。

---

① 王氏在書中分别論述了古籍訛誤的校勘通例共 124 式。見王叔岷：《斠讎學（補訂本）·斠讎别録》，中華書局 2007 年 6 月第 1 版，第 271 ~ 423 頁。

② 此書把古書訛誤分爲四大類型 26 種。見張涌泉、傅傑：《校勘學概論》，江蘇教育出版社 2007 年 4 月第 1 版。

第六節　餘　論

1. 有關詞學文獻學工作的反思

本文的目的,并不是要貶抑上述任何一種《蕙風詞話》整理本的參考價值,也不是要抹煞有關整理者的辛勞付出。事實上,任何一部書都總會有它自身的參考價值,我們不應以它在文獻整理方面有錯誤,就把它的其他價值都一筆抹去。衹是讀者在使用時,需要提高警惕,知所趨避。諸如上述各本中屬於《蕙風詞話》或況周頤原著的部分,讀者在參考引用時,還是要覆檢原刻本或原書爲妥。

倒是詞學文獻工作者,以至整個詞學研究界,對於當前詞學文獻整理方面的問題,不應該繼續視而不見。筆者認爲能够徹底解決問題的辦法有兩大宗:一是開闊思維,二是端正態度。下面引用《蕙風詞話》的個案稍加論述。

(1)突破既有的文獻學思維模式。

對待清季以來的詞學文獻,不能單以前輩學者整理宋詞文獻的模式爲準繩。宋代佚詞散落已久,今人的輯佚工作,自然應取多輯一闋是一闋的態度,并以附録或補遺的形式,儘量收編入集,作爲讀者的參考資料。但是清季以來的詞學文獻,例如以況周頤的論詞作品爲例,除了爲人熟知的一部理論與系統都獨立完整的《蕙風詞話》之外,還有數量繁多的完整或零散的著述,本文的第二節"《蕙風詞話》複雜而漫長的成書過程",已有詳論。如果我們硬要把這些獨立存在的完整或零散的論詞著述,統統加入《蕙風詞話》的體系,這是不科學的,因而在學術上也是難以成立的。

上述道理其實很簡單,但以往整理者偏偏樂此不疲,把況周頤的其他詞話文獻,以輯佚學的方式,匯入《蕙風詞話》的系統之中。這種現象,恐怕與過分迷信於固有詞學文獻整理工作的套路有關。但這種處理方式,并不適合於整理清季以來的詞學文獻。以況氏詞學紛繁複雜的文獻資料整理而言,長此下去恐怕衹會持續阻礙讀者接近《蕙風詞話》的真貌,而且多少也會降低況氏其他詞學著述被獨立整理、呈現和研究的機會。因此,我們有必要突破以往的思路,因事制宜,纔能更系統地整理清季以來的詞學文獻。

(2)端正文獻整理的專業態度。

文獻整理者必須具備良好的心態和强烈的自我制約能力。前輩校勘學家所强調的不迷信權威版本、不凌駕原作者本意、不苟且貪便等守則的遵行,在在需要整理者本身的正心、誠意和毅力。無論從事文獻輯録、校訂或箋注工作,衹要涉及向讀者提供一個新版本,都必須以實事求是、一絲不苟的專業態度去對待。從事文獻整理工作時,即使我們以最大的誠意、最嚴謹的態度去處理,仍可能會因一時疏忽,或識見所限,而出現無心之失,更何況是掉以輕心、敷衍了事、不負責任? 爲了避免讓自己參與製造流傳後世的劣本,出版社和整理者都應慎之又慎。筆者認爲衹有在衆多懂得自重、具專業態度的學者共同努力之下,詞學文獻學纔會有明天。

2. 有關況周頤詞學文獻(包括《蕙風詞話》)整理的路向

回到《蕙風詞話》以至況周頤詞學的文獻整理方面來説,筆者的具體建議包括:

(1)《蕙風詞話》的重新整理。

我們應該儘快對《蕙風詞話》加以重新校訂出版。必須强調的是,這裏所説的《蕙風詞話》,是指由況周頤親自審定,由惜陰堂刊刻的五卷本,别無其他。至於後來本子所附編的詞話和夏敬觀的《蕙風詞話詮評》必須排除在外,并另行處理,以免破壞《蕙風詞話》

原書的真貌。筆者認爲僅可將惜陰堂本《蕙風詞話》的卷五最後10則(皆屬理論性的詞學話語,況氏標明爲續話;詳參本文第二節),按主題内容編入卷一,因爲這應該是況周頤的原意,衹不過他或因資源所限而未及改版重刻其卷一而已。

校勘工作,必須以原刻本(惜陰堂本)爲底本,因爲它是以後各種版本的祖本。校本應以王幼安校訂本爲主,因爲此本曾廣泛校勘他書,對勘訂原書之訛誤,足資啓發;并應以《詞話叢編》本爲輔校本,因爲此本廣爲流傳,却多訛誤,亟須訂正。因此,我們應對上述三本進行通校,其餘各本衹作爲參考資料。

在整理和校勘上,應以存舊爲原則;應該保留原刻本的信息,例如趙尊嶽的跋文和版刻資料等。在進行校勘時,必須恪守校勘學規則,凡有异文必出校,凡校改必具理;而有關的校勘條例,更應詳細列出,以資考索。

(2)《蕙風詞話》一書以外況周頤的獨立詞學論著的整理出版。

我們應該將《蕙風詞話》一書以外的況周頤詞學著述,一一獨立整理出版。它們包括況氏各種有個别篇名的詞話、他所選編的詞作總集,以及其他有特定主題的詞學論著等(請參考本文第二節)。這些著述自有其被獨立整理和研究的價值,因而都不應被納入《蕙風詞話》的體系内。

(3)況周頤零散論詞文字(包括詞話)的編集。

除了《蕙風詞話》和況氏獨立成編的詞學著述之外,況氏尚有許多論詞話語,散見於他的各種筆記類著作,以及他友人的詩詞文集之中,我們當然應該加以輯録和整理,以便於日後更深入的研究工作。但在輯録這些論詞文字時,必須特别注意下列的原則:

a. 必須本來是零散的、并非獨立成編或成卷的。

b. 不屬於任何一種獨立單行的詞學著述的主體或重要部分。

c. 詞話須以筆記文體的論詞文字爲主。

d. 編集詞籍的序、跋、題記、校記等論詞文字時，須與詞話明確區分。（在這裏我們要注意，況周頤的詞學理論文字與況周頤的詞話，在定義、概念和文體上，是應該有所區分的。）

e. 論詞文字也包括論詞詩、論詞詞和涉及論詞的詞作小序等。

(4) 彙集以上三項内容成爲《況周頤論詞文獻匯編》。

以上三項對況周頤論詞文獻的整理工作，其實可視爲我們爲最後編集一部“況周頤論詞文獻匯編”所做的前期工作。同時，我們應以這些文獻的寫作、刊行或發表的時間先後排列，甚至更進一步作出互校，以顯示相關論詞文獻的發生、發展和定稿之間的傳承關係脉絡。

筆者相信而且期待，在這樣的一番有秩序、有系統的整理之後，況周頤詞學和《蕙風詞話》的研究，將會有更長足的進展。

【本篇發表史】

1. 初發表於《止善》第9期，臺灣朝陽科技大學通識教育中心，2010年12月，第23~53頁。
2. 2011年5月6日，應邀爲雲南大學文學院以此文作學術報告。
3. 2011年5月27日，應邀爲黑龍江大學文學院以此文作學術報告。
4. 2011年11月8日，應葉嘉瑩教授之邀，爲天津南開大學文學院以此文作學術報告（由該校文學院孫克強教授主持）。
5. 分上、下兩部分，發表於：

《國學新視野》總第6期,中國人民大學國學院、中國文化院、中華出版社主辦,2012年6月夏季號,第47~59頁。

《國學新視野》總第7期,中國人民大學國學院、中國文化院、中華出版社主辦,2012年9月秋季號,第60~75頁。

6. 2014年12月5日,應邀爲上海華東師範大學圖書館和中文系以此文作學術報告(由該校圖書館館長、中國古典文學學科帶頭人胡曉明教授主持)。

二、況蕙風的“傖父”和“秀鐵面”考論

1. 引論——詞集的是非和詞人的是非

1904 年春天,蕙風詞人(況周頤,字夔笙,1861—1926)再游蘇州有感,撰成了《玉棲後詞》。集内的詞作數量不多,現存的版本衹有 4 葉共 20 闋①,但它的命運是坎坷的。首先,詞人把這些新作帶給他已闊别多年的好友王鵬運(字幼霞,號半塘,1849—1904)鑒賞時,换來了“淫豔不可刻”的嚴厲訶責。隨後半塘遽然離世使得蕙風對詞學意興闌珊②,更一度打消了要刊刻《玉棲後詞》的念頭。③至 1907 年,蕙風纔決定將詞集付梓,但衹附於《阮盦筆記》後印行。1925 年況氏編定《蕙風叢書》時,詞集亦衹被編附於《粵西詞見》之

① 見臨桂況周儀夔笙:《玉棲後詞》,《蕙風叢書》第 10 册《粵西詞見》後附,上海中國書店藏版,丙寅(1926)四月刊本,香港大學馮平山圖書館所藏本。

② 況周頤在王鵬運逝世後,曾經在筆記中寫道:“歔歘!半唐已矣,余何忍復拈長短句耶?嘗有志撰録,今不復從事矣。”見《蘭雲菱夢樓筆記》葉一七,《蕙風叢書》第 2 册,上海中國書店藏版,丙寅(1926)四月刊本,香港大學馮平山圖書館所藏本。

③ 蕙風於甲辰年(1904)二月創作《玉棲後詞》,四月被王鵬運訶爲淫艷,勸其不要刊刻。王氏於五月逝世。本文認爲,蕙風没有立即刊印此集的原因,除被王氏訶斥之外,還因爲半塘之死,令他頓時對詞學意興闌珊所致。

後。它一直無緣收入況氏自編的詞集叢書《弟一生修梅花館詞》之内;而集内的作品,也没有任何一闋入選於況氏的自定詞集《蕙風琴趣》和《蕙風詞》之中。

《玉棲後詞》撰成後,蕙風除受到王鵬運的訶責之外,還遭到另一大詞人鄭文焯(字叔問,號大鶴,1856—1918)的竊議。大概是半塘逝前,曾向大鶴提起蕙風《玉棲後詞》涉淫艷之事,大鶴又再向其他人傳播,致使一些不堪入耳的傳言又傳回蕙風耳中。1907 年,蕙風把《玉棲後詞》刻印了出來,在其卷首識語中,記述了整個事件,并對半塘的訶責表示不解,又不點名地對大鶴的竊議表達了强烈不滿。這些文字,記録了蕙風與詞友間齟齬的一段逸事,本來也没有甚麽大不了的,但竟成爲後輩詞人和後世學者攻訐蕙風人品和文品的"罪證"之一。

1912 年,蕙風出版《二雲詞》,在序中略述其填詞經歷,提到了《玉棲後詞》"爲傖父所訶"之後,他的詞學創作曾一度中輟云云。相信在此期間,蕙風正對艷詞以至詞的體格問題,陷入了長時間的反思之中。可是後輩詞人和後世學者,則每每從這段話語中斷章取義,在證據不足的情況下,便認定了蕙風所謂"傖父"指的就是鄭文焯,誤解甚深;又羅織了一些細枝末節和街談巷議,進而附會出蕙風人品有虧的種種。本來就傳人寥落的蕙風詞人,很輕易地就被研究界判定爲晚清四大家之中的"歹角",百詞莫辯。

百餘年過去了,可是歷史的塵埃并没有沉澱下來,而真相被説是非者、誣陷者,或不辨史實的研究者攪得更爲扭曲,良可慨嘆!更重要的是,當代研究者對蕙風詞人的厚誣,已經影響到人們對晚清詞史的正確認識和理解。因此,我們必須嚴肅應對。

要解開誤會,廓清歷史真相,還各方以公道,必須從細審史料做起。

2. 蕙風"爲傖父所訶"史事本末

爲便於分析和討論,本文先將有關蕙風的詞作《玉棲後詞》被評爲"淫豔""爲傖父所訶"一事的直接史料,整理并順序表列如下:

(1)甲辰(1904)二月,況氏游蘇州,成《玉棲後詞》若干闋。(《玉棲後詞·識語》)

(2)同年四月,況氏自常州赴揚州,會見王鵬運。況氏出示其近作《玉棲後詞》,但遭王氏責難,謂"是詞淫豔,不可刻也"。(《玉棲後詞·識語》)

(3)同年五月,況氏回常州;王氏赴鎮江、杭州、蘇州等地。王氏在蘇州時曾與鄭文焯見面。王氏曾向"某名士老於蘇州者"論及況氏的《玉棲後詞》,其詞被"某名士""益大何之"。(《玉棲後詞·識語》)①

(4)(光緒三十年六月)二十三日夜,王鵬運卒於蘇州兩廣會館。(馬興榮《王鵬運年譜》)

(5)丁未(1907)二月二十二日,況氏編定《玉棲後詞》并撰識語,記述其刊刻此集的始末。其中有云:"半唐謂余:是詞淫豔,不可刻也。"又云:"余回常州,半唐旋之鎮江,而杭州、蘇州,略舉余詞似某名士老於蘇州者,某益大何之,其言寖不可聞。"(《玉棲後詞·識語》)(按:"某益大何之"一事,應是況氏後來得悉後,甚爲不滿,故於詞集付梓時并記之。)

(6)甲寅(1914),況氏於《二雲詞》識語中,追述其《玉棲

① 王氏在蘇州時曾與鄭文焯見面事,又見記於戴正誠所著《鄭叔問先生年譜》"光緒三十年甲辰四十九歲"條:"夏,王佑遐給諫自邗江過江訪舊,與先生重會吳皋,觴詠累夕。"據北京圖書館藏珍本年譜叢刊本第184册,北京圖書館出版社1999年4月第1版,第428頁。

後詞》曾"謂涉淫豔,爲傖父所訶"。(《二雲詞·識語》)(按:一般認爲此"傖父"指鄭文焯。我們認爲此説有較大疑點,或不確;"傖父"應指王鵬運,或兼指王、鄭二人。詳下文。)

根據上述資料可知,蕙風備受王鵬運指責時,是在甲辰(1904)四五月間的揚州;二人分手後,王氏纔到蘇州與"某名士"談及蕙風的《玉棲後詞》;不久後王氏遽然離世。從時間的先後來説,王氏不可能因爲受到了"某名士"的影響纔訶責蕙風;至於"某名士"與王氏會面之後"益大何之",那是後話。

蕙風後來在丁未(1907)二月刊行的《玉棲後詞》卷首識語中,便一并記述了這段故事的始末。從文中可以看出,蕙風對自己的詞作被訶斥爲"淫豔",是久久未能釋懷,甚至是很不以爲然的。

3.《玉棲後詞》的"訶者"——卷首識語解讀

從上表可知,與蕙風"爲傖父所訶"事件有關的直接史料,其實皆出自蕙風本人。正確地解讀文獻,是明辨真相的關鍵。我們先看其中的第一篇直接文獻——《玉棲後詞》卷首識語的全文(標點由筆者所加):

《玉棲後詞》者,甲龍仲如,玉棲詞人後游蘇州作也。是歲四月,自常州之揚州,晤半唐於東關街儀董學堂。半唐謂余:"是詞淫豔,不可刻也。"夫豔何責焉?淫,古意也;《三百篇》襍貞淫,孔子奚取焉?雖肰半唐之言甚愛我也,唯是甚不似吾半唐之言,甯吾半唐而顧出此?余回常州,半唐旋之鎮江,而杭州、蘇州,略舉余詞似某名士老於蘇州者,某益大何之,其言寖不可聞。未幾而半唐遽離兩廣會館之戚。言反常則亦爲妖,半唐之言,非吾半唐之常也。而某名士無恙至今,則道其常故也。吾刻吾詞,亦道其常云爾。丁未小寒食，自識於秦淮侯廬之珠花簃。①

必須指出，引文中“略舉余詞似某名士老於蘇州者”句後一段，今之通行本如屈興國的《蕙風詞話輯注》和孫克強的《廣蕙風詞話》等的句讀，出現了多處錯誤，已經嚴重影響了讀者和研究者對這段説話的正確理解，必須予以改正。以下特别標出這些錯處，以便讀者判别(下文孫氏沿襲了屈氏的誤讀，他們的句讀幾乎完全一致，橫綫由筆者所加)：

> 某益大，何之其言寖不可聞？未幾，而半唐遽離。兩廣會館之戚言：反常則亦爲妖。半唐之言，非吾半唐之常也。而某名士無恙，至今則道其常故也。②

筆者按：(1)“某益大何之”應該連讀。“何”取《漢書·賈誼傳》“大譴大何”語，屈氏據《玉棲後詞》刻本作“何”；孫氏據《香豔叢書》本作“呵”，不確，應據刻本校正。(2)“而半唐遽離兩廣會館之戚”應作一句，意思是指王鵬運卒於蘇州兩廣會館。“言”字應後讀爲“言反常則亦爲妖”。(3)“至今”則應前讀，作“某名士無恙至今”。這些文獻句讀上的謬誤，已經對一些晚清詞史研究構成了極壞的影響。下面我們將會再作説明。

根據《玉棲後詞》卷首識語的内容，我們大抵可以先行確認以下幾點：

---

① 《玉棲後詞》葉一，《蕙風叢書》第10册，上海中國書店藏版，丙寅(1926)四月刊本，香港大學馮平山圖書館所藏本。

② 見況周頤撰，屈興國輯注：《蕙風詞話輯注》，江西人民出版社2000年10月第1版，第593頁。又見況周頤原著，孫克強輯考：《蕙風詞話·廣蕙風詞話》，中州古籍出版社2003年11月第1版，第442~443頁。

(1)曾經當面訶斥蕙風,説《玉楳後詞》"淫豔,不可刻也"的人,衹有王鵬運,而没有其他人。

(2)至於"某名士",是後來被王鵬運告知之後,纔對此事"益大何之"的人。

【按一】"某名士"是誰?蕙風并没有指明。趙尊嶽《蕙風詞史》云:"《玉梅後詞》成,文叔問嘗竊議之。"①所謂竊議,即是在當事人背後説是道非之意,與蕙風所言"某益大何之"一事吻合。據趙氏所言,那位"大何"蕙風的"某名士",便是鄭文焯(旗姓文,字叔問)。鄭文焯晚年長居蘇州,又是在王鵬運逝前曾與王氏見面的詞友,因此"某名士"即指鄭文焯,這個意見大致可信。

【按二】有論者謂王鵬運是受到了鄭文焯的影響,纔對蕙風的《玉楳後詞》加以責難。這一點明顯與史實發生的次序不符,有必要加以廓清。最明顯的例子,如孫維城的論文《清季四大詞人詞學交往論述》曾經評説此事件,論斷謂:

> 半塘謂《玉梅後詞》淫豔不可刻,況氏認為王鵬運此語是受鄭文焯的影響。況氏《玉梅後詞》序云:"唯是甚不似吾半塘之言,寧吾半塘而顧出此?"並咬定乃鄭氏"妖半塘之言"。②

孫氏所依據的是,蕙風在《玉楳後詞》識語中"咬定乃鄭氏'妖半塘之言'"。所謂"妖半塘之言"一語,其實根本就是子虛烏有的事。蕙風的原文應爲:"言反常則亦爲妖。半唐之言,非吾半唐之常也。"孫氏所謂蕙風"咬定乃鄭氏'妖半塘之言'"云云,則完全是出

① 趙尊嶽:《蕙風詞史》,見《詞學季刊》1934年第1卷第4號,1967年6月澳門海外圖書出版社再版發行本,第77頁。

② 孫維城:《清季四大詞人詞學交往論述》,《文學遺産》2005年第6期,第126頁。

於孫氏對蕙風識語的誤讀,絶非蕙風之意,亟須予以糾正。孫氏以此錯誤加諸蕙風身上,并以此立論,迹近於誣告,令人遺憾。

(3)蕙風對自己的詞作被王鵬運訶斥爲"淫艷",是很不以爲然的。他甚至舉出了孔子編纂"襍貞淫"的《詩經》來爲自己辯解。這段話在某種程度上也反映出蕙風看待艷詞的態度。

(4)蕙風認爲王氏的批評,并不符合他所熟悉的王氏詞學觀的常態①,故有"甚不似吾半唐之言""半唐之言,非吾半唐之常"等語。

(5)據蕙風事後所知,"某名士"獲悉王鵬運對《玉棲後詞》的看法後,便在背後益加責難("益大何之"),以至於"寖不可聞"的程度。"寖"同"浸",或取《新唐書·張延賞傳》"道路訾謗,浸淫聞於上"之義。"寖不可聞",意謂毁謗之詞漸傳至不堪入耳。

(6)《玉棲後詞》卷首識語撰成於1907年春天,距蕙風被王鵬運當面訶責時,相隔已近3年之久。但讀者仍可從識語的字裏行間看出,蕙風對此事依然耿耿於懷,纔會把事情的始末和自己的感受記人識語之中。

【按】在進行了上述文本分析之後,我們可以客觀地説,導致蕙風耿耿於懷的合理理由有三:第一,他的詞作被斥爲淫艷,而他對這個指責甚不以爲然;第二,王鵬運言論的反常,使他大惑不解;第三,對"某名士"[應指鄭文焯,詳以上第(2)點【按一】]在背後的詆毁之言辭,難以接受。三種理由極可能兼而有之。這固然是詞學觀的問題,也是人情上的問題。

① 蕙風明白"半唐於詞,夙尚體格"(《餐櫻詞·序》,見《蕙風叢書》第12册),但蕙風認爲半塘對艷詞向來并不抗拒,甚至對歐陽炯的艷詞(《浣溪沙》句:"蘭麝細香聞喘息,綺羅纖縷見肌膚。此時還恨薄情無?")曾作出高度評價,云:"奚翅豔而已?直是大且重。"(《蕙風詞話》卷二,見《蕙風詞話·人間詞話》合訂本,人民文學出版社1960年4月初版,第23頁。)

4. 蕙風的“傖父”——《二雲詞》卷首識語及詞史公案

事件中“傖父”一語,要等到1914年蕙風撰寫《二雲詞·識語》時纔見諸文獻。蕙風在《二雲詞·識語》中,簡明扼要地叙述了自己的填詞經歷。這時距《玉棲後詞》的創作和被王鵬運訶斥的時間,已有10年之久。以下引録《二雲詞·識語》的相關段落:

> 《薆景詞》刻於戊戌夏秋間,距今十六年。中間刻《玉梅後詞》十數闋,附筆記别行,謂涉淫豔,爲傖父所訶,自是斷手。間有所作,輒復棄去,亦不足存也。歲在癸丑,避地海隅,索居多暇,稍復從事,頑而不豔,窮而不工。……以二雲名,非必爲二雲作也。……①

應該注意,蕙風這段話,語氣平和,較之7年前《玉棲後詞·識語》中所充斥的憤懣情緒是大有區别的。

引文中的“傖父”究指誰人?從文意推知,蕙風所指的,肯定是曾經斥責《玉棲後詞》淫艷的“訶者”。結合《玉棲後詞·識語》一并推敲,“傖父”首先必然是曾經當面斥責其詞“淫艷不可刻”的王鵬運。當然我們亦不能排除曾經“益大何之”的“某名士老於蘇州者”(極可能指鄭文焯)的可能性。“傖父”也可能兼指王、鄭,甚至泛指所有曾經加入傳播“訶斥”之列的人。這個説法顯然是一個比較客觀的論斷。但後世學者偏要認定“傖父”即鄭文焯而非他人,是否過於武斷?

早在20世紀20年代末,詞學界中人已經開始議論這段“公

① 見《二雲詞》葉一,《弟一生修梅花館詞》弟六,《蕙風叢書》第11册,上海中國書店藏版,丙寅(1926)四月刊本,香港大學馮平山圖書館所藏本。

案”。夏承燾(1900—1986)的《天風閣學詞日記》1929 年 2 月 16 日是這樣記載的:

> 閱況夔笙《玉棋後詞》(附《阮盦筆記》後),皆懷妓作,好處可解甚少。不知由予學力未到耶,抑況翁此編本非其至耶。此編王鵬運曾勸其勿刻,而況不聽。序中且極詆鄭叔問,所謂“某名士老于蘇州者”也。①

很明顯,夏氏也不喜歡《玉棋後詞》。所謂“皆懷妓作”,也許是受到王鵬運“淫豔”這一評語所影響,其實并無確證。無論如何,從《天風閣學詞日記》中的相關載述可見,夏氏此後亦屢屢就“蕙風遺事”以及“大鶴、蕙風交惡情狀”,詢問蔡嵩雲、吳梅、陳玄嬰、張爾田等詞友。② 雖然《日記》要到 20 世紀 80 年代纔出版,但可以相信,夏氏對蕙風“極詆叔問”以至鄭況交惡情形的看法,當時(約 20 世紀 30 年代初期)就曾在其詞學界某些朋輩中分享和流傳。但夏氏在日記中,并没有提及“傖父”誰指的問題。

趙尊嶽(1898—1965)的《蕙風詞史》發表於 1934 年,在述及《玉棋後詞》故事時,明確地把“傖父”指向了鄭文焯。他認爲鄭、況之間的衝突,其實是源於兩人詞學觀的差异:由於大鶴不瞭解蕙風詞作的深意,却又背地裏大加議論,從而導致蕙風十分不滿。趙氏説:

> 《玉梅後詞》十餘闋,則豔詞之成於蘇、杭、常州者也。維

① 夏承燾:《天風閣學詞日記》,浙江古籍出版社 1984 年 12 月第 1 版,第 78 頁。

② 見夏承燾:《天風閣學詞日記》,浙江古籍出版社 1984 年 12 月第 1 版,第 338、341、389、431 頁。

時先生雖流離江海，而朋友文字之樂，不減疇昔，故詞境又趨於側豔一流。然有絶重、絶拙、絶大處，則非作豔詞者所可望其肩背矣。

《玉梅後詞》成，文叔問嘗竊議之。先生大不悦，其於詞跋有云“爲傖父所訶”，蓋指叔問。叔問在蘇，治詞亦精，享盛名。時人與王半唐、朱彊邨及先生合之稱爲清季四大詞人。叔問學白石、學清真，雅尚面目，而天分或不及先生。先生充其所至，“胡帝”“胡天”，外蕃麗而内幽怨，不爲叔問所知，故有所議也。①

筆者按：上引《蕙風詞史》於史實有所誤記：《玉棋後詞》并無跋文，“爲傖父所訶”一語，實出自《玉棋後詞》刊刻7年之後所寫的《二雲詞·識語》（詳前文）。趙氏把二者混淆了。這也説明趙尊嶽雖是蕙風門人，但到底追隨老師的時間不長，因此他的《蕙風詞史》對蕙風事迹史實的記述，多有錯誤，并非絶對可靠，這一點筆者在拙著《況周頤先生年譜》中已有提及。

《蕙風詞史》對《玉棋後詞》的研究和評論，顯然要比夏承燾的日記深入而具體得多。夏氏所謂的“好處可解甚少”，在趙氏眼裏則是“有絶重、絶拙、絶大處”。看來詞學批評之事，蓋難以確立客觀的標準。但關乎史實的問題，還是必須詳加考證的。

趙尊嶽隨蕙風學詞，始於1921年②，其時半塘、大鶴皆已謝世多年，他是無法親睹蕙風與二人相處的情形的。筆者認爲，他之以“傖父”“蓋指叔問”，使用了“蓋”字，就含有臆測和不能絶對肯定

① 趙尊嶽：《蕙風詞史》，見《詞學季刊》1934年第1卷第4號，1967年6月澳門海外圖書出版社再版發行本，第76～77頁。

② 參考鄭煒明：《況周頤先生年譜》“1921年二月條”，上海古籍出版社2009年5月初版，第310～311頁。

的意思,我們不能直接引爲憑據。因此,蕙風的"傖父"究指何人,仍有待細考。

曾經師從大鶴學詞,後又曾追隨朱祖謀(號彊邨,1857—1931)左右的張爾田(1874—1945),在1936年3月18日回覆夏承燾的一信中,評述了鄭、況之間的恩怨,當中也没有提及蕙風所言"傖父"誰指的問題。此信對彊邨爲人推崇備至,而對大鶴、蕙風則甚置不滿。其中有云:

> 蕙風生平最不滿意者,厥爲大鶴。僕嘗比之兩賢相阨。其于彊老,恐亦未必引爲同調。嘗謂古微但知詞耳,叔問則並詞而不知。又曰:作詞不可做樣,叔問太作樣,太好太好。……大鶴爲人,不似蕙風少許可,獨生平絶口不及蕙風。又嘗病彊老詞不能清渾,無大臣體……蓋兩家門庭皆盡窄,以視彊老爲大鶴刻《苕雅餘集》,爲蕙風刻《鶩音詞》,度量相去直不可道里計。文人相輕,自古而然。①

張氏認爲蕙風和大鶴交惡,是"文人相輕"的表現,度量遠不如朱祖謀云云。其揚朱而抑況、鄭的傾向,已十分明顯。經過這樣一番申述之下,諸如"鄭、況素有嫌隙,可證傖父必指大鶴"之類的循環論證,便儼然"順理成章"了。

必須注意,張爾田對三大詞人的評論,并非不偏不倚的;他本身已深深介入了前輩詞人的是非轇轕之中,甚至很可能是是非的催化者。這從一封他寫給夏承燾的信可證一斑:

---

① 夏承燾:《天風閣學詞日記》,浙江古籍出版社1984年12月第1版,第435頁。

《蕙風詞話》,標舉纖仄,堂廡不高。重拙指歸,直欺人語。愚昔年即不以爲然。而彊老推之,殊不可解。彊老與蕙風合刻所爲詞曰《鶩音集》,愚亦頗持異議。①

由此可知,張爾田對蕙風的詞學和爲人早有成見。其實《蕙風詞話》的成就和貢獻,詞學界已有公論。張氏信中所言,祇凸顯出他揚朱抑況的用心罷了。他與夏氏通信中對蕙風的看法,并非客觀中立的評價。因此,研究者引用這些資料時,須經過充分的論證。

無論如何,交惡是一回事,“詆毁”某人爲傖父又是另一回事,二者没有必然的關係,其對象不一定就是同一個人。論者如要確定蕙風所説的“傖父”必指鄭文焯而非他人的話,則尚欠缺確鑿的依據。

可惜當代學者如孫維城②、曾大興③、楊傳慶④、徐瑋⑤等,在研究相關問題時,不但没有厘清上述的邏輯謬誤,反而對“傖父乃蕙風詆毁大鶴之語”一説,皆不由分説地表示贊同。他們大都在未能正確掌握史料的情況下立論,推廣不盡、不實的觀點;有的更主觀地傾向於對兩大詞人的“交惡情狀”,穿鑿附會,大肆渲染,以致極力貶斥蕙風“惡言詆毁”大鶴。例如孫維城在論述這段史實時次序有明顯的錯誤,前文已經指出。又如曾大興在爲鄭文焯作傳時,更闢鄭、況恩怨

① 夏承燾:《天風閣學詞日記》,浙江古籍出版社1984年12月第1版,第433頁。

② 參孫維城:《清季四大詞人詞學交往論述》,見《文學遺産》2005年第6期。

③ 曾大興:《詞學的星空——20世紀詞學名家傳》,河北人民出版社2009年1月第1版,第288~292頁。

④ 參楊傳慶:《鄭文焯、況周頤的交惡與晚清四大家詞學思想的差異》,見《文學遺産》2009年第6期。

⑤ 參徐瑋:《論況周頤〈玉梅後詞〉與況鄭交惡的關鍵》,見《詞學》第28輯,華東師範大學出版社2012年12月第1版,第188~203頁。

爲專節,并想當然地對蕙風的人品和文品妄加撻伐,有云:

> 況周頤寫了"淫豔"的詞還不承認,還要罵批評他的鄭文焯是"傖父",指責人家"並詞而不知",這就不是甚麽"兩賢相戹""文人相輕"的問題了,説得稍微重一點,這是一個人品和文品的問題,從理論上講,則是一個詞學觀的問題。①

論者如曾大興等,既未細勘史實,又偏執於謬誤重重的資料和蜚短流長式的耳語,這樣的評論實在與毁謗無异。在没有充分證據的情況下,把詞人之間的詞學批評,牽扯人品和文品的層次去論述,亦未免過於草率,有失公允。更何況,於基本史實而言,蕙風所説的"傖父",極有可能并非指鄭文焯呢。

下文我們將就蕙風面對批評的態度、蕙風與大鶴的交情,以及"傖父"必指王鵬運等方面,進行更深入的考析。

5. 蕙風面對批評的慣常態度

有人認爲,蕙風因爲記恨大鶴的訶斥,所以詆毁他爲"傖父"。② 這些都是缺乏實質證據的臆斷而已。作爲嚴肅的詞學研究者,在做出這種帶有嚴重指控性質的評論時,更應加倍審慎。相反,我們却可以找到許多蕙風能够虚心接受批評的證據,可以反證蕙風不像是會記恨師友善意批評的人。

蕙風生平曾受過一些師友前輩的訶責,其著述之中亦從來不

---

① 曾大興:《詞學的星空——20 世紀詞學名家傳》,河北人民出版社 2009 年 1 月第 1 版,第 292 頁。

② 參楊傳慶:《鄭文焯、況周頤的交惡與晚清四大家詞學思想的差異》,見《文學遺産》2009 年第 6 期,第 80 頁。原文説:"鄭文焯對況氏的呵斥則爲況氏深記,所以就有了上面所引的譏刺與貶低之語。"

忌諱提起。例如,在憶述姊丈蔣楝周對他的詩作的規誡時,説:

余年十三四,不知詩爲何物,輒冒昧屢爲之,有句云:“薄酒並無三日醉,寒梅也隔一窗紗。”姊丈蔣君梓材……見而誡之曰:“童子學詩,胡爲是衰颯語?”……因憶及訶余之友,擥連記之。蔣君雅人,其規我,其愛我也。①

這段話顯示出,蕙風對於“訶余之友”,視爲“其規我,其愛我也”,觀點十分正面。這種表現,與他在《玉棲後詞·識語》中所説的“半唐之言甚愛我也”,大可互相印證。

蕙風又經常提及,以往曾被詞師端木埰申誡的事,例如在《餐櫻廡詞話》中,有兩則筆記云:

詞用虚字叶韻最難……憶二十歲時作綺羅香過拍云:“東風吹盡柳緜矣。”端木子疇前輩(埰)見之,甚不謂然,申誡至再。余詞至今不復敢叶虚字。……②

曩作七夕詞,涉尋常兒女語,疇丈尤切誡之,余自此不作七夕詞,承丈教也。……③

前一則後來又被蕙風收入《蕙風詞話》。④ 端木埰對蕙風“申誡至

① 見蕙風:《眉廬叢話》,《東方雜誌》1915 年第 12 卷第 7 號,第 16~17 頁。
② 見臨桂況周頤夔笙:《餐櫻廡詞話》,《小説月報》1920 年第 11 卷第 10 號,第 4~5 頁。
③ 見臨桂況周頤夔笙:《餐櫻廡詞話》,《小説月報》1920 年第 11 卷第 10 號,第 4~5 頁。
④《蕙風詞話》卷一,見《蕙風詞話·人間詞話》(合訂本),人民文學出版社 1960 年 4 月初版,第 15~16 頁。

再"的,是用虚字叶韵和作七夕詞二事,皆涉及填詞的體格問題。對於受了端木埰規誡,自此不作七夕詞的原因,蕙風於1915年在《眉廬叢話》中有更詳細的交代:

曩余作七夕詞,用銀河鵲駕等語,端木子疇前輩(埰),見而規誡之,評語云:"牛主耕,女主織。建申之月,田功告畢,織事託始。故兩星交會,明代謝以成歲功。世俗傳謌,以妃偶離合爲言,嫚瀆甚矣!"余佩服斯言,垂三十年,未嘗賦七夕詞也。①

由此可見,蕙風對前輩有理有節的批評和勸誡,都能降心領受,銘記終生。

蕙風把自己"得闕詞學門徑"歸功於王鵬運的規誡。《餐櫻詞自序》(撰於1915年)有云:

余壬申癸酉間,即學填詞,所作多性靈語,有今日萬不能道者,而尖豔之譏,在所不免。己丑薄游京師,與半唐共晨夕,半唐於詞,夙尚體格,於余詞多所規誡,又以所刻宋元人詞,屬爲斠讐,余自是得闕詞學門徑。②

從引文中我們還可看到,蕙風對自己少時性靈之作,常被指爲"尖豔",已經習以爲常,自然不會因爲"尖豔之譏",而對批評者長期記恨。倒是王鵬運對他《玉棲後詞》的指責,纔使蕙風陷入了詞學上

① 見蕙風:《眉廬叢話》,《東方雜誌》1915年第12卷第10號,第24頁。
② 臨桂況周頤夔笙:《餐櫻詞·自序》,《第一生脩楳華館詞》第七,《蕙風叢書》,1926年上海中國書店印本。

（尤其對艷詞）漫長而深刻的反思之中。這一點已於他後來的詞學論述中有所顯露，如哀感頑艷説、艷骨説等。

6. 蕙風與大鶴的交情

學者論述蕙風與大鶴的交往情狀時，大多偏執於交惡一端，而對二者的交情缺乏較全面的瞭解。筆者在編撰《況周頤年譜》的時候，發現兩人的交往情況，尚有許多史料可稽，兩大詞人的情誼，實不應讓"鄭況交惡"之説所掩没。謹就所得資料，略説如下：

蕙風與大鶴約初識於清光緒辛卯（1891）、壬辰（1892）間。當時蕙風作客蘇州，曾與鄭文焯、張祥齡、易順鼎等友人同游勝景，詩酒談笑，聯句爲樂。1907—1908 年間，蕙風在《香東漫筆》中，追述了這段歡愉的光景：

> 辛卯、壬辰閒，余客吴門，與子苾、叔問素心晨夕，冷吟閒醉，不知有人世升沈也。某夕漏未三商，招子苾讌集不至，叔問得《浣溪沙》前四句，余足成之："夂樣詞人天樣遥，翠衾貪度可憐宵（苾姬人名翠翠）。未應箋管换釵翹。破面春風防粉爪（問），畫眉新月戀香豪。柳顰花咲奈明朝（笙）。"翼日有怡園之約，故歇拍云云。①

又於 1924 年的《餐櫻廡漫筆》中追記云：

> 曩客吴門，與易中實、張子苾、鄭叔問同游虎邱，一葉青篷，烟波容與，聯句賦《鎖窗寒》詞，叔問得句云"近黄昏，玉鬟

① 臨桂況周頤𧫴遴記：《香東漫筆》卷第一，葉二四，見《蕙風叢書》第 4 册，上海中國書店藏版，丙寅（1926）四月刊本。

更攜,粉香欲共蒼翠滴",頗自喜。余曰:"句誠佳矣,此傅粉之面,無乃太大乎。"四座爲之軒渠。①

在這次聚會之中,二人除賦聯句詞《浣溪沙》(見上文)、《鎖窗寒》(見上文)和《喜遷鶯》"亭皋愁暮"②之外,還互相以詞贈答,如鄭文焯的《壽樓春·和梅谿贈夔笙同年》③和《絳都春·夔笙新納吳姬,用夢窗爲李篔房量珠賀韻賦此》④,蕙風的《壽樓春》"遲南枝春芳"⑤和《壽樓春》"紉湘蘭情芳"⑥等。可見當時二人的關係是十分融洽的。但從上引《餐櫻廡漫筆》中蕙風戲評大鶴《鎖窗寒》詞句之語,我們發現蕙風對大鶴詞句的夸大失真,已即席表達了他的异議,衹是其他人也許都没有察覺到罷了。後來王鵬運曾致書朱祖謀說,"夔笙素不滿某某"⑦(詞學界普遍相信"某某"是指鄭文焯),所謂"不滿",相信就是指蕙風對大鶴詞的一貫批評。

壬辰(1892)二月,蕙風返京,與諸友依依惜別。旅途中,蕙風

① 況周頤:《餐櫻廡漫筆》,《申報·自由談》,民國十三年(1924)8月15日。
② 臨桂況周儀夔笙:《玉梅詞》葉五,《弟一生修梅花館詞》弟二,《蕙風叢書》第11册,上海中國書店藏版,丙寅(1926)四月刊本。
③ 《壽樓春·和梅谿贈夔笙同年》,見鄭文焯:《冷紅詞》卷弟一,葉一〇,《大鶴山人遺書》,葉德輝庚申(1920)長至日序本。按:鄭氏與況氏既非同齡,又不是同一年考中舉人,何以鄭氏在詞題中稱況氏爲"同年",尚待考證。
④ 鄭文焯:《冷紅詞》卷弟一,葉一三至一四,《大鶴山人遺書》,葉德輝庚申(1920)長至日序本。
⑤ 臨桂況周儀夔笙:《玉梅詞》,葉二,《弟一生修梅花館詞》弟二,《蕙風叢書》第11册,上海中國書店藏版,丙寅(1926)四月刊本。
⑥ 臨桂況周儀夔笙:《玉梅詞》,葉四至五,《弟一生修梅花館詞》弟二,《蕙風叢書》第11册,上海中國書店藏版,丙寅(1926)四月刊本。
⑦ 見《彊邨詞原序》,朱祖謀:《彊邨詞賸稿》卷首,《續修四庫全書》第1727卷,上海古籍出版社1995年版,第567頁。

還把自己校刻的《蛾術詞選》寄贈大鶴。大鶴即撰以跋文:

……今葵生同年,從元鈔校補付梓,多至百餘首……葵生别予旬日,此篇寄自滬上;西園風雨,春事飄零,讀集中《六州歌頭》遣春諸詞,又不任離索之感焉。叔問。壬辰二月十四日。①

這時兩人的詞學交流,正在熱絡地進行著。

回到京中,蕙風常與半塘談及在蘇州時,與鄭文焯和張祥齡的和詞、聯句之樂,直接促成了他和半塘、子苾三人連句,五日間遍和《珠玉詞》的盛舉。王鵬運《和珠玉詞序》有云:

龍集執徐之歲,夔笙至自吳中,爲言客吳時與文君尗問、張君子苾和詞連句之樂,且時時敦促繼作……今年六月,暑雨方盛,子苾介夔笙訪余四印齋,出眎近作,則與尗問連句和《小山詞》也……遂約盡和《珠玉詞》……閱五日而卒業,得詞一百三十八首……光緒甲午荷花生日半塘老人。②

到 1904 年,便發生了蕙風的《玉棲後詞》被半塘訶責爲淫艷一事。其後大鶴"益大何之"的消息,可能要到 1907 年初之前纔傳至蕙風的耳中,致使蕙風在這時纔不顧王鵬運的告誡,毅然把這部詞集刊印出來。我們大概可以想像,當大鶴看到了《玉棲後詞·識

① 見《詞學季刊》1923 年第 1 卷第 3 號,1967 年 6 月澳門海外圖書出版社再版發行本,第 135 ~ 136 頁。

② 張祥齡、王鵬運、況周儀:《和珠玉詞》,光緒甲午(1894)七月刻本。按據惜陰堂民國重刊本《和珠玉詞》之況周頤跋,光緒甲午七月刻本,乃"開雕於廠肆,印行僅數十本"者;廠肆,即北京琉璃廠也。

語》中所謂“某名士老於蘇州者”等生氣之語時，會有怎麽樣的感受。無論如何，可以肯定的是，兩人的感情至此已大不如前了。

不過，蕙風和大鶴在《玉楳後詞》風波之後的關係，也并非如論者所渲染般惡劣。張爾田曾經説過，大鶴“生平絶口不及蕙風”①（此説仍待考），這可能是大鶴回應《玉楳後詞·識語》的反應。另一方面，蕙風在其筆記著作中，則偶爾會提到大鶴，如上引的《香東漫筆》和《餐櫻廡漫筆》筆記，就是其中顯例。而且，二人皆雅好金石書畫，他們所作的序跋，間或同見於友人的藏品或作品。如 1915 年爲李尹桑所藏《虢季子白盤拓片》，就有況周頤、樵風逸民（即鄭文焯）、朱孝臧（即朱祖謀）等的題記。② 同年，印人葛昌楹所刻的《晏廬印集》刊有兩篇序文，即分别由大鶴和蕙風所作。③

大鶴卒後，蕙風其實未忘舊友。據張爾田所言，蕙風與彊邨曾爲安葬大鶴的姬妾而奔走、集資。張氏《詞林新語》有云：

> 叔問有姬字南柔，後叔問十五年卒，無以爲葬。彊邨、蕙風約客醵資薶之虎邱，題“冷紅閣故姬南柔之墓”，過者每爲掩涕。④

按：大鶴卒於 1918 年，後 15 年則爲 1933 年，時彊邨、蕙風皆已下世。後 10 年 1928 年時，衹有彊邨尚在。故所謂“十五年”，或爲

① 張爾田 1936 年 3 月 18 日致夏承燾信中所言。見夏承燾：《天風閣學詞日記》，浙江古籍出版社 1984 年 12 月第 1 版，第 435 頁。

② 參考鄭煒明：《況周頤先生年譜》“1915 年八月二十一日”條，上海古籍出版社 2009 年 5 月初版，第 256 頁。

③ 參考鄭煒明：《況周頤先生年譜》，上海古籍出版社 2009 年 5 月初版，第 266 頁。

④ 見靈（即張爾田）：《詞林新語》，《詞學季刊》1934 年第 1 卷第 3 號，1967 年 6 月澳門海外圖書出版社再版發行本，第 156 頁。

"五年"之誤。可見張爾田之言,亦有未盡準確之處。無論如何,據此記,可以看出况、鄭之間的交情,殊非外人所能道盡。

蕙風對大鶴的遺物遺文,更是念茲在茲。如對於大鶴原藏的唐薛仁貴造像石的去向,瞭如指掌,或告之於弟子陳運彰。① 此外,蕙風在逝世前數月,尚有一則提及大鶴的筆記,刊於報端:

> 陳蒙庵近得朱希真《樵歌》三卷,而不詳其板本……嘗憶鄭叔問藏無錫士人刻本,吴伯宛爲之著録詞集存目中……未諳即此本否? 叔問往矣,遺集零落,固何所得而一爲校之耶?②

寫來深刻感人,可見大鶴仍是蕙風經常懷念的故友。

詞人之交,往往涉及許多層次的情感,包括私交的層次(友朋之間的人情)、詞友的層次(於詞學上相互切磋砥礪之情)和文人情感的層次(文人之間的相知、相惜之情)等,又豈是外人與後人所能以數語道盡? 如果學者衹偏執於局部表面史料,即凸顯某與某的"交惡情狀",又或斷章取義,捕風捉影,妄加甲乙,從而抹黑已經作古的當事人的人格,這樣做公平嗎? 能有利於我們逐步建構可信的詞史嗎?

7."傖父"可指半塘

我們在本篇第四節中已經指出,《二雲詞·識語》中"傖父"二字,分明是指曾經訶責《玉楳後詞》淫艷的人;而根據直接史料,那

① 陳運彰手稿:"右唐薛仁貴造象石,洛陽龍門山孫淵如《寰宇訪碑録》著録,後歸鄭叔問石芝西堪供養,今在南海康氏游存廬。甲子夏得此拓本於况蕙風師,許康氏所拓也。陳運彰補記,丙寅醉司命日。"見陳運彰書於紉芳簃箋紙上之手稿。筆者蒙梁基永先生借所藏原本複印,謹志謝意。

② 蕙風:《餐櫻廡漫筆》,《申報·自由談》,民國十五年(1926)1月9日。

個人極可能就是王鵬運。因此,這宗詞史公案的關鍵,還繫於蕙風有没有可能以"傖父"代指半塘。

數年前,筆者在《況周頤先生年譜稿》(2007 年,香港版)中,提出了蕙風所説的"傖父"也有可能是指王鵬運的觀點①,頗引發了一些研討。畏友天津南開大學中文系的任德魁,曾爲這部年譜寫了一篇書評,其中認爲蕙風似不會把此惡稱加諸王鵬運身上,從而認爲"傖父"應指鄭文焯。2009 年此譜由上海古籍出版社出版後不久,天津南開大學文學院的楊傳慶在《文學遺産》上發表了《鄭文焯、況周頤的交惡與晚清四大家詞學思想的差異》一文,多處羅織況氏極詆鄭文焯,以及況氏性格乖戾,有文人相輕的惡習等不盡、不實的罪名,預設主觀立場,有欠客觀公允;對於這些指控,上文已有所回應。楊氏并認爲鄭況交惡之事,實源於況周頤和三大家之間詞學思想的差异;這一觀點有待日後澄清,於兹不贅。② 在此筆者擬先行敬答任氏的疑問。

任德魁在《一生修得是梅花——讀鄭煒明博士〈況周頤先生年譜稿〉(香港版)》中説:

> 此間所謂"傖父",鄭博士認爲非指鄭文焯,鄙意倒是覺得況氏以"傖父"呼鄭文焯正合對其厭惡之意,而並不合適以此惡稱加諸對其有提攜之恩的王鵬運身上。③

---

① 詳參鄭煒明:《況周頤先生年譜稿》,(香港)詩坊,2007 年 7 月第 1 版。也可參看鄭煒明:《況周頤先生年譜》,上海古籍出版社 2009 年 5 月初版,第 144 ~ 145 頁。

② 筆者另有論文《也談晚清四大家詞學觀的"異趣"》,即將刊布,可資參議。

③ 見任德魁:《一生修得是梅花——讀鄭煒明博士〈況周頤先生年譜稿〉(香港版)》,《止善》2010 年第 8 期,臺灣朝陽科技大學通識教育中心,第 211 頁。

這個意見其實含有幾個預設的假定:(1)蕙風撰寫識語時對鄭文焯甚爲厭惡。(2)"傖父"必是"惡稱"。(3)蕙風對有恩於己的王鵬運,絶不會出言不遜。下面讓我們對這些假設逐一考證:

(1)蕙風因對鄭文焯甚爲厭惡,故而撰序時加以惡稱?

據上文所引述史料的時序推斷,蕙風在1907年刊刻《玉棋後詞》時,對大鶴確實存在厭惡的情緒。在《玉棋後詞·識語》中,蕙風已清楚地表明了他對"某名士老於蘇州者"的不滿。我們認爲這種不滿,并非導源於兩人詞學觀的差异,而是關乎鄭文焯在背後非議蕙風时"寖不可聞"的詆毀之辭。我們有理由相信,蕙風之所以最終不顧半塘的規勸而選擇刊印《玉棋後詞》,實與他當時風聞到大鶴的議論有關。可惜令蕙風如此生氣的言辭是甚麽,今已難於考證。

但我們不應把撰寫於1914年的《二雲詞·識語》和《玉棋後詞·識語》混爲一談,畢竟二者的寫作時間已相隔7年之久。如果説,7年後蕙風作《二雲詞·識語》時,因爲對大鶴仍未消氣,故而再用"傖父"一語加以指責的話,這個説法未免過於高估大鶴在蕙風心目中的重要性了,而且也不近似蕙風交友的習慣態度(詳下文)。因此,"甚爲厭惡"之設想,是不符合蕙風作《二雲詞·識語》時的心理狀態的。

(2)"傖父"必然是"惡稱"?

這項假設關涉古代漢語中"傖父"一詞的訓詁問題。當代的詞典大致把"傖父"定義爲"粗俗、鄙賤的人"。① "晉南北朝,南人譏

---

① 《漢語大字典》釋傖字爲:a. 鄙陋、粗俗。b. 南北朝時江東人對楚人、北方人的蔑稱。(見第204頁,湖北辭書出版社、四川辭書出版社1986年10月第1版。)《現代漢語詞典》釋此字爲粗野。(見第132頁,商務印書館2005年7月第337次印刷。)《新華字典》則謂傖字是古代譏人粗俗、鄙賤的用語。(見第20頁,商務印書館2000年9月第2版。)

北人粗鄙"①。但這個詞語在古代的實際用法,又不止於此;而蕙風素有"況古人"的綽號,他的用義到底是甚麼?這些都是我們必須理清的問題。

蕙風的文字學根底深厚,"六齡已授《爾雅》……又長於許氏《説文》,名聲訓詁,潛造精研"②。《説文》之學更是他的家學。③蕙風作文填詞,皆講究適切地用典。④ 因此,要瞭解他在《二雲詞·識語》中,使用"傖父"一典的真正用意,就必須先行認識這個詞語歷來的訓詁意義。

a. 中性詞"傖父"。

"傖"字《説文解字》不載,《玉篇》"傖"字注云"吳人謂中國人爲傖"⑤。而"父"字可以用作對年長男性的尊稱。⑥ 據此可以推論,"傖父"一詞,原應是地域族群間識别上的稱呼,單從詞義本身而言,并没有明顯的褒貶成分。例如,《世説新語·雅量篇》記有東晋時,河南褚季野被吳興縣令和亭吏誤爲傖父(北老頭兒)的故事云:

---

① 羅竹風主編:《漢語大詞典》第1卷(海外版),三聯書店香港分店、上海辭書出版社聯合出版,1987年1月香港第1版,第1602頁。

② 腹痛:《況蕙風先生外傳》,《申報·自由談》,民國十五年(1926)8月28日(丙寅年七月二十一日)。

③ 據《臨桂縣志》記載,況周頤的祖父況祥麟著有《六書管見》,伯父況澄著有《説文徵典》。

④ 蕙風在這方面的思想,散見於他的筆記和詞話,不贅録。其中關於他認爲壽詞貴用恰合之典,拙文《蕙風散佚詞研究》曾有所論析,可參看。見鄭煒明著:《況周頤研究論集》,齊魯書社2011年4月第1版,第225~227頁。

⑤ 見夢梅校:《玉篇》卷上a本,慶長十年版,日本早稻田大學藏本,第11頁。

⑥ 如果從這個角度去解釋,受語者須爲年輩較長的人。如此,則鄭文焯顯然不符合被蕙風稱"父"的標準。

褚公於章安令遷太尉記室參軍，名字已顯而位微，人未多識。公東出，乘估客船，送故吏數人，投錢唐亭住。爾時，吴興沈充爲縣令，當送客過浙江，客出，亭吏驅公移牛屋下。潮水至，沈令起彷徨，問："牛屋下是何物？"吏云："昨有一傖父來寄亭中，有尊貴客，權移之。"令有酒色，因遥問："傖父欲食𩝪不？姓何等？可共語。"褚因舉手荅曰："河南褚季野。"遠近久承公名，令於是大遽，不敢移公，便於牛屋下修刺詣公。更宰殺爲饌，具於公前，鞭撻亭吏，欲以謝慙。公與之酌宴，言色無異狀，如不覺。令送公至界。①

余嘉錫《釋傖楚》一文，以故事中亭吏直呼褚季野爲傖父之舉，論證"東晉初年，吴人猶歧視北人"，并以"傖父"一詞爲貶稱。② 對余氏的歧視和貶稱説，筆者并不贊同。我們必須注意，上引故事中亭吏和縣令徑呼傖父時，是由於不識對方是誰，纔會把褚季野誤爲普通的北地村夫而已。因此，這裏的"傖父"，意謂"北老頭兒"，其用法近似"村夫"或"鄉下人"等稱謂一般，就詞語的屬性而言，并没有侮辱或大不敬之意。而且，《世説新語》〔梁〕劉孝標注謂"《晉陽秋》曰吴人以中州人爲傖"③，亦未表明此語有任何侮辱成分。

西漢王褒的《責鬚髯奴辭》形容他一位奴僕的鬍子"傖囁穰擩，

① 見〔南朝宋〕劉義慶撰，〔梁〕劉孝標注：《世説新語》卷中之上，葉二一下至二二上，上海古籍出版社（影印光緒十七年思賢講舍刻王先謙校訂本）1982年11月第1版，第202～203頁。

② 余嘉錫：《余嘉錫論學雜著》，中華書局2007年11月第2版，第229頁。

③ 見〔南朝宋〕劉義慶撰，〔梁〕劉孝標注：《世説新語》卷中之上，葉二一下至二二上，上海古籍出版社（影印光緒十七年思賢講舍刻王先謙校訂本）1982年11月第1版，第202～203頁。

與塵為侶"①;其中的傖或源於特定社群或族群的名稱②,在此處引申作"粗獷"義。南朝宋喬道元《與天公箋》有句"傖公吳母"③,所謂傖和吳亦指向地緣或族源之義。

宋代陸游的《老學庵筆記》有云:"南朝謂北人曰'傖父'。"④可見直至南宋時,"傖父"一詞仍被理解爲,在某個特定歷史時期(如南北朝時),某一區域或族群的人(南方人)對另一區域或族群的人(北方人)的稱呼。

唐、宋以來的騷人墨客,當以"傖父"一語入詩時,亦大多表達北人或野老等意義,如:

◆唐代柳宗元詩句:"俚兒供苦筍,傖父饋酸楂。"⑤

◆宋代蘇軾詩:"楚水別來十載,蜀山望斷千重,畢竟擬爲傖父,憑君説與吳儂。"⑥

◆南宋趙鼎詩句:"傖父何由習楚風,家山俱在古河東。"⑦

① 〔唐〕徐堅等著:《初學記》卷一九《人部下》,中華書局1962年1月第1版,第466頁。
② 關於這一點,筆者將另文詳細論述。
③ 〔唐〕徐堅等著:《初學記》卷一九《人部下》,中華書局1962年1月第1版,第466頁。
④ 〔宋〕陸游著,李劍雄、劉德權點校:《老學庵筆記》卷九,《唐宋史料筆記叢刊》,中華書局1979年11月第1版,第119頁。
⑤ 〔唐〕柳宗元五言古詩《同劉二十八院長述舊言懷感時書事奉寄澧州張員外使君五十二韻之作因其韻增至八十通贈二君子》,見《柳河東集》,原中華書局版,上海人民出版社1974年5月新1版,第679頁。
⑥ 〔宋〕蘇軾詩《憶江南寄純如五首》之一,見〔宋〕蘇軾著,〔清〕馮應榴輯注,黃任軻、朱懷春校點:《蘇軾詩集合注》,上海古籍出版社2001年6月第1版,第1817頁。
⑦ 〔宋〕趙鼎詩《趨三衢別故人時車駕幸杭州》,見《咸淳臨安志》卷九七,《宋元方志叢刊》卷四,中華書局1990年5月第1版,第4238頁。

◆南宋李廌詩句:"懸應念傖父,滄州濯蘋藻。"①

◆金元好問《道中作》之一句云:"已被吳中喚傖父,卻來河朔作炎兒。"②

◆宋代張元幹詞《水調歌頭·癸酉虎丘中秋》結句:"老境一傖父,異縣四中秋。"③

◆元劉敏中曲《黑漆弩·村居遣興》起句:"長巾闊領深村住,不識我喚作傖父。"④

◆元馮子振《鸚鵡曲·都門感舊》句:"都門花月蹉跎住,恰做了白髮傖父。"⑤

以上這些詩詞句子中的"傖父",分别應訓釋爲北人、野老、白丁、布衣等,皆可佐證這個詞語的中性意義。試問又有多少歧視或侮辱在其中呢?

b. 貶義詞"傖父"。

"傖父"一詞的貶義,主要源自晉代陸機譏笑左思欲作《三都賦》的典故。《晉書·文苑傳·左思》載:

初,陸機入洛,欲爲此賦,聞思作之,撫掌而笑,與弟雲書

① 〔宋〕李廌詩《岑使君牧襄陽受代還朝某同趙德麟謝公定潘仲寳皆餞於八疊驛酒中以西王母所謂山川悠遠白雲自出相期不老尚能復來各人分四字爲韻以送之某分得相期不老》,見《濟南集》卷一,《叢書集成續編》第126册,臺灣新文豐出版公司1988年版,葉一一。

② 〔金〕元好問詩《雜詩六首道中作》之一,見賀新輝輯注《元好問詩詞集》,中國展望出版社1987年2月第1版,第542頁。

③ 〔宋〕張元幹著,曹濟平校注:《蘆川詞》卷上,上海古籍出版社1991年11月第1版,第51頁。

④ 見〔元〕劉敏中:《中庵集》卷六,葉四,《欽定四庫全書》本。

⑤ 王毅編:《海粟集輯存》,岳麓書社1990年11月第1版,第46頁。

曰:"此間有傖父,欲作《三都賦》,須其成,當以覆酒甕耳。"及思賦出,機絶歎伏,以爲不能加也,遂輟筆焉。①

其時陸機以吴人的身份北上洛陽。陸機在寫給其弟陸雲的信中,以"傖父"代指左思,又嘲諷《三都賦》倘若成文,便可拿來"覆酒甕",對北人左思的文才,很是看輕。後人把陸機整段話語的輕蔑語境,都注入了"傖父"這個詞語,從而在感情上賦予了它一項貶義。因此,"傖父"一詞後來也會被人理解爲駡人語,如《集韻》和《類篇》都説:"吴人駡楚人曰'傖'。"②以致余嘉錫亦論釋謂:"傖之爲言,特駡人之詞,本無定地,但於其所鄙薄者,則以此加之。"③所謂"本無定地"的判斷,或因余氏没有循地理和民族史方面作更深入的探討所致。

近時西安民俗學者伍永尚從方言學的角度研究,認爲一般人都過度詮釋了"傖父"一詞的貶義,并謂《晉書·文苑傳·左思》中,此語應解釋爲"倔老頭""不善和顔悦色的年長者"等較爲合理。④此説十分值得我們重視。如果我們從這個意義來推敲的話,蕙風文中的"傖父",就可能衹是指半塘責備他時,像個"倔老頭"那樣態

① 見〔唐〕房玄齡等撰:《晉書》卷九二《文苑傳·左思》,中華書局1974年11月第1版,第2377頁。

② 見〔宋〕丁度等編:《集韻》,上海古籍出版社1985年5月第1版,第232頁。又見〔宋〕司馬光編:《類篇》,上海古籍出版社1987年2月第1版,第276頁。

③ 余嘉錫:《釋傖楚》,見《余嘉錫論學雜著》,中華書局2007年11月第2版,第230頁。

④ 參考伍永尚:《原生態的西安話》,西安交通大學出版社2007年9月第1版,第191~192頁。又可參看伍永尚網上論文《淺談關中方言用字的準確性之一·遠古的音信》《傖字被人誤解了》等。近時,蒙廣西師範大學莫道才教授見告,謂於桂林方言中,"傖"亦無多少貶義云云。

度并不好而已。

總之,漢語詞義的演變是複雜多元的,需要多方考證纔能定奪。我們實在不應把一個詞語在今天的通用義,簡單地拿去套用到古人的用語上,從而産生出不必要的誤解。

c.“傖父”作爲文學及藝術批評用語。

明清以來,“傖父”一詞曾被廣泛地用作文學或藝術批評術語。由於蕙風乃一代詞學理論和批評大家,因此我們應更重視這個詞語在文藝批評層面上的用義。這方面的例子也有不少,其中用於詩論和文論的包括:

◆王世貞《藝苑卮言》:“太白多露語、率語,子美多稚語、累語,置之陶、謝間,便覺傖父面目。”①

◆沈德潛《説詩晬語》卷下:“(詩中)議論須帶情韻以行,勿近傖父面目耳。”②

◆郎廷槐《師友詩傳録》:“學詩而不熟于漢魏六朝者,皆傖父也。”③

◆陳三立《書善化瞿文慎公手寫詩卷後》:“蓋公詩典贍高華……蘊藉而鋒芒内斂,非如三立獷野激急,同於傖父也。”④

以上大抵皆以“傖父”指淺露、獷率的詩風或文風,并與蘊藉典雅、

① 〔明〕王世貞著,羅仲鼎校注:《藝苑卮言校注》第4卷第13則,齊魯書社1992年7月第1版,第166頁。

② 〔清〕沈德潛著,霍松林校注:《説詩晬語》(與《原詩》《一瓢詩話》合册),人民文學出版社1979年9月北京第1版,第250頁。

③ 〔清〕郎廷槐:《師友詩傳録》,葉一四,《欽定四庫全書》本。

④ 見劉納編著:《陳三立》,中國文史出版社1998年6月北京第1版,第215頁。

含蓄内斂、具有情韵等概念對舉。也有人用此語評論書畫藝術作品的，如：

◆王原祁《麓臺題畫稾·題倣淡墨雲林》："倣雲林筆，最忌有傖父氣。作意生淡，又失之偏枯，俱非佳境。"①

◆康有爲《廣藝舟雙楫》論作榜書云："若有意作氣勢，便是傖父。"②

更有用"傖父"爲論詞之語，如：

◆賀裳《皺水軒詞筌·秦黄詞評》："黄九時出俚語……可謂傖父之甚。"③

◆王士禛《花草蒙拾·張安國雪詞》："古今詞人詠雪，以柳絮因風爲佳話第一。……銀盃縞帶，傖父刻畫，與撒鹽何殊。"④

◆劉熙載《詞概·詞要恰好》："詞要恰好，粗不得，纖不得，硬不得，輭不得。不然，非傖父，即兒女矣。"⑤

---

① 〔清〕王原祁：《麓臺題畫稾》卷第三十三，葉一二，《昭代叢書》本，見《續修四庫全書·子部·藝術續》第1066冊，上海古籍出版社2013年版，第218頁。

② 康有爲：《廣藝舟雙楫》，《萬有文庫薈要》本，臺灣商務印書館1965年5月第1版，第94頁。

③ 〔清〕賀裳：《皺水軒詞筌》"秦黄詞評"條，見唐圭璋編《詞話叢編》第1冊，中華書局1986年1月第1版，第696頁。

④ 〔清〕王士禛：《花草蒙拾》"張安國雪詞"條，見唐圭璋編《詞話叢編》第1冊，中華書局1986年1月第1版，第677頁。

⑤ 〔清〕劉熙載：《詞概》"詞要恰好"條，見唐圭璋編《詞話叢編》第4冊，中華書局1986年1月第1版，第3706頁。

◆譚獻《復堂詞話》評李後主《浪淘沙》云："雄奇幽怨，乃兼二難，後起稼軒，稍傖父矣。"①

可知"傖父"用爲詞學批評術語，并不罕見；蓋以"傖父"表示俚淺、刻劃（外露）和粗率等。

d. 蕙風對"傖父"一詞的用義。

蕙風在他的詞話和筆記中，曾經不衹一次使用過"傖父"一詞。除《二雲詞·識語》外，1915 年發表於《眉廬叢話》中的"徐東癡隱君"條，記徐氏屢被縣令以傳票催逼爲其結撰詩文的事，形容爲：

雅流遇傖父，夂炭齟齬，率非情理可喻，思之令人軒渠。②

按：令人軒渠，意謂使人發笑。又《蕙風詞話》引《詞苑叢談》所載琴精幻化美人委身於劉過，劉過請道士焚琴的异聞，批評云：

焚琴鬻鶴，傖父所爲，不圖出之改之。③

兩則筆記皆以"傖父"喻淺俗、不解真情等意，以表達故事的可笑或無可奈何之感，總之絶非用作惡罵之辭。

因此，姑勿論《二雲詞·識語》中"傖父"指的是誰，我們可以相信，它的貶義程度是有限的，甚至很可能衹屬詞學批評範疇的言

① 〔清〕譚獻撰，徐珂輯：《復堂詞話》"評李後主詞"條，見唐圭璋編《詞話叢編》第 4 册，中華書局 1986 年 1 月第 1 版，第 3993 頁。

② 見蕙風撰：《眉廬叢話》，《東方雜誌》1915 年第 12 卷第 10 號，第 22 頁。

③ 《蕙風詞話》卷二，見《蕙風詞話·人間詞話》合訂本，人民文學出版社 1960 年 4 月初版，第 37～38 頁。

論。如果有人要據此而坐實此語就是蕙風對某人的謾罵、詆毀，那絶對是證據不足的指控。

(3)蕙風對王鵬運絶不會出言不遜？

上文已指出，“傖父”并非絶對意義上的“惡稱”，而且在《二雲詞·識語》的前文後理中亦未見“惡意”。因此，要確定這個假設是否能够成立，便須從蕙風個人交友的態度，以及王況二人的交誼兩方面去考察。

蕙風與王鵬運交誼甚深。這一點，從《況蕙風先生外傳》(後簡稱《外傳》)一文中，我們可以看到一個比較全面的概括：

> 維時王半唐前輩鵬運方同值，以提務詞學爲己任，一開宗風，輯刊名集，因得獲交，誼逾骨肉。半唐老人固同貫籍，兼爲葭莩之親，因訂譜焉。王氏刊書至三十餘家，爲汲古閣後所未有，先生任校勘者獨多；其《漱玉》《蛾術》諸集，猶出所藏以足成之。當時海宇澄清，人物豐穰，厰肆購書之樂，葦灣清游之勝，裙屐畢集，似可終古。半唐笑傲烟霞，一鐙斗室，先生尤以詞學相砥礪，得益抵於大成。而先生亦併傳半唐之鐙，其文具并半唐所魄遺也。①

半塘與蕙風同爲廣西臨桂(今廣西桂林)人，但要到1888年春蕙風入都後纔得以結交。②蕙風的《選巷叢譚》(約撰於1897—1899年間)有云：

① 腹痛：《況蕙風先生外傳》，《申報·自由談》，民國十五年(1926)8月28日(丙寅年七月二十一日)。

② 參考鄭煒明：《況周頤先生年譜》，上海古籍出版社2009年5月初版，第28～29頁。

余與半唐五兄,文字訂交,情逾手足。①

他視半塘爲“生平弟一知己”②,於半塘逝後又説過:

吾兩人十七年交情,若藟星覶縷,數千言未可終也。③

這些記載皆可與《外傳》相印證。《外傳》中提及的“葭莩之親”是遠親的意思,而“訂譜”即訂爲譜兄弟(异姓兄弟、結拜兄弟)的意思。由此可見,王、況二人更可能是遠親,後或於1895年況氏離京前,又結爲异姓兄弟④,二人交情的密切和深厚程度,遠非後來的學者所能想像。至於《外傳》中的“傳鐙”及“餽遺文具”之説,亦顯示出二人在詞學傳承上的密切關係。⑤

半塘與蕙風在京師時,相交相知,親密無間。從兩人交往的史料看來,他們的交誼是深層次而立體的。⑥ 他們一起砥礪詞學,遇到詞學上的問題時,會互相辯難。《詞林新語》有這樣的記載:

① 臨桂況周儀阮盦撰:《選巷叢譚》卷弟二葉一,《蕙風叢書》第1册,上海中國書店藏版,丙寅(1926)四月刊本;香港大學馮平山圖書館所藏本。

② 語出蕙風挽半塘聯:“窮涂落拓中哭生平弟一知己,時局艱危日問宇内有幾斯人!”見臨桂況周儀蘷笙撰:《蘭雲菱夢樓筆記》葉一七,《蕙風叢書》第2册,上海中國書店藏版,丙寅(1926)四月刊本;香港大學馮平山圖書館所藏本。

③ 見臨桂況周儀蘷笙撰:《蘭雲菱夢樓筆記》,葉一七,《蕙風叢書》第2册,上海中國書店藏版,丙寅(1926)四月刊本,香港大學馮平山圖書館所藏本。

④ 參考鄭煒明、陳玉瑩:《況周頤年譜》,香港大學饒宗頤學術館2011年10月第1版,第117~118頁。

⑤ 一些研究認爲,蕙風的詞學觀,與其餘三大詞人(王鵬運、鄭文焯和朱祖謀)有分歧。這一觀點有必要重新檢討。詳拙著《也談晚清四大家詞學觀的“異趣”》(未刊稿)。

⑥ 詳參鄭煒明:《況周頤先生年譜》,上海古籍出版社2009年5月初版,第18~108頁。

臨桂王右遐於蕙風爲前輩，同直薇垣，研討詞事。右遐每有所作，輒就蕙風訂拍；蕙風謹嚴，屢作爲之屢改；半唐或不耐，於稿尾大書："奉旨不改了。"①

二人在詞學上經常互相詰難，於此可見一斑。此外，他們還同好古籍、書畫和金石，曾共同擁有"王鵬運況周儀同審定""幼霞夔笙同好"等收藏印章。② 從蕙風對半塘稱呼的轉變（初稱丈，繼稱前輩，又繼而徑稱幼霞、半塘等，或稱爲兄、五兄等）③亦具見二人由同鄉之誼，漸次發展成摯友和异姓兄弟關係的軌迹。

誠然，半塘在詞學以至於仕途方面，皆對蕙風有提携之恩，但我們不能單憑這一點，就想當然地否定蕙風對半塘出以"惡"言的可能性。交情越深，言語就越不會忌諱，這是人之常情。蕙風交友，真情率性；他有王鵬運這位推心置腹的异姓兄長，也會有像葉德輝那樣，氣類相投、"狂不爲悟"④的朋友，也不乏非常欣賞他的學問、詞作和真性情的朋友，如繆荃孫、王國維、朱祖謀、吳昌碩、步章五等。但與他較爲疏隔的朋輩，或不太熟悉他的人，可能就會記住他的"好罵"⑤和"性氣極不佳"⑥等。

① 見霽（即張爾田）：《詞林新語》，《詞學季刊》1933 年第一卷第三號，1967 年 6 月澳門海外圖書出版社再版發行本，第 80 頁。
② 見《蕙風宧遺印》，濮尊朱佛齋乙未（1955）拓本"之"字本。
③ 詳參鄭煒明：《況周頤先生年譜》，上海古籍出版社 2009 年 5 月初版，第 18～108 頁。
④ 參考蕙風：《眉廬叢話》"癸丑甲寅間"條，《東方雜誌》1915 年第 12 卷第 12 號，第 19 頁。
⑤ 夏承燾記陳玄嬰述蕙風語，見《天風閣學詞日記》，浙江古籍出版社 1984 年 12 月第 1 版第 389 頁。
⑥ 王國維致書羅振玉述沈曾植語，見吳澤主編，劉寅生、袁英光編：《王國維全集·書信》，中華書局 1984 年 3 月第 1 版，第 54 頁。

蕙風離京後，長時間追隨繆荃孫，從事校勘工作；繆氏可算是他的上司，也是他生平至交之一。二人往還的時候，中間或會發生齟齬，《藝風老人日記》中曾記與蕙風"又絶交矣"，但不久之後又會和好如初。① 所謂"古之君子，交絶不出惡聲"，蕙風昵古，因此我們有理由相信，常受他"惡言"相向的人，纔不會是他真正要交惡的對象呢。②

進入民國以後，蕙風定居上海，時常會回憶起與半塘同在京師時的笑談樂事。他在《眉廬叢話》中曾記道：

> 曩余客京師九年，四印齋夜談之樂，至今縈繫夢魂焉。半唐老人，工雅謔，多微辭。③

由此可見，不獨蕙風性情直率，就連半塘也善於調侃、開玩笑，而且多有言語上的批評，詞鋒犀利。"傖父"一語，也許是兩人相處論事時，習以爲常的對話，亦未可知。平心而論，作爲蕙風生平第一知己的王半塘，竟不瞭解和認同他在《玉楳後詞》之中所蘊蓄的感情，也就難怪蕙風會悻悻然以傖父呼之了。

蕙風又曾在筆記中，把自己和半塘的交誼，與清中葉的校勘名家顧千里和黄蕘圃的交誼相比較。這則筆記於我們探尋蕙風對友誼的觀念很有幫助，故録出俾資參考（筆記原不分段，爲便於閲讀，

---

① 詳參鄭煒明：《况周頤先生年譜》"1914 年六月二十七日"、"七月七日"及以後諸條，上海古籍出版社 2009 年 5 月初版，第 18 ~ 108 頁。

② 也許在蕙風來説，他與李詳、蒯光典之間的積怨，纔算得上是真正的交惡。而蕙風對此事未嘗著一字一語，這是一個反證。詳參鄭煒明、陳玉瑩：《况周頤年譜》，香港大學饒宗頤學術館 2011 年 10 月第 1 版，第 320 ~ 321 頁。

③ 見蕙風：《眉廬叢話》，《東方雜誌》1915 年第 12 卷第 8 號，第 15 頁。

本文分爲四段):

道咸閒,蘇州顧千里(廣圻),黄蕘圃(丕烈),皆以校勘名家。兩公里閈同,耆好同,學術同,顧嘗爲黄譔《百宋一廛賦》,黄自注:交誼甚深。一日,相遇於觀前街世經堂書肆,坐談良久,俄談及某書某字,應如何勘定之處,意見不合,始而辯駮,繼乃詬詈,終竟用武。經肆主人侯姓,極力勸解乃已。

光緒辛卯冬,余客吴門,世經堂無恙(一單閒小肆耳),侯主人尚存(主人微病僂,人以侯駝子呼之,時年殆逾八十),曾與余談此事,形容當時忿争情狀如繪。洎甲辰再往,訪世經堂,則閉歇久矣,爲之憫然。

憶余曩與半唐,同客都門,夜話四印齋,有時論詞不合,亦復變顔争執,特未至詬詈、用武耳,往往拂衣而别,翌日和好如初,余或過晡弗詣,則傳椾之使,相屬於道矣。

時異世殊,風微人往,此情此景,渺渺余懷。①

蕙風想到顧、黄兩位大學問家的交往情狀,又回憶起自己與半塘論詞,有時也會因意見不合而變顔争執(衹差未有詬罵和動武而已)的舊事,不禁爲之神往。最後他感慨地説"時異世殊,風微人往",除了表達出對半塘的懷念之外,筆者以爲,此語也隱含着蕙風對於自己和大鶴之間,因爲發生齟齬而致交情難復的無奈之感。上引筆記中所記的辛卯冬(1891)和甲辰(1904),正是鄭、況兩人結交以至交絶的兩個重要時間點。這樣看來,蕙風於此或有所寄托。可以推斷,蕙風在撰寫《眉廬叢話》期間(約 1914—1915 年間),還是很可能在爲他和大鶴之間情誼的中斷,而深感惋惜的。筆者認

① 見蕙風:《眉廬叢話》,《東方雜誌》1915 年第 12 卷第 4 號,第 15 頁。

爲,以蕙風當時的心理狀態,似乎不太可能在 1914 年《二雲詞 · 識語》中以"傖父"一詞來"詆毀"大鶴。反之,"傖父"指王鵬運的可能性則大得多。

8. "傖父"與"秀鐵面"

如果讀者認爲本書以上的考證和論述説服力仍未够的話,筆者還可提供另一條最爲關鍵的證據。那便是蕙風撰於 1926 年初,贊賞邵瑞彭艷詞作品的一則詞話,其中有云:

> 余曩好側豔之詞,或爲秀鐵面所訶。近來投老,意緒闌珊,固卻去不爲,爲之亦未必能工也。①

引文首兩句,與《二雲詞 · 識語》中"中間刻《玉楳後詞》,謂涉淫艷,爲傖父所訶"一語,辭句如出一轍,所指涉必爲同一事無疑。因此,所謂"秀鐵面",亦即是"傖父"。

按"秀鐵面"本是北宋禪宗雲門宗僧人、東京法雲寺開山住持和尚法秀(1027—1090)的綽號。北宋末僧人惠洪(1071—1128)曾贊法秀曰:"面目嚴冷,怒氣巽人。平生以駡爲佛事。又自謂叢林一害,非虚言哉。"由於法秀爲人剛直嚴峻,故"叢林號爲秀鐵面"。②

法秀的"鐵面"本色,甚至影響及文藝界。惠洪的《禪林僧寶傳》有載:

> 李公麟伯時工畫馬,不減韓幹。秀呵之曰:"汝士大夫以

① 蕙風:《餐櫻廡漫筆》,《申報 · 自由談》,民國十五年(1926)1 月 13 日。

② 見〔宋〕惠洪《禪林僧寶傳》卷二六,葉七,"法雲圓通秀禪師"條自注,《欽定四庫全書》本。

畫名,矧又畫馬期人誇,以爲得妙。妙入馬腹中,亦足懼。"伯時繇是絶筆。秀勸畫觀音像,以贖其過。黄庭堅魯直作艷語,人争傳之。秀呵曰:"翰墨之妙,甘施於此乎?"魯直笑曰:"又當置我於馬腹中耶?"秀曰:"汝以艷語動天下人婬心,不止馬腹,正恐生泥犁中耳。"①

可見當時得令的著名畫家李公麟(字伯時,1049—1106)和著名文學家黄庭堅(字魯直,1045—1105),皆曾受過秀禪師的當面訶斥。根據惠洪的另一部著作記載,黄庭堅甚至因秀禪師的訓誡而戒掉了詞曲創作。惠洪《冷齋夜話》云:

法雲秀關西,鐵面嚴冷,能以理折人。魯直名重天下,詩詞一出,人争傳之。師嘗謂魯直曰:"詩多作無害,豔歌小詞可罷之。"魯直笑曰:"空中語耳,非殺非偷,終不至坐此墮惡道。"師曰:"若以邪言蕩人淫心,使彼逾禮越禁,爲罪惡之由,吾恐非止墮惡道而已。"魯直領之,自是不復作詞曲耳!②

黄庭堅亦曾記述自己被秀鐵面禪師訶斥一事,其《小山集序》有云:"余少時間作樂府,以使酒玩世。道人法秀獨罪余以筆墨勸淫,於我法中當下犂舌之獄……"③是以知"秀鐵面"用爲論詞典

---

① 〔宋〕惠洪《禪林僧寶傳》卷二六,葉七至八,《欽定四庫全書》本。此事又見載於〔宋〕普濟著,蘇淵雷點校:《五燈會元》卷第十七"太史黄庭堅居士"條,中華書局 1984 年 10 月第 1 版,第 1138 ~ 1139 頁。

② 見張伯偉編校:《稀見本宋人詩話四種》之《日本五山版冷齋夜話》"魯直悟法雲語罷作小詞"條,江蘇古籍出版社 2002 年 4 月第 1 版,第 91 頁。

③ 〔宋〕黄庭堅魯直:《豫章黄先生文集》卷一六之《小山集序》,《四部叢刊初編·集部》,上海商務印書館影印嘉興沈氏藏宋本。

故,實始自法秀禪師訶責黄庭堅作艷詞的故事。

清乾嘉時期詞論家郭麐(1767—1831),亦曾用"秀鐵面所訶"一典,論清初詞人董以寧(字文友,1629—?)的詞,其《靈芬館詞話》有云:

> 毗陵鄒、董,各以詞名。文友詞淫言媟語,不免秀鐵面所呵。①

按鄒、董即鄒祇謨(1627—1670)和董以寧,二人爲毗陵(常州)詞友。郭麐批評董詞"淫言媟語",不免會被像"秀鐵面"那樣的人所訶斥云云。

況周頤在筆記中説自己"或爲秀鐵面所訶",這裏所用"秀鐵面"一典,必然是指王鵬運無疑,蓋鄭文焯在況周頤心目中的地位,必不至如法秀禪師之於黄庭堅那般崇高,衹有王鵬運纔當得起"秀鐵面"這個典故。蕙風説他老來對艷詞已"卻去不爲",實有點兒自比類似於黄庭堅戒却綺語的況味。對蕙風而言,能提出這種訓誡,而且有這樣影響力的"秀鐵面",當然就非王鵬運莫屬了。據此,我們可以更加肯定,蕙風所説的"爲傖父所訶",實與"爲秀鐵面所訶"的比喻互通;無論是"傖父"也好,"秀鐵面"也好,都是指那位曾經對他的艷詞當面嚴厲訶斥的良師摯友王鵬運。

到此,我們已經可以論定,況氏文中的"傖父",也就是他另文中的"秀鐵面",而兩者都一定指王鵬運無疑。詞學界的"傖父"必爲鄭文焯説,以及由此而推衍出來的對蕙風人品和詞品的無理指控,從此可以休矣。

---

① 〔清〕郭麐:《靈芬館詞話》"毗陵鄒董詞"條,見唐圭璋編《詞話叢編》第2册,中華書局1986年1月第1版,第1534頁。

9. 餘論

本文已經考證訶斥況氏《玉棋後詞》淫艷的“傖父”或“秀鐵面”皆必指王鵬運無疑，而況氏對待朋友真誠坦率，人品决非像某些研究者所説的那樣不堪。

回顧況周頤所作的《玉棋後詞》被王鵬運訶斥，稍後又惹來鄭文焯非議的事件，雖已過去百餘年，但歷史的塵埃并没有沉澱下來，反而被後人攪成一宗更混濁的公案。一直以來，況氏的人品深受後輩文人如夏承燾、張爾田等的誤解和詆毁，因此而蒙受了數十年的不白之冤，近年甚至有“被定讞”的趨勢；是非顛倒如此，能不使人感慨？

更沉重的是，當代研究者對蕙風詞人的厚誣，已影響到人們對晚清詞史的正確認識和理解。而尤其令人遺憾的是，從這段詞史公案的研究史之中，我們所看到的，并非實事求是地尋繹詞史的精神，而是充滿偏見、漠視史實、任意踐踏前賢的霸氣。這些情況都有違學術研究的原則，决不該是日趨進步的現當代詞學研究體制中所應有的現象。

我們認爲，關乎士人品格的評論，應建基於最嚴謹的史實考證，儘量做到不誣不濫。況氏這一段詞壇公案最直接的史源，是來自況氏自己的著作。本書所用以考證的論據，主要便是來自對這些直接史料作細緻鈎稽和審閲的客觀結果。雖然這些史料已傳世近百年，但是許多研究這段公案的學者，如孫維城、曾大興、楊傳慶、徐瑋等，似乎都不十分重視詞人史料的考證，以致誤讀文獻者有之，推論欠缺邏輯者有之，盲目追隨主流説法者亦有之。在科學研究的冠冕下，當事人的直接史料却受到漠視、誤讀，甚至曲解；反之，詞學界前輩權威的非學術性的説法，如夏承燾、張爾田等日記和書信中的竊竊私語①，却被廣泛徵引，且全然不加考證而奉爲金科玉律。試問在這樣的先入爲主、人云亦云、積非成是之下，所收穫的結論又怎會有客觀公允可言呢？

歷史考據固非易事，如果連詞學研究者都偏執於成見之中，不辨史源，忽視考據，那麽詞人逸事的真相就愈加難以厘清了。21世紀以來，詞學界執事者常談到建構詞史；筆者以爲，詞史論述如果不能立足於史料科學考證的話，一切都衹會是風月之談罷了。

【本篇發表史】

1. 發表於"第二届饒宗頤與華學暨香港大學饒宗頤學術館成立十周年慶典國際學術研討會"，香港大學饒宗頤學術館、華僑大學文學院、天一閣、故宫博物院故宫學研究所、西泠印社聯合主辦，2013年12月8至11日；見《第二届饒宗頤與華學暨香港大學饒宗頤學術館十周年慶典國際研討會論文集》中册，2013年12月，第555～574頁。
2. 2014年11月6日，應山東大學文史哲研究院、古籍整理研究所之邀請，以此文作學術報告(由鄭杰文教授主持)。

① 張爾田給夏承燾寫的是私人信件，本來就没有打算公開。夏老把它抄到自己的日記時，也未想到要發表。數十年後夏老决定把日記出版，其用意或是保存詞學史料以備後人的深入研究，但他絶對不會想到後世學者竟會完全不加考證而取資！

附録　詞學批評術語"傖父"考論

1. 引論

(1)"傖父"一詞的原義、典故和早期用義。

"傖父"一詞,最早或可追溯至東漢。宋代史季温撰《山谷别集詩注》卷下引《風俗通》云:

> 南人謂北人為傖父,北人謂南人為吳兒。①

《風俗通》即東漢應劭所撰的《風俗通義》,唐宋學者引用時多作《風俗通》。據此,則"傖父"作爲一種稱謂,或早已流行於東漢。前之學者多未標出此點,致使後來學術史上對此詞多有誤解。筆者日後將撰文詳論,於兹不贅。

"傖父"一詞又見於南北朝時期的文獻。《晉書·文苑傳·左思》記:

> 初,陸機入洛,欲爲此賦,聞思作之,撫掌而笑,與弟雲書曰:"此間有傖父,欲作《三都賦》,須其成,當以覆酒甕耳。"及

① 見〔宋〕史季温撰:《山谷别集詩注》卷下,葉二九,文淵閣《四庫全書》本(據迪志文化出版有限公司之電子版檢視原文,下同)。

思賦出，機絶歎伏，以爲不能加也，遂輟筆焉。①

另，南朝宋劉義慶《世説新語・雅量》：

褚公於章安令遷太尉記室參軍，名字已顯而位微，人未多識。公東出，乘估客船，送故吏數人，投錢唐亭住。爾時，吴興沈充爲縣令，當送客過浙江，客出，亭吏驅公移牛屋下。潮水至，沈令起彷徨，問："牛屋下是何物？"吏云："昨有一傖父來寄亭中，有尊貴客，權移之。"令有酒色，因遥問："傖父欲食𩝡不？姓何等？可共語？"褚因舉手荅曰："河南褚季野。"遠近久承公名，令於是大遽，不敢移公，便於牛屋下修刺詣公。更宰殺爲饌，具於公前，鞭撻亭吏，欲以謝慚。公與之酌宴，言色無異狀，如不覺。令送公至界。②

這兩則記載，便是後世最常提及的"傖父"一詞的典故。

關於"傖"字的含義，《世説新語》南朝梁劉孝標注引《晉陽秋》云："吴人以中州人爲傖。"這樣看來，"傖父"一詞初時衹是南方地域的群衆（吴人）對北方地域的群衆（中州人）的一種稱謂而已。這個詞本身是一個客觀的、不含褒貶義的名詞；因此，它在用義上也不一定有鄙薄之意，如上述第二則故事中的沈充呼褚季野爲"傖父"時，就没有絲毫鄙薄、輕蔑的意思。"傖父"一詞，在這個典故

① 見〔唐〕房玄齡等撰：《晉書》卷九二《文苑傳・左思》，中華書局1974年11月第1版，第2377頁。

② 見〔南朝宋〕劉義慶撰，〔梁〕劉孝標注：《世説新語》卷中之上，葉二一下至二二上，上海古籍出版社（影印光緒十七年思賢講舍刻王先謙校訂本）1982年11月第1版，第202～203頁。

裏,語意指向“村夫”“野老”“北方老頭”等,沈充在使用時,其實不認得在牛屋下的那位“大叔”就是頗有聲名的褚裒(季野),因此,這詞純粹就是一位縣令向一位基層農村百姓説話打招呼的稱謂,并無不敬之意。

一個名詞在使用時是否含有褒貶義,更多地取决於當時的語境和言説者的言語風格。上述第一則故事中,陸機或有因自己來自經濟和文化都比較發達的地區(吳),而有些看不起北方(洛)的士人,所以在背後稱左思爲“傖父”。嚴格來説,“傖父”一詞的貶義,并不存在於這個名詞的本義之中,而是産生於陸機的言説方式。由於陸機用一個可表“村夫”“野老”“北方老頭”等義的名詞,去代指左思這位北方知名士人,這種前者對後者的稱謂與後者的事實身份之間的明顯落差,纔構成了“傖父”一詞在這個語境中的貶義。

(2)後世對“傖父”一詞的定義。

後世學者多有不察,每每將“傖父”定性爲其中一種用義,從而混淆了本義。如《集韻》《類篇》釋“傖”字爲“吳人駡楚人”語。《正字通》《康熙字典》認爲“傖”字是“鄙賤之稱也”。其中《康熙字典》所引用的文例,主要包括本書上引的兩個典故和《晉陽秋》的解釋,但不知何故,“傖”及“傖父”的詞義逐漸被定義爲帶有嚴重貶義的“鄙賤”及“鄙賤之稱”等。而這些字書、詞典所給出的定義,與其所舉的文例并不吻合,多有夸大失實之處,亟待商榷厘清。

現代著名學者余嘉錫先生有《釋傖楚》一文,影響極大;他旁徵博引,闡述“傖”字於歷史上有六義。① 他的結論是:

---

① 詳參余嘉錫:《釋傖楚》,見《余嘉錫論學雜著》,中華書局 2007 年 11 月第 2 版,第 227 ~ 238 頁。

由此觀之,傖之爲言,特罵人之詞,本無定地,但於其所鄙薄者,則以此加之。今人但知吴人謂北人爲傖,不知更罵僑雜之人爲傖,尤不知胡人亦謂吴人爲傖也。①

余先生將"傖"字歸納定性爲"特罵人之詞",問題很大,負面影響深遠。但是,即使以他爲六義所舉的文例來説,筆者認爲大多仍與"罵"無關,實有曲解之嫌。後來的學者受到這篇文章所影響,幾乎一致把"傖"和"傖父"定義爲辱罵他人的話語,使人深感遺憾。余先生非但没有考慮到東漢《風俗通》的説法(見上文),也忽略了早在南宋時期已有學者引前人説法,指出"傖父"乃平常稱謂語而已,其實未必有歧視或罵人的意思。比如南宋黄希、黄鶴父子的《補注杜詩》卷一八引北宋末趙次公注:

趙曰:南人謂北人為傖父,北人謂南人為吴兒,皆常語也。②

又如南宋郭知達《九家集注杜詩》卷一八引趙次公:

趙云:南人謂北人為傖父,北人謂南人為吴兒,皆常謂也。③

在歷經《集韻》《類篇》《正字通》《康熙字典》等各代著名或普及工具書,將"傖父"一詞定義爲"罵"詞、"鄙賤之稱"等之後,大部

① 余嘉錫:《釋傖楚》,見《余嘉錫論學雜著》,中華書局2007年11月第2版,第230~231頁。
② 見黄希原本、黄鶴補注:《黄氏補注杜詩》卷一八,葉二二,文淵閣《四庫全書》本。
③ 〔宋〕郭知達輯:《九家集注杜詩》卷一八,葉二二,文淵閣《四庫全書》本。

分學者對這詞的理解漸趨單一化。這種情況，在現當代學術界尤爲嚴重。《漢語大詞典》於"傖父"條中有云：

> 晋南北朝時，南人譏北人粗鄙，蔑稱之為"傖父"。……後用以泛指粗俗、鄙賤之人，猶言村夫。①

這是今人對這個古漢語名詞及其一系列相關詞語的認知，可惜早經誤導，不盡準確，有以偏概全之嫌。試問"村夫"與"鄙賤"，有甚麼必然的關係呢？"傖父"的詞義在發展過程中，有著許多習非成是的誤讀；目前已被認定爲是與"粗俗、鄙賤"有關的一個貶義詞，有人甚至乎認爲是帶有强烈侮辱性和歧視性的駡人語；雖然如此，筆者深信這并非正確的。

(3)"傖父"一詞所引起的一段清末民初詞史公案。

晚清四大詞人之一的況周頤，於甲辰(1904)二月重游蘇州後，賦成《玉棲後詞》，其後遭王鵬運責難，謂"淫豔，不可刻也"。甲寅(1914)況氏於《二雲詞》識語中述及"謂涉淫豔，爲傖父所訶"。

這個"傖父"是誰？詞學界一向有誤解，認爲必是鄭文焯無疑；而筆者自2006年起，即力主爲王鵬運。② 2013年12月，筆者在香港大學饒宗頤學術館十周年館慶國際學術研討會上，發表拙著《況周頤的"傖父"和"秀鐵面"考論》③，考據相關史料，力證這個"傖

① 《漢語大詞典》第1卷(海外版)，三聯書店香港分店、上海辭書出版社聯合出版，1987年1月香港第一版，第1602頁。

② 詳參鄭煒明：《況周頤先生年譜稿》，香港詩坊2007年7月第1版，第104～105頁。此部書稿，最早於2006年12月呈交爲吾師　饒宗頤先生九十華誕祝壽之國際學術研討會。

③ 鄭煒明、陳玉瑩：《況周頤的"傖父"和"秀鐵面"考論》，見《第二届饒宗頤與華學暨香港大學饒宗頤學術館十周年館慶國際學術研討會論文集》，2013年12月，第555～574頁。

父”必指王鵬運無疑。至於“傖父”乃鄭文焯説,從此已可徹底退出學界爭議。

“傖父”一詞,在況周頤的語境之中,并非侮辱性、歧視性的罵人語,他所指的,衹是王鵬運訶斥他時像個“倔老頭”的嚴苛態度,又或是指王氏在訶責況氏時在況氏看來有焚琴煮鶴、不解真情的文藝觀而已。據筆者考證所得,況氏在憶述同一事件時,曾用“秀鐵面”一典,去形容他被王鵬運訶斥一事。案:“秀鐵面”乃北宋著名禪僧,曾訶斥黄庭堅作艷詞,與王況的故事相類。很明顯,況周頤在憶述同一事件時,曾先後以“傖父”和“秀鐵面”來比作王鵬運,如果況氏筆下的“傖父”是侮辱性的罵人語的話,難道“秀鐵面”也是罵人語?

歷來詞學研究者,多有據對此公案史實的誤讀和誤判,而責難況氏人品的。這大概是因爲況氏生前不輕易許可後輩,以致産生了後來一些極具影響力的詞學家對況氏人品和詞學種種不公的評論,流風遠播,及於當代;另一原因就是許多學者對“傖父”一詞的本義和用義,都缺乏正確而全面的認識。

在《況周頤的“傖父”和“秀鐵面”考論》一編中,筆者也已經提到,明清以來,“傖父”一詞已被廣泛用作文學或藝術批評術語,其中包括用作詞學批評術語。① 本編將集中討論這方面的用例。

(4)“術語”一詞的界定。

本編的宗旨,在於論證明清以來,乃至民國時期,“傖父”一詞,已逐漸成爲詞學批評術語。因此,有必要對“術語”一詞作出界定。《新華字典》解釋“術語”爲“學術和各種工藝上的專門用語”②。

---

① 詳參拙著《況周頤的“傖父”和“秀鐵面”考論》,見《第二届饒宗頤與華學暨香港大學饒宗頤學術館十周年館慶國際學術研討會論文集》,2013年12月,第555~574頁。

② 《新華字典》(1979年修訂重排本),商務印書館1980年版,第419頁。

《辭淵》則定義爲“專門學術所專用的名詞”①。案:《辭淵》所下的定義,過分偏重於“名詞”,實際上,“術語”并不限於名詞,而很多情況下是形容詞。因此,《新華字典》所定義的“專門用語”是比較準確的。

賴力行在《中國古代文學批評術語的類型和特點》一文中,界定我國傳統批評術語,認爲具有以下幾個方面的特點:

> 第一、模糊性、多義性和具象性。古代文學批評術語的提出者往往是用以表達自己審美理解中的感受印象,故不作明確界説;運用者則主要也是依據自己的體會,並不注重根據上下文來推斷提出者所要表達的含義,故一個概念術語統統難以求得一致。每一批評術語都有不同層次、不同角度的多種含義。……由於批語術語的提出者是用以表達自己的審美感受,因此往往使術語帶上具象比喻的色彩。批語術語的具象性使批評文本具有隱喻的特點,如果這種具象比喻貼切中肯,便能超出批評家一己之感受,為後批評家所採用。……第二、批評術語的人化傾向。以人喻文學,是古代批評術語體系的突出特點……第三、傳統批評術語具有長期延續性,在不斷運用中注入新的内涵,使其具有活力的同時,也容易老化,幾成套語。②

以下我們將按照上述的定義,審視“傖父”一詞被文藝批評家以至詞學家運用爲批評術語的情形。

---

① 《辭淵》(新校訂版),香港華通公司1982年9月校訂版,第1310頁。

② 賴力行:《中國古代文學批評術語的類型和特點》,見《湖南文理學院學報(社會科學版)》2008年第33版第6期,第78頁。

2."傖父"一詞用於文藝批評的現象

"傖父"一詞,早已用於文藝批評,論、畫論、詩論、文論等,以至於鑒藏、飲酒、品茶等諸般中國傳統文化中的風雅之事,都有用"傖父"一詞來作評論的。以下我們將舉例説明"傖父"一詞在書畫和詩文評論方面的用法:

(1)書畫評論。

南朝梁袁昂(461—540)《古今書評》:"庾肩吾書如新亭傖父,一往見似揚州人,共語便音態出。"①

案:袁昂這段書論,有衆多不同版本,如元末明初陶宗儀的《説郛》卷八六下作《書評》,庾肩吾作施肩吾。② 這段書論,對後世書論家影響深遠,歷來多有引用或襲用者,如:

南宋姜夔(1154—1221)《絳帖平》卷四:"《梁武帝評書》……吴拖書如新亭傖父,一往似揚州人共語,語便態出。"③

元末明初陶宗儀(1321—約1412)《説郛》卷八七下:"施

① 見録於《文章辨體彙選》卷四三八,葉四,"古今書評(袁昂)"條,文淵閣《四庫全書》本。此則其實早見録於《太平御覽》卷七四八,葉四,"袁昂古今書評"條(文淵閣《四庫全書》本);文中庾肩吾作施肩吾,無似字,便音態出作音態便出。案:《梁文紀》卷九,葉三五,"施肩吾書"條下注:"《武帝評書》作吴施鼎。按施肩吾乃唐人,此必庾肩吾之誤也。"(見文淵閣《四庫全書》本)

② 見葉五,"書評(袁昂)"條,文淵閣《四庫全書》本。

③ 見葉五,"隨僧智果書"條,文淵閣《四庫全書》本。

肩吾書如新亭傖父，一往似揚州人共語，意便態生。”①

陶宗儀《書史會要》卷四：“施肩吾書，武帝謂如新亭傖父，一往似揚州人共語，語便態出。”②

明顧從義(1523—1588)《法帖釋文考異》卷五：“吴拖書如新停(亭)傖父，一往似揚州人共語，語便態出。”③

明末清初汪珂玉(1587—?)《珊瑚網》卷二四上：“施肩吾書如新亭傖父，一往似見揚州人，共語便音態出。”④

上引數則，内容大同小异，評書者一作袁昂，一作梁武帝；而袁昂乃梁武帝朝中大臣，此書評或謂乃袁昂奉梁武帝敕命編撰，其中或亦包含梁武帝的觀點，故後世版本所傳的作者有此异説，亦不足爲奇。被評的書法家一作庾肩吾，一作施肩吾，一作吴拖。無論如何，此論所出的時代屬南朝，應無异議。可見“傖父”一詞，用作書法藝術評語，時代甚早。此論中“揚州人”代表南方書風，而“傖父”一詞則代表刻意仿效，風格貌似而實非的書法，頗有批評效顰學步的意思。

明末清初郭宗昌(？—1652)《金石史》卷二“宋絳州夫子廟碑”條：“絳州夫子廟記，集王逸少書，搨刻手俱精雅，視懷仁集聖教序，雖相絶千里，然猶不失邯鄲之步。第中忽雜以一二草書，杜撰不入格，宋人傖父之態，居然畢露矣。豈其欲踞右軍上耶？宋人多不自量，往往乃爾。”⑤

① 見葉四九，“書評(梁武帝)”條，文淵閣《四庫全書》本。
② 見葉一八，“施肩吾書”條，文淵閣《四庫全書》本。
③ 見葉六，“隨僧智果書”條，文淵閣《四庫全書》本。
④ 見葉一三，“梁袁昂古今書評”條，文淵閣《四庫全書》本。
⑤ 見葉一九，文淵閣《四庫全書》本。

引文中“傖父”一詞的語義,是批評書法藝術中的仿古之餘,又有杜撰不入格和不自量力的表現。

明末清初書論家孫承澤(1593—1676)曾經在提到書法創作的原則時,用到“傖父”一詞:

《硯山齋雜記》卷二“書紀”:“近時有善作僞書欺人者,亦多有優孟伎倆。及其撥置古人自運,依然傖父面目,此固由其胸次猥瑣,不能吸攝古人妙處;亦是用意規擬,時止求踐成跡,不能神而化之,消歸自己故也。”①

此處“傖父”一詞,是對那些刻意仿古,而未能渾化形成自己面貌書者的批評。

近代書法家康有爲(1858—1927)論作榜書,反對刻意强作氣勢,并以之爲“傖父”:

《廣藝舟雙楫》:“若有意作氣勢,便是傖父。”②

筆者注意到,明清以來,亦不乏以“傖父”一詞來評論繪畫作品的例子。舉例如下:

明沈朗曜(生卒年不詳)《畫塵》:“古來豪傑不得志于時,則漁耶樵耶,隱而不出。然嘗托志於柔管,有韻語、無聲詩,借以送日,故伸毫搆景,無非拈出自家面目。今人畫漁樵耕牧,不達此意,作個穢夫、傖父,佝僂于釣絲,戚施於樵斧,畧無坦

① 見葉二,文淵閣《四庫全書》本。

② 康有爲:《廣藝舟雙楫》,見王雲五主編《萬有文庫薈要》本,臺灣商務印書館1965年5月第1版,第94頁。

適自得之致,令識者絶倒。”①

此則以“穢夫”“傖父”爲喻,批評當時部分以漁樵耕牧爲主題的畫作,未能充分表達隱而不出、坦適自得的自家面目。

王原祁(1642—1715)《麓臺題畫稾·題倣淡墨雲林》:“倣雲林筆,最忌有傖父氣。作意生淡,又失之偏枯,俱非佳境。”②

王原祁指出,仿元代倪雲林淡墨山水時,最忌畫意刻意做作,以生澀清淡爲尚,用筆用墨又忌刻意偏枯(按原刻作“枯”字,乃木名,名詞,於語詞之法不合,或乃原刻闕印半劃,屬形訛),這樣的仿作,就是所謂的“有傖父氣”了。

清華琳(1791—1850)《南宗抉秘》:“夫作畫而不知用筆,但求形似,豈足論畫哉? ……然從此平心静氣,純正錬(練)筆,毋求速成,其造就亦未可量。乃不此之務,而又自嫌其筆力孱弱,不足駭衆人之觀瞻,急思一捷徑,將筆横臥紙上,加意求剛,而枯骨乾柴,汙穢滿紙,自詫爲鐵筆,流俗亦從而嘖嘖稱其功力之大。抑思作畫亦雅事,豈可作此傖父面目向人哉?”③

吴湖帆(1894—1968)《吴湖帆畫論》:“法黄石畫,頗乏結

① 見録於〔明〕唐志契(1579—1651):《繪事微言》卷上,葉六四,文淵閣《四庫全書》本。

② 〔清〕王原祁:《麓臺題畫稾》卷第三十三,葉一二,《昭代叢書》本,見《續修四庫全書·子部·藝術類》第1066册,上海古籍出版社1995年版,第218頁。

③ 見録於俞劍華編著:《中國畫論類編》第二編“泛論”(下),人民美術出版社1957年12月第1版,第290頁。

構，亦不講求筆法，用墨尤有傖父氣，不知何故有人譽爲上乘。偶畫松石小品尚可玩味，大幅山水則愈繁愈劣，愈密愈俗，可知能繁密亦非易事。”①

“傖父”一詞，作爲書畫藝術評論用語，歷時甚長，自南朝以來，歷經明清而不衰，至清末民初仍然被書畫家所重視；這方面的資料甚多，以上所列衹屬部分較重要的例子而已。綜觀上述各則書畫評論，“傖父”一詞的用法，包括“傖父”“傖父之態”“傖父面目”“傖父氣”等，大抵用於批判那些在書畫藝術創作上的刻意摹仿、杜撰而不入格和做作的姿態。

尤其值得注意的是，“傖父”一詞在歷代書畫評論（特別是書法評論方面）的語言中不斷出現，而且意義指向清晰（批判刻意模仿和做作），儼然已成爲一個獨特的批評術語，甚至影響到文學批評的領域。

2. 詩文評論

明清以至民國，用“傖父”一詞作詩文評論的情況很多，其中較重要的包括：

王世貞（1526—1590）《藝苑卮言》：“其歌行之妙，詠之使人飄揚欲仙者，太白也；使人慷慨激烈，歔欷欲絶者，子美也。《選》體太白多露語、率語，子美多稚語、累語，置之陶、謝間，便覺傖父面目，乃欲使之奪曹氏父子位耶？”②

① 吳湖帆：《梅景書屋隨筆》，見梁穎編校《吳湖帆文稿》，中國美術學院出版社 2004 年 9 月第 1 版，第 283 頁。

② 〔明〕王世貞著，羅仲鼎校注：《藝苑卮言校注》，齊魯書社 1992 年 7 月第 1 版，第 166 頁。

此則將《選》體、李白和杜甫詩,與陶淵明和謝靈運詩加以比較,相對地對前者的"露語""率語""稺語""累語"等詩歌語言上的瑕疵,批判爲"傖父面目"。

毛先舒(1620—1688)《詩辯坻》云:"唐人文多似詩,不害爲佳;退之多以文法爲詩,則傖父矣。六朝人序記多似賦,不害爲佳;子瞻多以序記法爲賦,則委薾矣。"①

此則强調體格,謂在詩歌或韵文創作時,雖可借鑒、取材自其他文體,但最重要的是不能損害本身的體格,主張以"不害爲佳"。毛先舒認爲韓愈直以作古文的寫法去寫詩,是損害了詩體,因此把用這種錯誤寫詩方法的作者,批判爲"傖父"。

清王士禛(1634—1711)《居易録》卷九,論梅聖俞、歐陽文忠公和梅公儀《琴高魚》詩:"歐梅大手二絶句,乃傖父面目。以今視昔,孰謂古今人不相及耶?"②

王士禛《居易録》卷二九,論古人雪詩何句最佳:"至韓退之之銀杯縞帶,蘇子瞻之玉樓銀海,已傖父矣。"③

此則批評韓愈、蘇軾咏雪詩中的劣句,主要是指他們所用的意象,過於雕琢而帶有俗氣。

焦袁熹(1661—1736)《此木軒詩》卷五,論白居易詩:"粗

① 〔清〕毛先舒:《詩辯坻》卷三,郭紹虞編選,富壽蓀校點《清詩話續編》第1册,上海古籍出版社1983年12月第1版,第67頁。
② 見葉一七,文淵閣《四庫全書》本。
③ 見葉一五,文淵閣《四庫全書》本。

豪氣象真傖父,輕靡音情不丈夫。要使元聲諧律吕,洋洋盈耳解聽無。"①

這是焦氏一首論詩絶句,其中"粗豪氣象真傖父",變相界定了唐詩風格中的"傖父"氣象,就是粗豪一路的作品,此處并没有太多負面批評的意思。

沈德潛(1673—1769)《説詩晬語》卷下:"人謂詩主性情,不主議論,似也,而亦不盡然。……但議論須帶情韻以行,勿近傖父面目耳。……"②

此則顯示,沈德潛主張如果在詩歌中發議論,必須帶情韵而行,否則就是接近"傖父"面目了。

黄子雲(1691—1754)《野鴻詩的》,評杜詩:"嘉州與少陵同賦《慈恩墖詩》,岑有'秋色正西來,蒼然滿關中。五陵北原上,萬古青濛濛'四語,洵稱奇偉;而上下文不稱,末乃逃入釋氏,不脱傖父伎倆。而少陵自首至結一氣,横厲無前,縱越繩墨之外,激昂霄漢之表,其不可同年而語,明矣。"③

---

① 〔清〕焦袁熹:《此木軒詩》卷五,南開大學圖書館藏《此木軒全集》,轉引自裴喆論文《清初詞人焦袁熹及其論詞詞》,刊於《中國韵文學刊》2011 年第 25 卷第 4 期,第 34 頁。

② 〔清〕沈德潛:《説詩晬語》卷下,第 63 則;見《原詩 一瓢詩話 説詩晬語》,人民文學出版社 1979 年 9 月第 1 版,第 249 ~ 250 頁。

③ 〔清〕黄子雲:《野鴻詩的》不分卷,見《續修四庫全書·集部·詩文評類》第 1701 册,上海古籍出版社 1995 年版,第 192 頁。

黄氏此則,批判岑参《慈恩塔詩》的寫法,認爲其上下文未能一氣呵成,而且結句處勉强用佛家語,故稱之爲"傖父"伎倆。

《欽定四庫全書總目》評宋代李覯(1009—1059)《盱江集》:"覯在宋不以詩名,然王士禎《居易録》嘗稱其《王方平》《壁月》《梁元帝》《送僧還廬山》《憶錢塘江》五絶句,以爲風致似義山。今觀諸詩,唯《梁元帝》一首,不免傖父面目,餘皆不媿所稱,亦可謂淵明之賦閒情矣。"①

郎廷槐(1667—?)《師友詩傳録》録張篤慶(1642—1715)語:"……樂府主紀功,古詩主言情,亦微有别……若五七言古詩,其神韻聲光,自足以飫儉腹而被詞華,故學詩而不熟于漢魏六朝者,皆傖父也,何必其有定宗乎?"②

這是張篤慶詩論中的一則原則性的理論,他認爲學詩的人,皆應熟習漢魏六朝詩,否則便是"傖父"。

賀裳(約1681年前後在世)《載酒園詩話》中,也經常使用"傖父"一詞,如李建勳、歐陽修、梅堯臣、王昌齡、元稹、貫休、曾幾諸條③,要皆批評詩歌的命意和語言都"近俗"的意思。

楊際昌(1719—1804)《國朝詩話》卷之二:"詩不拘何派,

---

① 見卷一五三,葉二,文淵閣《四庫全書》本。
② 見葉一三至一四,文淵閣《四庫全書》本。
③ 〔清〕賀裳:《載酒園詩話》,見郭紹虞編選,富壽蓀校點《清詩話續編》第1册,上海古籍出版社1983年12月第1版,"王昌齡"條第314頁、"元稹"條第360頁、"貫休"條第393頁、"李建勳"條第394頁、"歐陽修"條第411頁、"梅堯臣"條第414頁、"曾幾"條第443頁。

情韻總不可離,離則非纖人即傖父也。"①

楊際昌認爲詩不可以没有情韵,否則不是"纖人"就是"傖父"。在這裏,情韵或指恰到好處地表達真性情、真感情;表達得過於纖細的叫作"纖人",過於强烈的就是"傖父"。

翁方綱(1733—1818)《石洲詩話》卷四:"秦檜奸誤國,當時目爲金人姦細。而楊誠齋以移中僢之,獨不畏下筆之不倫耶? 篇末用杜語,亦帶傖父氣。"②

《石洲詩話》卷四,評范成大詩有云:"《巫山圖》一篇,辨後世媟語之誣,而語不工。且云'玉色頩顏元不嫁',此更傖父面目矣。其後入蜀,又作《巫山高》一篇,亦不佳。"③

陳三立(1859—1937)《書善化瞿文慎公手寫詩卷後》論瞿鴻禨(1850—1918)詩:"蓋公詩典贍高華,由子瞻上窺杜陵而不掩其度,即憤時傷亂,形諸篇什,神理有餘,蘊藉而鋒芒内斂,非如三立獷野激急,同於傖父也。"④

陳三立《蒼虬閣詩序》評陳曾壽(1876—1949)詩:"余與太夷所得詩,激急抗烈,指斥無留遺。仁先悲憤與之同,乃中極沈鬱而澹遠温邃,自掩其迹。嘗論古昔丁亂亡之作者,無拔刀亡命之氣,惟陶潛、韓偓次之,元好問、仁先格異而意度差相

① 〔清〕楊際昌:《國朝詩話》卷之二,見郭紹虞編選,富壽蓀校點《清詩話續編》下册,上海古籍出版社 1983 年 12 月第 1 版,第 1714 頁。

② 〔清〕翁方綱:《石洲詩話》卷四,見郭紹虞編選,富壽蓀校點《清詩話續編》下册,上海古籍出版社 1983 年 12 月第 1 版,第 1436 頁。

③ 〔清〕翁方綱:《石洲詩話》卷四,見郭紹虞編選,富壽蓀校點《清詩話續編》下册,上海古籍出版社 1983 年 12 月第 1 版,第 1435 頁。

④ 見劉納編著:《陳三立》,中國文史出版社 1998 年 6 月第 1 版,第 215 頁。

比,所謂志深而味隱者耶!嗟乎!比世有仁先,遂使余與太夷之詩,或皆不免為傖父。"①

陳三立以"傖父"一詞,形容"獷野激急"的詩風。他在詩論中,透過對比論述,將瞿鴻禨、陳曾壽(仁先)的詩風歸爲一類,認爲他們的詩作有神理,蘊藉而内斂;而把自己和鄭孝胥(太夷)的詩風歸爲另一類,大概表現爲粗獷直率、激越凌厲的風格,也就是他自己筆下的"傖父"了。亦由此可見,"傖父"一詞至陳三立,非常明顯地已成爲描述詩歌風格相對類型的批評術語。

吕思勉(1884—1957)《宋代文學》談道:"宋詩非不佳,若與唐詩竝觀,則覺其傖父氣矣。"②

錢鍾書(1910—1998)從蔣湘南《偶成》《秋心》《所思》3首詩歌字句立意模仿龔自珍而判斷曰:"子瀟詩欲爲奇麗奥博,終不免傖父氣、村老語。即此三篇,已有效顰學步之歎。然竊定菴詩者,定讞當自子瀟始,《新民叢報》及南社諸作者,特從犯耳。"③

除上述諸則詩論外,尚有若干則文論,涉及"傖父"一詞,現略舉其要如下:

① 陳曾壽:《蒼虬閣詩》,見沈雲龍主編《近代中國史料叢刊續編》第45輯,臺灣文海出版社,1974—1982年出版,第1頁。
② 吕思勉:《宋代文學》,見王雲五主編《百科小叢書》,商務印書館1931年8月初版,1933年3月印行(國難後第1版),第47頁。
③ 錢鍾書:《錢鍾書集·談藝録》,生活·讀書·新知三聯書店2001年1月第1版,第444頁。

明徐同氣(生卒年不詳)《茶經序》:"客曰:子之於《茶經》奚取? 曰:取其文而已。陸子之文,奥質陸離,有似《貨殖傳》者,有似《攷工記》者,有似《周王傳》者,有似《山海》《方輿》諸記者。其簡而該,則《檀弓》也;其辨而纖,則《爾雅》也。亦似之而已,如是以爲文,而能無取乎? ……客曰:陸子之文,如《君臣契》、《源解》、《南北人物志》及《四悲歌》、《天之未明賦》諸書,而蔽之以《茶經》,何哉? 曰:諸書或多感憤,列之經傳者,猶有猳冠傖父氣。《茶經》則雜于方技,迫於物理,肆而不厭,傲而不忤,陸子終古以此顯,足矣。"①

明王世貞(1526—1590)《弇州四部稿》卷一四六:"《洛神賦》……神女之流、陳王諸賦,皆小言無及者。然此賦始名《感甄》,又以蒲生當其塘上……蒲生實不如塘上,令洛神見之,未免笑子建傖父耳。"②

李慈銘(1830—1894)《越縵堂讀書記》:"同治甲子(1864)十一月初七日 對燭讀《新唐書》文藝、隱逸兩傳。子京文筆簡峭,故傳隱逸爲宜。《隱逸傳》中以《王績》《陸羽》兩篇爲最佳,《張志和傳》便有傖父氣。"③

上述各則詩文評論,顯示出明清至於民國時期,"傖父"一詞已成爲文學批評的習用語。而"傖父"一詞的意涵指向較諸書畫評論方面更爲多元化,包括批判詩歌語言上露、率、稚、累等瑕疵、損害詩文體格的錯誤寫作技法、過於雕琢而俗氣的意象、刻意模仿甚至

① 見光緒《沔陽州志》卷一—《藝文》,收録於《中國地方志集成·湖北府縣志集》47,江蘇古籍出版社、上海書店、巴蜀書社 2001 年第 1 版,第 607 頁。
② 見葉五,文淵閣《四庫全書》本。
③ 〔清〕李慈銘撰、由雲龍輯:《越縵堂讀書記》,商務印書館 1959 年版,第 295 ~ 296 頁。

剽竊前人詩意等;并從反面提出對寫詩技法的要求、對學詩路數的要求等。此外,文學批評者也利用這個詞語,對詩歌風格的相對性分類,做出論述(如上引焦袁熹和陳三立諸條)。總體看來,"傖父"一詞,作爲一個文學批評術語,已廣泛地用於詩文評論之中。

3. 詞學批評術語"傖父"及其意象

從本文上面的論述,我們可以看到"傖父"一詞,在書畫藝術評論和詩文文學評論方面,作爲批評習用語的大概。以下,筆者將繼續探討這個詞在詞學批評方面的應用情況:

《御選歷代詩餘》録宋陳師道(1053—1102)詞話:"今代詞手,惟秦七黄九耳,餘人不逮也。詞家以秦、黄並稱。秦能爲曼聲以合律,形容處亦少刻肌入骨語。黄時出俚淺,可稱傖父。然黄如'春未透,花枝瘦,正是愁時候',峭健亦非秦所能作。"①

此則乃北宋末年陳師道詞話,是"傖父"最早用於詞學批評的例子。内容爲批判黄庭堅的部分詞作,時有俚淺之語,故可稱爲"傖父"。

明周永年(1582—1647)詞話(沈雄《古今詞話·詞品下卷》"禁忌"條引)云:"詞與詩曲,界限甚分,惟上不摹香奩,下不落元曲,方稱作手。譬如擬六朝文,落唐音固卑,上侵漢制,亦復傖父。"②

① 《御選歷代詩餘》卷一一五,葉一九,見文淵閣《四庫全書》本。
② 見〔清〕沈雄:《古今詞話·詞品下卷》,唐圭璋編《詞話叢編》第1册,中華書局1986年1月第1版,第874頁。

清徐釚(1636—1708)《詞苑叢談》卷一,録董以寧(约1666年前后在世)詞話:"董文友《蓉渡詞話》曰:嚴給事與僕論詞云:'近日詩餘,好亦似曲。'僕謂詞與詩曲,界限甚分,似曲不可,似詩仍復不佳。譬如擬六朝文,落唐音固卑,侵漢調亦覺傖父。"①

以上兩則内容接近,引用了作文之法來論述詩、詞、曲之間的界限,因而既爲詞論,也是文論。作者强調了不同的文體自有其獨有的正宗體格,不可混淆;如果把六朝駢文寫成像漢賦的格調,又或把詞寫成詩的格調,那便是擬古過度,未能做到文體上的適切恰當,而流於"傖父"了。

明茅暎[茅元仪(1594—1640)之弟]《詞的》卷二,評李清照《怨王孫》"夢斷漏悄":"此詞少平,然終無傖父氣。"②

清尤侗(1618—1704)序曹爾堪(1617—1679)《南溪詞》時寫道:"予惟近日詞家,烘寫閨襜,易流狎昵;蹈揚湖海,動涉叫囂,二者交病。顧菴獨以深長之思,發大雅之音,如桐露新流,松峰徐舉,秋高遠唳,霽晚孤吹。第其品格,應在眉山、渭南之間。會須訶周柳爲小兒,嗤辛劉爲傖父。"③

此論以"小兒"及"傖父"兩個含對比性的概念,亟言《南溪詞》婉約而不流於狎昵,豪放而不失諸叫囂。尤侗認爲《南溪詞》尤勝於周

① 見葉二〇,文淵閣《四庫全書》本。

② 見褚斌杰、孫崇恩、榮憲賓編:《李清照資料彙編》,中華書局1984年5月第1版,第36頁。

③ 見陳乃乾輯:《清名家詞》第1册,上海書店(根據開明書店1937年初版複印)1982年12月第1版,見《南溪詞·序》,第1頁。

柳辛劉的作品,或屬一家之言,但他以"傖父"形容部分豪放派詞家"動涉叫囂"的詞格,則是十分明瞭的。

清沈謙(1620—1670)《答毛稚黄論填詞書》有云:"甚至燔柴夙駕,慶年頌治,下及退閒高咏,登眺狂歌,無不尋聲按字,雜然交作。此爲詞之變調,非詞之正宗也。至夫蘇、辛壯采,吞跨一世,何得非佳? 然方之周、柳諸君,不無傖父。"①

《錦瑟詞話》載清彭孫遹(1631—1700)評汪懋麟(1640—1688)詞:"旖旎香蒨處,覺秦七黄九猶慚傖父……"②

清沈雄(约 1653 年前后在世)《古今詞話·詞話下卷》:"《今世説》曰:羡門驚才絶豔,詞家獨步。阮亭稱其吹氣如蘭,每當十郎,輒自愧傖父。故其詞綽然有生趣,又誕甚,耐人長想。如'舊社酒徒零亂。添得紅襟燕。落花一夜嫁東風,無情蜂蝶輕相許',無理而入妙,非深於情者不辨。"③

《古今詞話·詞評下卷》"彭孫遹《延露詞》"條:"詞衷曰:彭十是豔詞耑家。王阮亭曰:每當十郎,輒自覚傖父。沈去矜、宗梅岑諸子亦云,夫一字之工,能生百媚,即欲拂然不受,其可得耶。"④

以上 4 則,沈謙謂蘇、辛的詞比周、柳等要算"傖父";彭孫遹認爲較

① 見〔明〕沈謙:《東江集鈔》卷七,葉四,《四庫全書存目叢書·集部》,齊魯書社 1997 年 7 月第 1 版,第 245 頁。

② 見〔清〕汪懋麟:《錦瑟詞序·詞記》葉一,《續修四庫全書·集部·詞類》第 1725 册,上海古籍出版社 1995 年版,第 255 頁。

③ 見〔清〕沈雄:《古今詞話》,唐圭璋編《詞話叢編》第 1 册,中華書局 1986 年 1 月第 1 版,第 816 頁。

④ 見〔清〕沈雄:《古今詞話》,唐圭璋編《詞話叢編》第 1 册,中華書局 1986 年 1 月第 1 版,第 1044 頁。

之《南溪詞》的旖旎香蒨處，秦觀和黄庭堅也算"傖父"；王士禛謂自己的詞，與彭孫遹比起來也要愧爲"傖父"。這些例子中，"傖父"一詞的用法都是相對性的，主要是凸出受評者詞作的優勝之處。其中沈謙甚至涉及詞體的正宗和變調的論辯，他認爲就算壯麗如蘇、辛的詞，也衹是詞的變調，不及周、柳等的婉約詞來得正宗。

清王士禛(1634—1711)《花草蒙拾》："張安國《雪詞》，前半刻畫不佳，結乃云'楚溪山水，碧湘樓閣'，則寫照象外，故知頰上三毛之妙也。古今詞人詠雪，以'柳絮因風'爲佳話第一，自羊孚贊、陶淵明詩後，僅見此八字，銀盃縞帶，傖父刻畫，與'撒鹽'何殊。"①

清曹溶(1613—1685)序沈雄《古今詞話》："填詞於摛文最爲末藝……所貴旨取花明，語能蟬脱，議論便入鬼趣，淹博終成骨董。在儷玉駢金者，向稱笨伯。而矜蟲鬬鶴者，未免傖父。用寫曲衷，亟參活句。有若國色天香，生機欲躍。"②

此兩則的"傖父"乃用作批判詞句的過度刻畫和堆砌辭藻，而致意象庸俗。

清沈雄《柳塘詞話》卷二"禁忌二"條："詞之粗莽者，李似之詠桂'勝如茉莉，賽若荼蘼'，仲殊之詠桂，'花則一名，種分三色'。更若王子文之'今日事，何人弄得如此'，王實之'臺省

① 〔清〕王士禎(禛)：《花草蒙拾》，唐圭璋編《詞話叢編》第1册，中華書局1986年1月第1版，第677頁。
② 見〔清〕沈雄：《古今詞話》，唐圭璋編《詞話叢編》第1册，中華書局1986年1月第1版，第729頁。

好官,都做幾回’。筆墨何辜,傖父之甚。”①

沈雄認爲詞作中命意和語言都粗糙、莽俗的詞句,就是辜負筆墨,就是“傖父”。

萬樹(1630—1688)在其名著《詞律》中多次用到“傖父”一詞,例如:

◆批評那些不懂叶韵的無知妄讀者(詳卷三);

◆不點名批評某位自謂知音而其實辨析聲韵錯誤的詞人(詳卷四);

◆批評未能通曉四聲和斷讀的人(詳卷一一);

◆代指那些讀錯、注錯四聲者(詳卷一四);

◆批評辨析詞調錯誤者(詳卷一九);

◆代指以吳越間俗音叶韵者(詳卷一九)。②

總之,萬樹筆下的“傖父”一詞,成爲一個特别專門的批評術語,專門用作批評那些不精於詞律的人。

清蔣景祁(1646—1695)在《陳檢討詞鈔・序》中有云:“向使先生(陳維崧,1625—1682)於詞,墨守專家,沈雄蕩激,則目為傖父,柔聲曼節,或鄙爲婦人,即極力爲幽情妙緒,昔人已有

① 〔清〕沈雄:《柳塘詞話》,見葛渭君編《詞話叢編補編》第2册,中華書局2013年1月第1版,第806頁。

② 見卷三葉三一,卷四葉四,卷一一葉二〇,卷一四葉一八,卷一九葉一五,卷一九葉二九,文淵閣《四庫全書》本。

至之者,其能開疆闢遠,曠古絶今,一至此也耶?"①

蔣氏指出"沈雄蕩激"的詞風,是會被視爲"傖父"的。

清賀裳(約1681年前後在世)《皺水軒詞筌》"秦黄詞評"條有云:"黄九時出俚語,如'口不能言,心下快活',可謂傖父之甚。"②

《皺水軒詞筌》"詞病淺直"條有云:"詞莫病于淺直。如杜牧《清明》詩'借問酒家何處有,牧童遥指杏花村'。本無高警,正在遥指不言,稍具書意。宋子京演爲《錦纏道》詞,後半曰:'向郊原踏青,恣歌攜手。醉醺醺尚尋芳酒。問牧童,遥指孤村道,杏花深處,那裏人家有。'何傖父也。"③

賀裳認爲宋子京改寫杜牧詩句,顯得拖沓、生硬和坦露,失去蘊藉之旨,因此批評爲"傖父"。

清吴衡照(1771—?)《蓮子居詞話》卷二:"言情以雅爲宗,語豐則意尚巧,意褻則語貴曲。顧敻《訴衷情》云云,張泌《江城子》云云,直是傖父唇舌,都乏佳致。"④

① 〔清〕陳維崧:《湖海樓詞》,見陳運彰輯《毛翰林詞/湖海樓詞/炊聞詞》,出版時地不詳(香港大學饒宗頤學術館藏本),第8頁。

② 〔清〕賀裳:《皺水軒詞筌》,唐圭璋編《詞話叢編》第1册,中華書局1986年1月第1版,第696頁。

③ 〔清〕賀裳:《皺水軒詞筌》,唐圭璋編《詞話叢編》第1册,中華書局1986年1月第1版,第706頁。

④ 〔清〕吴衡照:《蓮子居詞話》卷二,唐圭璋編《詞話叢編》第3册,中華書局1986年1月第1版,第2423頁。

此則"傖父脣舌",當指顧、張兩首詞,詞意和修辭未能互相配合,未能做到言情以雅爲宗。

清劉熙載(1813—1881)《詞概》:"詞要恰好,粗不得,纖不得,硬不得,輭不得。不然非傖父即兒女矣。"①

劉熙載認爲詞要恰到好處,以"傖父"與"兒女"相對而言粗硬和纖輭,二者皆不得要領。

清譚獻(1832—1901)《復堂詞話》"評李後主詞"條:"……雄奇幽怨,乃兼二難,後起稼軒,稍傖父矣。(評李後主《浪淘沙》。起句'簾外雨潺潺'。)……"②

譚獻論李煜詞,兼有雄奇和幽怨的風格,而後起的辛棄疾雖亦兼有二者,但若相比於後主,則或略顯"傖父"之氣。這微小的差別,或與兩位詞人的身份和氣質有關。

清陳廷焯(1853—1892)評姜夔《石湖仙》詞:"白石《石湖仙》一闋,自是有感而作,詞亦超妙入神。惟'玉友金蕉,玉人金縷'八字,鄙俚纖俗,與通篇不類。正如賢人高士中,著一傖父,愈覺俗不可耐。"③

① 〔清〕劉熙載:《詞概》,唐圭璋編《詞話叢編》第4册,中華書局1986年1月第1版,第3706頁。
② 〔清〕譚獻:《復堂詞話》,唐圭璋編《詞話叢編》第4册,中華書局1986年1月第1版,第3993頁。
③ 〔清〕陳廷焯:《白雨齋詞話》卷二,唐圭璋編《詞話叢編》第4册,中華書局1986年1月第1版,第3799頁。

陳廷焯以"傖父"一詞,比喻白石詞中"鄙俚纖俗""與通篇不類"的詞句。

況周頤(1861—1926)《蕙風詞話》有云:"劉改之詞格本與辛幼安不同。其《龍洲詞》中,如《賀新郎·贈張彥功》云:'誰念天涯牢落況,輕負暖煙濃雨。記酒醒、香銷時語。客里歸韉須早發。怕天寒、風急相思苦。'前調云:'衣袂京塵曾染處,空有香紅尚軟。料彼此、魂銷腸斷。'又云:'但託意、焦琴紈扇。莫鼓琵琶江上曲,怕荻花楓葉俱淒怨。'《祝英台近·游東園》云:'晚來約住青驄,踏花歸去,亂紅碎、一庭風月。'《唐多令·八月五日安遠樓小集》云:'柳下繫船猶未穩,能幾日、又中秋。'《醉太平》云:'翠綃香暖雲屏。更那堪酒醒。'此等句,是其當行本色,蔣竹山伯仲閒耳。其激昂慨慷諸作,乃刻意橅擬幼安。至如《沁園春》'斗酒彘肩'云云,則尤橅擬而失之太過者矣。《詞苑叢談》云:'劉改之一妾,愛甚。滈熙甲午,赴省試,在道賦《天仙子》詞。到建昌游麻姑山,使小童歌之,至於墮淚。二更後,有美人執拍板來,願唱曲勸酒。即賡前韻"别酒未斟心已醉"云云。劉喜,與之偕東。其後臨江道士熊若水爲劉作法,則並枕人乃一琴耳。攜至麻姑山焚之。'改之忍乎哉!是可忍也,孰不可忍也!此物良不俗。雖曰靈怪,即亦何負於改之?世間萬事萬物,形形色色,孰爲非幻?改之得唱曲美人,輒忘甚愛之妾;則其所賦之詞、所墮之淚,舉不得謂真。非真即幻,于琴何責焉?焚琴鬻鶴,傖父所爲,不圖出之改之。吾爲斯琴悲,遇人之不淑!何物臨江道士,尤當深惡痛絶者也。龍洲詞變易體格,迎合稼軒,與琴精幻形求合何以異?吾謂改之宜先自焚其稿。"①

---

① 況周頤:《蕙風詞話》卷二葉一五至一六,《惜陰堂叢書》本,臺灣世界書局影印1979年10月五版。

況周頤在評論劉過詞的時候,用了“傖父”一詞,他旨在批判劉過變易自己原來的詞風體格,以迎合辛棄疾,是“刻意模擬”,乃失真的表現。

作爲一個詞學批評術語,“傖父”一詞最早見於北宋末年詞人陳師道的論詞話語,歷經明、清以至近現代的發展而不衰。它的使用,具有長期延續性,并在不斷運用中注入新的内涵。論詞者把自己對某類詞作的審美體驗,聯繫到“傖父”一詞,是要使其評論帶有具象比喻的色彩。而“傖父”這個論詞術語,在運用的過程中,衍生出多種層次和方面的概念和含義,也使這個詞産生了一定的模糊性。在用於詞體的界説方面時,“傖父”代表擬古過度、刻意模仿;在論述風格時,它指向沈雄激蕩,甚或動涉叫囂的詞風;在批評修辭造句時,它代表俚淺纖俗;在議論填詞技法時,它代表刻畫堆砌、意象庸俗;在討論填詞格律時,它曾被專指爲不精曉詞律的人。除了這些絶對概念之外,“傖父”一詞也常被用於相對性的論述,如説某甲在詞的某方面比某乙“傖父”,那衹是比較而言,并不代表某甲的詞真的很“傖父”。此外,這種相對性,又呈現出一種特殊的現象:在不同詞論中“傖父”一詞可以有相對的意思,例如有些詞論認爲粗莽即“傖父”,而另一些則認爲纖俗也是“傖父”,但粗和纖本身就有著相反的含義;看來,凡是偏離評論者認爲是好作品的標準,就有可能被批評爲“傖父”。總括而言,“傖父”一詞,作爲詞學批評術語,其含義是豐富、多元而饒有特色和活力的。

4. 小結

從本文的論述,可知“傖父”一詞,符合“術語”的定義:包括模糊性、多義性、具象性、以人喻文學、具有長期延續性和在不斷運用中注入新的内涵等。很明顯,“傖父”一詞,除一般性的用義以外,也是一個文藝批評術語,而且已經經過長時間的發展(由南朝至明清民國),完全符合專門學術的專門用語這一定義。

"傖父"作爲一個文藝批評(包括詞學批評)術語,它的詞性已出現了明顯的變化,就是由原來一般用義上的名詞,轉化爲形容詞。尤其值得注意的是,它除了被單獨運用之外,也會結合其他詞語出現,如"傖父氣""傖父面目""傖父脣舌"等。

在書畫評論中,"傖父"作爲一個批評術語,用法相對單一,主要用作批判創作上的刻意模仿和做作。

在詩文評論中,"傖父"的使用範圍有所擴大,有涉及批評語言瑕疵、損害詩文體格的錯誤技法、過於雕琢而俗氣的意象、刻意模仿甚至剽竊前人詩意等;并從反面提出寫詩技法和學詩路數的要求,也對詩歌做出了風格的相對性分類。

在詞學批評上,"傖父"一詞用法更加多元化,而且更具相對性。它涉及評論詞的體格、詞體正變的分野、風格氣質、語言修辭、對詞律的認識等。"傖父"是一種人物形象,用於詞評之中,它代表了俚、俗、粗、硬、率、莽、直露、刻劃、拖沓、堆砌、刻意模仿等比較抽象的概念,在用法上相對於書畫和詩文評論而言,更顯活潑。

事實上,我們有理由相信,"傖"和"傖父"等一系列的詞語,在一般的用法之中,更是與民族的、地域社群的、社會階級的和文化水平的論述有所關聯。[①]而"傖父"一詞,以其具象比喻性圍繞著"傖父"這種後世認定的人物形象和文化氣質,在文藝批評(包括詞學批評)領域的持續運用過程中,發展出不同層次、不同角度的多種用義,充分體現出一個中國文學傳統批評術語的特質。

① 詳參鄭煒明、陳玉瑩:《釋"傖"》(待刊)。

【本篇發表史】

1. 發表於"2014 中國詞學國際學術研討會",中國詞學學會主辦,暨南大學文學院承辦,2014 年 12 月 25 日至 27 日;見趙維江策劃,宋小克、徐擁軍主編《2014 中國詞學國際學術研討會論文集》(下册),暨南大學,2014 年 12 月 26 日至 29 日,第 288 ~ 299 頁。
2. 又見《詞學》第 33 輯,華東師範大學出版社 2015 年 6 月第 1 版,第 31 ~ 55 頁。

三、況周頤與陳運闓、運彰昆仲的詞學因緣

1. 引言

況周頤(1861—1926),字夔笙,號蕙風,晚清四大詞人之一,著作甚夥。其《蕙風詞話》5卷,於近世詞學,影響深遠。蕙風於民國改元後,卜居滬上,賣書鬻文以自給。晚年"弟子甚眾,過從尤密者,曰陳蒙庵、趙叔雍"①。其中陳蒙庵者,即潮陽陳運彰。

夏敬觀《忍古樓詞話》亦有云:"潮陽陳蒙庵運彰,夔笙舍人之弟子也,著有《紉芳簃詞》三卷。"②《紉芳簃詞》未見印行,或僅爲一寫本而已。蒙庵後以精擅書法治印及集藏金石拓本名世,《中國近現代人物名號大辭典》僅以其爲一善書法及治印之文人③,似未知其爲大詞宗況蕙風之弟子。其詞則多已散佚,祇偶見零箋墜簡,散落於書市,故詞學研究者罕有論及。

---

① 見步章五:《蕙風遺事》第17則,《林屋山人集》卷一三,轉引自林玫儀《況蕙風研究資料補述》,見北京大學中國古文獻研究中心編《北京大學中國古文獻研究中心集刊》第7輯《中國古文獻學與文學國際學術研討會論文集》,北京大學出版社2008年1月第1版,第518頁。

② 見唐圭璋編:《詞話叢編》第5册,中華書局1986年1月第1版,第4774頁。

③ 參考陳玉堂編著:《中國近現代人物名號大辭典》"陳運彰"條,浙江古籍出版社1993年5月第1版,第505頁。

至於蒙庵之兄質庵(運閬)其人,及其從蕙風學詞之事,則更鮮有知者;其事迹於衆多人物辭典,如《民國人物大辭典》《中國近現代人物名號大辭典》《中國美術家人名大辭典》等書中,皆未見著録。

筆者近年因纂修《況周頤年譜》①之故,於況氏交游史料,著力搜羅,細意鈎稽,益以好友惠賜珍貴文獻資料,故於潮陽陳氏之家世,以及運閬、運彰兄弟從蕙風學詞之詳情等,略有所獲,乃敢不辭淺陋,草撰此文,以求就正於各位學者,冀可爲民國時期詞史及閩南、粵東文學史料之補白。

2. 潮陽陳氏之族源及運閬、運彰家世史料

況周頤女婿、著名篆刻家陳巨來曾有《記陳蒙安》一文,有云:"蒙安,名運彰…… 廣東潮陽人。其父名開齊……"②開齊,即運閬、運彰之父也,其先世乃自閩遷潮者。據筆者搜集所得況周頤先生之佚文手稿《清故訓導陳君家傳》(附圖一),謂傳主陳英豪(號愚溪),其先閩人也,其族宋季始遷粵,明季始卜居潮陽成田溪之東鄉;又謂陳君道光癸巳入庠,至同治壬戌,以訓導歸部銓選;繼云其有子三、孫四,其一名開齊。③ 故知陳英豪乃運閬、運彰之曾祖。而陳氏一家,宋季之前爲閩人,明季之後始入潮籍。

① 是譜初名《況周頤先生年譜稿》,自 2006 年 12 月呈交慶祝饒宗頤教授九十華誕國際學術研討會以來,續有修訂。2007 年 7 月初次修訂後,於香港詩坊正式出版;至 2008 年 8 月,又略加增訂,見刊於上海古籍出版社刊行之《華學》第 9、10 合輯。2009 年 5 月又增刊爲《況周頤先生年譜》,由上海古籍出版社初版刊行。其後兩年間,筆者與陳玉瑩女士合作,又將舊譜修訂,增補近倍,定名爲《況周頤年譜》,由香港大學饒宗頤學術館於 2011 年 10 月出版。

② 陳巨來:《安持人物瑣憶》,上海書畫出版社 2011 年 1 月第 1 版,第 137 頁。

③ 此文筆者蒙梁基永兄借所藏原本複印,謹此致謝。據梁兄告知,此文彼乃得自陳運彰之媳。

細審况氏此文,文末有兩行附識,曰"青鳥之鳥勿誤烏|崽勿誤仔仔無崽音切要",其中切要二字右側,畫有三圈,以示重要。由此觀之,此文或乃陳開齊父子三人,請况氏爲其先人所撰之家傳;而况氏於撰成之後,以手稿交付陳家,特恐其有所誤讀,故有上述識語。此文實乃研究閩南文化中潮陽陳氏一脉之珍貴文獻,向未爲人所知。况氏乃清季四大詞人之一,民國間居上海,賣文爲活;此文即其與潮汕文化有所關涉之文字因緣,且爲唯一已知見之例證,具見其重要文獻價值。

運閶、運彰家境極富有,蓋其父開齊早年於上海,以經辦鴉片土膏店發迹,入民國後改營錢莊、房地産及股票買賣等,財力雄厚。① 誠如况氏於《家傳》中,稱開齊"以商學起家,光大其門間"云云。

3. 陳運閶學詞經歷之史料

陳運閶(生卒年不詳),原名彬,字質庵,一字伯懌。② 世人但知陳運彰爲况周頤詞學弟子,至其兄陳運閶,亦曾從况氏游,則罕有知者。况氏晚年於筆記著述中,屢有述及與質庵之交往,可爲證。

况氏曾於1925年11月9日發表筆記云:"陳質庵(彬)屬題《閒軒深坐圖》,賦《清平樂》云:'斷無塵涴,人境成清可。何必閒雲來伴我,早是天空雲過。君家嗜睡圖南,一般道味醰醰。斯旨也通禪定,便如彌勒同龕。'"③此詞乃蕙風散佚詞作之一。

又曾於1926年7月25日發表筆記云:"潮陽陳質庵(彬)有《瑞菊圖》,余爲題詞,調《滿庭芳》。是年秋,陳氏庭中黄菊,作並蒂

① 據陳巨來:《安持人物瑣憶》,上海書畫出版社2011年1月第1版,第137頁。

② 參蕙風:《餐櫻廡漫筆》,《申報·自由談》,民國十四年(1925)12月27日。

③ 見蕙風:《餐櫻廡漫筆》,《申報·自由談》,民國十四年(1925)11月9日。

花，而質庵適有弄璋之喜。按《徐氏筆精》云：'宋季崔清獻(與之，廣州人)，號菊坡，至八世。其家有菊數本，每年作花，皆一蒂兩蕊，人咸異之。'曩作陳圖題詞，甚惜未用此典。凡吾舊譔文詞，閱時稍久，往往檢出恰合之典，當用而未用者。甚愧記誦之多疏，藻采之不足也。"①《滿庭芳》詞未見，待考。

又據沙孟海《僧孚日録》所記，民國乙丑年(1925)四月某日，況氏長女與陳巨來訂婚，質庵兄弟亦見於其家宴席上。②

從上述3則，可具見質庵與況氏之關係十分密切。

據筆者知見所及，質庵之詞作，現於蕙風筆記中僅存三闋，吉光片羽，彌足珍貴，兹抄録如下：

【減字浣溪沙·題丁眪庭所著《切夢刀》】

武庫青霜試及鋒，頓教殘醉失惺忪，趾離退舍脱光雄。(趾離，夢神名，見《致虚閣雜俎》。脱光，刀神名，見《齊太公兵法》。)　　蝶翔定應迴夜枕，鯨鏗須不待晨鐘，邯鄲歸騎莫從容。③

【合歡帶·賀黄佩蘅新婚】

恰新春、景淑辰良。叶鳳卜，儷珪璋。並蒂花開人似玉，錦屏開，子細平章。雲嬌月媚，紅深翠婉，初試梅妝。倚匳晶，乍可鸞窺暈淺，蛾鬬眉長。　　蘭因鴛牒，玉貌羊車，襟懷叔度汪洋。屈指蟾圓三五夜，二分春蚤付仙郎。花明酒滿，椒紅

① 見夔笙：《天春樓脞語》，《申報·自由談》，民國十五年(1926)7月25日(丙寅年六月十六日)。

② 參考沙茂世編撰：《沙孟海先生年譜》，西泠印社出版社2010年5月第1版，第23頁。

③ 見蕙風：《餐櫻廡漫筆》，《申報·自由談》，民國十四年(1925)12月27日。

柏緑,乞與穠香。有情仙,艷説藍橋,料量玉杵瓊漿。①

【清平樂·題徐仲可《真如室圖》】

神樓畫裡,山水清空地。隔斷西湖紅十里,領取如如真諦。　　西來大意云何,先生笑指煙蘿。懺到文人慧業,真成丈室維摩。②

上引第一闋,況氏稱陳質庵"樂道好静"③;第二闋,稱許其用韵"雅切婉麗,允推冰雪聰明"④;第三闋,則謂其"近有志於聲律家之學,所造甚深"⑤。由此可知,質庵聲律之學,確曾得況氏之誘導,而其性情天分,亦頗爲況氏欣賞。

質庵亦能詩,惜多已佚;且擅書法,蕙風曾謂其"書法尤工,得晉帖神髓"⑥。筆者嘗於互聯網上,獲睹其行書自撰七絶四首,書法勁秀,宗二王而略帶瘦金,乃知蕙風所言不虚;至其七絶四首,則爲與隱社諸子同游觴咏之作也。⑦

4. 陳運彰學詞經歷之史料

陳運彰(1905—1956)爲況周頤晚年詞學弟子之一。廣東潮陽人。原名陳彰,又作陳章,號蒙庵、蒙安等,室名紉芳簃。1949年

① 見蕙風:《餐櫻廡漫筆》,《申報·自由談》,民國十五年(1926)2月23日。
② 見蕙風:《餐櫻廡漫筆》,《申報·自由談》,民國十五年(1926)2月25日。
③ 見蕙風:《餐櫻廡漫筆》,《申報·自由談》,民國十四年(1925)12月27日。
④ 見蕙風:《餐櫻廡漫筆》,《申報·自由談》,民國十五年(1926)2月23日。
⑤ 見蕙風:《餐櫻廡漫筆》,《申報·自由談》,民國十五年(1926)2月25日。
⑥ 見蕙風:《餐櫻廡漫筆》,《申報·自由談》,民國十四年(1925)12月27日。
⑦ 見百度網頁,下載日期:2009年7月29日。網頁云轉貼自《潮汕歷代名人墨蹟精選》一書之陳彬作品。

前,曾任職於上海市通志館。① 據陳巨來《記陳蒙安》一文披露,陳運彰之拜況氏爲師,實屬毛遂自薦,且奉巨金爲束脩。②

據孫淑顔先生謂,曾輯《陳蒙庵先生剩稿》,得陳氏詞十闋、詩一首、序文一篇、畫一幀、書法若干。另有戇齋補輯陳蒙庵《題趙柏廎〈百辛剩墨〉》七絶兩首。此即目前已知之陳氏遺著矣。③ 唯陳運彰遺著,實遠不止於此。據筆者所知,好友梁基永、洪楚平及另一位未知名之收藏家,於陳氏遺墨,皆有所收。而筆者屢蒙梁、洪二兄惠假原件,供掃描複印,故於陳氏遺稿,亦頗有一二珍貴文獻,可補民國詞史及潮汕文化史資料於萬一。兹以況陳師生情誼、況陳詞課管窺與《紉芳詞》及其他等三部分,縷述如下:

(1)況陳師生情誼。

根據筆者目前已掌握之史料,況氏最遲於癸亥(1923)四月前,已開始授陳運彰詞課。④ 觀其癸亥課稿,陳氏於聲律時有錯誤,是時或爲初學填詞不久。而據陳運彰《思無邪菴民國乙丑六月初三日至八月初七日日記手稿》⑤(書影見附圖二),則可窺見況陳師徒之間,往還密切,情誼殊非泛泛。筆者嘗據《日記手稿》及其他資

① 據陳玉堂編著:《中國近現代人物名號大辭典》,浙江古籍出版社 1993 年 5 月第 1 版,第 505 頁。

② 陳巨來:《安持人物瑣憶》,上海書畫出版社 2011 年 1 月第 1 版,第 137 頁。

③ 《陳蒙庵先生剩稿》,筆者未見,應爲未刊稿。該稿僅於互聯網上有所著録。參考戇齋《陳蒙庵詩題〈百辛剩墨〉》,見天涯博客—天涯社區;日志日期:2006 年 8 月 16 日,見百度網頁,下載日期:2009 年 7 月 29 日。

④ 據《況周頤、陳運彰師生癸亥、甲子詞課殘稿》,現存最早之詞課,爲癸亥四月第二課。

⑤ 見陳運彰:《思無邪菴民國乙丑六月初三日至八月初七日日記手稿》(書名由筆者所訂),梁基永先生所藏未刊手稿本。筆者蒙梁先生借所藏原本複印,謹此致謝。

料，編成《況周頤年譜》①，其中於甲子夏至乙丑十一月間，有關況陳交往之事迹選録如下：

◆甲子夏，陳運彰自先生處得唐薛仁貴造象石拓本。

◆乙丑三月，先生贈與弟子陳運彰書畫團扇一幀。

◆四月某日，先生長女維琚與陳巨來訂婚；是日傍晚設宴況宅，馮幵、吴昌碩父子、陳運闓、運彰昆仲、趙尊嶽及修能學社諸子與會。

◆六月初五日，先生弟子陳運彰來謁於滬上寓所，并饋二百金。先生繪扇面題贈。

◆六月初八日，先生翌日赴蘇前，訪弟子陳運彰，并爲書近詞二闋。

◆六月十九日，陳運彰來謁，先生爲改兩稿，又贈以《蕙風詞》二册。

◆六月二十六日，先生忙於料理翌日趙赴蘇之行裝。陳運彰來謁，適先生命次兒小宋携書板往寄存於陳運彰家。

◆七月初一日，陳運彰寄信至蘇州予先生，索改壽詞。

◆七月十五日，先生有手函命小宋自蘇州携至陳運彰。

◆八月初五日，先生自蘇州歸上海，并爲陳運彰題況維琦所繪之《雲窗授律圖》。

◆八月初六日晚，陳運彰宴請先生，同席有馮幵、況維琦、陳巨來等先生。

◆十一月，先生假所藏《留香小閣詞鈔》寫本一卷予弟子陳運彰録副。

---

① 鄭煒明、陳玉瑩撰：《況周頤年譜》，香港大學饒宗頤學術館 2011 年 10 月版。

上述可證況陳師徒二人,關係密切,實不止於填詞課業也。大抵二人同好書畫、碑拓、篆刻等藝事,故於詞學以外,尚多交流。觀乎況氏長女訂婚之家宴,陳氏兄弟得預之;況氏移居蘇州時,又以其書板托付陳氏;況氏自號手盲,少作書畫貽人,而陳氏輒得其寫贈。凡此種種,皆可見師生情誼,非同一般。

(2)況陳詞課管窺。

筆者所見之《況周頤、陳運彰師生癸亥、甲子詞課殘稿》①,内有癸亥(1923)四月第二課(書影見附圖三)、癸亥四月第三課、癸亥八月第二課、癸亥八月第三課、癸亥九月第一課、癸亥九月第二課、癸亥九月第三課、癸亥十月第一課、甲子(1924)正月第二課共9課之課稿,内共有陳運彰詞25闋、況周頤詞1闋。從課稿觀之,運彰之向況氏學詞,或曾每旬一見;每課約涉及運彰詞作若干闋,呈請況氏批改,況氏則每大改之,舉凡煉字、用典、聲律、詞法、詞格以至於文字訓詁等,皆有從嚴指正其弟子之例證。

況氏教授詞學態度認真,可以癸亥九月第一課之首闋《紫萸香慢·展重陽作》(書影見附圖四)爲例:陳氏所作多有少年强説愁者,況氏則於眉批處,强調"少年人作文字,不拘何題,宜切戒衰颯語",且於此段文字右側多畫圓圈,以示重要,可見其於詞格之重視;又同一闋詞,況氏自謂"凡經改定之句,四聲均不誤"云云,具見其於弟子課稿,亦要求嚴守四聲;詞末況氏更有大字注脚云:"改筆似此,認真之至,亦至不易。毋忽。"末二字右側加圈,亟示凝重,或況氏意欲運彰細味其所批改各處,以期陳氏有所感悟也。況氏之改正門人詞作,每使學生得益至巨;如運彰後有自編之《紉芳詞》一

① 該帙殘稿經現藏者梁基永兄重新裝幀爲一册,并得王貴忱先生題曰《況陳翰墨》。筆者據該稿内容,暫定書名爲《況周頤、陳運彰師生癸亥、甲子詞課殘稿》。

卷,列爲《紉芳簃詞》弟一(詳下段),其中卷末第二闋《探芳信·題六舟上人畫梅立軸》一詞,即爲《況周頤、陳運彰師生癸亥、甲子詞課殘稿》中癸亥九月第一課之第二闋詞,而《紉芳詞》所收之作,即況氏改定之本,具見運彰於詞多以其師之教導爲依歸,其對況氏之尊崇,於兹亦可見一斑矣。

此課稿爲一代詞宗況蕙風碩果僅存之詞學課徒殘稿,於瞭解況氏詞學,至爲重要;筆者正欲以此稿之原件複印出版,俾廣其傳,因此於兹僅略舉其要如上。

(3)《紉芳詞》及其他。

或以爲陳運彰詞作多已遺失,其實不盡然。筆者嘗見蒙庵未刊之《〈紉芳詞〉思無邪菴自書稿本》1 卷,列爲《紉芳簃詞》弟一①(書影見附圖五);夏敬觀謂蒙庵有《紉芳簃詞》3 卷,今未見,亦未知其所據,或蒙庵編有《紉芳簃詞》3 種,而《紉芳詞》即爲其第一種也,惜其餘二種,尚未知見。

筆者今見之《紉芳詞》稿本,不分卷,爲陳蒙庵以印有"思無邪菴"字樣之自用稿箋自書,起《臺城路·讀小山詞書後》一闋,迄《夢芙蓉·題張紅橋象研拓本》(案此詞後尚有《珍珠簾·奈加瀑布》一詞之詞題,但未録詞作),實收詞作共 49 題、48 闋;各詞頂端或有數目字,或加圈,似屬作者爲編訂詞集,尚在選録己作過程中之一份稿本。

《紉芳詞》之内容,亦頗具特色。例如其每以一己之詞而評論前人之詞,可稱之爲論詞詞,若《臺城路·讀小山詞書後》《石湖仙·書張歗山文虎手斠白石道人集後》《喜遷鶯慢·得宋元三十一

---

① 該稿現歸梁基永兄收藏,封面曾經藏家題曰《紉芳簃詞》,恐未盡準確。筆者現據該稿首頁陳彰蒙庵所自書之詞集名稱,暫定書名爲《〈紉芳詞〉思無邪菴自書稿本》。

家詞四印齋初印本,卷端小印云:詞客有靈應識我》《鳳凰臺上憶吹簫·題雲謡集後》等闋皆是。又題咏諸作,頗有鑒賞古物拓本之什,每有出人意表之典,若《八聲甘州·賦郿字瓦》《渡江雲·題納蘭容若三十三歲象》《買陂塘·題謝康樂象拓本》《臺城路·題梁朱异皓象拓本》《西河·寶華庵臧秦權拓本》《夢夫容·題張紅橋象研拓本》等皆是;而《永遇樂·詠蹴鞠》《天香·鼻煙》等,亦咏物詞中佳作,未許輕忽視之。至於餘詞,亦每多情致,未落俗套。由此可證,此集應屬民國詞史及潮汕文化之珍貴文獻,亟宜付梓;筆者亦頗有意以此稿之原件複印出版,俾廣其傳,以享一衆詞友,故於茲不贅,謹略述該集大概如上。

蒙庵亦頗有詩賦文稿,惜皆未刊,或多已散佚。筆者曾寓目好友洪楚平君所藏之陳氏詩賦文稿數帙,多爲少作,亦彌足珍重。①據之,陳氏蓋學詩賦古文於前,隨況氏專學填詞於後也。

(4)況周頤論陳運彰詞作。

就今知見所及,況周頤之詞話中,亦有數則論及陳運彰詞作者。如陳運彰之《滿江紅·題小喬墓磚拓本》:

> 一片苔華,猶未滅,當時名字。更想像,雄姿英發,金龜夫壻。玉筯香銘芳草路,銅臺往事東風裏。付浪淘,人物儘風流,今誰是。　摹遺跡,何年製。尋短碣,銷沈未。賸殘珪碎璧,香魂憑寄。赤壁衹今餘水月,黄昏應見歸環佩。佇鸚洲,一例感前塵,蒼茫意。

況氏即贊譽其"歇拍美人名士,關合有情,全闋爲之增色"②。陳氏

① 筆者藏有陳運彰該著作原件之掃描影本。

② 見蕙風:《餐櫻廡漫筆》,《申報·自由談》,民國十四年(1925)2月13日。

又有《八聲甘州·和蕙風師題雷峰塔經卷詞》,另有《攤破浣溪沙·采蓮曲》云:

紅娘綃衣翠映眉,鴛鴦驚起背人飛。底事箇儂偏采得,並頭枝。　記取停橈休傍柳,千絲萬縷是相思。生怕夜涼花睡去,月來時。

況氏則稱其"過拍换頭,並有思致"①。又如陳氏《五綵結同心·賀林郅君新婚》一詞,況氏以此詞爲例,闡釋其賀人新婚詞之理論,謂"賀人新婚詞,宜莊雅温麗,涉佻便俗"②,意指此作庶幾符合其要求矣。

上述諸詞均不見於課稿,亦不見於《紉芳詞》,屬陳氏散佚詞作,幸而保留於況氏詞話之中。而況氏詞話之史料價值,於此亦可見一斑。

5. 餘論

陳運彰雖長期居於上海,但其與潮州文化界之聯繫,一向密切。如潮州著名詞人饒平詹安泰(1902—1967),以詞學論交,頗多唱酬,今觀詹氏《无庵説詞》,二人於 20 世紀三四十年代,多有和作。陳氏又與同爲南社成員之潮安饒鍔(1890—1932)相交,曾精鈔家藏之《粵東詞鈔》一卷,以贈饒氏,俾其得以據之校勘清嘉慶時人澄海姚行軒之《遠遊詞鈔》初刻本,多有所得。③ 另陳運彰之《紉芳簃説詞》亦見著録於饒鍔、饒宗頤撰輯之《潮州藝文志》,列於别

① 見蕙風:《餐櫻廡漫筆》,《申報·自由談》,民國十四年(1925)2 月 8 日。
② 見蕙風:《餐櫻廡漫筆》,《申報·自由談》,民國十四年(1925)3 月 20 日。
③ 見饒鍔:《遠遊詞鈔跋》,《天嘯樓集》卷二,見收於陳賢武、黄繼澍整理,曾楚楠校閲《饒鍔文集》,香港天馬出版有限公司 2010 年 1 月,第 59 ~60 頁。

卷詞曲類。① 由此可見，陳運彰實有間接傳播蕙風詞學於粵東之功。詹安泰與饒宗頤二位先生，於嶺南詞學影響至爲深遠，其初未始不與蕙風詞學一脉有關，而陳運彰實有與焉。有關況周頤之詞學於嶺南傳播之史實，尚待深入探討，吾人亟宜繼續發掘史料，以作進一步之系統研究。

【本篇發表史】

1. 該文原題爲《從若干新見史料論潮陽陳運闓、運彰昆仲與況周頤之詞學淵源》，呈交“第12届國際亞細亞民俗學會年會暨東亞端午文化國際學術研討會”，臺灣成功大學主辦，2011年6月3至7日；見《第12届國際亞細亞民俗學會年會暨東亞端午文化國際學術研討會會議論文集》（臺南場次分册），2011年6月4日，第169～176頁。
2. 2012年5月14日，應邀爲雲南大學人文學院以此文作學術報告（由該院馮良方教授主持）。
3. 又見刊於陳益源主編：《第12届國際亞細亞民俗學會年會暨東亞端午文化國際學術研討會論文集》，臺灣樂學書局2013年4月初版，第435～444頁。
4. 又見刊於施仲謀主編：《百川匯海——文史譯新探》，香港中華書局2013年6月初版，第288～297頁。

① 見《潮州藝文志》，收録於《饒宗頤二十世紀學術文集》卷九《潮學（上）》，臺灣新文豐出版股份有限公司，2003年10月出版，第13册，第987頁。《潮州藝文志》成於1934年，1935年至1937年分兩期刊於嶺南大學之《嶺南學報》專號。1994年由上海古籍出版社重印。後收録於《饒宗頤二十世紀學術文集》。

附圖一

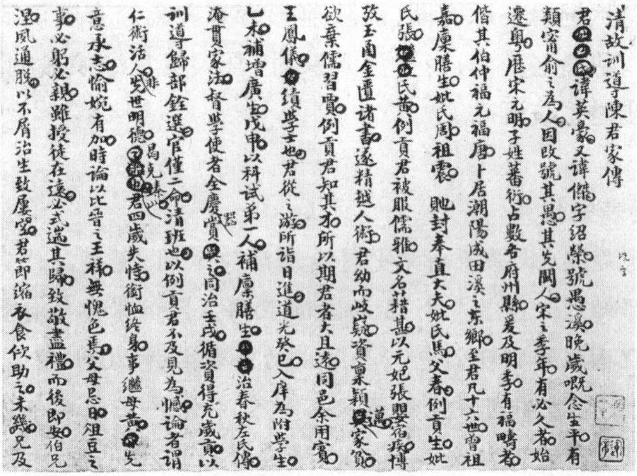

清故訓導陳君家傳
君[illegible][illegible]諱英豪又諱傑字紹榮號愚溪晚歲慨念生平有
類甯俞之為人因改號其愚其先閩人宋之季年有必久者始
遷粵居宋元明子姓蕃衍占數者府州縣爰及明季有福晴者
偕其伯仲福元福庚卜居潮陽成田溪之东鄉至君凡十六世曾祖
嘉庠膳生妣氏周祖[illegible]貤封奉直大夫妣氏馬父春例貢生妣
氏張[illegible]氏黃例貢君被服儒雅文名藉甚以元妃張[illegible]博
攷玉函金匱諸書遂精越人術君幼而岐嶷資秉穎[illegible]家貧
欲棄儒習賈例貢君知其才所以期君者大且遠同邑余用賓
王鳳儀[illegible]鎮學士也君從之游所詣日進道光癸巳入庠為附學生
己和補增廣生戊申以科試第一人補廩膳生[illegible][illegible]治春秋左氏傳
海貫家法督學使者全慶賞[illegible]之同治壬戌循資得充歲貢以
訓導歸部銓選官僅二命清班也以例貢君不及見為憾論者謂
仁術活人[illegible]世明德[illegible]君四歲失恃術恤終身事繼母黃[illegible]先
意承志愉婉有加時論以比曾之王祥無愧色焉父母忌日俎豆之
事必躬必親雖授徒在遠必亟還其歸致敬盡禮而後即安伯兄
涇風通脱以不屑治生致屢空君即縮衣食佽助之未幾兄及

《清故訓導陳君家傳》三頁之一

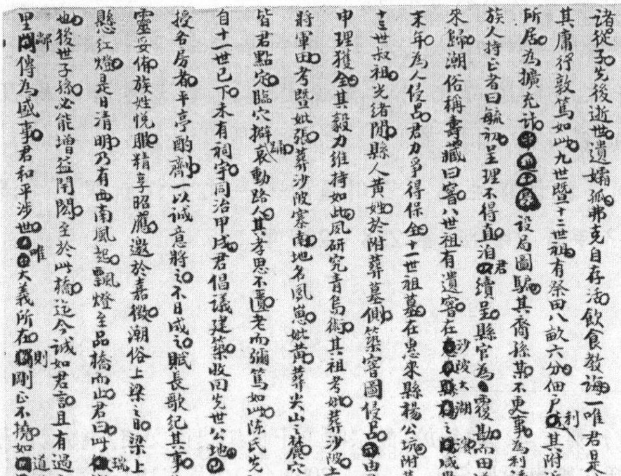

諸從子先後逝世遺孀孤弗克自存衣飲食教誨一唯君是恃
其庸行敦篤如此九世暨十三世祖有祭田八畝六分佃戶[illegible]其附近
所居為擴充計[illegible][illegible][illegible]設局圖騙其裔孫斯不更事為利誘
族人持之者曰毓初呈理不得直泊[illegible]續呈縣官為[illegible]霞勘[illegible]田遂
來歸潮俗稱壽藏曰窨八世祖有遺窨在[illegible]沙陂大湖之[illegible]咸豐
末年為人侵占君力爭得保全十一世祖墓在惠來縣楊公坑附葬
十三世叔祖光緒間縣人黃姓於附葬墓側築窨圖侵占[illegible]由君
申理獲全其毅力維持如此風研究青烏術其祖考妣葬沙陂者
將軍田考暨妣張葬沙陂寨南地名鳳巢妣黃葬尖山之麓穴位
皆君點定臨穴擗哀動路人其孝思不匱老而彌篤如此陳氏先祖
自十一世已下未有祠宇同治甲戌君倡議建築收田先世公地[illegible]
授各房都平亭酌齊一以誠意將之不日成之賦長歌紀其事先
靈妥侑族姓悅服精享昭鷹邀於嘉徵潮俗上梁之日梁上必
懸紅燈是日清明乃有西南風起飄燈至品橋而止君曰此[illegible]
也後世子孫必能增益門閭至於此橋迄今試如君言且有遍之
里[illegible]傳為盛事君和平涉世[illegible]大義所在[illegible]剛正不撓如[illegible]

《清故訓導陳君家傳》三頁之二

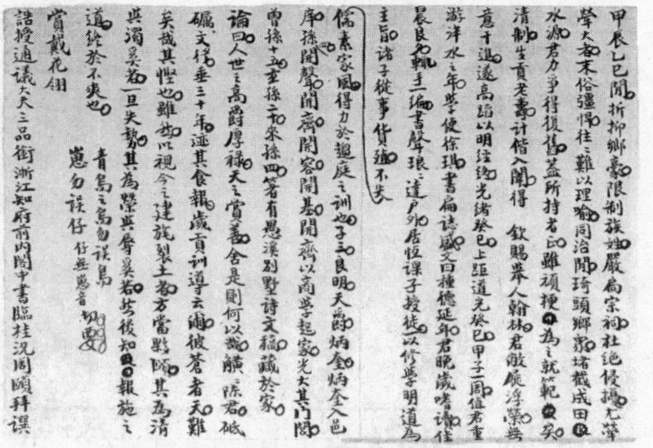
甲辰乙巳間，折抑鄉豪，限制族姓，嚴肅宗祠，杜絕侵擾，尤犖
犖大者，末俗彊悍，往往難以理喻。同治間，琦頭鄉豪堵截成田□
水源，君力爭得復舊。蓋所持者正，雖頑梗□為之就範□矣。
清制，生員老壽，計偕入闈，得 欽賜舉人、翰林。君晚歲浮榮無
意，十進遂高蹈，以明經終。光緒癸巳上距道光癸巳，甲子一周，值君重
游泮水之年，學使徐琪書扁誌盛，文曰：種德延年。君晚歲嗜讀，住
晨良久，輒手一編，書聲琅琅，達戶外。居恆課子授徒，以修學明道為
主。即諸子從事貨殖，不失
儒素家風，得力於趨庭之訓也。子三：良明、天爵、炳奎。炳奎入邑
庠。孫：開馨、開齋、開容、開基。開齋以商學起家，光大其門閭。
曾孫十五，玄孫二，來孫四。箸有愚溪別墅詩文稿，藏於家。
論曰：人世之高爵厚祿，天之賞善，舍是則何以勸鯖？陳君砥
礪文行，垂三十年，迹其食餼歲貢、訓導云爾，彼著者天難
矣哉，其慳也。雖然，以視今之建旗裂土者，方當戮辱，其為清
與濁奚若？一旦失勢，其為榮與辱奚若？然後知天報施之
道，終於不爽也。
青鳥之鳥勿誤鳥
蔥勿誤伢 伢無蔥音
賞戴花翎
誥授通議大夫三品銜浙江知府前內閣中書臨桂況周頤拜譔

《清故訓導陳君家傳》三頁之三

附圖二　《思無邪菴民國乙丑六月初三日至八月初七日日記手稿》書影

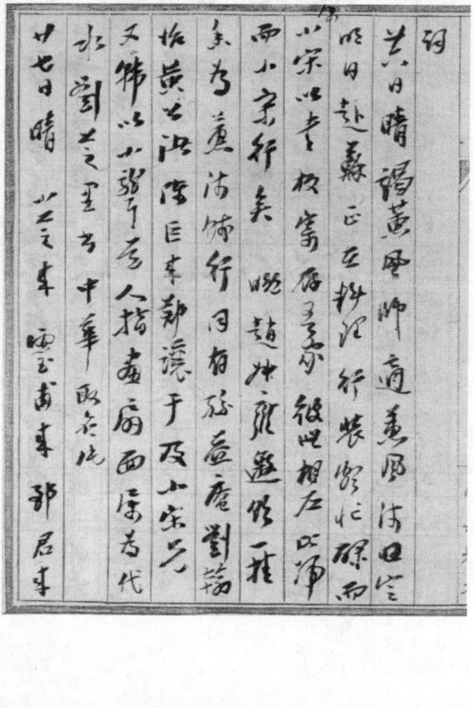
詞
廿六日晴。謁董[illegible]卿，適蕙風[illegible]
昨日赴蘇，正在[illegible]行裝，將於[illegible]
小宋以書枚寄[illegible]，[illegible]相左，此[illegible]
而小宋行矣。晚，趙[illegible]遞[illegible]一[illegible]
來，為蕙[illegible]行[illegible]
於黃昏[illegible]巨來[illegible]于及小宋[illegible]
又[illegible]以小[illegible]人持畫扇面屬為代
[illegible]中華[illegible]
廿七日晴。[illegible]來。[illegible]來。邵君來

附圖三　《況周頤、陳運彰師生癸亥、甲子詞課殘稿·癸亥四月第二課》書影

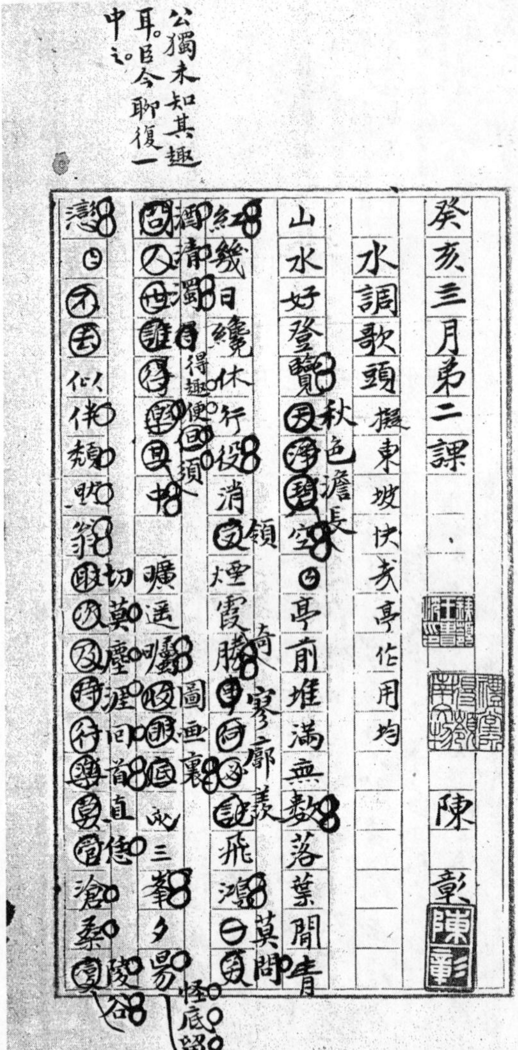
癸亥三月第二課

水調歌頭　擬東坡快哉亭作用均

陳運彰

附圖四 《況周頤、陳運彰師生癸亥、甲子詞課殘稿·癸亥九月第一課》書影

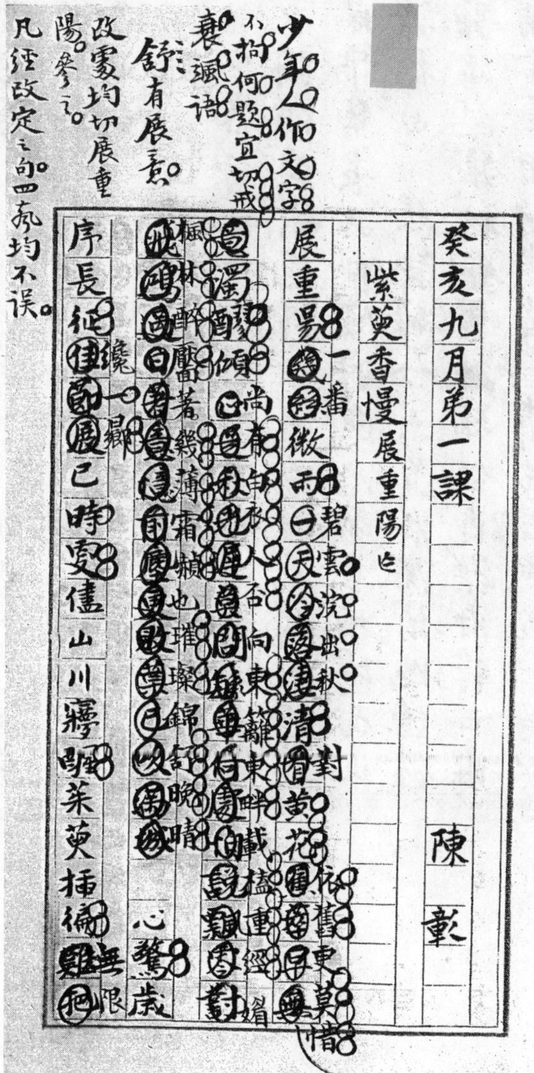
癸亥九月第一課　陳彰

紫萸香慢　展重陽

少年作文字，不拘何題，宜切戒衰颯語。

舒有展意。

改處均切展重陽。參之。

凡經改定之句，四聲均不誤。

附圖五 《紉芳詞》書影

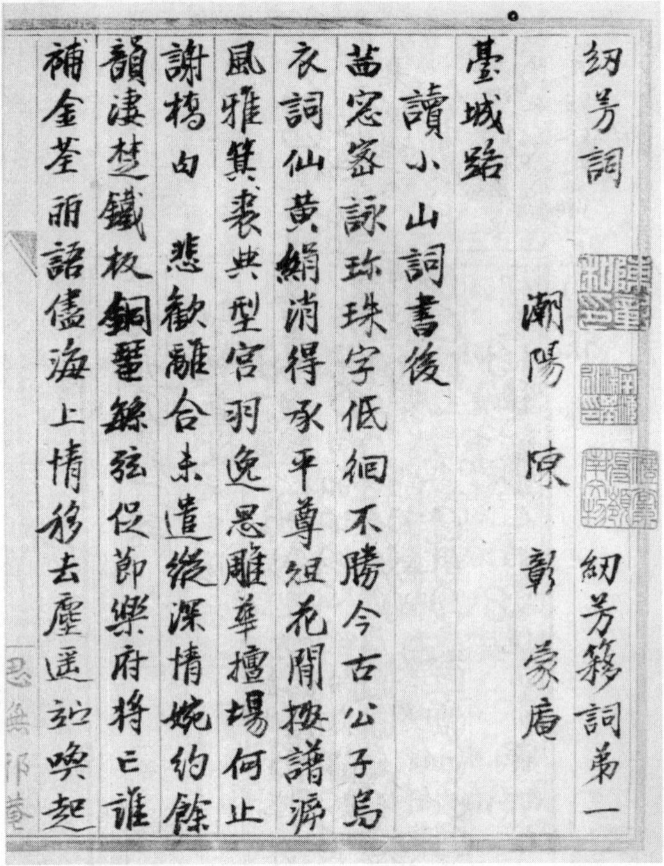

紉芳詞

潮陽陳彰蒙庵

紉芳簃詞第一

臺城路

讀小山詞書後

茜窗密詠琲珠字低徊不勝今古公子烏
衣詞仙黃絹消得承平尊俎花間按譜游
風雅箕裘典型宮羽逸思雕華擅場何止
謝橋句悲歡離合未遺縱深情婉約餘
韻淒楚鐵板銅琶繁弦促節樂府將已誰
補金荃麗語儘海上情移去塵遙認喚起

思無邪齋

四、《蕙風詞話》與詹安泰《无盦説詞》

1. 詹安泰的《无盦説詞》

詹安泰先生的《无盦説詞》,共78則,署名祝南,發表於中山大學文學院《文學》雜志1947年第1期。① 據該篇後記:

> 右居澂江時爲同學講授詩詞,談鋒偶及,隨筆札出者,故意甚淺近,辭不加點。以其尚非抄襲,或於初學有裨,爰爲過録於此。語止於詞,其談詩部分,容後再録。
>
> 三十六年四月廿四日祝南附識於石牌

詹安泰先生1939年應中山大學中文系的聘請,主講詩詞時,爲38歲。因日本侵華,嶺東、嶺南情况危急,中山大學遷校雲南,詹氏乃於1939年6月底到達雲南昆明附近的玉溪澂江。中山大學於

① 又以《讀詞偶記》爲篇名,見録於吴承學、彭玉平編《詹安泰文集》,中山大學出版社2004年11月第1版,第259~263頁。按:《文集》本僅録詹先生詞話48則,而所録諸條文字,與《文學》雜志本間有不同,其中頗涉詞學關鍵之處,异日當詳考版本源流,并作校記。

1940 年 8 月始遷回粤北,不久後又遷回廣州石牌。① 由此可知,詹氏《无盦説詞》的初稿應寫成於 1939 年 7 月至 1940 年 8 月教學於雲南期間。雖然詹氏説這是他的講學筆記,但其實也可視爲他的詞話,篇名《无盦説詞》,改名爲《无盦詞話》亦無不可。

《无盦説詞》有著很多詹安泰在詞學方面的獨到見解,更代表了他在詞學研究和創作方面的感悟和心得,表述的風格與他的其他詞學學術論文很不一樣,可能更能代表他對詞的根本態度,所以值得我們深入系統地探討。本編衹就《无盦説詞》之中與《蕙風詞話》相關涉的若干部分略作淺談,作爲研究詹安泰詞話的開端,祈各位前輩、專家不吝賜教。

2. 對王、況重、拙、大詞觀的繼承與發展

(1)詹安泰在《无盦説詞》之中有兩則詞話,直接論及重、拙、大。其一説:

> 以重、拙、大言,南唐二主及馮正中詞實過花間。常州詞人主重、拙、大而高抬飛卿,殆不可解。飛卿詞指語下筆,重則有之,大猶可强爲傅合;將安得拙耶? 而此三義中似尤以拙爲首着,蓋惟拙爲能得重且大。能重且大者未必能拙。(第 5 則)

重、拙、大填詞三要,乃晚清四大家中的王鵬運、況周頤所標舉和提倡的,對晚清民國以來的詞學觀影響深遠。況周頤基本上把重、拙、大三義的重要性放在同一層次,除了在詮釋“哀感頑豔”的

---

① 鄭曉燕:《詹安泰先生年譜》,中山大學未刊碩士學位論文(導師:吴承學教授),2005 年,第 16~21 頁。

"頑"字時，説過"拙不可及，融重與大於拙之中……"①等語。而詹安泰的這則詞話，則在某程度上發展了王、況的理論；他明確地將"拙"的重要性，提到了"重"和"大"之上，甚至有以"拙"統馭"重"和"大"的意思。這應該算是詹氏詞論中的一項創意，我們應該加以重視。

詹安泰論晚唐五代詞，以南唐二主、馮正中等的重、拙、大水平，勝於花間諸詞人；尤其對温庭筠詞的評價有所保留，認爲他重、大有之，拙則稍欠；并對常州派高抬飛卿（温庭筠字飛卿），表示强烈質疑。必須指出的是，常州派的確對温詞的評價甚高，但重、拙、大作爲填詞三要，是由王鵬運、況周頤提出的，與常州派并無必然和直接的關係。因此，詹安泰把常州派之高抬飛卿和重、拙、大詞論相提并論，可能稍欠妥當。筆者亦注意到，詹氏在後來寫的《温詞管窺》一文中，論及常州派高抬温詞時，已没有再把重、拙、大之説與常州派有所聯繫。②

王鵬運、況周頤等，雖然常被後來的詞史學家視爲常州派或常州派的餘緒，但他們的詞學觀與張惠言、周濟、譚獻等正統常州派還是有所不同的，而對晚唐五代詞（包括花間詞）的評價和取捨，就是其中的一個重要的分歧之處。僅閲況周頤自定的《蕙風詞話》五卷本，便不難發覺況氏對南唐二主、馮延巳的評價，確實在其他花間詞人之上。

況周頤更曾明言不鼓勵學寫唐五代詞，尤其反對學習《花間集》。這是因爲時代風會大有差别，所以縱使學得形似，亦難以仿作當中的情致。《蕙風詞話》卷一第 50 則：

---

① 《蕙風詞話》卷五，第 36 則。見《蕙風詞話・人間詞話》（合訂本），人民文學出版社 1960 年 4 月第 1 版。本文下引《蕙風詞話》，皆依此本。

② 見吳承學、彭玉平編：《詹安泰文集》，中山大學出版社 2004 年 11 月第 1 版，第 212 ~ 217 頁。

唐五代詞並不易學。五代詞尤不必學。何也？五代詞人丁運會，漂流至極，燕酣成風，藻麗相尚。其所爲詞，即能沉至，衹在詞中。豔而有骨，衹是豔骨。學之能造其域，未爲斯道增重。……其錚錚佼佼者，如李重光之性靈，韋端己之風度，馮正中之堂廡，豈操觚之士能方其萬一？……晚近某詞派，其地與時，並距常州派近。爲之倡者，楬櫫《花閒》，自坿高格，塗飾金粉，絕無内心。……

又，《蕙風詞話》卷二第2則：

《花閒》至不易學。其蔽也，襲其貌似，其中空空如也。……或取前人句中意境而紆折變化之，而雕琢、句勒等弊出焉。以尖爲新，以纖爲豔，詞之風格日靡，真意盡漓……

況氏對浙西派的力捧《花間》，而最終流於空洞、萎靡，有所不滿，溢於言表。

從上引的兩則詞話，更可見況周頤對南唐後主和馮正中詞的評價極高，他的看法與詹安泰《无盦説詞》幾無二致；而況氏對《花間》末流的弊端，言之甚詳。此外，《蕙風詞話》五卷本之中，無一語論及温庭筠，此或即況氏爲標舉南唐後主及馮正中重、拙、大之詞，而刻意貶抑在拙方面有所不及的温詞之表現。這正顯示出況氏詞話與詹安泰《无盦説詞》在詞學思想上的傳承和契合。

（2）至於詹安泰《无盦説詞》之中的另一則關於重、拙、大的詞話，則這樣説：

重、拙、大爲作詞三要，固也，然輕清微妙之境界亦不易到，因此等境界，不容不用意，又不容大着力也。馮正中"風乍

起”詞，深得此中三昧。……（第 6 則）

這裏詹氏肯定重、拙、大爲填詞要旨，但他亦指出，可能與重、拙、大相反的輕清微妙一路的境界，其實亦不易做到。詹氏認爲如果要達到輕清微妙的境界，則必須“用意”但不能“大着力”。這與況周頤的“經意”“不經意”“太做”“太不做”等説，其實如出一轍。看《蕙風詞話》卷一第 12 則：

詞過經意，其蔽也斧琢。過不經意，其蔽也襱襶。不經意而經意，易。經意而不經意，難。

同卷第 14 則又謂：

詞太做，嫌琢。太不做，嫌率。欲求恰如分際，此中消息，正復難言。……

詹安泰所謂“不容不用意”又“不容大着力”，蓋可視爲況周頤“經意而不經意”的轉寫。但況氏所論，指的是凡作詞皆應注意之事，而詹氏則以這個説法來專論輕清微妙一路的詞。

3. 論令詞的寫景言情

寫景與言情，是詞家經常論述的要點。詹安泰在《无盦説詞》中，曾有一段詞話，論及令詞的寫景言情問題：

寫景言情，分之爲二，合之則一。善言情者，但寫景而情在其中；善寫景者亦然，景中無情，感人必淺，其能摇蕩心魂者，即景亦情也。……作令詞固當會此，讀令詞亦當會此。唐

> 五代人小詞之不可及多在此等處，不獨寫情之拙重而已。（第4則）

可以看出，上引詞話或有脱胎自況周頤詞論的痕迹。況氏於《蕙風詞話》卷二第8則説：

> 詞境以深静爲至。……蓋寫景與言情，非二事也。善言情者，但寫景而情在其中。此等境界，唯北宋人詞往往有之。

二人對填詞的"情景合一"境界的論説并無二致。所不同的是，況氏認爲這種境界，北宋詞人常能達到，而詹氏則用以標舉唐五代詞人的小令作品。唐五代詞和小令，亦正是詹安泰論詞的重點之一。

詹安泰十分重視小令，在《无盦説詞》中，明顯涉及令詞的，就有十數則之多。由論寫令詞的要旨（如不可立意取巧、不可立意鋪叙、須情深意厚、須力求精煉和自然等），到讀令詞要注意的要點（如須先細事分析，然後求其脉絡，須留意其凝重處，須切實體會看似平易者等），以至於評論令詞的風格（凝重難於穠艷）等，皆有其精到的論述。詹氏對令詞的感悟，有邁越前人之勢，這也許與他本身在小令創作方面用力甚深有關。選堂師曾指詹安泰先生嘗欲另辟蹊徑，以開拓令詞新境①，具見詹氏的令詞，素爲詞林所重。

4. 論奇横與尖纖

詹安泰《无盦説詞》論寫令詞的要旨，極力反對取巧、尖纖：

---

① 饒宗頤：《詹无盦詞集題辭》（代序），見詹伯慧編《詹安泰詞學論集》，汕頭大學出版社1997年第1版，第1～2頁。

寫令詞不可立意取巧。一經取巧,即陷尖纖,必無深長之情味。尤西堂、李笠翁輩即犯取巧之病,驟看煞有意致,按之情味索然。好逞小慧,終身無悟入處也。(第2則)

這裏所説的"取巧",乃專就詞筆而言。他進而提出了擺脱尖纖的辦法:

如有巧妙之意境,則貴出之以拙重之筆,庶不陷於尖纖。巧妙而不尖纖,爲孟文(筆者按:孫光憲)所特擅,但或出之以奇横,不盡拙重耳。(第8則)

詹氏首先肯定地指出,以拙重之筆來寫巧妙的意境,可避免尖纖的氣格;但他進一步就五代詞人孫光憲的詞風立論,認爲"巧妙而不尖纖",不特可以拙重之筆出之,亦可以"奇横"之筆達致。(詳下圖)

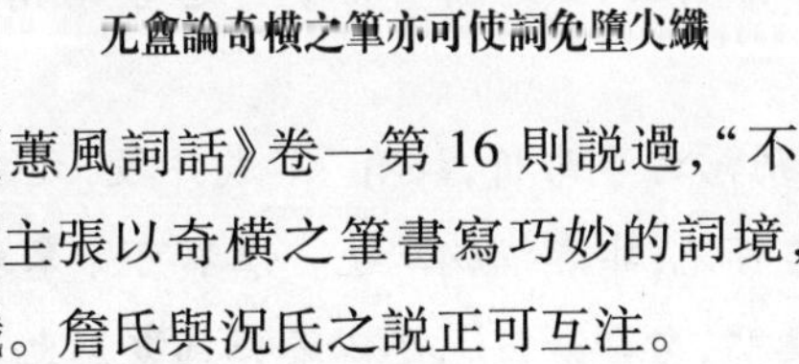

无盦論奇横之筆亦可使詞免墮尖纖

况周頤於《蕙風詞話》卷一第16則説過,"不俗之道,第一不纖"。詹安泰則主張以奇横之筆書寫巧妙的詞境,蓋能以"奇"避俗,以"横"藥纖。詹氏與况氏之説正可互注。

究竟何謂"奇横之筆"?詹安泰在《无盦説詞》中有進一步的闡釋:

奇横非險巧之謂也,令詞最忌纖巧而不妨奇横……(第9則)

在詹氏看來,"險巧"依然是取巧,即近"好逞小慧",而無法表達深長的情味。

據詹氏自己寫予詞友劉伯端的書信説,他填詞曾"擬别出生辣一路,由生辣以尋重拙大之義",而選堂師亦曾形容詹氏的小令,説他"似欲以盤空硬語,寫窈窕綿邈之哀思"。① 筆者認爲所謂"别出生辣一路",實即在"以拙重之筆出之"之外,以"奇横之筆"寫成的詞作。而選堂師所説的"窈窕綿邈之哀思",即詹氏所言"巧妙之意境";至於"盤空硬語",則可以作爲詹氏所謂"奇横之筆"的最佳詮釋。

5. 論夢窗詞

詹安泰於《无盦説詞》之中,有4則詞話直接論及吴文英的詞,列下:

夢窻詞鍊字鍊句,迥不猶人,足救滑易之病。(第59則)

夢窻詞以麗密勝,然意味自厚,人驚其麗密而忘其意味耳。其源出自飛卿。(第60則)

夢窗詞亦有氣勢,有頓宕,特不肯作一平易語,遂不免陷於晦澀。讀者須於此處求真際,不應專講情韻、獵采藻也。(第61則)

夢窻詞用意過事曲折,故有"不成片段"之譏。然能細加按索,自有脈絡可見,非湊雜成章也。惟不可穿鑿求之耳。況蕙風謂"非絶頂聰明,勿學夢窗",恐以湊雜爲夢窻也。(第62則)

① 見饒宗頤:《詹无盦詞集題辭》(代序),詹伯慧編《詹安泰詞學論集》,汕頭大學出版社1997年第1版,第1頁。

可以看出,詹安泰對夢窗詞不肯作平易語的煉字、煉句法,持充分肯定的態度,認爲他的詞法可以救"滑易"之弊。滑易之相反即晦澀,故詹安泰亦指出吴詞因而必然地會陷於晦澀。但這些晦澀,衹屬表面修辭的層面,因此詹氏建議讀夢窗詞時,應更著力求取他的思想和情感的内涵。

況周頤《蕙風詞話》卷二第79則:

> 近人學夢窗,輒從密處入手。夢窗密處,能令無數麗字,一一生動飛舞,如萬花爲春;非若琱璚蹙繡,豪(毫)無生氣也。如何能運動無數麗字?恃聰明,尤恃魄力。如何能有魄力?唯厚乃有魄力。夢窗密處易學,厚處難學。

又《蕙風詞話》卷二第81則:

> 重者,沈著之謂。在氣格,不在字句。於夢窗詞庶幾見之。即其芬菲鏗麗之作,中間雋句豔字,莫不有沈摯之思,灝瀚之氣,挾之以流轉。令人翫索不能盡,則其中之所存者厚。沈著者,厚之發見乎外者也。欲學夢窗之緻密,先學夢窗之沈著。即緻密、即沈著。非出乎緻密之外,超乎緻密之上,別有沈著之一境也。……

詹安泰評吴文英的詞,形容爲麗密、意味厚、有氣勢、有頓宕等,其實與況周頤《蕙風詞話》卷二第79則的密、厚、聰明、魄力,還有第81則的緻密、沉著、重等對夢窗詞的分析,是异曲同工、一脉相承的。(詳下圖)

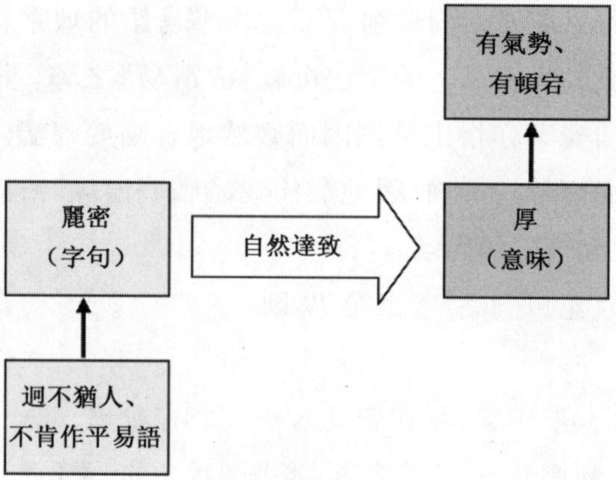

无盦論夢窗词

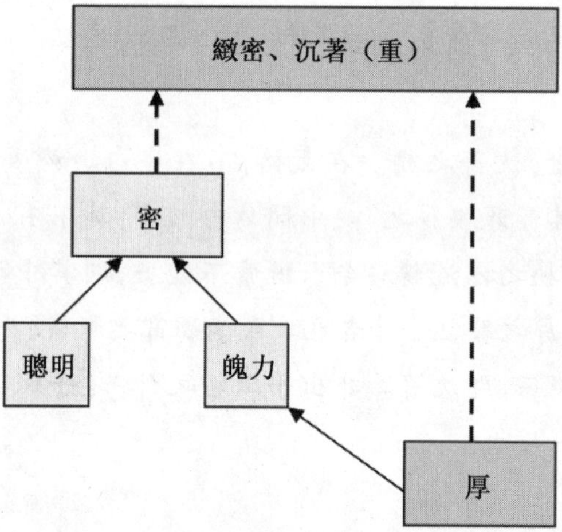

蕙風論夢窗词

此外，上引詹安泰《无盦説詞》第 62 則，明顯是爲《蕙風詞話》卷一第 49 則作注，況氏云：

性情少，勿學稼軒。非絶頂聰明，勿學夢窗。

詹氏指出，況周頤所説的"非絶頂聰明，勿學夢窗"，其實是擔心讀者誤以爲夢窗詞的用意曲折乃湊雜成章；他認爲讀夢窗詞，應要細心按索，但又不可穿鑿附會，纔能得見詞意的脉絡。

6. 餘論

從上述零散的論述，我們至少可以看出，詹安泰的詞學觀在1947年或以前，明顯曾經受到晚清以來王鵬運、況周頤詞學思想的影響，不過在很多地方，他對王、況的詞論，有著闡發和推進之功。

《无盦説詞》乃詹安泰最早期的詞學論著之一，寫作的背景相對單純，對研究詹先生詞學思想的淵源和發展歷程，有著不可替代的重要性。近年已有一些有關詹氏詞學思想的論著，但多側重於他的詞學論文(尤其是較後期的)，對他在雲南任教時期的詞話著作，則甚少觸及，因而學界目前對詹氏早期的詞學思想認識尚未深入。筆者謹希望隨著更多有關詹安泰先生研究資料的整理出版，學界目前可以對他的詞學有更系統和全面的研究和瞭解。

【本篇發表史】

1. 該文原題爲《讀詹安泰先生〈无盦説詞〉零拾》，呈交"紀念'嶺南詞宗'詹安泰先生誕辰110周年學術研討會"，中山大學中文系、《中山大學學報》聯合主辦，2012年12月1日至3日。
2. 2013年4月19日，應雲南大學人文學院之邀，以此文作學術報告(由該院馮良方教授主持)。

附圖一　《文學》雜志 1947 年第 1 期《无盦説詞》書影

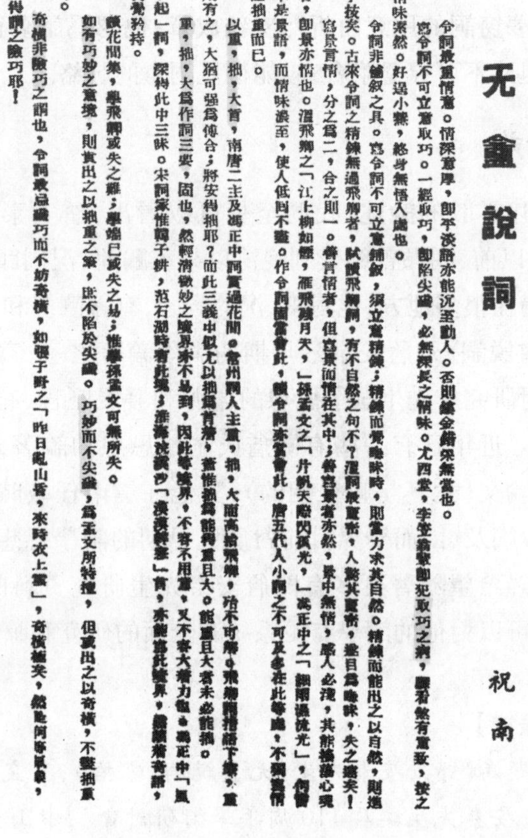

无盦說詞

祝南

令詞最重情意。情深意厚，卽平淡語亦能沉至動人。否則鏤金錯采無當也。

寫令詞不可立意取巧。一經取巧，卽陷尖纖，必無深長之情味。尤西堂，李笠翁輩卽犯取巧之病，驟看似有意致，按之情味索然。好逞小慧，終身無悟入處也。

令詞非鋪叙之具。寫令詞不可立意鋪叙，須立意精鍊；精鍊而覺晦昧時，則當力求其自然。精鍊而能出之以自然，則進乎技矣。古來令詞之精鍊無過飛卿者，試讀飛卿詞，有不自然之句不？溫詞最重密，人驚其重密，遂目爲晦昧，失之遠矣！

寫景言情，分之爲二，合之則一。善言情者，但寫景而情在其中；善寫景者亦然，景中無情，感人必淺，其能搖蕩心魂者，卽景亦情也。溫飛卿之「江上柳如煙，雁飛殘月天，」孫孟文之「片帆天際閃孤光，」馮正中之「細雨濕流光」，何嘗不是景語，而情味濃至，使人低回不盡。作令詞固當會此，讀令詞亦當會此。唐五代人小詞之不可及多在此等處，不獨言情之拙重而已。

以重，拙，大言，南唐二主及馮正中詞實過花間。常州詞人主重，拙，大而高抬飛卿，殆不可解。飛卿詞措語下字，重則有之，大猶可強爲傅合；將安得拙耶？而此三義中似尤以拙爲首推，蓋惟拙爲能得重且大。能重且大者未必能拙。

重，拙，大爲作詞三要，固也，然輕清微妙之境界亦不易到，因此等境界，不容不用意，又不容大着力也。馮正中「風乍起」詞，深得此中三昧。宋詞家惟韓子耕，范石湖時有此境；淮海浣溪沙「漠漠輕寒」詞，亦能臻此境界，雖間有奇語，便覺矜持。

讀花間集，學飛卿或失之靡；學端已或失之易；惟學孫孟文可無所失。

如有巧妙之意境，則寘出之以拙重之筆，庶不陷於尖纖。巧妙而不尖纖，爲孟文所特擅，但寘出之以奇橫，不甚拙重耳。

奇橫非險巧之謂也，令詞最忌纖巧而不妨奇橫，如張子野之「昨日亂山昏，來時衣上雲」，奇橫極矣，然此何等氣象，其得謂之險巧耶！

无盦說詞

附圖二 《滇南挂瓢集·詞》書影

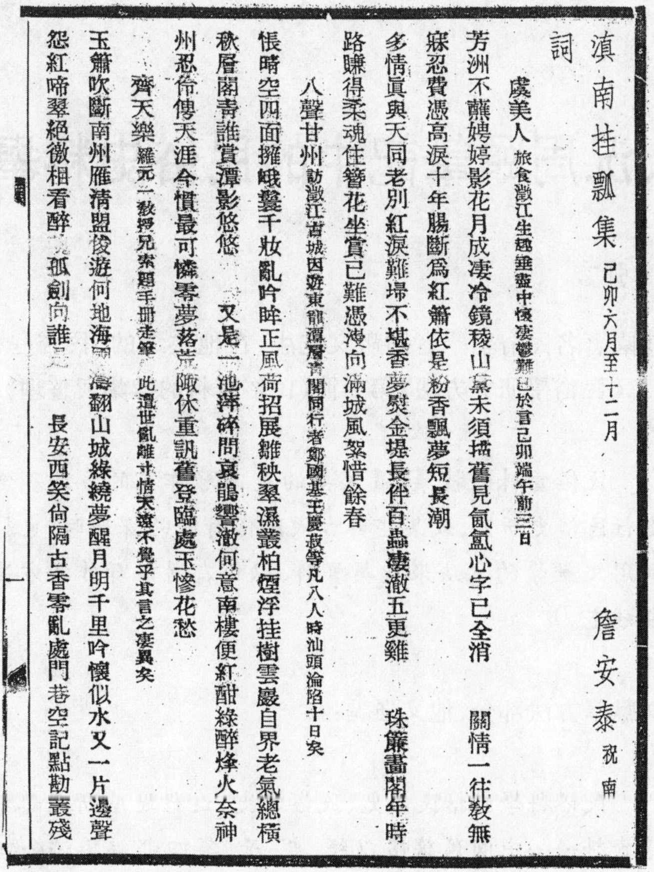

滇南挂瓢集 己卯六月至十二月 詹安泰祝南

詞

虞美人 旅食澂江生趣垂盡中懷淒鬱難已於言己卯端午前三日

芳洲不蘸娉婷影花月成淒冷鏡稜山氣未須描舊見氤氲心字已全消 關情一往教無寐忍費憑高淚十年腸斷爲紅簫依是粉香飄夢短長潮

多情眞與天同老別紅淚難埽不堪香夢熨金堤長伴百蟲淒澈五更雞 珠簾畫閣年時路賺得柔魂住簪花坐賞已難憑漫向滿城風絮惜餘春

八聲甘州 訪澂江古城因遊東龍潭層青閣同行者鄭國基王慶菽等凡八人時汕頭淪陷十日矣

悵晴空四面擁峨鬟千妝亂吟眸正風荷招展雛秧翠濕叢柏煙浮挂樹雲屐自界老氣總橫秋層閣靑誰賞潭影悠悠 又是一池萍碎問哀龍響澈何意南樓便紅酣綠醉烽火奈神州忍侜傳天涯今慣最可憐零夢落荒陬休重訊舊登臨處玉慘花愁

齊天樂 羅元一教授兄索題手冊走筆此遭世亂離才情天遠不覺乎其言之淒異矣

玉簫吹斷南州雁淸盟俊遊何地海[illegible]瀛翻山城綠繞夢醒月明千里吟懷似水又一片邊聲怨紅啼翠絕徼相看醉況孤劍向誰是 長安西笑尙隔古香零亂處門巷空記點勘叢殘

五、況周頤筆記中的民俗史料舉隅

1. 引言

我國著名民俗學學者鍾敬文先生,在他主編的《民俗學概論》第16章《民俗學研究方法》第2節《民俗資料的搜集與整理》説道:

> 民俗資料的搜集,最主要的是田野作業的方法。當我們進行民俗史研究,或某些與古代民俗有關的課題時,也應注意到用文獻學的方法來搜集資料,以作為對田野作業方法的一種補充。①

而在文獻學方法部分,他又强調:

> 民俗科學包括民俗史、民俗學史,進行這些研究離不了古籍資料……中國舊籍慣以經、史、子、集四部編排……四部之中,無論哪一種,均蕴藏有許多民俗資料,值得我們注意。②

① 鍾敬文、程薔:《民俗學研究方法》,見鍾敬文主編《民俗學概論》,上海文藝出版社 2009 年 9 月第 1 版,第 471 頁。

② 鍾敬文、程薔:《民俗學研究方法》,見鍾敬文主編《民俗學概論》,上海文藝出版社 2009 年 9 月第 1 版,第 473 頁。

這裏所説的"古籍""舊籍",應該泛指我國古代以至近代的各種以古漢語撰寫的文獻。鍾敬文先生更特别指出:

> 歷代大量的地理類史書、地方志、野史筆記,特别是那些被貶謫的官員或旅行家所著的筆記,更是民俗資料的淵藪。①

鍾先生的見解是正確的。但以目前民俗學研究的現實情況來看,在文獻學方法的範疇而言,清季以來的文獻往往被忽略,并非學者們的焦點所在。由於歷史上的民俗事象,除有地域性之外,還是有時效性的,因此各地和各個時期的民俗,都有其獨特性。譬如,晚清民初的廣西民俗,一定不會與明末清初的情況完全相同。因此各個時期的民俗文獻,都是同等重要和不可取代的,值得學者們給以同等的重視。

況周頤(1861—1926)乃晚清四大詞人之一,廣西臨桂人士,著有《蕙風詞》《蕙風詞話》等,享譽於詞史與詞學史。但他其實也是一位藏書家、金石學家、文史學家和筆記家,著有相關筆記多種。況氏自幼居於廣西桂林,其後宦游於北京、南京、揚州、武昌、四川萬縣、常州、安徽宣城等地。② 我們發現在他的著作中,不乏民俗史料,完全可以佐證上引鍾敬文先生所説的理論。

本文擬就況周頤筆記中的3則民俗史料,展開一些不成熟的討論,以論證清季至民初文人著述中,也蘊藏著極爲珍貴的、不可被取代的民俗學資源。還請各位專家、前輩不吝賜教。

---

① 鍾敬文、程薔:《民俗學研究方法》,見鍾敬文主編《民俗學概論》,上海文藝出版社2009年9月第1版,第474頁。

② 請參考拙著《況周頤先生年譜》,上海古籍出版社2009年5月第1版。

2. 況著《天春樓脞語》中所録之“九九古諺”

《天春樓脞語》是況周頤晚年所撰寫的雜著,1926 年於上海《申報·自由談》連載刊出,從未編輯成書。筆者正在對此書進行整理校點,不久後將會面世。況氏於此書中,録有題爲“九九古諺”的筆記一則,全文如下:

> 曩居萬縣西山,偶入城閲坊肆,得日曆一種,厚逾寸許,蓋私家輯述,與官樣時憲書不同。長夏無俚,檢敝簏得之,其《九九古諺》,語質而近雅,移録如左。《夏至後,九九氣候》諺云:“一九二九,扇子不離手。三九二十七,冰水甜如蜜。四九三十六,汗出如洗浴。五九四十五,頭戴秋葉舞。六九五十四,乘凉入佛寺。七九六十三,床頭尋被單。八九七十二,思量蓋夾被。九九八十一,階前鳴促織。”《冬至後》諺云:“一九二九,相逢不出手。三九二十七,籬頭吹觱栗。四九三十六,夜眠如露宿。五九四十五,太陽開門户。六九五十四,貧兒争意氣。七九六十三,布衲擔頭擔。八九七十二,貓犬尋陰地。九九八十一,犁耙一齊出。”又《京師諺》云:“一九二九,相逢不出手。三九四九,圍爐飲酒。五九六九,探親訪友。七九八九,沿河看柳。九九八十一,香車盈廣陌。”聞之坊主人,此輯述者之家,藏有《甲子一周》,及明季某年時憲書。其《九九古諺》,或據依明曆也。①

況氏謂載有這 3 首《九九古諺》的曆書,乃得自他居於四川萬縣時

---

① 夔笙:《天春樓脞語》,《申報·自由談》,民國十五年(1926)8 月 21 日。

期,即約1901—1903年間。① 此曆書現在下落不詳。現據筆記的敘述,我們可以相信,這3首九九歌,最遲或曾在晚清時期的四川一帶仍有所流傳。

况氏所引録的3首《九九古諺》,與明代謝肇淛《五雜組·天部二》所記的版本極爲接近。前兩首兩本大抵全同,僅個别文字或有訛异;後一首則况本比《五雜組》本多出了最後兩句“九九八十一,香車盈廣陌”,似乎較《五雜組》本②更加完整。看來况氏在筆記中暗示這些古諺或爲明代之遺存,亦不無道理。筆者甚至懷疑,况本所依據的曆書,其中資料來源,可能要比明代更早。

現在人們談及九九歌的由來,一般都會追溯至宋代陸泳所著《吳下田家志》的版本。其《夏至後九九歌》,據《説郛》涵芬樓本所載云(校諸况本爲异文者,以字上重點符號標示,下同):

一九二九,扇子不離手。三九二十七,冰水甜如蜜。四九三十六,拭汗如出浴。五九四十五,頭戴秋葉舞。六九五十四,乘涼入佛寺。七九六十三,床頭尋被單。八九七十二,思量蓋夾被。九九八十一,家家打炭墼。③

清代顧禄《清嘉録》所引本則云:

一九至二九,扇子弗離手。三九二十七,冰水甜如蜜;四

① 見鄭煒明:《况周頤先生年譜》,上海古籍出版社2009年5月第1版,第136~140頁。

② 〔明〕謝肇淛:《五雜組》卷之二《天部下》,上海書店出版社2001年8月第1版,第25頁。

③ 據〔明〕陶宗儀:《説郛》卷八七,上海涵芬樓1927年版,中國書店1986年影印出版,葉一〇。

九三十六，拭汗如出浴；五九四十五，樹頭秋葉舞；六九五十四，乘涼弗入寺；七九六十三，床頭尋被單。八九七十二，思量蓋夾被。九九八十一，家家打炭墼。①

這兩首九九歌與況氏所記的《夏至後，九九氣候》諺形式一致，内容也很相近，衹有部分字句的差异，三者應屬同源。“五九四十五”二句，陸本與況本皆作“頭戴秋葉舞”，明顯與他本有异（請參本文附表一）；乍讀之下，此句似不可解，直至筆者讀到《東京夢華録》卷之八“立秋”條謂“立秋日，滿街賣楸葉，婦女兒童輩，皆剪成花樣戴之”②纔恍然大悟；據此可知北宋末汴京婦孺，於立秋日前後，有頭戴以楸葉剪成的花樣滿街行走的習俗。況本此句出典，或源於此。最後一句則截然不同，陸本作“家家打炭墼”，況本則謂“階前鳴促織”。打炭墼是老百姓自製炭塊，準備過冬的生活寫照；而促織即是蟋蟀，聽到蟋蟀的叫聲，就代表秋天已到了，又或者描寫秋閑時，在院子裏鬥蟋蟀的情景。兩者都活靈活現地描寫了秋日的景象，也是傳承已久的民衆生活習慣的反映；所不同的是，兩者可能分别反映出不同地區、不同氣候、不同社會階層的民俗現象。

此外，在宋代無姓氏的《豹隱紀談》③裏，也記述了一首夏九九歌：

一九至二九，扇子不離手。三九二十七，喫水如蜜汁。四

① 見〔清〕顧禄：《清嘉録》卷六《六月》之“三伏天”條，上海古籍出版社 1986 年 5 月第 1 版，第 104 頁。

② 〔宋〕孟元老撰，伊永文箋注：《東京夢華録箋注》下册，中華書局 2006 年 8 月第 1 版，第 805 頁。

③ 有謂《豹隱紀談》乃比陸泳稍早的宋代周遵道所著，待考。

九三十六，争向露頭宿。五九四十五，樹頭秋葉舞。六九五十四，乘涼不入寺。七九六十三，夜眠尋被單。八九七十二，單被添夹被。九九八十一，家家打炭墼。①

此本與陸本比較，雖然年代相近，而語言文字又不盡相同，似乎更接近白話，或陸本已經過文人修飾雅化，而此本則可能更接近民間的版本。關於這一點，我們尚可作更深入的探索。

筆者從互聯網上又看到了另外兩首夏九九歌，據説現在分别仍於湖南和北方農村地區流傳。筆者把這兩首，連同上文提到的5個版本，列於附表一。通過一目瞭然的文本比較和分析，應可有助於我們窺探歷代夏九九歌版本遣遞的端倪，以便我們能够透視它們所蘊含的民俗元素。

至於宋代陸泳《吴下田家志》的《冬至後九九歌》(《説郛》，涵芬樓本卷八七)云(校況本之异文，以重點符號標示，下同)：

一九二九，相喚不出手。三九二十七，籬頭吹篳篥。四九三十六，夜眠如鷺宿。五九四十五，太陽開門户。六九五十四，貧兒争意氣。七九六十三，布衲兩頭擔。八九七十二，貓狗尋陰地。九九八十一，犂耙一齊出。②

按此段文字中間没有空格，之後空一格，下接"一日脱膊，三日齷齪"二句，疑是另一涉及農事的諺語，或與《冬至後九九歌》無關。

① 據〔明〕陶宗儀：《説郛》卷七，上海涵芬樓1927年版，中國書店1986年影印出版，葉一八。

② 據〔明〕陶宗儀：《説郛》卷八七，上海涵芬樓1927年版，中國書店1986年影印出版，葉一一。

而《清嘉録》引本則云：

> 一九至二九，相叫弗出手。三九二十七，籬頭吹觱篥。四九三十六，夜眠如鷺宿。五九四十五，太陽開門户。六九五十四，貧兒争意氣。七九六十三，布衲兩肩攤。八九七十二，貓兒尋陰地。九九八十一，犁耙一齊出。一日脱膊，十日齷齪。①

其中最末二句"一日脱膊，十日齷齪"，皆不見於況本及他本。冬九九歌的版本比夏九九歌更加繁多，有四言、五言或雜言等體裁，句數的差别也很大，在此不再深入探讨。

我國現當代的民俗學家，已輯録或搜集了大量的九九歌文本分屬全國各地，如黑龍江、吉林、遼寧、北京、河南、四川、雲南、湖南、江西、江蘇、浙江、廣東等地，其中有些地方有多於一種版本流傳。透過文獻學文本校勘的方法去分析，我們可以看到在不同時期（時效性）、不同地域（地域性）、不同社會階層和生活條件（社會性）之下，同一題材的民俗文獻，會有形式上、字句上和思想感情上明顯變化的脉絡（上述因素的關聯性）可尋。所以説，文獻學方法除了有助於我們搜集更多的歷史民俗文獻資料之外，我們還可以利用目録學、版本學、校勘學、訓詁學等文獻學手段，對搜集到的文獻（尤其是民間文學）進行鑒别、整理、分析和比較研究，相信這樣做將會使我們的民俗研究工作做得更加深入細緻。

3. 況周頤與廣西童稚"寄名榕樹"的民俗

況周頤晚年另一部筆記著作《餐櫻廡漫筆》（撰於1924—1925

---

① 轉引自〔清〕顧禄：《清嘉録》卷十一《十一月》之"連冬起九"條，上海古籍出版社1986年5月第1版，第158頁。

年間),記載了一則他童稚時期曾親身經歷的一種民俗活動。筆記有云:

鄉俗有寄名榕樹之説,謂童稚易育。榕陰袤延,輒數里許;其本合抱,不計如干人也。寄名者,以寸版署姓名,揭櫫於榕之本,名必以榕。蕙風寄名榕樹,年十歲矣,名曰榕久。寄名之日,侍先嫡母往,焚香酌醴,母先拜,命榕久拜,曰必肅。所寄榕樹樓前,最古之榕樹也。五十餘年前事,俯仰之閒,直一彈指頃耳,思之惘然。①

這樣説來,拜寄榕樹的養育民俗,在清季流行於廣西桂林一帶。但況氏所提到的這個民俗事象,不見録於方志及現在的民俗學著作,如鍾敬文主編、蕭放副主編的《中國民俗史·明清卷》、陶立璠總主編的《中國民俗大系·廣西民俗》和齊濤主編、萬建中著的《中國民俗通志·生養志》等。

《中國民俗辭典》中"拜樹乾娘"一條:"承寄子女的一種做法。流行於畲族。孩子若有病災,父母便爲其拜樹爲乾娘,祈求添福添壽,保祐平安。拜樹爲乾娘後,每逢年節,須給樹乾娘掛紅包。紅包裹通常裝些米、麥、乾果之物;若孩子忌諱某種東西,父母即將此物包在小紅包裹,並用竹箭頭對準它,擱在樹上,意思是讓樹乾娘知道,爲其解除這種忌諱。是原始拜物教的遺留。今已無此俗。"②這與況周頤所説的廣西桂林寄名榕樹的養育民俗頗爲類似。當代民俗學者也曾指出,中國民間小兒寄名或拜寄父、寄母的習俗之

① 蕙風:《餐櫻廡漫筆》,《申報·自由談》,民國十四年(1925)4月8日。

② 鄭傳寅、張健主編:《中國民俗辭典》,湖北辭書出版社1987年2月第1版,第16頁。

中,也有寄於神鬼、樹、石的;其中寄名,有拜樟樹、石頭爲娘的,但這些習俗現已消失。① 由此可見況氏這則筆記,確實可以爲清季廣西民俗史補上珍貴的一筆。廣西桂林的"寄名榕樹"鄉俗,看來是"拜乾親"習俗和大樹崇拜的融合。

況氏嫡母爲他寄名的目的,是祈求老榕保祐他平安、健康成長。《中國民俗辭典》謂"拜寄"爲一種爲小孩消灾去病,求助他人他物,取名或更名的儀式;又指出這個習俗流行於廣西南丹瑶族,分拜人和拜物兩種;其中拜物的對象是自然物,如水、木、石等,并常以拜寄之物爲小孩取名。② 現在從況周頤的記載來看,這種民俗在清季廣西漢族中也有流傳,并不局限於瑶族。

其實,民衆拜寄對象的選擇,常有就地取材的情况;而相關的儀式也會因地或因時而异。比如土家族的拜寄對象就很多元化,包括千年古樹、萬年岩石、水井、橋梁、神人、仙怪、老土司、單身長壽老人,以至乞丐等。③ 民國時期,浙江民間也多有拜古樹爲乾親的,一般以松樹爲乾爹,以樟樹爲乾娘。④ 據筆者所知,時至今日,澳門仍有寄拜榕樹的習俗,稱之爲"契榕樹"(參本文附圖一、附圖二)。粵語"契"又稱"上契",含寄拜爲乾親之意。這些情况,與清季廣西桂林寄名榕樹的習俗大同小异。廣西桂林榕湖畔,榕樹樓旁,正有一棵古老而有名望的大榕樹,於是當地人便奉它爲拜寄對象了。

況氏所記載的寄名儀式,需要爲小孩取名爲"榕某",并把名

① 陳順宣編著:《漢族生養益壽風俗》,廣西教育出版社 1990 年 6 月第 1 版,第 101 ~ 103 頁。

② 鄭傳寅、張健主編:《中國民俗辭典》,湖北辭書出版社 1987 年 2 月第 1 版,第 441 頁。

③ 見《走進鳳凰——土家族祭祀文化篇》,鳳凰古城旅網:http://fh.okzjj.com/msmf/13571213349.html,下載日期:2011 年 7 月 5 日。

④ 鍾敬文主編、蕭放副主編,萬建中、李少兵等著:《中國民俗史·民國卷》,人民出版社 2008 年 3 月第 1 版,第 255 頁。

字署於小木片上，然後把木片釘於榕樹的根部；其後的焚香酌醴儀式，看來與一般漢族祭祖儀式没有大异。土家族的拜寄儀式，則由巫師或土司主持；而拜寄樹木的小孩，一般會取名"樹寶""樹生""樹貴"等吉祥名字①，頗與況周頤的取名"榕久"有异曲同工之妙。在一些别的地方，寄拜儀式也有由和尚或道士主持的。

所以説，僅以我國各地拜寄習俗這項民俗活動來説，其中的因時、因地、因人而制宜的民俗演變和其中的關聯性、傳承關係等，就十分值得玩味和深入考察研究。如果我們能够透過搜集"集部"文獻獲取更多民俗史料，必然有助於對我國民俗史的深化研究。

4. 況周頤所述的廣西"轉花"民俗及其關涉

況周頤的《餐櫻廡漫筆》又記載了廣西桂林的另一種鄉俗，他説：

> 鄉俗又有轉花之説(轉，讀若賺)，曩蕙風亦與焉，先嫡母之命也。轉花之期，每歲天貺節(六月六日)。轉花者之年齡，一歲至十六歲。曷轉乎爾？一道士，手紙花，旋轉之而不止，有所唪誦，非經非咒，不可得而詳也，紅男緑女，膜拜於其後，嬰嬰婉婉，乃至數十人，道士曰禮成，然後可以去。亟拜而不疲，視拜榕樹佳也。先大母朱太夫人《澹如軒詩》，有云："鐘聲鄰廟藹朝暉，六月香烟護錦幃，九子母前齊獻拜，兒童歡説轉花歸。"②

① 見《走進鳳凰——土家族祭祀文化篇》，鳳凰古城旅網，http://fh.okzjj.com/msmf/13571213349.html，下載日期：2011年7月5日。

② 蕙風：《餐櫻廡漫筆》，《申報·自由談》，民國十四年(1925)4月8日。

作爲一方民俗,“轉花”之名,不見於桂林的方志記載,也不見於當代民俗學著作和工具書等。現在筆者試把上述況氏所記的這則第一手材料,分析成以下各項民俗事象元素,然後按這些元素,去查考類似的民俗事象。

習俗名稱:轉花。

地域:廣西桂林。

流行時代:約清咸豐至同治年間。

舉行日期:六月六日。

節日名稱:天貺節。

儀式參加者:1～16 歲的兒童。

儀式主持人:道士。

儀式内容:道士手持紙花不停旋轉、念念有詞;兒童隨後膜拜。

涉及的神祇:九子母。

民俗性質:從以上民俗事象元素,大概可以暫時假定爲養育民俗。

(1)天貺節和六月初六日的節俗。

首先查看天貺節。六月六日稱爲天貺(賜的意思)節,起源於漢族道教的傳説:元始天尊於六月六日降下天書予人間;宋真宗於某年六月六日宣稱獲賜天書,并在泰山脚下岱廟建天貺殿來作紀念等。據已知的資料,天貺節有要爲兒童祈福的活動,與況氏筆記所載民俗的要素并不一致。

再看農曆六月六日。除了又稱天貺節之外,在中國各族、各地慶祝六月六的民俗活動繁多,有姑姑節、吃新節、中國北方的蟲王節、湖南土家族嚴家的過大年、湖南瑶族過半年、湘西湖北土家族的太陽祝生、安徽祁門的安苗節、湖南鳳凰苗族的苗歌節、湖南土家族的曬衣節、雲南彝族羅武人的柜子山趕會、貴州布依族的拜月亮公主和天王、貴州布依族的趕天馬(蝗蟲)保豐收儀式等。① 在湖北,六月初六有龍曬衣節之稱,至今此俗尚有殘留;鄂西土家族稱之謂曬龍袍節;長江、荆州一帶是日做楊泗會,以祭水神。② 此外,漢族又有曬紅緑(衣服)、曬書、敬天狗(嘗新)、吃炒麵(淮安地區)等民俗活動。③ 明清時期,今江蘇浙江一帶,有於六月六日牽猫狗到河中洗浴,也有曬書及翻經會(謂婦女在這天翻佛經十次,來生可轉爲男身)等民俗。④

《中國民俗史·明清卷》認爲"明清時期六月六日是一個洗曬的日子……六月六日在南北地區還有諸多有意思的節俗"⑤。民國時期,廣東客家人以六月初六日爲伯公(土地神)生日,是日舉行敬祭,也稱這日爲天貺節。⑥ 廣西中部的來賓縣,則以是日爲花林聖母神誕。⑦

《楚國風俗志》則指出,"六月六節,本身是一個起源古老的節日,它的傳播範圍非常廣泛,先秦楚人的六月祭火神節習俗在漢代以降,基本上被六月六節所吸附、轉置了過去",此書并總結

① 詳參雪犁主編:《中華民俗源流集成·節日歲時卷》,甘肅人民出版社1994年8月第1版,第380~415頁。

② 李德復、陳金安主編:《湖北民俗志》,湖北人民出版社2002年1月第1版,第486~487頁。

③ 見胡敏編:《漢族四時八節風俗》,廣西教育出版社1990年6月第1版,第102~106頁。

④ 〔清〕顧禄:《清嘉録》卷六《六月》,上海古籍出版社1986年5月第1版,第101~103頁。

⑤ 鍾敬文主編、蕭放副主編,蕭放等著:《中國民俗史·明清卷》,人民出版社2008年3月第1版,第312頁。

⑥ 佚名:《客家舊禮俗》(未刊稿印本),不著年份。詳第二篇《歲時節俗》(一年的禮俗)第13條"伯公生日",見該書第65頁。

⑦ 丁世良、趙放主編:《中國地方志民俗資料匯編·中南卷》,北京圖書館出版社1991年12月第1版,第980頁。

出六月六節的3項主要元素:第一,祭神或慶賀神誕,或紀念神逝;第二,祈年、祈穀;第三,嘗新,又名吃新。① 加上上面提及的洗曬元素,總共有4個構成元素。廣西地區的六月六節俗,也不出上述4個元素,詳見附表二。但這些元素大多與保祐小兒的養育民俗無關。究竟清季至民初時期,在廣西桂林流行的"轉花"和天貺節有些甚麼關聯?而兒童養育的民俗,會否是六月六節的另一構成元素呢?這些都有待研究。

(2)廣西全縣的度花及廣東的出花園和暖花。

況周頤所披露的在廣西桂林所舉行的"轉花"習俗,及其與天貺節、六月六的關係等,皆不見於桂林的方志記載,也未見於各種民俗史籍和當代民俗學著作。從民俗名稱和養育民俗性質等方面去考察,廣西地方志資料中最接近的民俗資料,是民國三十一年鉛印本的廣西《全縣志》中有"度花"一條的記載:"小兒十六歲以前,因病難癒,於其生辰延巫至家,用材作橋,敲鐘誦奏數小時,謂之'度花',逐年生辰皆如之。至滿十六歲時,必延巫七八人至家大鳴鑼鼓,作法三日,謂之'完花願'。陋習相沿,由來者久。今則風寖衰矣。"②全縣,即全州縣,古代爲楚國領地。位於今廣西東北部,屬桂林市,南距桂林約120公里,北接湖南省。"度花"須延請巫師作法,大有古代楚文化之遺迹;且以護祐16歲以下的兒童爲宗旨,與況氏親歷的"轉花"相類,但"轉花"之期在六月初六,而"度花"則在小孩的生辰。桂林(清臨桂縣)與全縣鄰近,其民俗上或有互相影響的地方。

廣東也有一種養育習俗,與況氏所記桂林的"轉花"和全縣的

---

① 宋公文、張君:《楚國風俗志》,湖北教育出版社1995年7月第1版,第282~284頁。

② 丁世良、趙放主編:《中國地方志民俗資料匯編·中南卷》,北京圖書館出版社1991年12月第1版,第1002頁。

“度花”習俗相似,都是爲了保育16歲以下孩童而舉行的祭拜儀式。廣東的這種習俗,依孩童的出生、歲序,分爲“種花”(包括“求真花”和“栽花”兩個程序,於嬰兒周歲時進行)、“入花”(由“壅花”和“淋花”組成,小孩7周歲時舉行,體弱多病者其後每年或隔年重做)和“出花”(又稱“出花園”,15周歲時舉行,即成年禮)三個階段,有關儀式由喃嘸佬(即道士)主持。① 這個習俗的名稱、宗旨和模式,與“度花”如出一轍,衹是有關儀式程序更爲繁複些,也許是經過道士刻意添加的結果,又或者另有依據。

清李調元《南越筆記》中曾謂古“越人祈子必於花王父母”,又記載了廣東永安養育民俗中有暖花歌。“煖花者,凡男嬰兒有病,巫則以五綵團結羣花環之,使親串各指一花以祝。”②暖花不知與轉

① 陳順宣編著:《漢族生養益壽風俗》,廣西教育出版社1990年6月第1版,第122~124頁。

② 〔清〕李調元輯:《南越筆記》,清光緒七年(1881)八月廣漢重刻本,見卷四“花王父母”條及卷一“俗尚師巫”條。據廣陵書社2003年4月影印本,第201、43~44頁。《南越筆記》内容,多已見於明末清初屈大均所著之《廣東新語》(筆者所據爲清康熙原刻本,澳門萬有書店影印本)。上引二則亦見於《廣東新語》卷六“花王父母”條及卷九“永安祟巫”條。但筆者認爲未可據此即謂李氏乃文抄公,理由如下:第一,李氏於目録中自謂“輯”此書;而於所撰序中有云:“予自甲午典試粤東,惜所遊覽,僅五羊城而止。雖欲徵之前賢所記,而未逮也。歲次丁酉之冬,復來視學。此古太史輶軒采訪之職也,遂得遍歷全省諸郡縣。……疇見昔人著述,詫爲怪怪奇奇,驚心眩目者,至是又不覺知其或失則誣,或當於理,而因爲之棄取焉。且因爲之上下草木鳥獸,各縱其類焉。”可知李氏此書,當本於前賢記述之餘,經過徵信而核實的田野考察工作,加以編訂而成。第二,今見李氏所撰序文,首段爲“舉(缺四字)以談天,語辨而失於誣指,壚剽沙堨;以言地,辭强而背於理載。”筆者頗疑所缺四字,乃《廣東新語》,或因其爲當時的禁書而遭挖版;至其首兩句,或指《廣東新語》之首二卷《天語》《地語》而言。若據此,則李氏此書不涉抄襲、剽竊。筆者認爲,此書作爲乾嘉時期嶺南地區的民俗文獻,有極爲重要的代表性。

花是否有關聯,暖、轉二字音近,而“以指串花”,與“轉花”的儀式或亦有相似之處。

(3)九子母信仰。

況周頤提到的“轉花”習俗,還有一點特別之處,就是與“九子母”信仰有關。筆記中況氏引録了他祖母朱鎮的詩作,即朱氏《澹如軒詩》之《家居賦景》第四首①,寫的是兒童參加“轉花”祭拜活動的情景,時間在六月,應即況氏所記的六月六日天貺節那天,所拜的神明爲“九子母”。詩中所謂“九子母”,應即九子聖母。清末民初在廣東興寧客家地區,仍舊有九子聖母廟。② 從朱鎮詩的內容看來,在清季廣西桂林地區,似乎亦有九子聖母廟,或某配祀九子聖母的廟宇。

九子母的信仰,或可溯源於上古女神“女岐”傳說。《楚辭·天問》有云:

> 女岐無合,夫焉取九子?

清代丁晏箋注:“女岐,或稱九子母。”江淹《遂古篇并序》:“女岐九子,爲氏先兮。”③認爲無夫而生九子的女岐,其實即氏族社會的祖先,也就是母系社會的祖先。另有一說謂九子母傳説源於星宿崇拜,女岐原指二十八宿中的女宿,而九子即九子星,是二十八宿中

---

① 見臨桂女史朱鎮靜媛:《澹如軒詩》葉一二,光緒己亥武昌刻本,編入況周頤《蕙風叢書》附録,丙寅(1926)四月,上海中國書店印本。

② 梅縣黃塘張祖基編撰:《中華舊禮俗增補》之“諸神姓名生日”條下,九子聖母名下有注云“興寧城北塋下有九子聖母廟”,民國二十二年六月,瑞氏福音傳道會圖書館藏孤本,日本崇正總會、世界客屬第5次懇親大會籌備委員會影印出版,1980年10月1日,見第3册,不著頁碼。

③ 〔明〕胡之驥註,李長路、趙威點校:《江文通集彙註》卷五《拾遺》,中華書局1984年4月第1版,第183頁。

的尾宿。而漢代劉向《列女傳·魯之母師》則記載,春秋時魯國有寡母,育有九子,因有德行而獲魯君嘉許,尊爲母師,以身教國君的夫人和諸姬等。① 這一説或許是把九子母的傳説轉化爲符合儒家思想的形象。在道教諸神系統中,斗母元君、斗姥元君、九龍聖母等,亦被認爲即是九子母;無論如何,她們都與生有九子的傳説有關。甚至在這種信仰傳播的過程中,九子母可能與印度教和佛教中的鬼子母或摩利支天信仰發生牽連。這些神祇的一個共通點就是均爲小孩的保育神。這一點與上述"度花""種花"習俗的宗旨是一致的。

國人崇祀九子母的史迹也有不少記載。東漢應劭認爲,西漢元帝在太子宫時,已在畫堂供奉九子母畫像。《漢書·成帝紀》:"元帝在太子宫生甲觀畫堂。"(顔師古引)應劭云:"甲觀在太子宫甲地,主用乳生也。畫堂畫九子母。"②南朝梁代的《荆楚歲時記》佚文:"四月八日,長沙寺閣下有九子母神。是日,市肆之人無子者,供養薄餅以乞子,往往有驗。"③唐代巴中石窟的南龕造像第68號的龕基前浮雕有九子母像(附圖三),南龕第74號龕外龕右壁中部也有九子母像(附圖四);但學者認爲這兩組雕塑造像,乃佛教的鬼子母。④《宣和畫譜》曾記載唐代長安畫師周昉,有《九子母圖》

---

① 錢塘梁端無非校注:《列女傳校注》卷一"魯之母師"條,見《四部備要·史部》,(上海)中華書局據錢塘汪遠孫小米振綺堂刻本校刊,高時顯、吳汝霖輯校,1920—1936年間印行。案:梁端女士(?—1825)即汪氏之正室,嘉慶道光年間人。

② 《汉書》,中華書局1962年6月第1版,第303頁。

③ 〔梁〕宗懔著,姜彦稚輯校:《荆楚歲時記》,岳麓書社1986年6月第1版,第31頁。

④ 巴中市文管所、成都市文物考古研究所:《巴中石窟》圖32、44,巴蜀書社2003年8月第1版,第148~150頁。

三幅爲宋代御府所收藏。① 遼代也有九子母銅鏡（附圖五）②及花錢③。《東京夢華録》卷六"正月十六日"條，記録了北宋末年汴京相國寺九子母殿的熱鬧興盛的情景。④ 此後至新中国成立前，嶺南地區仍不乏九子母信仰的傳播和史迹，如廣東永安（紫金）縣、惠來縣、廣西賓陽縣等，都有文獻記載，這裏就不一一贅述了。筆者日後當再做有關九子母的專題研究，以尋問九子母信仰的源流。

（4）粤東的養育民俗和九子母崇拜。

民國時期粤東潮州的方志學家，則把當地的"出花園"風俗和"九子母"信仰聯繫了起來。據饒師宗頤總纂的民國《潮州志》中，翁輝東所撰的《潮州風俗志》卷三"孕育"條有載：

> 若在首胎，即安設九子母神位於床頂，稱曰公婆，練江流域，呼曰床腳婆，榕江流域，呼曰房中神，（夾注略。）祀以牲物紙鏹，從此嬰兒安危，惟公婆是賴。⑤

同卷"冠笄"條載：

> 又有所謂出花園者，仿佛冠笄蜕遺，因男子一出花園，即

---

① 俞建華標點、注譯：《宣和畫譜》，文豐出版社，不著出版年份，約於1970年，第111～112頁。

② 鮑海春、王禹浪主編：《金源文物圖集》，哈爾濱出版社2001年11月第1版，第308頁。原著稱爲遼代童戲鏡，筆者據圖像判斷，應定爲九子母鏡。

③ 據網上資源：北京誠軒拍賣有限公司《2010年春季藝術品拍賣會圖録》，第1188號拍品"遼代九子母生肖花錢一枚"，2010年5月8日拍賣。

④ 〔宋〕孟元老撰，伊永文箋注：《東京夢華録箋注》下册，中華書局2006年8月第1版，第595～596頁。

⑤ 見饒宗頤總纂：民國《潮州志》，潮州市地方志辦公室編印，2005年，新編第8册，第3428頁。

呼之為成丁，其事母製藍衫白褲，足登皮屐，并備牲禮花紙（花紙為拜公婆要品）祀九子母，名曰拜公婆，就眠床上，擺在籔箕中祀之，是日是人須在家中，伏守一天，不令出外，謂不敢見天。小康之家，即在三月五月擇日舉行，貧者也不得挨過七月七日，緣七七為九子母誕，有兒女家必祀公婆，可并舉行也。①

又，卷四"七月初七日九子母誕"條載：

有嬰孩之家，必祀九子母（潮陽呼拜床脚婆，潮安呼拜公婆）於床上，值男女十五歲時，即於是日盛大祭祀，謂為出花園。［錢塘陳坤《嶺南雜事詩注》云：生子慮難育者，輒請禄神到家供奉，俟此子十六歲時，（俗多在十五歲）請道士以紙為園，設列盆花，令此子坐其中，道士扮花公花媽為之宣誦，既畢，遣出，焚園，謂之出花園，乃罷禄神之祀。］晚近此俗已廢，僅存其名而已。②

從以上珍貴史料可知，潮州人認爲，"九子母"即是公婆、床脚婆、房中神、花公花媽（今又俗稱花公花婆）等，并以農曆七月七日爲九子母神誕以及孩童出花園之期。出花園的祭禮必備"花紙"，這與況周頤所記的廣西桂林六月六日"轉花"中的"紙花"，究竟有多大關係？還有待繼續研究。但兩地皆以九子母爲保祐童稚成長的神祇，而 16 歲之後不必再拜祭，這兩點倒是一致的。

（5）廣西壯族的花婆神信仰。

---

① 見饒宗頤總纂：民國《潮州志》，潮州市地方志辦公室編印，2005 年，新編第 8 册，第 3432 頁。

② 見饒宗頤總纂：民國《潮州志》，潮州市地方志辦公室編印，2005 年，新編第 8 册，第 3451 頁。

粤東人的公婆(花婆)信仰,應與廣西壯族的花婆神信仰有關。花婆神被認爲是壯族的始祖母神,是主管婦女生育和保護兒童的女神,各地异稱很多,包括布伢、婆王、花王、娘娘、花王聖母、花林聖母,甚至送子娘娘、送子觀音等,但在廣西暫時未見與九子母連繫的情況。花婆神誕,廣西西北部的伈佬族定在三月初三,也有些地方定在二月十九日(又有二月二十九一説),而南部的靈山縣則在六月初六慶祝花林聖母神誕,至於中部的來賓縣,則以三月初三爲花王節、六月初六爲花林聖母誕日,據説後者的祭祀規模更加盛大。關於花林聖母神誕,廣西《來賓縣志》(民國二十六年鉛印本)有云:

> 六月六日,本宋真宗受天書之日,謂之"天貺節"。鄉俗亦未知此故事,以是日為"花林聖母神旦",携小兒詣神祠拜獻牲酒,冀得福佑,間有賽會遊神者。①

當地有鰲山廟,始建於明萬曆年間,據説是最早祭祀花婆的廟宇;相關的信仰活動有求花、問花、安花、架橋、許願、還願等。所謂還願,就相當於上文提到全縣"度花"中的還花願。壯族人認爲小孩是花婆庭園裏的花朵,在成年之前都是由花婆照管的,他們以紙花(或用野外采摘的花枝)象徵小孩,作爲祭拜的道具。至此我們至少可以論定,廣東"種花"至"出花"的系列儀式,以至潮汕地區的"出花園"民俗和兩廣的花婆信仰,是密不可分的。

因此我們有理由相信,況周頤筆記中"轉花"習俗的内涵,也與壯族的花婆神信仰有關。

---

① 丁世良、趙放主編:《中國地方志民俗資料匯編·中南卷》,北京圖書館出版社 1991 年 12 月第 1 版,第 980 頁。

5. 餘論

本文從況周頤的幾則筆記發端,提出了幾種向未爲人所注意的,甚至未經民俗學著作記述的歷史民俗和相關文獻;由此可證,清季以來文人集部著作的民俗文獻和史料價值,是很值得民俗學者重視和加以研究的。

中國是一個民族和對外文化交流歷史都很悠久,民族和區域文化都極爲多元化的民俗大國。歷代各民族、各地區遺留下來的民俗志、民俗史和民俗學史的史料和文獻,數量驚人。近數十年民俗學者多側重於大型田野調查,但許多所得的資料還有待仔細整理和分析。田野調查資料和歷史文獻資料的互補性研究,未如理想。至於純粹的民俗文獻的搜集、整理和研究,仍是一個大有作爲的空間。因此,鍾敬文先生所提出的歷史民俗學和所倡議的中國民俗學派,是必要和必然的。研究中國民俗文化,必須認真從古代的歷史民俗文獻入手,結合現當代利用人類學田野調查的手段獲得的第一手民俗現場的現象描繪,加上跨學科的理論和分析角度,纔能對中國民俗有深層次而徹底的認識。

在民俗學的方法論上,筆者有一些尚未成熟的體會,想在這裏提出來,向大家請教:

第一,關聯主義的民俗學。這是借用饒師宗頤先生的關聯主義史學理論的。① 筆者認爲研究中國民俗學,要研究 3 個方面:一是縱的時間方面,我們要探討歷史上重要的、突出的民俗事象,尋求它的產生、銜接的先後層次,加以疏通整理。二是横的空間方

① 參饒宗頤:《華學・發刊辭》,見饒宗頤主編《華學》第 1 期,中山大學出版社 1995 年 8 月第 1 版。

面,我們要注意不同區域、民族和社群的文化單元,研究其傳播、交流、互相關涉的民俗史實。三是民俗事象的交叉錯綜方面,尋找它們之間的條理和因果關係,研究其間可能存在的互爲影響的脉絡。

第二,小題大做。由於民俗的集體性、傳承性、擴散性,它必須經過相當長的時間和不少人的參與,纔能够成爲一項民俗現象。因此,民俗研究無細事,任何一種看似不重要的民俗事象,認真而全方位地研究下去,都可能與一些重大的民俗史問題有關聯。所以説,小題大做是民俗學研究的必要的方向。

第三,求同求异。這一點在研究相類似的民俗事象的關聯性時尤其重要。因爲民俗的規範性(同的範疇)、變异性(异的範疇,包括變形、變質,以至於消亡)和模式性(大同小异),當我們搜集、整理和分析民俗資料的時候,必須同异并求、并存。民俗事象之中的一些微小的差别,極有可能代表著背後重要的文化上變遷的因果關係,因此我們不應隨意地、主觀地有所選擇、有所摒弃。

第四,避免跌進傳承怪圈。民俗學者最注重研究民俗的傳承,但如果過早地判定某些民俗傳承關係的先後次序,便很容易得出錯誤的結論。許多學者在判定民俗傳承的關係時,往往依據一些相對概念上的表面現象,例如哪一個版本更爲原始、古拙、純樸,又或哪一些比較典雅、現代、複雜等。這些概念都容易誤導學者,使他們陷入論定民俗傳承關係的預設概念、結論先行的怪圈之中。就如本編上舉況周頤筆記中的夏九九歌,初讀以爲應較南宋陸泳本後出,所以會想當然地認爲"頭戴秋葉舞"句中"頭戴"二字或爲陸本"樹頭"一詞的訛傳。但經考證,況本"頭戴秋葉舞"句,典出北宋末,所反映的民俗甚至可以上溯至唐代,未必比陸本晚出。因此,在未細考前,切勿過早地妄斷傳承的先後次序。

在我國民俗學的學科理論方面,有不少學者認爲,民俗學研究的對象,就是傳承及其背後的機制;但他們把研究的焦點,縮小到必須是現在仍存在的民俗現象,認爲這樣纔算是民俗學的民俗史,此外的就是歷史學範疇的民俗史(社會生活史)。此説未盡妥。最大的問題是,我們很多時候不可能在做研究的初期,就先入爲主地判斷所研究的課題到底是否仍是活著的民俗現象。例如,本編所探討的況周頤筆記中的桂林轉花習俗,筆者在剛開始做研究時,因爲現在桂林已没有流傳,以爲這個習俗已經消亡,但當把研究範圍擴大到其他地區和其他族群,發覺歷史上桂林的轉花習俗及其背後的機制,有可能今天正以另一種名義和形式,在其他地區和族群之中,仍然有所傳承。因此説,判别民俗學的民俗史和歷史學的民俗史,是不必要的。凡是民俗的,都一定是歷史的,因爲民俗必須經過一段時間的積累,纔能够成爲民俗。嚴格來説,許多我們以爲今天已經消亡的民俗,其實衹是不停地乃至劇烈地轉化而已。一種民俗徹底消亡的速度,未必如我們想像中一般的快。迅速消亡的,往往衹是人們對民俗知識鏈的掌握;許多時候研究者因爲種種原因而知識鏈斷裂,繼而輕言某一種民俗已經消亡。歷史民俗學的提出,或者可以令我們重新掌握中國民俗的知識鏈,没有道理因爲未能解决學科歸屬的行政原因而放弃。

【本篇發表史】

1. 以《晚清大詞人況周頤筆記中的民俗史料舉隅》爲題,呈交"第四届中國俗文化國際學術研討會",四川大學中國俗文化研究所、四川大學"985 工程"文化遺产與文化互動創新基地聯合主辦,2011 年 10 月 29 日至 31 日,見《第四届中國俗文化國際學術研討會會議論文集》,第 414 ~ 425 頁。

2. 2012 年 5 月 10 日,應雲南民族大學文學院之邀,以此文作學術報告(由該校前文學院院長陳友康教授主持)。

3. 2012 年 5 月 11 日,應雲南大學人文學院之邀,以此文作學術報告(由該院李道和教授主持)。

4. 發表於國家教育部人文社會科學重點研究基地四川大學中國俗文化研究所主辦,項楚主編《中國俗文化研究》第 11 輯,巴蜀書社 2015 年 12 月第 1 版,第 125~142 頁。

附表一　夏至後九九歌版本比較

宋無姓氏《豹隱紀談》(《説郛》涵芬樓本)	宋陸泳《吳下田家志》		明謝肇淛《五雜組》	況周頤《天春樓脞語》所録本	湖北省老河口市禹王廟正廳榆木大梁上(網上資料,僅列作參考)	北方農村(網上資料,僅列作參考)
	《説郛》涵芬樓本	清顧祿《清嘉録》引本	明如韋館刻本			
一九至二九,扇子不離手	一九二九,扇子不離手	一九至二九,扇子弗離手	一九二九,扇子不離手	一九二九,扇子不離手	夏至入头九,羽扇握在手 二九一十八,脱冠着罗紗	一九至二九,扇子不離手
三九二十七,喫水如蜜汁	三九二十七,冰水甜如蜜	三九二十七,冰水甜如蜜	三九二十七,冰水甜如蜜	三九二十七,冰水甜如蜜	三九二十七,出門汗欲滴	三九二十七,冰水甜如蜜
四九三十六,争向露頭宿	四九三十六,拭汗如出浴	四九三十六,拭汗如出浴	四九三十六,汗出如洗浴	四九三十六,汗出如洗浴	四九三十六,捲席露天宿	四九三十六,汗濕衣服透
五九四十五,樹頭秋葉舞	五九四十五,頭戴秋葉舞	五九四十五,樹頭秋葉舞	五九四十五,頭戴秋葉舞	五九四十五,頭戴秋葉舞	五九四十五,炎秋似老虎	五九四十五,樹頭清風舞

（續表）

宋無姓氏《豹隱紀談》(《説郛》涵芬樓本)	宋陸泳《吴下田家志》		明謝肇淛《五雜組》	况周頤《天春樓脞語》所録本	湖北省老河口市禹王廟正廳榆木大梁上(網上資料,僅列作參考)	北方農村(網上資料,僅列作參考)
	《説郛》涵芬樓本	清顧禄《清嘉録》引本	明如韋館刻本			
六九五十四,乘涼**不入**寺	六九五十四,乘涼入佛寺	六九五十四,乘涼**弗入**寺	六九五十四,乘涼入佛寺	六九五十四,乘涼入佛寺	六九五十四,乘涼**進廟祠**	六九五十四,乘涼**莫太遲**
七九六十三,**夜眠**尋被單	七九六十三,床頭尋被單	七九六十三,床頭尋被單	七九六十三,床頭尋被單	七九六十三,床頭尋被單	七九六十三,床頭**摸**被單	七九六十三,**夜眠要蓋**單
八九七十二,**單被添**夾被	八九七十二,思量蓋夾被	八九七十二,思量蓋夾被	八九七十二,思量蓋夾被	八九七十二,思量蓋夾被	八九七十二,**子夜尋棉**被	八九七十二,**當心莫受寒**
九九八十一,**家家打炭墼**	九九八十一,**家家打炭墼**	九九八十一,**家家打炭墼**	九九八十一,階前鳴促織	九九八十一,階前鳴促織	九九八十一,**開柜拿棉衣**	九九八十一,**家家找棉衣**

注:標宋字體標示與況本的异文。

附表二　廣西六月六日節俗綜覽
（摘自《中國地方志民俗資料匯編·中南卷》）

方志	版本	記載	節慶名	祭祀對象	活動
上林縣志	10卷,清光緒二年刻本	為“青苗會”,各鄉延巫詣管苗廟祀田公、田母,以祈有年,謂之“調廟”	青苗會	延巫祀田公、田母	——
上林縣志	16卷,民國二十三年廣西林縣圖書館鉛印本	為“青苗會”,祀田公、田母,以祈有年	青苗會	田公、田母	——
賓陽縣志	8編,1961年廣西壯族自治區檔案館鉛印本	為“天貺節”,各家祀先祖以前,各鄉村有祀田祖之舉,現猶未盡革除（“七月七日”條:曬書籍、衣服,今多於六月六日行之）	天貺節	祀田祖、先祖	曬書籍、衣服
橫州志	12卷,清光緒二十五年刻本	曝衣物、書帙。祭魚塘,名曰“攢塘”	——	祭魚塘	曝衣物、書帙
新寧州志	6卷,清光緒五午刻本	曝衣物、書帙,俗謂可免虫蛀	——	——	曝衣物、書帙
同正縣志	10卷,民國二十二年鉛印本	“農家節”。業農者多做米粉,染黃姜煮熟雞豚以供田神。又砍取蘆葦插於田禾中,意取高與之齊,是亦淳于髡滿篝滿車之遺意	農家節	供田神	——

（續表）

方志	版本	記載	節慶名	祭祀對象	活動
龍州縣志	20卷,民國十六年修纂,1957年廣西壯族自治區博物館油印本	六月間,“田魂節”,又名“牛魂節”。每年五六月間田工畢,即預選吉日爲之(各方各選,不必一致)。至日烹雞殺鴨,熟而薦於牛欄及田邊。薦訖,以芭蕉葉飼牛,曰“酬勞”。復以紙錢夾竹條,遍插自家田中,名曰“標錢”。此風不分城鄉,凡耕田者類多為之也	田魂節（或牛魂節）	牛欄、田邊	--
慶遠府志	20卷,挹芬樓抄本	曬衣物、書籍	--	--	曬衣物、書籍
鳳山縣志	8編,民國三十五年修纂,1957年廣西壯族自治區博物館油印本	曬衣服、書籍。名為“花婆節”	花婆節	--	曬衣服、書籍
柳州府志	40卷,清乾隆二十九年修纂,1956年北京圖書館油印本	士夫家曝書、曬衣服	--	--	曝書、曬衣服

（續表）

方志	版本	記載	節慶名	祭祀對象	活動
來賓縣志	2 編，民國二十六年鉛印本	本宋真宗受天書之日，謂之“天貺節”。鄉俗亦未知此故事，以是日為“花林聖母神旦”，携小兒詣神祠拜獻牲酒，冀得福佑，間有賽會遊神者	花林聖母神旦，游神賽會	花林聖母	－－
臨桂縣志	32 卷，清光緒三十一年修纂，1963 年桂林市檔案館石印本	曬白醭	－－	－－	曬白醭
靈川縣志	14 卷，民國十八年石印本	縣廂為天后之遊。以明轎舁象山、南街、北街三廟三女神象遍遊各街，各户皆獻角黍，祈子者或綉花鞋以奉之。今廢。一、五、六各區，每歲六月令道巫祝神祈苗，奉神幡巡行各隴社，吹笛疊鼓以隨之。近日此舉漸廢。 六月又有“送六月”及“嘗新”	－－	天后巡游、延道巫祈苗	－－
全州志	12 卷，清嘉慶四年刻本	農家祀田祖	－－	祀田祖	－－

（續表）

方志	版本	記載	節慶名	祭祀對象	活動
全縣志	13編，民國三十一年鉛印本	早稻將熟，雛鴨正肥，農家煮新穀、宰雛鴨以祀田祖，以是日為嘗新之期。諺云："六月六，子鴨肉。"相沿者久也。凡家有書畫、衣物者，多於三伏日内曬之	--	祀田祖、祈苗	曬書畫、衣物
荔浦縣志	4卷，民國三年刻本	多曝曬衣物	--	--	曝曬衣物
梧州府志	24卷，清同治十二年刻本	曬書籍、衣服。六月祈苗（《岑溪志》）	--	祈苗	曬書籍、衣服
蒼梧縣志	18卷，清同治十三年續修刻本	曬書籍、衣服。（舊志）六月，農民諏吉祈苗，以祭田祖（《府志》）	--	祈苗，祭田祖	曬書籍、衣服
岑溪縣志	4卷，清乾隆九年修，民國二十三年鉛印本	祈苗	--	祈苗	--
藤縣志	22卷，清光緒三十四年鉛印本	曬衣服。是月村落多有祈苗	--	祈苗	曬衣服
昭平縣志	8卷，民國二十三年鉛印本	名"天貺節"。備牲祀祖，以慶豐年	天貺節	祀祖	--
容縣志	28卷，清光緒二十三年刻本	曬書籍、衣服。（舊志）"小暑"前後，新穀既登，民間熟而薦之先祖，曰"薦新"。家人會食，謂之"吃新"	--	薦新	曬書籍、衣服

（續表）

方志	版本	記載	節慶名	祭祀對象	活動
陸川縣志	24卷,民國十三年刻本	六月早稻登,擇吉日具饌薦新。十月晚稻登亦如之	--	薦新	--
博白縣志	16卷,清道光十二年刻本	"初伏"新稻登,農家擇良日食新,以薦其先	--	薦新	--
貴縣志	18卷,民國二十四年鉛印本	曝書籍、衣服以辟蠹。鄉村或宰牛豕祀神,以保禾稼(《李志》)	--	祀神	曝書籍、衣服
欽州志	12卷,清道光十四年刻本	家家曝衣書,俗語:"六月六,曬紅緑。"	--	--	曝衣書
鎮安府志	25卷,清光緒十八年刻本	初旬"收牛魂"			
鎮邊縣	初旬"收牛魂"	初旬"收牛魂"			

附圖一　當代澳門地區“契榕樹”字據

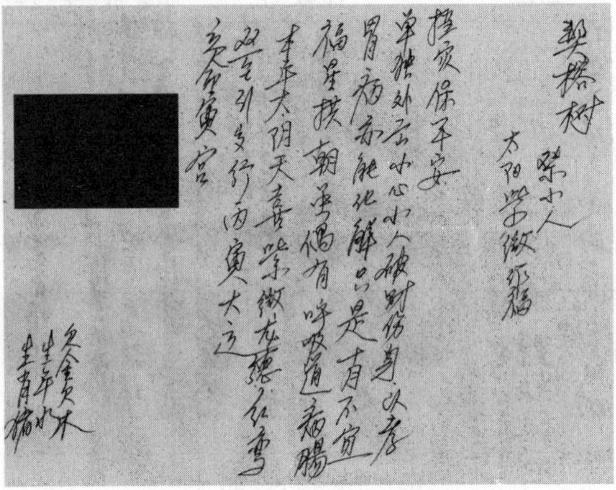
契榕樹　祭小人
太阳学徵作福
擋灾保平安
单独外出小心小人破财伤身以防
胃病亦能化解只是有不宜
福星扶朝华偶有呼吸道痛肠
本年太阴天喜紫微龙德红鸾
双至引支行丙寅大运
立命寅宫
[redacted]
欠金欠木
生年水
生月木

附圖二　當代澳門地區“契榕樹”字據

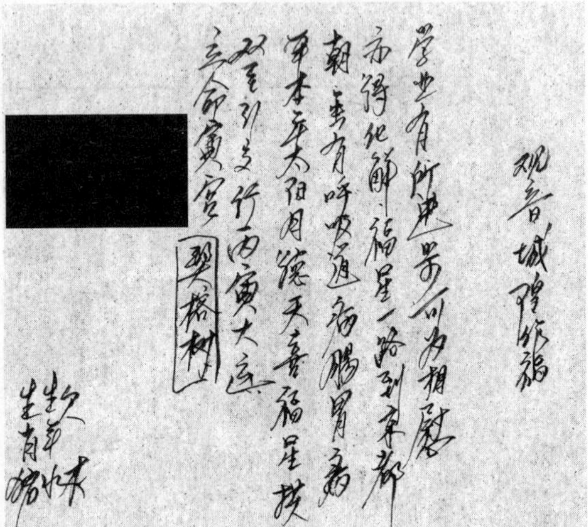
观音城隍作福
学业有所進步可为相慰
亦得化解福星一路到来帮
朝　有呼吸道痛肠胃之病
本年太阳月德天喜福星扶
双至引支行丙寅大运
立命寅宫
契榕樹
[redacted]
欠火木
生年水
生月木

附圖三　唐代九子母雕塑造像，見《巴中石窟》(雷玉華、程崇勛執筆，巴蜀書社 2003 年 8 月第 1 版)

南龕第 68 龕鬼子母　盛唐

附圖四　唐代九子母雕塑造像，見《巴中石窟》(雷玉華、程崇勛執筆，巴蜀書社 2003 年 8 月第 1 版)

南龕第 74 龕右壁鬼子母　盛唐

附圖五　遼代九子母銅鏡，見《金源文物圖集》（鮑海春、王禹浪主編，哈爾濱出版社 2001 年 11 月第 1 版，第 400 頁）

童戲鏡，直徑 5.6 厘米，1987 年吉林省農安縣出土

六、況周頤筆記中的故宮學史料

1. 引言

故宮學是一門方興未艾的綜合性學科。北京故宮博物院的鄭欣淼院長曾指出,故宮學的研究範圍大致有 6 個方面,包括故宮古建築(紫禁城)、故宮博物院所收藏的百萬件文物、宮廷歷史文化遺存、明清檔案、清宮典籍、近 80 年的故宮博物院的歷程。[①] 本文内容屬於上述第三個研究範圍:宮廷歷史文化遺存。此文的目的是想指出,歷史文獻學可能是研究故宮的宮廷歷史文化遺存最不可或缺的方法;而曾經在京任官的文人及其"集部"著作,正是研究這個範圍的故宮學亟待系統發掘、整理和研究的文獻史料根源之一。

2. 況周頤筆記中的故宮元旦典禮史料考

況周頤(1861—1926),字夔笙,乃晚清四大詞人之一,廣西臨桂人士,著有《蕙風詞》《蕙風詞話》等,享譽於詞史與詞學史。但他也是一位藏書家、金石學家、文史學家和筆記家,著有筆記多種。況氏自幼居於廣西桂林,其後游宦於北京、南京、揚州、武昌、四川

① 鄭欣淼:《紫禁城與故宮學》,"2004 年 4 月 10 日紫禁城文化系列講座"第 10 期演講稿,下載自故宮博物院官方網頁,http://www. dpm. org. cn/shtml/400/@/64200. html;下載日期:2011 年 10 月 31 日。

萬縣、常州、安徽宣城等地,晚年移居上海。況氏於光緒十四年(1888)二月入都,最遲於翌年四月已任内閣中書之職,至光緒二十一年(1895)六七月間離京南下,在京工作和生活達七年半之久。①

在況周頤的衆多筆記著述中,頗有一些與故宫相關的史料,現舉其中與光緒朝宫中元旦典禮有關的一則爲例,兹引録如下(標點及按語由筆者所加):

前清元旦典禮,明備祇威,猶是海寓昇平景象,以迄於今。所謂春明夢華,令人感嘅係(鄭按:應爲繫字)之矣。略云:正月初一日,丑初,駕詣寅字桌前拈香、團圓桌前拈香,詣光明殿神牌前拈香,詣天地前拈香,次拈斗香,次詣西佛堂拈香,放爆竹。至東煖閣明窗開筆,看時憲書畢。由吉祥門乘轎,出瓊苑西門,至天一門拈斗香,次詣欽安殿拈香,放爆竹。乘轎至天穹寶殿拈香,放爆竹。乘轎由基化門、端則門,進吉祥門,還養心殿,步行至東煖閣小坐。丑正二刻,由乾清宫檐前,乘禮轎出乾清門;由景運門,至奉先殿拈香;步行,升乾清宫寶座;進奶茶畢。步行至宏德殿,進吉祥餑餑畢。乘轎出鳳彩門,進吉進門,還養心殿。寅正,由吉祥門乘轎,放爆竹;進鳳彩門;由乾清宫檐前,乘禮轎至東西丹墀,放爆竹。出乾清門;由景運門、東華門,至南池子堂子行禮畢。乘禮轎仍由去路,回至乾清宫檐前,下轎步門(鄭按:應爲行字);由西煖閣,乘轎出鳳彩門;由瓊苑西門,至千秋亭拈香;詣斗壇拈香,放爆竹。乘轎出殿後,至萬春亭拈香。乘轎由瓊苑東門,至承乾宫,詣孝全成皇后御容前,拈香、行禮畢。由景和門,至坤寧宫,詣西案、北

① 詳參鄭煒明、陳玉瑩:《況周頤年譜》,香港大學饒宗頤學術館 2011 年 10 月第 1 版。

案灶君前拈香;次詣東煖閣,詣佛前拈香畢,東丹墀放爆竹。乘轎仍由景和門,進祥旭門,至毓慶宫,詣孝静成皇后御容前,拈香、行禮畢。乘轎出祥旭門,進龍光門,至乾慶宫(鄭按:應爲乾清宫)東煖閣,詣神牌前拈香,佛前拈香;次詣文宗顯皇帝聖容前,拈香、行禮;詣穆宗毅皇帝聖容前,拈香、行禮畢。步行,由後格扇,乘轎由隆福門、百子門,至建福宫,詣孝德顯皇后神牌前,拈香、行禮;詣孝貞顯皇后神牌前,拈香、行禮畢。乘轎仍由百子門,進吉祥門,還養心殿,詣太陽神前拈香畢;至東煖閣辦事,召見大臣畢。①

辰初三刻,由吉祥門乘轎,進鳳彩門;由乾清宫檐前乘禮轎,東西丹墀放爆竹;出乾清門,由隆宗門,至永康左門外,下禮轎步行至慈寗門外幄小坐。候慈禧端佑康頤昭豫莊誠壽恭欽獻崇熙皇太后升慈寗宫寶座;至拜縟前,率諸王公、大臣等行禮畢。步行至永康左門外,乘禮轎出隆宗門,進乾清門,至乾慶宫(鄭按:應爲乾清宫)簷前,下禮轎,步行由西煖閣乘轎,由鳳彩門,進吉祥門,還養心殿小坐。由吉祥門,乘轎至翊坤宫,率同皇后、瑾嬪,跪接皇太后,還翊坤宫,升寶座;詣皇太后前,遞萬年如意畢。乘轎進吉祥門,還養心殿,進早膳。辰正,由吉祥門,乘轎至鳳彩門,由乾清宫簷前下禮轎;步行由西煖閣,乘轎出鳳彩門,進吉祥門,還養心殿。巳刻,由吉祥門乘轎,放爆竹;由瓊苑西門,出順貞門、神武門,進北上門;由西柵闌門,至大高殿拈香畢。乘轎出東隨牆門,進景山西門,至壽皇殿,拈香、行禮畢。乘轎由西山道出北山門(鄭按:應爲北上門),進神武門、順貞門;由瓊苑西門,進吉

① 夔笙:《天春樓脞語》(未刊),見《申報·自由談》,1926年4月14日,題爲“元旦典禮上”。

祥門,還養心殿。午正,由吉祥門,乘轎走鳳彩門,至乾清宫,升寶座,賜近支王公、貝子、貝勒等宴畢。由鳳彩門、吉祥門,還養心殿小坐。隨詣同樂園,觀吉祥戲。①

這則筆記發表於1926年,内容則是憶述清朝光緒皇帝時的宫中元旦典禮。況周頤在京期間,曾任光緒會典館及國史館的史官,并因此累功至正三品銜。② 從文字内容及其詳盡程度看來,筆者相信這可能是況周頤在京任史官期間所知見的實録。

況氏此則筆記没有明指爲清代哪一位皇帝的元旦典禮。但筆者認爲筆記所載的典禮應屬於光緒朝,理由如下:

第一,筆記中提到的典禮中皇帝需要拜祭的先人,包括道光皇后(孝全成皇后,即咸豐皇帝之母)、道光皇妃(孝静成皇后,即恭親王奕訢之母)、咸豐皇帝(文宗顯皇帝)、同治皇帝(穆宗毅皇帝)、咸豐皇后(孝德顯皇后)、咸豐皇后(孝貞顯皇后,即慈安太后)。從要拜祭的先人看來,拜祭者必定是光緒皇帝。

第二,典禮中皇帝需要率領王公大臣到慈寧宫行禮,隨後又率同後宫到翊坤宫跪接皇太后并遞萬年如意。根據筆記所載的皇太后十六字徽號"慈禧……"可證這皇太后就是慈禧太后,而行禮的皇帝就是光緒皇帝。

第三,典禮中與皇帝一起跪接皇太后的,有皇后和瑾嬪。有清一代,稱瑾嬪或瑾妃的,衹有光緒皇帝的妃子他他拉氏,即珍妃之姊。因此,其皇帝必爲光緒帝無疑。

根據以上三點,筆者判斷況氏此則,所記的元旦典禮應屬光緒朝。

---

① 夔笙:《天春樓脞語》(未刊),見《申報·自由談》,1926年4月15日,題爲"元旦典禮下"。

② 參考鄭煒明、陳玉瑩:《況周頤年譜》,香港大學饒宗頤學術館2011年10月第1版,第109頁。

至於筆記所載元旦典禮舉行的年份,況氏没有説明;但經筆者考證,認爲應在光緒二十年元旦,依據如下:

第一,根據況氏在京任官的時間推考,該元旦典禮應在光緒十四年戊子(1888)二月至光緒二十一年乙未(1895)夏秋之間。

第二,據《清史稿·后妃傳》,他他拉氏姊妹於光緒十四年獲選爲瑾嬪和珍嬪,二十年同進爲妃。① 而光緒皇帝於光緒十五年元旦之後始大婚,瑾嬪和珍嬪隨後入宫②,故瑾嬪可以陪同光緒帝於元旦典禮中跪接皇太后行禮,最早衹能在光緒十六年的元旦,也不會遲於光緒二十年進爲瑾妃之後。因此,該元旦典禮應不出光緒十六年(1890)至光緒二十年(1894)這五年之間。

第三,又據筆記所提及的皇太后十六字徽號"慈禧端佑康頤昭豫莊誠壽恭欽獻崇熙",最後崇熙二字,或始議於光緒十八年③,歷十九年④,終上於光緒二十年,此年慈禧太后六十大壽。據況氏筆記,或崇熙二字徽號已始用於光緒二十年元旦典禮。因此,況氏筆記所載的元旦典禮,應定爲光緒二十年的元旦。

① 《清史稿》卷二一四《列傳一·后妃德宗端康皇貴妃》及《后妃·德宗恪順皇貴妃》,《漢籍電子文獻》,臺灣"中央研究院"歷史語言研究所。

② 據《清史稿》卷二一四《列傳一·后妃·德宗孝定景皇后》:"光緒十四年十月,孝欽顯皇后爲德宗聘焉。十五年正月,立爲皇后。"故知瑾嬪應於光緒十五年正月帝后大婚之後始入宫爲嬪,《漢籍電子文獻》,臺灣"中央研究院"歷史語言研究所。

③ 内務府輯:《内務府慶典成案》,工部光緒十八年十月二十九日面奉諭旨後所上奏摺,見沈雲龍主編《近代中國史料叢刊續編》第63輯,臺灣文海出版社有限公司印行,第279~286頁。鄭按:《内務府慶典成案》中所載禮部、工部檔案共318頁,皆與朝廷於光緒十八、十九年間,籌備慈禧太后六旬(光緒二十年甲午)壽慶活動,包括上徽號和修葺頤和園等事。

④ 内務府輯:《内務府慶典成案》,工部光緒十九年二月十五日爲甲午年皇太后六旬萬壽嘉上徽號諸事請旨所上奏摺,見沈雲龍主編《近代中國史料叢刊續編》第63輯,臺灣文海出版社有限公司印行,第287~288頁。

3. 從况周頤筆記看光緒二十年宫中元旦典禮

爲方便閲讀,筆者將况氏的筆記内容整理排列成下表:

光緒二十年元旦典禮行禮路綫及活動内容表

時刻	路綫	停留位置	禮儀/活動	備注
丑初	(1)	寅字桌前	拈香	寅字桌在養心殿,殿在内廷乾清宫西側
		團圓桌前	拈香	團圓桌在養心殿
		詣光明殿神牌前	拈香	
		天地前	拈香,次拈斗香	天地,應指天地牌位。斗香是一種特製的佛香;若干股香重叠攢聚在一個香斗内,焚燒起來烟火旺盛,是表示最大虔誠的宗教用物之一
		西佛堂	拈香,放爆竹	
		東煖閣明窗	開筆,看時憲書	養心殿東暖閣,西南原有御筆"明窗"。元旦明窗開筆之禮,始自雍正皇帝
	(2)由吉祥門乘轎,出瓊苑西門	至天一門	拈斗香	天一門爲欽安殿院落之南門
		欽安殿	拈香,放爆竹	欽安殿位於御花園正中,内供奉玄天上帝

（續表）

時刻	路綫	停留位置	禮儀/活動	備注
	乘轎	至天穹寶殿	拈香，放爆竹	天穹寶殿是祭祀昊天上帝之殿堂
	乘轎由基化門、端則門，進吉進門	還養心殿，步行至東煖閣	小坐	
丑正二刻	(3)由乾清宫檐前，乘禮轎出乾清門，由景運門	至奉先殿	拈香	奉先殿，位於紫禁城内廷東側，爲明清皇室祭祀祖先的家廟
	步行	至乾清宫	升乾清宫寶座，進奶茶	
	步行	至宏德殿	進吉祥餑餑	宏德殿是乾清宫西側小殿（東側昭仁殿），乃皇帝早讀的地方。《燕京歲時記·元旦》："是日，無論貧富貴賤，皆以白麪作角而食之，謂之煮餑餑，舉國皆然，無不同也。"
	乘轎出鳳彩門，進吉進門	還養心殿		
寅正	(4)由吉祥門乘轎		放爆竹	
	進鳳彩門，由乾清宫檐前，乘禮轎至東西丹墀		放爆竹	

（續表）

時刻	路綫	停留位置	禮儀/活動	備注
	出乾清門，由景運門、東華門	至南池子堂子	行禮	薩滿祭祀中有“堂子祭”，也稱“祭堂子”
	乘禮轎仍由去路，回至乾清宫檐前，下轎步行(5)由西煖閣，乘轎出鳳彩門，由瓊苑西門	至千秋亭	拈香	千秋亭在御花園内西側
		詣斗壇	拈香，放爆竹	清朝每年元旦於天一門内設斗壇，皇帝在此拈香行禮
	乘轎出殿後	至萬春亭	拈香	萬春亭位於御花園内東側，浮碧亭以南，與千秋亭成對
	乘轎由瓊苑東門	至承乾宫	詣孝全成皇后御容前，拈香、行禮	承乾宫，北京故宫的内廷東六宫之一。孝全成皇后，即道光皇后，咸豐之母
	由景和門	至坤寧宫	詣西案、北案灶君前，拈香	
		次詣東煖閣	詣佛前，拈香畢，東丹墀放爆竹	
	乘轎仍由景和門，進祥旭門	至毓慶宫	詣孝静成皇后御容前，拈香、行禮	孝静成皇后，即道光皇貴妃，恭親王奕訢之母

（續表）

時刻	路綫	停留位置	禮儀/活動	備注
	乘轎出祥旭門，進龍光門	至乾清宫東煖閣	詣神牌前，拈香	
			佛前，拈香	
			次詣文宗顯皇帝聖容前，拈香、行禮	祀咸豐帝
			詣穆宗毅皇帝聖容前，拈香、行禮	祀同治帝
	步行由後格扇，乘轎由隆福門、百子門	至建福宫	詣孝德顯皇后神牌前，拈香、行禮	祀咸豐皇后
			詣孝貞顯皇后神牌前，拈香、行禮	祀咸豐皇后（慈安太后）
	(6) 乘轎仍由百子門，進吉祥門	進養心殿	詣太陽神前，拈香	宫中逢太陽節，每年必設太陽供。照例在供前念齋意，供設地點爲宫内的養心殿或南海的涵元殿。習藝太監在太陽供前奏樂
		至東煖閣	辦事，召見大臣	

（續表）

時刻	路綫	停留位置	禮儀/活動	備注
辰初三刻	(7) 由吉祥門乘轎，進鳳彩門，由乾清宫檐前乘禮轎		東西丹墀放爆竹	
	出乾清門，由隆宗門，至永康左門外，下禮轎步行	至慈寧門外幄	小坐。候慈禧端佑康頤昭豫莊誠壽恭欽獻崇熙皇太后升慈寧宫寶座	
		至（慈寧宫寶座）拜縟前	率諸王公、大臣等行禮	
	步行至永康左門外，乘禮轎出隆宗門，進乾清門，至乾清宫簷前，下禮轎，步行由西煖閣乘轎，由鳳彩門，進吉祥門	還養心殿	小坐	
	(8) 由吉祥門，乘轎	至翊坤宫	率同皇后、瑾嬪，跪接皇太后還翊坤宫升寶座	
		詣皇太后前	遞萬年如意	
	乘轎進吉祥門	還養心殿	進早膳	

（續表）

時刻	路綫	停留位置	禮儀/活動	備注
辰正	(9) 由吉祥門,乘轎至鳳彩門,由乾清宫簷前下禮轎,步行由西煖閣,乘轎出鳳彩門,進吉祥門	還養心殿		
巳刻	(10) 由吉祥門乘轎		放爆竹	
	由瓊苑西門,出順貞門、神武門,進北上門,由西柵闌門	至大高殿	拈香	北上門原在景山前街南側,位於皇宫與禁苑之間的中軸綫上。1956年被拆除
	乘轎出東隨牆門,進景山西門	至壽皇殿	拈香、行禮	
	乘轎由西山道出北上門,進神武門、順貞門,由瓊苑西門,進吉祥門	還養心殿		
午正	(11) 由吉祥門,乘轎走鳳彩門	至乾清宫	升寶座,賜沂支王公、貝子、貝勒等宴	
	由鳳彩門、吉祥門	還養心殿	小坐	
	(12)	隨詣同樂園	觀吉祥戲	同樂園在圓明園

上表將元旦典禮行程依内容分爲12段,於路綫欄内以括弧數目字標出;所涉及的一些宫殿或儀式,在備注欄内加以注解。現僅就其中有需要作進一步解釋的部分,列舉如下:

◆第(1)段行程中的光明殿,或稱明殿;據咸豐四年正月初一日咸豐帝《穿戴檔》①、《續修四庫全書》所收《内廷元旦禮節》不分卷(光緒刻本)的光緒二十九年正月初一日宫中元旦禮節單、《光緒帝后除夕及元旦活動禮節清單·光緒三十二年正月初一日》②、《清代中南海檔案》中的光緒二十二年正月初一日及光緒二十六年正月初一日等③,皆謂皇帝於寅字桌和團圓桌前拈香後,即詣明殿拈香。明殿似應在養心殿内,或在東、西佛堂及東、西暖閣之間,也許就是中間的大殿。待考。

◆第(1)段行程中的明窗開筆禮,一般皆以爲必在養心殿東暖閣明窗處,但事實上,也有例外的,如據《清代中南海檔案》光緒二十六年正月初一日元旦令節則記載,皇帝先於涵元殿開筆,看時憲書,稍後纔至養心殿寅字桌及團圓桌前拈香。④ 涵元殿是瀛臺的主建築,而光緒皇帝又於光緒二十四年戊戌政變之後被軟禁於瀛臺。東暖閣乃皇帝召見群臣、處理政務及讀書學習的地方,元旦日皇帝在此開筆寫新年吉語,有寓意國家政通人和、萬事如意等吉祥的期望,也象

① 筆者據網上資源:咸豐四年正月咸豐帝《穿戴檔》– hxsh 的日志 – 網易博客。下載日期:2011年10月28日。

② 中國第一歷史檔案館編(丁進軍編選):《光緒帝后除夕及元旦活動禮節清單》,1994 – 2010 China Academic Journal Electronic Publishing House。

③ 中國第一歷史檔案館編:《清代中南海檔案》第22册《帝后生活卷下》,西苑出版社2004年版,第281、407頁。

④ 中國第一歷史檔案館編:《清代中南海檔案》第22册《帝后生活卷下》,西苑出版社2004年版,第407頁。

徵皇權在握;對光緒皇帝而言,更象徵親政,或慈禧太后對他的信任。慈禧太后垂簾聽政的地方,也是在東暖閣。因此光緒皇帝能否在元旦日在東暖閣明窗處行開筆禮,其實可以説是他與太后關係好壞和實際權力升降的温度表之一。

◆第(2)段行程中的天穹寶殿,明代本名玄穹寶殿,入清後因避康熙皇帝名諱而改玄爲天。其實滿族一向信奉天神,極爲重視天兆;其原始祭天的方法十分樸素。據記載,努爾哈赤即位上尊號時,就是從座上起身走出露天的地方,對天三叩頭,然後歸座。後來發展成對天念禱詞、叩頭祭天的滿族薩滿教祭天的形式和常規。皇太極即位後的天聰年間,祭天、拜天趨於宫廷化,加入了三跪九叩、演樂鳴炮、燒化紙錢等漢化的儀式。① 可以説,薩滿教在初興時,就産生了原始的天穹觀念;更有學者認爲,清初滿族的薩滿教,是一種以天神爲主的信仰。一般來説,薩滿教的天穹神話中,都涉及三位宇宙間的女天神,在滿族衍生出三天女、三仙女、七仙女、九天女等名號,據滿族先世黑水女真人神話《天宫大戰》記載,這三位女神有一個統稱,叫"阿布卡赫赫",漢語即"天女"之意。另外有的薩滿神諭,稱天穹是女神的"亚溞"(眼睛)。總之,天穹信仰在滿族來説,一來是對最高的大自然力量"天"的崇拜,二來也是對母系氏族社會中女性地位崇高的反映和集體記憶。② 現在普遍認爲天穹寶殿爲清宫的道教場所,謂殿内供奉玉皇大帝、太乙天尊等道教尊神。但

---

① 詳參烏丙安:《神秘的薩滿世界——中國原始文化根基》,三聯書店上海分店 1989 年 6 月第 1 版,第 10 ~ 12 頁。

② 詳參富育光、孟慧英:《滿族薩滿教研究》,北京大學出版社 1991 年 7 月第 1 版,第 172 ~ 186 頁。

這些道教神祇信仰,其實仍與尊天的觀念有關。因此筆者頗懷疑,這其實是體現了滿族的天穹信仰,在其入關前後,有一個由薩滿文化向漢文化和道教元素靠攏的過程;而在宫中這種文化上的轉化,可能早在皇太極天聰年間已經開始,至清末因漢化已深,則其原來的薩滿教祭天儀式,已然完全變成漢人的道教形式了。

◆第(4)段行程是謁堂子。光緒皇帝所謁的南池子堂子,應即清世祖順治皇帝入京後,於長安左門外,仿照關外舊制所建的堂子。① 光緒二十六年(1900)因南池子一帶劃入外國使館區,故改建堂子於南河沿南口路東。堂子一詞,由滿語Dangse(檔澀)演變而來;漢譯意爲檔子,滿族各姓都設有檔澀包(檔子堂),是專門恭放闔族譜牒、本氏族祖神祇神位、神諭、神器、祖神影像等,即所謂神堂。清宫的堂子就是愛新覺羅氏的神堂。堂子祭,實屬滿族薩滿教祭祀的一種演變形式,源自滿族立杆祭天之禮;叫作神杆,俗稱祖宗杆子。(舊時故宫坤寧宫前,有一金頂的紅旗杆,據説是清朝皇室的神杆。②)具體説,清宫堂子祭所祭祀諸神,必然包括清皇室世代祖神、歷代祖先、女真先世所祀的宇宙神祇、痘神和各種守護神等。③《清史稿·禮志》中有詳細的清宫元旦日堂子祭儀軌的記載,可參考。

◆第(6)段行程中,所謂詣太陽神前拈香,應屬滿族的太陽神

---

① 據《清史稿》卷八五《禮四·吉禮四》,《漢籍電子文獻》,臺灣"中央研究院"歷史語言研究所。

② 詳參武田昌雄:《滿漢禮俗》,金鳳堂書店1936年第2版,上海文藝出版社1989年11月影印本,第316頁。

③ 詳參富育光:《薩滿教與神話》,遼寧大學出版社1990年10月第1版,第131~137頁。

崇拜。蓋滿族神話中,有 9 個太陽和大英雄神三音貝子用五彩天繩擰成套索,拴在箭頭上,一連套下 6 個太陽,剩下 3 個太陽,一個逃到了天邊,一個被套住後由天神留下來光照人間,最後一個被天神收回了熱,變成了月亮的傳説。1949 年前的調查顯示,滿族的不少氏族仍然祭祀這位套太陽的大力神三音貝子,如牛祜禄氏、富察氏、梅赫樂氏等。在滿族信仰中,太陽是神物,但并非天神。在牛祜禄氏供奉的薩滿神像中,三音貝子神像爲脚下踩著 7 個冒火太陽、手裏拿著一根五彩大繩的天神(滿語爲恩都里)。[①] 如果況氏所記屬實,筆者相信光緒皇帝所拜的太陽神,極有可能就是三音貝子恩都里。但根據其他光緒朝元旦典禮史料記載,都謂皇帝詣太陽供前拈香。[②] 如太陽供僅指對大自然神物太陽的供奉和拜祭,那當然與奉祀太陽神是兩回事。因此,"太陽神前"和"太陽供前"在内容上到底有没有區别,待考。

◆第(9)段行程:"辰正,由吉祥門,乘轎至鳳彩門,由乾清宫簷前下禮轎;步行由西煖閣,乘轎出鳳彩門,進吉祥門,還養心殿。"筆者頗疑況氏記載或有闕略。據《清代起居注册·光緒朝》光緒五年元旦辰刻[③]、《光緒帝起居注》十三年元旦辰刻和十四年元旦巳刻[④]等,皇帝皆在太和殿有朝賀禮;又據

① 詳參烏丙安:《神秘的薩滿世界——中國原始文化根基》,三聯書店上海分店 1989 年 6 月第 1 版,第 20 ~ 21 頁。

② 如《清代中南海檔案》"光緒二十二年元旦"及"光緒二十六年元旦",《續修四庫全書》所收光緒刻本《内廷元旦禮節》記載"光緒二十九年元旦",《光緒帝后除夕及元旦活動禮節清單·光緒三十二年正月初一日》等。

③ 臺灣故宫博物院珍藏:《清代起居注册·光緒朝》第 10 册,臺灣聯合報文化基金會國學文獻館景印、發行,1987 年 2 月初版,第 005196 頁。

④ 中國第一歷史檔案館編:《光緒帝起居注》(影印本),廣西師範大學出版社 2007 年 11 月第 1 版,見第 7 册,第 1、262 頁。

《清代中南海檔案》載,光緒二十二年元旦辰正二刻,皇帝先在中和殿受禮畢,再至太和殿升寶座受賀;又據《續修四庫全書》所收《内廷元旦禮節》不分卷(光緒刻本)的光緒二十九年正月初一日宫中元旦禮節單記載,皇帝於巳初二刻御中和殿受禮、太和殿受賀;又據《光緒帝后除夕及元旦活動禮節清單·光緒三十二年正月初一日》載,皇帝受禮和受賀時刻、地點,皆同二十九年。從這些資料看來,在在顯示元旦日辰巳間,皇帝應有受禮、受賀等朝禮,因此懷疑況氏所記有表面上的闕略。(詳下)

◆第(11)段行程,應指宗親宴。據《清史稿·德宗本紀》,光緒一朝的元旦,屢有停筵宴的記載(共十三次),其中包括光緒十五年、十六年和二十一年。① 清宫元旦筵宴,一般包括朝宴(外廷宴)和宗親宴等各種内廷筵宴,但正史中所謂停筵宴,則主要指停朝宴。② 況氏筆記中,提及皇帝於午正在乾清宫升座,賜近支王公、貝子、貝勒等宴,應即所謂宗親宴。

◆第(12)段行程,爲皇帝至同樂園觀吉祥戲。這個活動,筆者所看到的其他清宫元旦禮節史料中,皆稱至某處"看戲",而没有指明爲"吉祥戲",況氏筆記特以"吉祥"二字形容,表明宫中元旦看戲的戲目,必須符合吉祥的寓意。據《嘯亭續

① 《清史稿》卷二三至二四《德宗本紀》,《漢籍電子文獻》,臺灣"中央研究院"歷史語言研究所。

② 如《清史稿·德宗本紀》謂光緒十三年正月朔日停筵宴,但《光緒帝起居注》則記是日午刻於乾清宫賜宗親宴。又如《清史稿·德宗本紀》謂光緒二十二年元旦停筵宴,但《清代中南海檔案》記載是日午初於乾清宫有宗親宴。又如《清史稿·德宗本紀》謂光緒二十九年元旦停筵宴,但《續修四庫全書》所收的光緒刻本《内廷元旦禮節》記載是日午正於乾清宫賜宗親宴。由此可證,《清史稿》所謂的"停筵宴",僅指停朝宴(外廷宴)而已。

録》記載:"乾隆初……其於内庭諸喜慶事,奏演祥徵瑞應者,謂之《法宫雅奏》。其於萬壽、令節前後,奏演羣仙神道添籌錫禧,以及黄童白叟含哺鼓腹者,謂之《九九大慶》。"①況氏筆記所謂的元旦日吉祥戲,應指《九九大慶》中的神仙賜福,以及諧趣歡愉的劇目。關於觀吉祥戲的地方,況氏筆記説是同樂園。同樂園在圓明園,現在一般認爲已毁於咸豐十年(1860)年英法聯軍的暴行;而且就筆者所看過的其他光緒元旦典禮史料,皇帝曾在宫内的漱芳齋、頤年殿、閱是樓等處看戲②,暫時未見在同樂園觀戲的記録。但事實上,同治、光緒兩朝,皆曾對圓明園進行大規模的局部復修工程;《清史稿》的兩朝本紀屢有停修圓明園的記載,可反證圓明園有屢次重修的事實,請詳参。同樂園坐落於圓明園後湖區,面對清宫三大戲臺之一的清音閣戲臺。有説後湖宫殿區,正是同光兩朝圓明園復修工程的内容之一。因此,況氏筆記謂光緒皇帝於二十年元旦在圓明園同樂園觀吉祥戲,也可能是確實的。

況氏此則筆記,似乎亦有史家書法在内。最明顯的例子,是上文第六點所提到的闕略;況氏相對詳細地記載了光緒皇帝率領王公大臣等向慈禧太后行禮,但對於皇帝的朝賀禮竟然隱晦其辭,這一詳一略、一顯一晦之間,可見古代史家的筆法。這一年是光緒二十年,剛好是光緒皇帝親政後的第五個元旦,也是甲午之戰爆發前

① 見〔清〕昭槤撰,何英芳點校:《嘯亭雜録》之《嘯亭續録》卷一之"大戲節戲"條,中華書局1980年12月第1版,第377頁。

② 如《光緒帝起居注》光緒十三年及十四年元旦(漱芳齋),《清代中南海檔案》光緒二十二年及二十六年元旦(頤年殿),《續修四庫全書》所收的光緒刻本《内廷元旦禮節》記載光緒二十九年元旦及《光緒帝后除夕及元旦活動禮節清單·光緒三十二年正月初一日》(閲是樓)。

的元旦。也許當時作爲史官的況周頤,對光緒皇帝可能有所作爲充滿著期待,但到了甲午之戰失敗後,況氏就離京就幕去了,他對朝政的失望也是很明顯的。而況周頤又有況古人之稱,他以古代史家筆法來處理光緒二十年宫中元旦典禮的記載,也就不足爲奇了。

4. 況周頤筆記所載的光緒宫中元旦典禮的史料價值

有關光緒朝宫中元旦典禮的史料,以《光緒帝起居注》(光緒元年、二年、十三年、十四年)和《清代起居注册・光緒朝》(光緒五年)中的史料記載最爲簡略,一般衹記時辰、地點、涉事人物和所行典禮的最要點,而《清代中南海檔案》(光緒二十二年、二十六年)所記光緒帝后生活,相信其内容屬《穿戴檔》,其記載内容重點在元旦各典禮中皇帝所穿戴的衣履飾物等,旁及各典禮中太監、侍衛等所持禮器,因爲按照各項典禮時序相對詳細地記録,也會涉及時、地、人、事四項,所以參考價值較高。筆者在本編中多次引用的《内廷元旦禮節》中光緒二十九年宫中元旦禮節單,雖亦記有時、地、人、事四項,但其中尤以地與事的關係,撮要過甚,未可視爲實録;衹是這項資料或已成孤本,所以其史料價值不言而喻。另一份史料爲《光緒帝后除夕及元旦活動禮節清單・光緒三十二年正月初一日》,是各檔案中最詳細地記録了光緒皇帝、皇后和慈禧太后在該年元旦典禮的禮儀細節,最有參考價值。此外,《大清五朝會典》①中的《光緒會典》,對於宫中元旦典禮的記載極爲簡略,幾近於無,與康熙、雍正、嘉慶三朝會典的極爲重視元旦朝賀儀,兩者有天壤之别。

況周頤筆記所載的《元旦典禮》(光緒二十年),其書寫形式與

① 《大清五朝會典》,綫裝書局 2006 年 4 月第 1 版。

本文上引兩份元旦禮節清單相類似,其詳細程度則僅次於《光緒帝后除夕及元旦活動禮節清單·光緒三十二年正月初一日》而已。由於史書所記有關光緒朝宫中元旦活動的史料稀缺,上述這些檔案資料,包括況周頤的筆記,就更顯珍貴了。

上述各種史料的性質不一,而記載的角度和重點也有所差异,因此記載的詳略會有所不同。另一個存在的可能是,宫中元旦典禮的内容細節,在不同時期、不同年份,會因應不同的情況而有所調整,甚至部分會被暫時停辦,或有所增加。而從這些調整中,我們或者可以窺見當時政治局勢的變化。此外,上述這些史料都是分别屬於光緒一朝不同年份的元旦宫中典禮記録,各自有其不可替代的、獨立的文獻價值,對研究光緒一朝的歷史有著很高的史料互補性,我們應該善加利用。

5. 結論

況周頤去世前最後發表的筆記著作《天春樓脞語》,第1則就是《元旦典禮》。經筆者考證,此則筆記的内容應是光緒二十年宫中元旦典禮,而其時況氏正任光緒朝會典館的史官。以筆者目前知見所及,有關光緒二十年宫中元旦活動的史料,僅有況氏此則而已,因此這則筆記的歷史文獻價值,是可以毋庸置疑的。

雖然況氏的筆記衹是一條孤證,但如果我們能透過與其他史書和相關檔案史料的互補、比勘,我們就可以得到更多的、未經發掘的歷史信息,這些都將會有助於我們對光緒親政後在宫中的實際地位有更深入的認識,從而使我們對晚清的歷史有更深刻的瞭解。

最後筆者想强調,清末民初文人(尤其是清亡之前曾經在京師任官的)的集部著作,應是故宫學研究不可忽視的一個重要的資料來源,希望我們可以有系統地加以搜集、整理和利用。

【本篇發表史】

1. 以《晚清大詞人况周頤筆記中的故宫學史料——以光緒元旦典禮史料爲例》爲題，呈交“故宫學的範疇、體系與方法學術研討會”，故宫博物院故宫學研究所主辦，2011 年 11 月 10 日至 12 日；見《故宫學的範疇、體系與方法學術研討會論文集》下册，第 573 ~ 586 頁。

2. 以《晚清大詞人况周頤筆記中的故宫學史料——以光緒朝宫中元旦典禮史料爲例》爲題，發表於《故宫博物院院刊》2012 年第 5 期，總第 163 期，故宫博物院，2012 年 9 月 30 日，第 041 ~ 051 頁。

文獻篇

七、蕙風散佚詞續考

引言

拙編《蕙風散佚詞輯考》,2009 年 3 月以單行本形式於香港大學饒宗頤學術館出版,列入該館學術論文/研究報告系列中。其後稍加修訂,編入拙著《況周頤研究論集》,2011 年 4 月於齊魯書社出版(下稱"原編")。原編在校對方面仍有不少疏漏,亟須訂正。又有新得綫索,可補考原編詞作的史料。此外,近年筆者又陸續從新見資料和民國時期報章、雜志中,輯獲況周頤先生的未入集詞作(個人詞作及聯句詞作)共 46 闋,并斷句/存目或托名/存疑之作共 16 則/闋。遂撰成此編,以訂正、續補蕙風詞人的散佚詞作資料。

本編體例及分類,大致沿襲原編①;散佚詞作之序號則另作編排,標示爲【詞續】,以別於原編之序號。下文内容包括:

第一,原編勘誤,涉及詞作 13 闋。

第二,原編詞作繫年補考,涉及詞作 3 闋。

第三,續輯蕙風個人詞作 36 闋,編號【詞續 · A1】至【詞續 · A36】。

第四,續輯蕙風與友人聯句詞作 10 闋,編號爲【詞續 · B1】至

① 詳參《蕙風散佚詞輯考》"編例",見鄭煒明著《況周頤研究論集》,齊魯書社 2011 年 4 月第 1 版,第 79 ~ 80 頁。

【詞續·B10】。

第五,續考蕙風斷句或存目詞作 11 則,編號爲【詞續·C1】至【詞續·C11】。

第六,續考蕙風托名或存疑詞作 5 闋,編號爲【詞續·D1】至【詞續·D5】。

1.《蕙風散佚詞輯考》勘誤

(1)原編散佚詞編號【A011】《白蘋香》:

第三句"宣文豔説女宗師","豔"應作"豔"。

(2)原編散佚詞編號【A034】《惜秋華》:

按語第二段《程硯秋傳》引文,"后起之秀"句,"后"應作"後"。

(3)原編散佚詞編號【A046】《八聲甘州》:

下片第四句"淹新亭涕泪","淹"應作"掩"。末句注文"花香"應作"華香"。

(4)原編散佚詞編號【A057】《百字令》:

第二句"到涅拌彼岸","涅"應作"涅"。

(5)原編散佚詞編號【A058】《鷓鴣天》:

最末句"記請唐山屬外家","請"應作"省"。

(6)原編散佚詞編號【A060】《洞仙歌》:

下片第七句"蚤點檢秋期記蘭荃","記"應作"託"。

(7)原編散佚詞編號【A066】《百字令》:

第七句"羅空邱壑","空"應作"胸"。下片第四句"宗炳臥游寄勝處","寄"應作"奇"。

(8)原編散佚詞編號【A069】《高陽臺》:

下片第三句"皓齒丹唇",又句下注"濃朱衍丹唇","唇"皆應作"脣"。最末第二、三句"為誰消瘦,信平生",應作"為誰消,庾信平生"。

(9)原編散佚詞編號【A071】《百字令》:

最末句"縵亭無此璈奏","縵"應作"幔"。

(10)原編散佚詞編號【A074】《桂枝香》:

據筆者再覆勘《申報》膠卷,下片第六句"工詩早已□貽厥","□"應作"歸";又下片第七句"況□笛清絶塵俗","□笛"應作"青箱"。

(11)原編散佚詞編號【A075】《浣溪沙》:

首句下注"温飛卿詩:詠嚬扇邊歌繞塵",應標點作"温飛卿詩《詠嚬》:扇邊歌繞塵"。

(12)原編散佚詞編號【B005】《鶯啼序》聯句:

第三片第二句"北雁書沈","雁"應作"鴈"。

(13)原編散佚詞編號【C010】《浣溪沙》斷句:

此詞筆者已考獲全闋,且能重新繫年,詳下文第二節之(3)及第四節【續詞·B10】。原編此斷句宜取消。

2.《蕙風散佚詞輯考》繫年補考

(1)原編散佚詞編號【A066】,《百字令·為顧景炎題晴窗讀畫圖》。

原編按照此詞發表於《申報·自由談》的日期,繫於1926年。現經筆者考知,該詞的題咏對象《晴窗讀畫圖》,乃近現代著名畫家吳觀岱所繪,由上海名士顧景炎所收藏。顧氏當年廣徵名家題跋,蕙風的《百字令》便是其中的一則。

吳觀岱(1862—1929),江蘇無錫人。初名宗泰,又字念康;40歲改字觀岱後,以字行;號觚廬、潔翁,晚號江南布衣等。幼爲商店學徒,後學畫。壯年曾入内廷,爲光緒帝繪課本故事;後又曾在北京大學講授畫學。曾出版《吳觀岱南湖詩意畫册》,并著有《觚廬畫萃》行世。①

① 參考陳玉堂編著:《中國近現代人物名號大辭典》,浙江古籍出版社1993年5月第1版,第355頁。

顧景炎(1895—1970)簡介見原編。

據傳世《吳觀岱晴窗讀畫圖》(以下稱"今本")之網頁介紹,該圖共有引首1則和題跋12則,其中一則爲况周頤的題詞《百字令》"虎頭三絶"。據網頁所載釋文,其詞與散佚詞編號A066所録一致。詞後題跋則爲原編所無,云:

《百字令》奉題景炎先生《晴窗讀畫圖》,即希政拍。蛪翁弟況周頤呈稿。

文後鈐印"臣況周頤""夔笙"。①

此詞未著年月,但因該圖之其餘題跋,皆在辛酉(1921)春至壬戌(1922)冬之間,其中有吳昌碩題跋於壬戌秋,故估計況氏之作約亦成於此時。因此,詞作的繫年,最少可提前至1922年。

況氏落款署"蛪翁弟況周頤"。這是至今僅見況氏曾取號蛪翁的文獻資料。《莊子·秋水》有云:"夔憐蛪,蛪憐蛇,蛇憐風,風憐目,目憐心。"②辛棄疾《哨遍》詞曾用此典,有句云:"試回頭五十九年非。似夢裏歡娛覺來悲。夔也憐蛪,谷亦亡羊,算來何異。"③況氏取這個號,或本於《莊子》及辛棄疾詞。

此外,據今本《吳觀岱晴窗讀畫圖》的網頁介紹,該圖卷的引首乃由馮煦所題,并有蕭退庵、邵松年、楊逸、靖盦、伊立勳、李聯圭、況周頤、謝玉岑、葉與仁、吳昌碩、沈其光、朱家駒12則題跋。其中

---

① 參考百度百科詞條"吳觀岱繪晴窗讀畫圖"。資料下載日期:2011年2月11日。

② 見〔清〕郭慶藩撰,王孝魚點校:《莊子集釋》,中華書局2012年第3版,第590頁。

③ 見林淑華编著:《辛棄疾全詞索引及校勘》,北京圖書館出版社1998年11月第1版,第1127頁。

葉與仁的題詩,跋爲:"景炎先生晴窗讀畫,屬吳觀岱作圖,吳缶老題額……壬戌中秋,吳江葉與仁。"明指題引首者爲吳昌碩,則明顯與此圖今本的馮煦書額有所出入。

此圖今本所見題引首和題跋者,亦與況周頤筆記所提到的題咏者資料不一致。況氏筆記有云,是圖乃由吳昌碩書首,并有沈曾植、朱祖謀題詩、蕙風《百字令》及趙叔雍《浣溪沙》等。① 除蕙風《百字令》一詞之外,其餘皆不見於今本。但今本所見葉與仁的題跋内容反而與況氏的記載相合。看來《晴窗讀畫圖》的流傳情況比較複雜,其今本的由來,尚需進一步考證。但筆者認爲,這一點并不影響況氏《百字令》的真確性。

此圖今本的網頁介紹又指出,從其題跋和裝裱形式來考察,最初應爲散片形式,乃後裱時鑲接而成手卷。因此,況氏所記吳昌碩的引首及沈曾植、朱祖謀、趙尊嶽等人的題跋,或於裝裱成今本之前已經散佚,亦未可知。

(2) 原編散佚詞編號【A075】,《浣溪沙》。

原編據鄭孝胥代書的況氏行楷書法條幅録出此詞。該幅并未著明寫作日期,因而在原編中列爲年份不詳。

最近筆者發現,該詞已於1926年6月4日,見刊於《申報·自由談》,發表時題作《浣溪沙·題金西厓刻竹拓本》。② 今據此詞的發表日期,編定其創作時間下限爲1926年。

原編據鄭孝胥所書條幅,題作"西厓四兄大人正拍"。現據《申報》本則確知,詞題中的"西厓四兄大人",即是近現代上海著名竹刻藝術家金西厓。

---

① 參考鄭煒明:《況周頤研究論集》。另見《申報·自由談》,民國十五年(1926)2月23日。

② 見《藝林》。《申報·自由談》,民國十五年(1926)6月4日(丙寅四月二十四日)。

據《申報》本題作"題金西厓刻竹拓本"可知,此詞乃況氏爲金氏的刻竹拓本而賦。金氏著作之中,有《可讀廬竹刻拓本》,1922年由大東書局影印出版。況氏所賦或與此書有關。如此,則此詞之寫作年份,或可進一步推早至1922年,待考。

金西厓(1890—1979),浙江南潯人。名紹坊,字季言,號西厓。以號行。久寓上海。他是我國近現代竹刻藝術史上一位繼往開來的著名竹刻藝術大師。其兄金紹城(金城)是著名的國畫家,仲兄金紹堂(號東溪)也是著名的竹刻家。金西厓又是著名文物鑒賞家王世襄的四舅父。有《可讀廬竹刻拓本》《西厓刻竹》《中國竹刻藝術》《刻竹小言》等行世。①

(3)原編散佚詞編號【C010】,《浣溪沙》斷句。

原編考論或以爲1916年詞作。今據更原始史料,改繫於1920年。筆者并已考獲此詞全闋,因此該斷句宜取消,而全詞應重新分類爲聯句詞作。詳參下文第四節【續詞·B10】。

3. 蕙風散佚詞續輯——個人詞作

【詞續·A1】(約1919)

高陽臺 題王蓴農十年説夢圖(自為圖序,分觓夢、客夢、哀夢、噩夢四説)②

錦瑟華年,蓬萊舊事,梨雲回首成癡。栩蝶歸來,碧山一抹修眉。重尋四夢參差是,肯輸它、玉茗香詞。黯消魂,翦燭光陰,磨劍心期。　　江湖我亦飄蓋久,念伶俜已忍,栖息何枝。薺麥淒迷,

① 參考金西厓著,王世襄整理:《刻竹小言》,中國人民大學出版社2003年11月第1版。

② 此詞據況周頤手書詞稿。見國家圖書館善本部編:《趙鳳昌藏札》,國家圖書館出版社2009年10月第1版,見該書第2册,第175頁。未見他輯。

三生杜牧誰知。梧桐慣作西窗雨，費秋聲、各自天涯。問何時，著我梅邊，尊酒同持。

蕙風此詞的手稿，載於《趙鳳昌藏札》。① 詞稿不著年月，但經筆者考知，約成於1919年間。

從詞題可見，此詞的題贈對象爲王蓴農，即王蘊章（1884—1942），字蓴農、蒓農，號西神，別號繁多。光緒二十八年中舉。鴛鴦蝴蝶派主要作家之一，南社成員。任商務印書館編輯，首編《小說月報》。②

《十年説夢圖》是王蘊章的珍藏。1919年《小説月報》創刊十周年，王氏請蔡哲夫、張傾城伉儷爲繪《十年説夢圖》，以作記念，并自撰序言，又廣徵題咏。王氏序文及友人（較著名者有：高步瀛、陳去病、邵瑞彭、楊天驥、易順鼎、陳衍、高吹萬、夏敬觀、潘飛聲、金天羽、姚鵷雛等）所題詩詞，大多刊登於1919年間③，故筆者暫定況氏此詞亦作於1919年。

【詞續·A2】（1920）

清平樂④

東風絃管，花底回青眼。文杏夭桃都看遍，争似素娥妝面。

滄州少駐仙雲，軟紅低盡香塵。珍重雨潮聲裏，更聽一曲陽春。

---

① 國家圖書館善本部編：《趙鳳昌藏札》，國家圖書館出版社2009年10月第1版，見該書第2册，第175頁。

② 參考陳玉堂編著：《中國近現代人物名號大辭典》，浙江古籍出版社1993年5月第1版，第56頁。

③ 包括《小説月報》《國學叢選》《南社文録》《南社詩録》《東方雜誌》等書刊，茲不具録。

④ 此詞據《梅訊》。見《申報·自由談》，民國九年（1920）4月15日（庚申年二月二十七日）。未見他輯。

1920年4月13日(農曆庚申年二月二十五日),況氏前往天蟾舞臺觀梅蘭芳演劇,於劇場中,匆匆賦成此詞,并書贈梅蘭芳。兩日之後,此詞見載於《申報·自由談》的筆記專欄《梅訊》。① 該則筆記云:

> 二十五日《玉堂春》。……蕙風先生當代詞宗,於劇場中匆匆調《清平樂》贈之曰:……此詞方成,即於劇場覓紙書之付畹華。畹華已即夕轉寄北京羅癭公矣。②

按:1920年《梅訊》作者署名"春醪",專録梅蘭芳於上海演出期間的軼事趣聞。筆者以爲春醪其人,很可能就是況周頤的弟子趙尊嶽。參1922年《梅訊》作者署名爲"珍重閣",乃趙尊嶽之號。又,從《趙鳳昌藏札》中況氏致趙尊嶽的信札③和1920年、1922年《梅訊》的内容信息來看,"春醪"是趙尊嶽的可能性很高。

【詞續·A3~A13】(1922)

清平樂④ 壬戌五月幾望,甘翰臣約梅畹華、李雪芳集非園,蓋香南二集以還,斯爲甚盛會矣,索詞得十一解。

之一⑤

歲寒芳意,把酒今何世。梅雪清緣天與締,都付狂生狂醉。
片雲錦繡乾坤,十年湖海心魂,花路不知南北,非園合是桃源。

---

① 詳參鄭煒明、陳玉瑩:《況周頤年譜》,香港大學饒宗頤學術館2011年10月第1版,第341頁。

② 見《申報·自由談》,民國九年(1920)4月15日(庚申年二月二十七日)。

③ 國家圖書館善本部編:《趙鳳昌藏札》,國家圖書館出版社2009年10月第1版,見該書第2册。

④ 此11闋詞據《梅訊》。見《申報·自由談》,民國十一年(1922)6月15、16、20日(壬戌年五月二十、二十一、二十五日)。未見他輯。

⑤ 詞作序號"之一"至"之十一"由本編所加。

之二

買花載酒，倦極飄零後。桃自紅肥櫻綠瘦，已忍一春孤負。（今年不看桃花，並綠櫻花亦未寓目。）　　總然無主韶光，斷無未斷迴腸。不分江關詞賦，更爲梅雪平章。

之三

聽風聽雨，暫遣愁多許。挹袖拍肩鶯燕侶，下望人寰塵霧。　　蒨雪灑落梅邊，媚蘭靦覥人前。都到狂生醉眼，知他魏晉何年。

之四

根蟠仙李，梅亦神仙尉。按譜羣芳稽姓氏，各自天然名貴。　　映雪梅更精神，灑蘭雪亦温馨。省識芳心寸寸，南彊北勝休論。

之五①

紅筵促坐，花近香無那。對影瓊枝非計左，明鏡未應如我。（讌集與畹對坐，雪接席。）　　天涯青鬢成絲，十年前已衰遲。容易芳風吹聚，忽忽見説將離。（雪芳明日之杭。）

之六

爲梅扶醉，是雪無如膩。莫笑衰翁爲嫵媚，清物人天能幾。（或以飾邊幅誚余，然而未也。）　　者回翠蓋珠鈿，從今碧海青天。説似最傷春處，綠蔭如夢年年。

之七

何時雪北，更續香南集。誰定輸香誰遜白，等是情芳消得。　　漫天飛絮游絲，狂楊送盡斑騅，占斷南都北地，唯應石黛燕脂。

之八

玉梅芳節，舊夢幺禽説。蓮子有心須苦徹，何望嵰山甜雪。　　二難何世曾并，三生著意無情。乞與當筵一顧，要他傾我愁城。

① 詞題及首5闋詞“之一”至“之五”，見《梅訊》，《申報·自由談》，民國十一年（1922）6月15日（壬戌年五月二十日）。

之九

天花剗地，絮亦沾泥矣。吹皺是風儂是水，此是如如真諦。無端蘭茝芳馨，更堪冰雪聰明。忉利情天難問，眼中清淺蓬瀛。

之十①

霓裳舊譜，禁得蒿萊否。萬一殘鵑堪共語，商略英雄兒女。江南事事堪哀，抽豪欲豔無才。生怕聽歌看舞，却教賦雪吟梅。

之十一②

衆香國裏，天女非斯是。却被鬘天青鳥使，道是萼華仙子。劇憐多病休文，維摩萬一前身。畫裏真真唤徹，要他著手成春。

此 11 闋詞輯録自 1922 年 6 月中旬《申報・自由談》的《梅訊》專欄。③

1922 年，梅蘭芳第五度到上海演出，當時粵劇著名坤伶李雪芳亦在滬上；6 月 9 日（農曆五月十四日），非園主人甘翰臣邀請況周頤等近百名士，一同觴宴梅、李二位名伶。席間，蕙風允主人作詞以志盛會，稍後便賦成此《清平樂》11 闋，并陸續揭載於《梅訊》之中。④

《梅訊》對於非園勝會的緣起和實況，多有載述。兹録出相關内容，以明況氏創作的始末："比甘翰臣以李雪芳定於十六返粵，北

① 此 5 闋詞"之六"至"之十"，續載於《梅訊》，《申報・自由談》，民國十一年(1922)6 月 16 日（壬戌年五月二十一日）。

② 見《梅訊》，《申報・自由談》，民國十一年（1922）6 月 20 日（壬戌年五月二十五日）。

③ 見《申報・自由談》，民國十一年（1922）6 月 15、16、20 日（壬戌年五月二十、二十一、二十五日）。

④ 詳參鄭煒明、陳玉瑩：《況周頤年譜》，香港大學饒宗頤學術館 2011 年 10 月第 1 版，第 369 ~ 372 頁。

梅南雪,將成尹邢,特定於十四日在非園設宴,兼歡迎、歡送之盛會……"①"日昨非園勝集,到者約百人左右,海上名流裙屐畢至。……座中,主人索況蕙風填詞,蕙風謂日内當有二十首報命,以志此盛。……"②"上次非園讌集,梅、雪先不同席,酒半雪來就梅,二美合並,從衆賓解事者之請也。適主人以精奩盛枇杷及荔枝進,秀道人(本編按:即況周頤)顧畹,微吟《西廂》曲文曰:'試看離魂倩女,怎生的擲果潘安。'畹爲之粲然。道人可謂善索梅花笑者矣。"③"秀道人咏梅詞,先後得六十五首,賦雪僅三首。非園席次,雪六索詞,口占《鷓鴣天》應之。"④

甘翰臣,即甘作蕃(1859—1941),字屏宗,號翰臣,晚號非園主人。廣東香山(今中山)小欖人。居商於滬,廣東大富商,上海怡和洋行總辦、公和祥碼頭買辦,古玩、金石書畫收藏極富,爲上海名宅愚園、非園的主人。非園建於上海虹口舟山路。⑤

鄭逸梅《藝林散葉》有云:

> 劇界有北梅南雪之稱,梅為梅蘭芳,字畹華。雪為李雪芳,字浣蘩。⑥

---

① 見《梅訊》,《申報·自由談》,民國十一年(1922)6月7日(壬戌年五月十二日)。

② 見《梅訊》,《申報·自由談》,民國十一年(1922)6月12日(壬戌年五月十七日)。

③ 見《梅訊》,《申報·自由談》,民國十一年(1922)6月29日(壬戌年閏五月初五日)。

④ 見《申報·自由談》,中華民國十一年(1922)6月29日(壬戌年閏五月初五日)。

⑤ 參考甘桁:《甘翰臣考》,見甘珩_新浪博客,2012-4-11,資料下載日期:2012年6月12日。

⑥ 鄭逸梅:《藝林散葉》,中華書局2005年1月新1版,見第40頁第522則。

"北梅南雪"之目,或始於 1920 年梅、李二氏先後到上海演出時,由旅滬粵籍文人(包括康有爲、梁啓超等)所倡導。① 至 1922 年非園之會,更傳爲梨園和文化界的美談了。

【詞續·A14~A18】(1922)

清平樂② 秀道人咏梅詞,寄《清平樂》屢矣,惜陰堂香南三集,庚續五調,録就惜陰先生正拍。

之一③

瑶京舊侶,因果皆蘭絮。萼録華來無定所,總在畫堂深處。尊前詞客清狂,清平何止三章。分付柳絲千萬,一絲一綰韶光。

之二

蟾圓廿四,東海桑田矣。無恙年時觴咏地,深話二年前事。婆娑諸老依然,何郎詞筆人天。消得梅花惆悵,雲山遠思誰邊。(何詩老於十日前遽歸道山,前年爲畹華畫《香南雅集》《雲山遠思》二圖。)

之三④

香南雪北,著個傷心客。忉利情天經幾摘,萬一翠禽猶識。本來如鏡非臺,花花相對何哉。(非園、南園兩集,道人與畹華對坐。)怕聽虞兮怨曲,十年一劍堪哀。(道人海濱窮餓,足跡罕涉歌場。畹華南下逾兼旬矣,某夕演垓下故事,道人實始聞歌。豪行哀絲,紅顔碧血,人天咸愴,掩淚而歸。)

之四

華堂倚席,玉映成春色。此日分陰須更惜,何止千金一刻。

---

① 參考楊揚:《二十年代,粵劇風靡上海》,《羊城晚報》,2011 年 12 月 03 日,轉録自人民網。下載自 http://cache. baidu. com/,下載日期:2012 年 6 月 12 日。

② 此 5 闋詞據《梅訊》。見《申報·自由談》,民國十一年(1922)7 月 3 日及 5 日(壬戌年閏五月初九日及十一日)。未見他輯。

③ 詞作序號"之一"至"之五"由本編所加。

④ 前 3 闋"之一"至"之三"及詞題,見《申報·自由談》,民國十一年(1922)7 月 3 日(壬戌年閏五月初九日)。

暗香疏影詞清，吟梅小晏知名。更有鷗波妙筆，瓊枝寫入丹青。

（叔雍公子能賦梅詞，其小阮安之，工設色花卉，尤喜畫梅。）

之五①

添杯重把，杯灩人如畫。羣玉山頭今見也，復約瑤臺月下。

綵雲捧袂仙仙，西風彻佩年年。晚臥未妨氷雪，餘情都付蘭荃。

此 5 闋詞輯録自 1922 年 7 月初《申報・自由談》的《梅訊》專欄。②

1922 年 6 月 27 日（農曆壬戌年閏五月初三日），香南三集舉於海上惜陰堂。宴後數日間，先生續賦咏梅詞《清平樂》5 闋。③

惜陰先生，即是晚清、民國初期政界名人趙鳳昌。趙鳳昌（1856—1938），字竹君，别號松雪道人，又號惜陰，室名惜陰堂（上海南陽路住宅名）；晚清時曾爲張之洞重要幕僚，後鼓吹君主立憲。辛亥後，又參與謀劃南北議和等重要政事。④

香南三集，乃"香南雅集"的第三次讌集，前兩集則舉於 1920 年。香南雅集是海上文人爲了觴宴梅蘭芳而舉行的盛會，三次宴席皆設於趙氏惜陰堂。⑤ 據《趙鳳昌藏札》及《梅訊》所載的相關資

① 後 2 闋"之四"及"之五"見《申報・自由談》，民國十一年（1922）7 月 5 日（壬戌年閏五月十一日）。

② 見《申報・自由談》，民國十一年（1922）7 月 3、5 日（壬戌年閏五月初九、十一日）。

③ 詳參鄭煒明、陳玉瑩：《況周頤年譜》，香港大學饒宗頤學術館 2011 年 10 月第 1 版，第 373 ~ 374 頁。

④ 參考陳玉堂編著：《中國近現代人物名號大辭典》，浙江古籍出版社 1993 年 5 月第 1 版，第 632 頁。另經筆者考知，趙鳳昌或又名翕（蓋取鳳舉之義），詳參拙著《況周頤年譜》，第 347 頁。

⑤ 詳參鄭煒明、陳玉瑩：《況周頤年譜》，香港大學饒宗頤學術館 2011 年 10 月第 1 版，第 343、350、372 頁。

料，筆者認爲香南雅集（初集和二集），大概是況氏受趙鳳昌等所托，居中策劃聯繫之舉。①

“香南雅集”，蓋由況周頤所命名。1920 年 4 月 23 日（庚申年三月初五日）“初集”席間，與會文士相約合製畫圖以贈梅蘭芳，況氏遂命此圖爲《香南雅集圖》，并請吴昌碩題引首。刊於三日後的《梅訊》有云：

> 昨晚應惜陰主人之約，宴於滬西惜陰堂。座中有何詩老、吴昌老、王雪老、海藏樓主人、況蕙風先生。畹華得與名流欵接，樂不可支。何詩老已允繪一卷子，與昌老所繪之梅蘭，并作一卷。蕙風先生特請吴昌老引首曰：“香南雅集圖。”“香南”義出内典，《五燈會元》載，有人問：西來祖師在何處？曰：在香之南，雪之北。香南雪北，是梅萼梢頭矣。用以題畹華，真妙諦哉！②

《梅訊》解釋況氏所提的“香南”一典，謂出於《五燈會元》“香之南、雪之北”，以喻梅蘭芳（梅花一名香雪）。其實，這個解説并未能盡釋況氏的原意，而所引的《五燈會元》語與原文亦稍有差异。

所謂“香之南、雪之北”，即是“香山之南、大雪山之北”。後者原爲佛經地理中阿那婆答多池的位置，八地菩薩化爲龍王，潛宅於此。③ 此語後來曾被臻禪師引用，以比喻過去佛金粟如來化身居士，降臨現在佛釋迦牟尼的法會。其偈語見録於《五燈會元》。況氏最遲

① 詳參鄭煒明、陳玉瑩：《況周頤年譜》，香港大學饒宗頤學術館 2011 年 10 月第 1 版，第 341 ~ 351 頁。

② 見《申報・自由談》，民國九年（1920）4 月 26 日（庚申年三月初八日）。按：況蕙風原文作沈蕙風，今已徑改。

③ 詳參玄奘：《〈大唐西域記〉序》，見章巽校點《大唐西域記》，上海人民出版社 1977 年 10 月第 1 版，第 2 頁。

於清光緒乙巳、丙午(1905—1906)年間校勘《五燈會元》時,便已注意到這個佛家典故,并記入他的筆記著作《五燈博聞》①之中:

> 潞府妙勝臻禪師。僧問:"金粟如來爲甚麼卻降釋迦會裏?"師曰:"香山南、雪山北。"閨秀吳蘋香(藻)詞名"香南雪北"本此。②

筆記指出,清中葉女詞人吳藻的詞集《香南雪北詞》,其書名的典故源出於佛家典籍。

吳藻於《香南雪北詞·自記》中說:"余自道光己丑歲訂所作《華簾詞》……丁酉移家南湖,古城野水,地多楳花,取梵夾語顔其室曰'香南雪北廬'。……因檢叢殘賸稾,刓而存焉,即以居室之名名之。自今以往,掃除文字,潛心奉道,香山南,雪山北,皈依净土,幾生修得到楳花乎?"③

因此,蕙風以"香南"喻梅,其意并非直接出自内典;事實上佛家"香山南"一語,原亦與梅花無關。此"香南"其實是采自吳藻的室名(香南雪北廬)和詞集名(《香南雪北詞》)。當時吳藻在"地多梅花"的南湖居住,潛心修佛,於是"香山南,雪山北"的佛典、南宋詩人謝枋得"幾生修得到梅花"④的意象,以及歷來文人賦予梅花

① 詳參鄭煒明、陳玉瑩:《況周頤年譜》,香港大學饒宗頤學術館2011年10月第1版,第186~189頁。

② 況周儀夔笙:《蕙風簃隨筆》卷第二,《阮盦筆記》第四種,《蕙風叢書》第2册,上海中國書店藏版,丙寅(1926)四月刊本,葉一七。

③ 仁和吳藻蘋香譔:《香南雪北詞》,《小檀欒室彙刻閨秀詞》,南陵徐乃昌清末刻本。

④ 況氏有室名和詞集名"第一生修梅花館",少作中又曾有《浣溪沙》句"梅花還要幾生修",應亦源於此詩。謝枋得《武夷山中》全首云:"十年無夢得還家,獨立青風野水涯。天地寂寥山雨歇,幾生修得到梅花。"

“香雪”的雅稱,便在吴藻的處境中契合無縫了。

總之,况氏以“香南”一語喻梅蘭芳,來命名“香南雅集”,實際上是借用了吴藻的處境和心境爲典故,與内典并没有太大的關連。

【詞續·A19】(1922)

水龍吟① 玉霜簃主人索詞,倚此贈之。

年年海上清秋,者回風露真金玉。瑶臺月下,飛鸞幾竚,嬌鶯一曲。脃管簾櫳,驚鴻綽態,修蛾曼睩。比芙蓉娟倩,黄花標韻,更仙桂、爲芬馥。　　説似傳歌教拍,坐春風、叨陪萼緑。(指梅畹華。)聰明冰雪,段師曾拜,善財須服。杜牧疏狂,尊前依約,瓊枝心目。數通都絶藝,付誰詞筆,作淵源録。

此詞獨立發表於1922年12月3日之《星期》雜志,署名蕙風。玉霜簃主人,即京劇名伶程豔秋(後改名硯秋),齋名玉霜簃。况周頤嘗於1919年,爲羅癭公(掞東)所贈程氏照片賦題《惜秋華》詞。1922年秋,程氏初次於上海演出,并曾與况氏等名人暢聚。② 此《水龍吟》詞或成於程氏在滬演出的期間。

【詞續·A20～A27】(1923)

李太夫人八徽圖題詞,同彊邨弼德調。③

---

① 此詞據《星期》雜志。見吴門包天笑編:《星期》第40期,大東書局,民國十一年(1922)12月3日,第6頁。未見他輯。

② 詳參鄭煒明、陳玉瑩:《况周頤年譜》,香港大學饒宗頤學術館2011年10月第1版,第336、376頁。

③ 此8闋詞據1923年1月21日及22日《時報》第4張内之“今文選”欄。此題排列於每日刊出的4闋詞之前,題下以括弧標明爲“况周頤”所作,應屬於全組8闋詞作的總序。

之一①

百字令·侍櫛箴紉

珈笄式度，比山南孝敬，岐陽莊淑。省識事姑齊母誼，戴傳禮經能讀。曉鏡歡顏，春衣素手，婦職金閨肅。笓筐箴纊，服勤長恐難足。　陟岵瞻望徒傷，懷歸豈不，遺憾纏風木。淇水滺滺流不盡，衛女年時心曲。為命相依，所生無忝，兩地疇能縮。徽音永慕，管彤終古芬馥。

之二

臺城路·急智靖變

夜深鄰院聞譆出，戕延竟同宣榭。毀室鴟鴞，厠身鯨鰐，劇變已堪驚吒。將傾大廈。更妖以氛招，鬼之雄者。炤映刀光，恁時洪醉面深赭。　橫飛無奈碧眼，詎適逢燭跋，俄見燈灺。蠢爾鷹瞵，悍然驁桀，一霎盲人瞎馬。飛仙去也，憶百尺樓頭，九琳窗下。巾幗鬚眉，此才今蓋寡。

之三

鷓鴣天②·遇火整暇

熛怒無端憶昔時，持危定力出中閨。堂堪改作唯留影，輿早安遷首奉慈。　繇禍福，審樞機。白家老嫗詎能為。何殊孟反奔而殿，智勇深沈式女師。

之四

臨江仙·振廩捍侮

德合无疆家積善，坤元萬物資生。溺飢由已見生平。芸林思徧澤，桑梓重關情。　珂自為鄉鍾饋户，更無庾億倉盈。敹鴻中

① 詞作序號"之一"至"之八"由本編所加。"之一"至"之四"4 闋詞作，見刊於《時報》1923 年 1 月 21 日。未見他輯。

② 詞牌名原誤作"鴣鷓天"，今訂正。

澤未銷徵。家山留夢繞,惘惘憶成行。

之五①

滿江紅·病榻服勞

病翼垂鴻,憶皋廡、撰醫量藥。正炎景,朱陽烏羽,黄昏豹腳。季子更堪屢顧復,春申無那來棲託。籲靈脩、俯仰貫精誠,呈艱卓。

遺不憖,天何虐。環瑱徹,山河邈。愴同心鶼鰈,離群鸞鶴。世綱也知成解脱,天涯從此真飄泊。阻殊鄉、風雪不勝寒,悽心魄。

之六

沁園春·手援衆溺 奸駔販奴五百,即俗所謂猪崽,逾香港而西矣。太夫人以四萬金贖回,俾各還其鄉里。

猕耶師耶,人苙而招,載而之它。今蠢茲黔首,茫乎駔市,紛如白躪,涉彼鯨波。計拙糟糠,危垂菹醢,見説景升兒輩多。天涯路,比童牛之牿,待遇尤苛。 忍教豺虎牙磨。奈為豕、方占坎陷何。任人嗤黄馘,惸惸肉弱,郎羞黑面,戢戢肩摩。大力天回,仁聲電掣,功德重溟騰誦歌。銜恩者,似聞韶獸舞,感召祥和。

之七

滿庭芳·創學惠鄉

桃李陰成,枌榆化雅,竟志端賴同心。新知舊學,蒨蒨士如林。何止材儲兩等,須不負、半日分陰。將束帛,修航萬里,挹海助閎深。 登臨長念省,山河表裏,吴越喉衿。渺滄波未濟,孰與圖忱。根本百年至計,知無望、肉食勝任。弦歌輟,蛟門空翠,遺憾到而今。

---

① “之五”至“之八”4 闋詞作,見刊於 1923 年 1 月 22 日《時報》第四張内之“今文選”欄。未見他輯。按:此 4 闋詞之前,復載 1923 年 1 月 21 日已刊出的總序(見上文),或乃《時報》特意重複標明,以利讀者識别。筆者以爲此序應屬全組 8 闋詞的總序,故於此處省略之。此外,此序中朱彊邨的彊字,《時報》誤作疆,兹附記。

之八

浪淘沙·然燈照海

仙路阻重瀛，杳靄沈冥。摩尼寶是智珠瑩。彼岸須知元只赤，認取金繩。　佛欲補名經，日月燈明。舊迷津處此前程。穿堵波撑雲外影，婺采騰精。

此8闋詞發表於上海《時報》“今文選”欄，署名況周頤。前4闋及後4闋分別刊登於1923年1月21日及22日的《時報》(第四張)。

李太夫人即寧波著名的鎮海小港李氏家族的李母張太夫人(1843—1918)，浙江鄞縣(今寧波鄞州區)人，名字不詳，其父張延謙。18歲嫁予鎮海富族李嘉(字梅塘)。其孝謹淑慧，主持家政有條不紊，深得族人信服。又樂善好施，爲鄉人稱頌。有八子(一早夭)三女，其子李雲書、李薇莊、李征五，女李秋君等，皆爲民國時期上海的俊彦人物。①

李太夫人卒後，其子李雲書等擇取了夫人一生中八種懿行，聘請名家繪製成《八徽圖》，并廣徵騷人墨客題咏。據初步考知，《八徽圖》除題咏衆多以外，其圖亦不衹一組，筆者將另撰文詳述。

“八徽”分别名爲：侍櫛箴紉、急智靖變、遇火整暇、振廩捍侮、病榻服勞、手援衆溺、創學惠鄉、然燈照海。上録況周頤所題的《八徽圖題詞》8闋，以及王國維詩《題鎮海李太夫人八徽圖八首》②，皆

① 參考《王國維題鎮海李太夫人八徽圖》，載於北侖新聞網之港城文化頁，2009年9月10日。又，《張太夫人與佛頂山燈塔》，載於浙江舟山群島新區網頁，2012年10月16日。又，李小威《考証小港李氏梅塘張太夫人〈八徽圖〉》，見 http://xgls. vicp. net/xgls/網頁，點擊小港李氏研究專著/《小港李家·往事知多少》。

② 王國維著，陳永正箋注：《王國維詩詞箋注》，上海古籍出版社2011年4月第1版，第374～380頁。

按此標題及次序排列。

况氏的題詞8闋,每闋一個詞調。其總序謂"同彊邨弼德調"①,是以知朱祖謀應亦賦有與况氏同調的8闋詞作。現檢朱祖謀詞集,僅能於《彊邨集外詞》集内找到《沁園春·八徽圖題詞》1闋,據詞意推斷,應不屬於8闋之中。况氏所提及的朱氏同調詞作或已散佚。

此外,本編【詞續·C10】載,况氏或曾録一"八徽"詞以示趙尊嶽(詳下),此作未知與上録的8闋或李母《八徽圖》是否有關。謹附記以備考。

【詞續·A28】(1923)

五綵結同心②

凰占宜室,燕賀升堂,珊瑚玉樹交柯。風信荼蘼近,芳菲節,嘉耦締結絲蘿。花濃鶯囀藍橋路,知應勝,烏鵲星河。臨青鏡,鶼鶼竝影,一般粉滴酥搓。　　玉郎最諳眉樣,把遥山淺笑,寫入雙蛾。香閣催妝句,翻新曲,多麗畢竟誰多。種因得果三生約,鴛盟證,還倩嫦娥。秦簫遠,春城丹鳳,定雲倚醉金荷。

此詞輯録自况氏手書詞稿,詞末題曰:"癸亥三月為　豔秋吾友(或玉霜簃主人。玉霜二字不誤否?)吉席志喜　蕙風詞隱倚聲。"③故

① 筆者按:"弼德"乃彊邨於前清最後的官銜的簡稱。清宣統三年朝廷設立弼德院,以"上備顧問,參議國務"。朱祖謀當時被任命爲弼德院顧問大臣之一。

② 此詞據况周頤手書詞稿。見國家圖書館善本部編:《趙鳳昌藏札》,國家圖書館出版社2009年10月第1版,見該書第2册,第174頁。未見他輯。

③ 見國家圖書館善本部編:《趙鳳昌藏札》,國家圖書館出版社2009年10月第1版,見該書第2册,第174頁。按:詞中"倚醉"二字,原作"幾酌",後經况氏圈改。

知此乃爲程豔秋而賦的賀詞,手稿見收於《趙鳳昌藏札》内。或者蕙風撰成此詞之後,囑趙尊嶽倩人謄寫轉至程氏,故手稿終由趙氏收藏,亦未可知。

此詞的題旨與程氏新婚之喜正合。《趙鳳昌藏札》又收有羅癭公手箋:"程豔秋婚期已改定為夏曆三月十一日。……"①故知此詞當成於癸亥年(1923)三月十一日之前。②

【詞續・A29】(1923)

百字令③ 番禺杜貞媛藥漢,懸壺滬上天潼路,專醫婦孺,得海外國工診治真訣,賦此以誌欽佩。

神州鴻術,問跗陀而後,誰窺靈秘。梁媛行高醫國手,不數玉函金匱。徙柳奇方,浣花舊德,馳譽棻彤史。劉勳有女,拜嘉銘泐膺肺。　何用采藥蓬萊,佛心度厄,省識西來意。肘後陳編糟粕耳,索隱伽妻仙字。集益瀛談,研精垣見,重譯多新義。昌容紫草,輸君沈痼能起。

此詞獨立發表於1923年11月22日之《申報・自由談》,署名況夔笙。故本編暫繫此詞於1923年。

據詞序可知,況氏賦此,乃爲咏滬上醫者杜貞媛之婦科醫術。疑亦與況氏之夫人卜娱患疾有關,蓋卜娱於翌年(1924)冬遽逝④,

① 國家圖書館善本部編:《趙鳳昌藏札》,國家圖書館出版社2009年10月第1版,見該書第2册,第1頁。
② 詳參鄭煒明、陳玉瑩:《況周頤年譜》,香港大學饒宗頤學術館2011年10月第1版,第379頁。
③ 此詞據《申報・自由談》。見況夔笙:《百字令》,《申報・自由談》,中華民國十二年(1923)11月22日(癸亥年十月十五日)。未見他輯。
④ 詳參鄭煒明、陳玉瑩:《況周頤年譜》,香港大學饒宗頤學術館2011年10月第1版,第393~396頁。

或此時已求診於杜氏,初或見奇效,故況氏賦詞志謝,亦未可知。

有關於杜藥漢的資料甚爲稀缺,今據《民國名人婚戀》中黄興與徐宗漢專章的記載,可考知一二。杜氏在清末曾是廣州南福醫院(或褆福,待考)的女醫生,并與其他女同事一起響應徐宗漢的號召,加入了同盟會廣州分會。① 此外,《清代人物傳稿》和《中國婦女史論集·第七集》也有類似的記述,但杜藥漢之名分别作楊樂漢和杜樂漢,應是形訛之誤。

【詞續·A30～A31】(1924)

清平樂②

之一③

畹華閱廠肆,得《綴玉集》(明蔡守白,集《玉臺新詠》句),與綴玉軒名巧合,絶珍異之。

才情佳麗,巧製齊梁體。誰翦紅情裁緑意,絶擅雕華逸思。

籤題越恁芳妍,美人恰有瓊軒。移作縞衣清課,下塵消得詩仙。

之二

畹華得黄楊精篴,兩面湘妃所刻梅蘭各一枝,欵署周義刻。義,明人;公達云,曾見某書箸録。

蘭清梅倩,懷袖芳風滿。佳讖聚頭如我願,歲歲年年相見。

程材舊數夷陵,(歐陽六一賦序:夷陵山谷間,多黄楊樹子。)巧工鐵筆知名,比似茗華刻玉,前因豔説三生。

《綴玉集》第一首起句:"蘭葉始滿地,梅花乍入衣。"巧合畹華姓名,尤奇。附記。

① 江紹貞編著:《民國名人婚戀》,團結出版社2008年1月第1版,第2～3頁。
② 此2闋詞據《梅訊》。見《申報·自由談》,民國十三年(1924)1月8日(癸亥年十二月初三日)。未見他輯。
③ 詞作序號"之一""之二"由本編所加。

此詞輯録自《申報·自由談》之《梅訊》專欄。筆記有云：

況蕙風詞宗，每於畹來，必有投贈之作，前後已百餘闋。此遭復有題咏《綴玉集》及《湘妃箋》二首，爲之先聲。玆録之。①

此則筆記載於民國癸亥年末(1924年初)，梅蘭芳到上海共舞臺演出期間。

【詞續·A32】(1924)

清平樂·題雲林别意圖②

暮雲芳樹，畫裏相思路。有酒誰持情最苦，小成晚天寒禁否。

江南風景依稀，平林極目烟霏。安得夢魂飛度，送君直到天涯。

此詞輯録自《申報·自由談》之《梅訊》專欄。筆記云：

此遭投贈之作，有未及補録者。蕙風《清平樂》一首，題《雲林别意圖》者：(本編按：詞略)③

筆記刊於癸亥年十二月中(1924年1月)，是該年《梅訊》專欄的最後一輯。觀此詞的内容，應是況氏爲梅蘭芳贈别而賦。

① 《申報·自由談》，民國十三年(1924)1月8日(癸亥年十二月初三日)。

② 此詞據《梅訊》。見《申報·自由談》，民國十三年(1924)1月21日(癸亥年十二月十六日)。未見他輯。

③ 見《申報·自由談》，民國十三年(1924)1月21日(癸亥年十二月十六日)。按："蕙風"原誤植作"薫風"，今徑改。

【詞續・A33】(1924 或之前)

沁園春[①] 滄江晚臥,觸緒無聊,偶占小詞,無當大雅。隘堪先生碩學宿望,今之斗山,下徵巴歈,彌用愧悚。

史體謹嚴,經術通深,名言不刊。更抗懷百氏,周秦而上。麗辭六季,任沈之間。技薄蟲雕,人如鶴立,大塊文章巨眼看。馳聲遠,早弓衣蠻徼,不數都官。　　貞姿寫入霜紈,儘寄傲南臁盟歲寒。任劫餘桑海,塵飛不到,風清栗里,門設常關。蘆子潮聲,梅花雪約,難得靈巖是故山。論風節,比騷壇二妙,弁冕金源。

此詞獨立發表於《學衡》第 30 期(1924 年出版),署名況周頤。[②] 創作日期待考,故暫按發表日期編列。

隘堪先生,即孫德謙(1873 一作 1869—1935),江蘇元和(蘇州)人。字受之,亦作壽芝,一字益庵,别號四益室、隘堪、隘堪居士、隘庵居士。歷任江浙兩省通志局編纂,東吳大學、大夏大學、交通大學教授。辛亥革命後移居上海。著有《劉向校讎學纂微》《太史公書義法》《諸子通考》《古書讀法略例》《菊軒先生年譜》等。[③] 孫氏向與蕙風友善,1918 年曾爲蕙風與彊邨合刻的《鶩音集》撰序。[④]

---

① 此詞據《學衡》"文苑"欄。見況周頤《沁園春》,《學衡》1924 年第 30 期"文苑・詞録",第 9 頁。未見他輯。

② 況周頤:《沁園春》,《學衡》1924 年第 30 期"文苑・詞録",第 9 頁。

③ 參考陳玉堂編著:《中國近現代人物名號大辭典》,浙江古籍出版社 1993 年 5 月第 1 版,第 251 頁。

④ 參鄭煒明、陳玉瑩:《況周頤年譜》,香港大學饒宗頤學術館 2011 年 10 月第 1 版,第 331 頁。

【詞續·A34】(1925 或之前)

水龍吟　題寒泉閣校碑圖①

可無清事消磨,春歸何況多風雨。天涯心目,刧餘文物,斷縑殘楮。觸撥閒愁,絶思已忍,高辭何補。(絶思、高辭,所校碑之殘字。)幾摩挲翠墨,循環珠字,知掩卷,消凝否。　中有銅仙清淚②,近闌干、泉聲如訴。前塵懷雅,風流不作,歔歌誰與。苦憶承平,金風亭畔,銜杯論古。且焚香閉閣,真傳綵筆,最禁寒處。

此詞發表於 1925 年 4 月 29 日《申報·自由談》,題爲"蕙風集外詞",附録於況氏筆記專欄《餐櫻廡漫筆》之後。③

此詞創作日期未詳,暫據發表日期定其寫作年份下限爲 1925 年。

寒泉閣,是近現代篆刻名家、碑帖收藏家朱士林的書齋名。朱士林約生於 1858 年,卒於 70 歲後,字半亭,號小莊,早歲自字貞木,别號天悲道人,晚號壺公,或曰壺盦、壺道人,歸安(今浙江湖州)人。官廣東道員。尚氣節,能文章,後絶意仕進。曾自刻"辛亥逸民"印以見志。鐵書不規矩於古人,而神與古會,直入秦漢之室。

① 此詞據況氏所撰筆記《餐櫻廡漫筆》所附録之《蕙風集外詞》。見蕙風《餐櫻廡漫筆》,《申報·自由談》,民國十四年(1925)4 月 29 日(乙丑年四月初七日)。未見他輯。

② 《申報·自由談》原稿,現據微縮膠卷影本閲之,"銅"字、"清"字較爲模糊,筆者暫據"金銅仙人辭漢"的典故釋出。唐李賀詩《金銅仙人辭漢歌》有句"空將漢月出宫門,憶君清淚如鉛水";宋劉辰翁《寶鼎現》詞句"父老猶記宣和事,抱銅仙、清淚如水"等,皆用此典。

③ 蕙風:《餐櫻廡漫筆》,《申報·自由談》,民國十四年(1925)4 月 29 日(乙丑年四月初七日)。

有《半亭印存》《漢馬葋印存》等行世。[①]

《彊邨集外詞》收有《好事近·題族叔半亭寒泉閣印譜》一詞。[②] 故知朱士林爲況氏好友朱祖謀(彊邨)的族叔。

【詞續·A35】(1925 或之前)

點絳唇·題揮麈圖[③]

鷲座雄談,人天何許無塵地。唾壺擊碎,寒峭花濃睡。　錦字書中,豔説旄牛尾。今古事,王夷甫輩,只辦神州淚。

此詞發表於 1925 年第 4 期之《野語雜誌》。[④] 此詞創作日期未詳,暫據發表日期定其寫作年份下限爲 1925 年。

【詞續·A36】(1924—1926 年間)

春風嫋娜[⑤]

儘華鬘劫换,只赤人天。樓閣現,綵雲端。幾腸迴、訴與冷鶯知否,晚晴庭院,著意緜蠻。柳絮沾泥,桃花悟道,綺語何傷文字禪。雪北香南殢人處,釵聲隔壁隱嬋娟。　黄九終然俊物,泥犁

① 參考葉銘輯:《廣印人傳十六卷補續一卷》,西泠印社 1910 年 4 册綫裝,見第 1 册卷之二,葉七。又參考中國文房網"《寒泉閣所得碑帖目録》手稿一册"帖。

② 見《彊邨集外詞》,葉二四,《續修四庫全書》第 1727 卷,上海古籍出版社 1995 年版,第 628 頁。

③ 此詞據《野語雜誌》"詩詞"欄。見蕙風《點絳唇·題揮麈圖》,《野語雜誌》1925 年第 4 期"詩詞"欄,第 10 頁。未見他輯。

④ 蕙風:《點絳唇·題揮麈圖》,《野語雜誌》1925 年第 4 期"詩詞"欄,第 10 頁。

⑤ 此詞據況氏手書詞稿。見國家圖書館善本部編:《趙鳳昌藏札》,國家圖書館出版社 2009 年 10 月第 1 版,見該書第 2 册,第 173 頁。未見他輯。

亦幻,彼髡者、已落言詮。知蘭絮,甚前緣。消凝總在,芳約愁邊。密意波(秋波)含,與秋俱瘦;妙因蓮(柯蓮孫)證,仩月成圓。如煙如夢,忍伶俜前事,消磨麝墨,十樣蠻箋。

靈雲志勤禪師,在溈山因見桃花悟道。

此詞輯録自況周頤手書詞稿,見收於《趙鳳昌藏札》内。詞稿首行書詞牌名,下方書有小字批語"平仄一字不誤";詞箋之末書有跋語"靈雲志勤禪師,在溈山因見桃花悟道",全詞多有圈點標記。另有書信一則,編於詞稿之前,云:

漫筆三次,祈｜代交。詞一首轉懇讓于兄寫｜文,從蒞杭前交下為敂(十九日晡到報館領),緣急需所恃也。匆上｜高梧仁兄頣,頓。①

信中所説的"詞一首",應指此詞。況氏致書趙尊嶽(高梧),除交付所著《餐櫻廡漫筆》稿件之外,并囑趙氏轉請鄭讓于代書詞稿。信和詞稿皆不著日期,但況氏的《餐櫻廡漫筆》專欄連載於 1924 年 8 月至 1926 年 3 月之間的《申報·自由談》,故此信應寫於這段時間。

詞跋中的靈雲志勤禪師,乃唐代高僧。他在潙山因見桃花而悟道的故事,古今傳頌。② 詞中"妙因蓮證"句中蓮字旁的小注"柯蓮孫"和波字旁的"秋波",則分别是當時的著名小説《人間地獄》

① 國家圖書館善本部編:《趙鳳昌藏札》,國家圖書館出版社 2009 年 10 月第 1 版,見該書第 2 册,第 172 頁。

② 〔宋〕僧道原:《景德傳燈録》卷一一(據北宋元豐三年福州東禪等覺院板,并以開元寺板補配之影印本),日本京都禪文化研究所編集、發行,1990 年 5 月 4 日,第 183 ~ 184 頁。

中男女主人公之名。《人間地獄》於 1922 年至 1924 年間，在《申報・自由談》連載，膾炙人口，爲小説家畢倚虹的代表作。①

4. 蕙風散佚詞續輯——聯句詞作

【續詞・B1】(約 1894—1895 間，與王鵬運、張祥齡聯句)

浣溪紗②

百丈空牽上水船，夢中山翠遠浮天。(半唐)一身恩寵抵三千。

水殿管絃方罷奏，(子苾)玉闌書檄莫頻傳。思量何似醉花前。(夔笙)

此詞及以下【續詞・B2】至【續詞・B9】等聯句詞作，皆輯録自張祥齡之《子苾詞鈔》，見刊於 1914 年第 8 期《國學薈編》。

該 9 闋詞作的創日期，大概可繫於 1894—1895 年之間。光緒甲午(1894)六月，況氏與張祥齡、王鵬運曾聯句遍和《珠玉詞》，并刊印聯句詞集《和珠玉詞》。此外，況氏於光緒乙未(1895)年離京之前，亦多有與張、王二氏及王以慜(夢湘)聯吟的記載。③ 自此以後便未見四人踪迹合并的資料。故本編繫此 9 闋詞作於 1894—1895 年之間。

① 參考李爲揚、劉止戈:《儀徵名人録——一代小説名家畢倚虹》，見儀徵政協網站 http://www.yzszx.gov.cn/，發布日期:2007 年 1 月 31 日，下載日期:2012 年 6 月 11 日。

② 此詞據《子苾詞鈔》。見《國學薈編》，四川存古書局，1914 年第 8 期，葉三九上。未見他輯。

③ 詳參鄭煒明、陳玉瑩:《況周頤年譜》，香港大學饒宗頤學術館 2011 年 10 月第 1 版，第 107、116 ~ 117 頁。

【續詞·B2】(約1894—1895間,與張祥齡、王鵬運聯句)

八聲甘州·樂章①

恁芳菲乍换緑陰時,荒涼似殘秋。(夔)悵歌紈零亂,清樽罷飲,風雨西樓。(苾)誰識長懷抑塞,拔劍意還休。(半)憑弔金臺晚,多少英流。(夔)　　幾日南園無主,問落英滿地,珠玉誰收。(苾)記搴芳前度,裙屐儘勾留。(半)底于卿、愁心萬里,笑茂陵、屋小不如舟。(夔)更誰念、玉階人老,淚掩星眸。(苾)

此詞之出處及繫年依據,見【續詞·B1】按語。

【續詞·B3】(約1894—1895間,與王鵬運、張祥齡聯句)

西江月·東坡②

誰把沈陰手抉,素蛾光徹重霄。(半)幾番風雨夜寒嬌,欹枕亂愁如草。(夔)　　一自采芝人老,十年枉抱瓊瑶。(苾)楊花如雪謝娘橋,夢裏鵑聲催曉。(半)

此詞之出處及繫年依據,見【續詞·B1】按語。

【續詞·B4】(約1894—1895間,與王鵬運、張祥齡聯句)

陽春曲·梅溪③

霧籠花,雲籠月,無定雨晴天色。悽咽玉簫聲,天涯路、竹實稀

---

① 此詞據《子苾詞鈔》。見《國學薈編》,四川存古書局,1914年第8期,葉三九。未見他輯。

② 此詞據《子苾詞鈔》。見《國學薈編》,四川存古書局,1914年第8期,葉三九下。未見他輯。

③ 此詞據《子苾詞鈔》。見《國學薈編》,四川存古書局,1914年第8期,葉四一下。未見他輯。

少鳳何食。十年萍跡，愁悵望、雁鴻南北。（夔）何意繫馬紅樓，更追尋、舊遊路北。　欲輕解同心、鸞絲空結，花落盡、高樓玉笛。閒庭苔衣未掃，掩菱花、黯淡誰拭。（苾）番風次第漸息，嘆此恨、懨懨誰識。便絲鬟、綰得春住，愁消舊碧。（半）

此詞之出處及繫年依據，見【續詞・B1】按語。

【續詞・B5】（約1894—1895間，與王鵬運、張祥齡聯句）

側犯・白石①

碧天雁去，挽將燕子花閒住。聽雨。試伴我樽前、誦詩句。（半）欄杆倚四面，莫覓香留處。低語。枉賺得傾城、幾回顧。千條折盡，何意臨風舞。（苾）憐弱絮，忒多情，著（半）意入芳俎。繡幙珠簾，更無重數。怨曲清商，謾移簫譜。（夔）

此詞之出處及繫年依據，見【續詞・B1】按語。

【續詞・B6】（約1894—1895間，與張祥齡、王鵬運、王以慜聯句）

虞美人・石林②

楊絲媚曉花嬌晚，離恨和煙遠。（夔）傷心早願化飛紅，淚盡何須持酒、祝東風。（苾）　眼中歷歷關山道，郎馬何時到。（半）拚將海水瀉樽前，醉倒扶桑日爛、不知年。（湘）

此詞之出處及繫年依據，見【續詞・B1】按語。

---

① 此詞據《子苾詞鈔》。見《國學薈編》，四川存古書局，1914年第8期，葉四二上。未見他輯。

② 此詞據《子苾詞鈔》。見《國學薈編》，四川存古書局，1914年第8期，葉四二上。未見他輯。

【續詞·B7】(約1894—1895間,與王鵬運、王以慜、張祥齡聯句)

瑞鶴仙·樵隱[①]

嫩涼消得晚縟,猩紅綻,四月荆桃初熟。清吟興難足。儘舞迴綵扇,聲留瑟玉。(半)年芳轉燭,怕夕陽、催客縱目。生憎旅燕,又辛苦啄泥,穿過階竹。(湘)　惆悵湔裙人去,絮冷廊腰,蘚荒欄曲。相思調促,彈幽怨,奈絃獨。(葵)歎楊枝攀盡,留伊三疊,陽關誰爲再續。況天涯、老去王孫,大堤草緑。(苾)

此詞之出處及繫年依據,見【續詞·B1】按語。

【續詞·B8】(約1894—1895間,與王鵬運、王以慜、張祥齡聯句)

南浦·書舟[②]

吟袖又重攜,試新聲、依依暗換愁緒。窗外鳥聲閒,争知我、腸斷接天風絮。(半)迴廊小立,峭風吹送鄰笛語。簾櫳薄暮,悵一抹紅牆,碧雲難度。(葵)　天涯倦客依然,負吴苧裁衫,楚帆欹浦。醉眼看斜陽,鞦韆外、燕翦漫銜花雨。(湘)殘香賸粉,玉欄長記分攜處。甚時一舸,真載得雲英,乘潮歸去。(苾)

此詞之出處及繫年依據,見【續詞·B1】按語。

---

① 此詞據《子苾詞鈔》。見《國學薈編》,四川存古書局,1914年第8期,葉四三上。未見他輯。

② 此詞據《子苾詞鈔》。見《國學薈編》,四川存古書局,1914年第8期,葉四三下。未見他輯。

【續詞·B9】(約1894—1895間,與王以慜、張祥齡等聯句)

永遇樂·坦菴①

挨過春殘,倚欄依舊,落花風勁。雁過無書,鶯啼有淚,愁外天涯近。(湘)蘭成哀怨,杜郎傷别,抛卻滿懷詩興。正高樓、關山萬里,渺渺去帆煙暝。(苾)　荒城畫角,玉門羌笛,换了酒邊絲鬢。古堠垂楊,暮雲芳樹,莫弄春前影。(葵)有誰知我,無言竚,空望斷、落紅成陣。紛長街、榆錢自落,不□□□。(□)

此詞之出處及繫年依據,見【續詞·B1】按語。《國學薈編》本《子苾詞鈔》衹録至此詞最後一句的不字爲止,下一頁原缺。據詞譜,"不"字以下應還有3個字;而此段撰人或爲"半"(即王鵬運)。待考。

【續詞·B10】(1920,與朱祖謀聯句)

浣溪沙②

恨不將身變叫花,(彊邨)天蟾咫尺比③天涯。可憐爾我不如他。　今日桃花輸艷麗,(蕙風)明朝蓬蓽有光華。萬分無奈且歸家。(彊邨)

原編據張爾田所撰《詞林新語》中關於朱祖謀及況周頤逸事一

---

① 此詞據《子苾詞鈔》。見《國學薈編》,四川存古書局,1914年第8期,葉四三下。未見他輯。

② 此詞據《梅訊》。見《申報·自由談》,民國九年(1920)4月14日(庚申年二月二十六日)。另有《詞林新語》本,衹録首二句;見《詞學季刊》1967年第1卷第3號,澳門海外圖書出版社再版發行本,第80頁。

③ 校:"比天涯",《詞林新語》本作"隔天涯",或因張氏誤記。

則,而以張氏所記此詞之首二句列入況氏詞作斷句(原編號C010)。筆記云:

梅畹華演劇,一時無兩;嘗搬演《彩樓配》於海上之天蟾舞臺。彊邨、蕙風聯袂入座。時姜妙香飾薛平貴,襤褸得彩球。彊邨忽口占云:"恨不將身變叫花。"蕙風應曰:"天蟾咫尺隔天涯。"轉瞬成《浣溪沙》一解,曰:"不足爲世人知之。"①

其後,筆者發現此逸事的始末,原已詳録於當年《申報·自由談》之《梅訊》專欄中,其云:

(本編按:庚申)二月二十四日,鳳卿、畹華並於十點十分抵舞臺。……《彩樓配》係正宗衫子戲,畹華步武唱白,各極其妙。……樓下正廳,有孟德蘭路之朱君、山海關路之錢君、蘇州河浜之劉君,均海上知名者,又朱古微、況夔笙二詞宗,暨王雪丞君。況君傾倒畹華,歷譜諸詞,均散見《二雲》《菊夢》《滄櫻》詞中。久別重逢,益抒妙緒。朱君因調侃之,住《浣溪沙》一句,曰:"恨不將身變叫花。"因《彩樓配》小生爲叫化者。況君立應曰:"天蟾咫尺比天涯。可憐爾我不如他。"聞者均失笑。換頭,況君是日會赴龍華觀桃花,因曰"今日桃花輸艷麗",梅況本世交,復有過從之好。朱因接語曰:"明朝蓬華有光華。"歇拍曰:"萬分無奈且歸家。"名士風流,洵可爲歌場生色。②

① 見靈(即張爾田):《詞林新語》,《詞學季刊》1967 年第 1 卷第 3 號,澳門海外圖書出版社再版發行本,第 80 頁。

② 見《申報·自由談》,民國九年(1920)4 月 14 日(庚申年二月二十六日)。

《梅訊》較《詞林新語》所記更加詳盡,蓋爲實録。1920 年 4 月 12 日(農曆庚申年二月二十四日),梅蘭芳於天蟾舞臺首場演出,况氏與朱祖謀聯袂觀演《彩樓配》時,戲作聯句《浣溪沙》爲樂,成爲詞壇佳話。① 該詞未見編入况氏或朱氏詞集,今列入蕙風散佚詞續輯之聯句詞作,寫作年份爲 1920 年無疑。

5. 蕙風散佚詞續輯——斷句或存目詞作

【詞續・C1】(1887—1888)

詞調不詳 贈歌郎徐介玉②

全詞待考。

拙著《況周頤年譜》載,况氏於 1888 年赴北京之前,曾路經上海作短暫逗留;期間曾拜會申報館的主筆何桂笙和錢昕伯,并曾應何氏之請,爲歌郎徐玠賦作小詞。③ 據《餐櫻廡漫筆》:

> 光緒丁亥、戊子間,余客海上,謁何桂笙(别號高昌寒食生)、錢昕伯(别號霧裏看花客)兩先生於尊聞閣,素心晨夕,談藝樂甚……介昕伯先生,謁天南遯叟。值遯叟夫人誕辰,得與捧觴之末。是日賓從甚盛。桂笙先生携二雛姬至……歌郎徐介玉(玠)亦簉座。翌日桂老索賦小詞贈之。④

---

① 詳參鄭煒明、陳玉瑩:《況周頤年譜》,香港大學饒宗頤學術館 2011 年 10 月第 1 版,第 339 ~ 341 頁。

② 詞題由筆者暫擬。

③ 詳參鄭煒明、陳玉瑩:《況周頤年譜》,香港大學饒宗頤學術館 2011 年 10 月第 1 版,第 40 頁。

④ 況周頤:《餐櫻廡漫筆》,《申報・自由談》,民國十三年(1924)8 月 11 日。

是以知況氏於1887—1888年間,或曾賦贈徐介玉詞一闋。

【詞續·C2】(1906)

詞調不詳　壽詞代繆筱珊①

全詞待考。

《藝風老人日記》"清光緒丙午年(1906)農曆閏四月二十二日"條載,該日況氏代繆荃孫撰壽詞成。② 故知況氏於1906年曾代繆荃孫撰壽詞一闋。

【詞續·C3】(或1912—1913間)

浣溪沙　題朱淑貞小象③

全詞待考。

黄侃《黄季剛詩文鈔·詞鈔》有《浣溪沙·同況夔生題朱淑貞小象二首》④,故知況氏曾有此作。在況氏詞集中,并未見同題作品,此詞或已散佚。

【詞續·C4】(1922)

清平樂　非園佚詞

尊前玉屑(祇存首句)

① 詞題由筆者暫擬。
② 詳參鄭煒明、陳玉瑩:《況周頤年譜》,香港大學饒宗頤學術館2011年10月第1版,第191頁。
③ 詞題由筆者暫擬。
④ 見黄侃:《黄季剛詩文鈔》,湖北人民出版社1985年9月第1版,第378頁。

此詞資料據《趙鳳昌藏札》所載，況氏致趙尊嶽書信：

《清平樂》弟六首(尊前玉肩閑)(涉語病，因恐它人錯會意)，請勿登報，至要。千萬千萬。祇録十解可也。(容廿三日後，再增二三首。)｜明夕必到，請先致聲畹棣為幸。張｜石銘屬譔輓屏，限期促敀，奈何。匆复｜高梧公子。蕙言。即午①

據拙著《況周頤年譜》考證，此信作於壬戌年(1922)五月中旬。② 信中所謂"《清平樂》弟6首"，原屬況氏爲是年非園宴會所賦的《清平樂》11闋之一，但況氏以此闋涉語病而弃用，最終并未於《梅訊》公開發表，後亦不見收入其詞集，今或已佚。已發表的《清平樂》11闋，見本編【詞續·A3～A13】。

【詞續·C5】(1922)

詞調不詳
全詞待考。

有關資料見況氏致趙尊嶽書信：

惠椾誦悉。畹寓亟應回候，緣道遠且生，難於尋｜覓，乃至遲遲，敬祈　為我婉切道達歉忱，勿忘為佩。｜聽歌所至欣願，唯朅來日對病人，五中焦灼，恐無閑｜情及此，徒呼負負而已。詞一首欲求登入《自由談》，(亦祈勿遺忘為叩；即日交下尤

① 國家圖書館善本部編:《趙鳳昌藏札》，國家圖書館出版社2009年10月第1版，見該書第2册，第167頁。
② 詳參鄭煒明、陳玉瑩:《況周頤年譜》，香港大學饒宗頤學術館2011年10月第1版，第370～371頁。

妥。)如蒙於｜三日内登出,亦紉佩無量。明詞寫本有用畢者得便｜當即奉還,此頌｜高梧仁兄 侍祺 頤□ 上 初十夕①

此信於"婉切""勿忘""勿遺忘為叩"字旁加有圈號,以示切要。

信中"畹寓亟應回候"一語,或與1922年梅蘭芳曾到訪況氏的天春樓②一事有關。因此,況氏在信中托趙尊嶽刊登的"詞一首",很可能已載於當年之《申報·自由談》,本編暫列此資料以待考。

【詞續·C6】(年份不詳,或1923)

詞調不詳 壽梅詞③

旱韻,全詞待考。

此詞資料,見於況氏致趙尊嶽書信:

壽梅詞録呈,旱韻二句及後段竝佳,辭旨亦莊雅,不得謂非好詞也。祈｜代購紅榆(金榆更妙),懇 讓于兄書之,速即｜寄京為荷。榆直容敬繳。此頌｜高梧仁兄侍祺。 頤拜手十九辰……④

---

① 國家圖書館善本部編:《趙鳳昌藏札》,國家圖書館出版社2009年10月第1版,見該書第2册,第181頁。

② 詳參鄭煒明、陳玉瑩:《況周頤年譜》"約五月十三日"條,香港大學饒宗頤學術館2011年10月第1版,第369頁。

③ 詞題由筆者暫擬。

④ 國家圖書館善本部編:《趙鳳昌藏札》,國家圖書館出版社2009年10月第1版,見該書第2册,第186頁。

此信署"十九辰",未詳年月。是日蕙風賦就"壽梅詞",遂函托弟子趙尊嶽代購箋紙,請鄭讓于書之,并寄往北京,意甚鄭重。所謂"壽梅詞",可能是爲梅蘭芳而賦,則其寫作年份或在 1923 年,當時梅氏在京慶賀其四十壽辰。

況氏對此詞甚爲滿意,於信中自詡"早韻二句及後段竝佳,辭旨亦莊雅,不得謂非好詞也",屬況氏零散詞話,可惜已難覓其詞以對照。

【詞續 · C7】(1924)

蘭陵王 同黄公渚作①

全詞待考。

據在《國民週報》上發表的黄公渚詞,《蘭陵王》"亂蟬寂"一闋詞序云:"甲子暮秋,天蘇以落葉詞索和,爰得此解,兼邀蕙風同作。"②故知在甲子年(1924),況很可能曾經應黄氏之邀,同賦作《蘭陵王》一闋。

黄公渚,即黄孝紓(1898 一作 1900—?),公渚其字也,一字頵士,號匑厂、匑庵等,工詩畫,有《延嬉室詩存稿》《碧盧簃詩鈔》等。曾任山東督辦參議、山東大學教授等。後寄寓滬上。③

【詞續 · C8】(1925)

詞調不詳 和邵次公④

全詞待考。

---

① 詞題由筆者暫擬。

② 見《國聞週報》1928 年第 5 卷第 25 期"采風録"欄,第 2 頁。

③ 參考陳玉堂編著:《中國近現代人物名號大辭典》,浙江古籍出版社 1993 年 5 月第 1 版,第 801 頁。

④ 詞題由筆者暫擬。

有關資料見況氏致趙尊嶽書信:

詞三首改定,祈|覽。和邵詞即日搦管亦可,稍遲或較佳耳。日前|回申……|赤雍仁兄侍祺　頤拜手　初八午①

此信提及"回申"之事,因此或寫於況氏1925年移居蘇州前後。"邵詞"或指邵瑞彭(次公)的詞作;而信中提到況氏擬作和詞,或因邵氏透過趙尊嶽(叔雍)轉請。

蕙風在1925年至1926年間所撰寫的詞話中,曾多次論及邵瑞彭的詞,如:"淳安邵次公(瑞彭)……近客京師,暇輒填詞,頃寄積稿成帙示叔雍,相與欣賞。"②又如:"次公西山旅舍之作,殊其至者。"③又如:"淳安邵次公歲暮渡遼,以詞翰遣離憂。見其近作,風骨媚峭……"④可見蕙風對邵詞亦頗爲欣賞。

邵瑞彭(1888—1938,一作1886—1937),浙江淳安人。字次公,又字次珊,别署梧丘,室名次室等。工詞,長於經史,著有《次公詩集·詞稿》《梧丘雜札》《次室讀書記》《榆廬數典》《壯學堂文》《揚荷集》《山禽餘響》《書目長編》《一切經音義校勘記》等。曾爲南社成員。民國後歷任衆議院議員,臨時參政院參政,善後會議議員。曾以反對曹錕賄選聞名。後曾任北京師範大學、河南大學教授。晚年寓居開封,窮愁潦倒。⑤

---

① 國家圖書館善本部編:《趙鳳昌藏札》,國家圖書館出版社2009年10月第1版,見該書第2册,第193頁。

② 蕙風:《餐櫻廡漫筆》,《申報·自由談》,民國十五年(1926)1月11日。

③ 蕙風:《餐櫻廡漫筆》,《申報·自由談》,民國十五年(1926)1月15日。

④ 蕙風:《餐櫻廡漫筆》,《申報·自由談》,民國十五年(1926)2月21日。

⑤ 參考陳玉堂編著:《中國近現代人物名號大辭典》,浙江古籍出版社1993年5月第1版,第543頁。

【詞續 · C9】(年份不詳)

詞調不詳 壽詞①

全詞待考。

此"壽詞"資料,見於況氏致趙尊嶽書信:

壽詞一揃,敬懇|轉求　讓于兄代寫,君木初八日午回甬,須託|帶往。促迫能事,無任主臣,是所望於|鼎力。明日傍晡,可否飭兒子來報館,衹領|是則,不敢請耳。|雅詞二闋審贊呈　鑒。此頌|尗雍仁兄侍祺。　弟周頤頓　十五号②

此信署"十五号",未詳年月。是日蕙風寄"壽詞"一箋,囑趙尊嶽轉求鄭讓于代書。所附詞稿未見附載,待考。

蕙風嘗以自己不工書,故戲而自號"手盲",凡重要之題贈之作,輒倩人代書。今從上一則及此則書信,以及一些其他資料可見,鄭讓于乃其主要代書者之一。

【詞續 · C10】(年份不詳)

詞調不詳 八徵

全詞待考。

此詞資料,見況氏致趙尊嶽書信:

---

① 詞題由筆者暫擬。

② 國家圖書館善本部編:《趙鳳昌藏札》,國家圖書館出版社 2009 年 10 月第 1 版,見該書第 2 册,第 190 頁。

《八徵》詞呈｜鑒，未卜可用否？祈｜酌定。是亦詞中奇格，直起直落，句｜質而稍有勁氣，佀乎尚屬可存也。｜收到即 惠复為盼。｜高梧仁兄　蕙風拜手　廿八夕①

此信署“廿八夕”，未詳年月。從文意看，此詞當時或托趙尊嶽刊登，又或是爲趙尊嶽或趙鳳昌代筆之作，而且頗爲況氏自賞。

【詞續·C11】(年份不詳)

詞調不詳　賀詞②

調甚長，況氏未經填過，全詞待考。

此詞資料，見況氏致趙尊嶽書信：

兩奉 惠椾，壹是誦悉，日前歸家即病(不甚輕)，重以｜怔忡，支持頗苦。今日稍痛，賀詞勉彊為之，不｜能工也。此調甚長，未經填過，祈 代懇讓兄｜法書，用金牋已標者，其直準敬璧(約二元數角(朵雲))｜寫成祈 飭人交下捺印，尤感。餘晤談。｜竱懇即頌。｜高梧仁兄　侍福　頤頓　上巳辰

附小字注云：

款不署姓名，擬鈐一名印，或一二日｜内趁前帶章來用。

---

① 國家圖書館善本部編:《趙鳳昌藏札》，國家圖書館出版社 2009 年 10 月第 1 版，見該書第 2 册，第 170 頁。

② 詞題由筆者暫擬。

但未審何日可｜寫成，祈｜示為幸。①

此信署"上巳辰"，未詳年月，應作於某年的三月初三日。考蕙風已入集或散佚之作，尚未發現有"調甚長"而且"未經填過"的詞，故暫列於待訪詞目。

【附録】

(1)丁輔之夫人遺作《曇見録》集中，況氏所題的詩作或詞作。

據丁利年《淵博的學識　多彩的一生——憶先祖輔之公丁仁》："1920 年，方形歐體之仿宋聚珍活體鉛字及長體夾注字模兩種完成。先祖創辦聚珍仿宋印書局並自任經理。書局先後出版……先祖母遺作《曇見録》並附有吳昌碩、王毓岱、況周頤、鍾以敬、潘飛聲、盛慶蕃、徐仲柯、靳裕華所題詩詞。……聚珍仿宋印書局於 1921 年歸獻中華書局。"②可知況氏曾爲《曇見録》題有一則詩作或詞作。因筆者未見該書，故未詳此作品是否詞作，待考。

關於《曇見録》，陳灨一的《新語林》卷五有記："丁治平年七歲，識小學韻語，尤能辨印篆，真贋立判。……及殤，母哀之慟，為文五千言以哭之，曰《曇見録》。纏綿悲惻，不忍卒讀。(丁名理，浙江杭縣人，丁仁之子。)"③

---

① 國家圖書館善本部編：《趙鳳昌藏札》，國家圖書館出版社 2009 年 10 月第 1 版，見該書第 2 册，第 171 頁。

② 見丁利年：《淵博的學識　多彩的一生——憶先祖輔之公丁仁》文中第七部分之《出版印刷》，文章上載日期及時間記録：2007 年 12 月 20 日 15 時 40 分，資料下載日期：2008 年 6 月 5 日。

③ 見陳灨一：《新語林》卷五"夙慧"篇，上海書店出版社 1997 年 1 月第 1 版，第 86 頁。

(2)《李太夫人事略》書中,況氏所題的詩作或詞作。

民國年間,寧波鎮海小港李家刊有《李太夫人事略》,以紀念李太夫人張氏。内有王樹枏、張謇、陳三立、康有爲、章太炎、林紓、鄭孝胥、沈曾植、羅振玉、馮煦、李詳等人所題詩文,其中亦有況周頤、朱祖謀所題詩或詞。[①] 因筆者未見該書,詳待考,但二人皆以詞見稱於世,故暫附有關資料於此。

況氏及朱氏另各有《李太夫人八徽圖題詞》八闋,況氏詞作見本編【詞續・A20 ~ A27】。

6. 蕙風散佚詞續輯——托名/存疑詞作

【詞續・D1 ~ D2】(1922)

清平樂[②]

之一[③]

瓊枝秀出,萼緑神仙籍。一曲陽春誰和𦤺,萬紫千紅無色。縞衣來共清尊,非園合是名園。記省羅浮香夢,義熙何處桃源。

之二

聞歌倦矣,不盡尋芳意。芸帙四圍疏雨裏,依約一襟蘭氣。軟紅極目瑶臺,東風好爲吹開。指顧江南春信,鸞雲也合飛來。

此二闋詞輯録自《申報・自由談》版的《梅訊》專欄。筆記云:

---

① 見孔夫子舊書網 http://book. kongfz. com/15011/141949994/中對《李太夫人事略》一書的描述。

② 此 2 闋詞據《梅訊》。見《申報・自由談》,民國十一年(1922)6 月 28 日(壬戌年閏五月初四日)。未見他輯。

③ 詞作序號"之一"及"之二"由本編所加。

劉翰怡京卿,日前非園盛會,亦繼聲《清平樂》二闋,轉致畹華,兹録之。①

上述筆記所説的非園盛會,即非園主人甘翰臣於1922年6月9日,爲觴宴李雪芳和梅蘭芳兩位南北紅伶而舉辦的宴會(詳參本編【詞續・A3～A13】按語)。

【詞續・D3～D5】(1922)

清平樂②　壬戌閏端午前二日香南三集,置酒惜陰堂。余以塵事牽率,弗克叨陪盛會,賦此以志悵惘。自畹華南來,蕙風爲之提創,一時羣公奏雅,幾於非清平不樂。余亦繼聲,其愧效顰。録就　叔雍仁兄正拍。

之一③

困人天氣,雨殢香塵膩。準擬羅浮幽夢裏,來伴師雄扶醉。
嘶驄郤誤尋芳,元都我愧劉郎。也伴東風惆悵,桃花未抵梅妝。

之二

尊前萼緑,婉娩人如玉。平視劉楨須眼福,芳約衹增悵觸。
瑶臺月下心期,無端只赤天涯。郤被樓頭孫處,傲余並影瓊枝。
(是夕隱庵先生與畹華接席,亦如非園蕙風之與浣蘇也。李媛雪芳字浣繁。)

之三

西風紉佩,定有蘭因在。不共江山金粉改,看取笑紅顰黛。
後期珍重香南,壺觴無限清酣。倘許雲階月地,坐儂烏帽塵衫。

---

① 見《梅訊》。《申報・自由談》,民國十一年(1922)6月28日(壬戌年閏五月初四日)。

② 此3闋詞輯録自《梅訊》。見《申報・自由談》,民國十一年(1922)7月1日(壬戌年閏五月初七日)。未見他輯。

③ 詞作序號"之一"至"之三"由本編所加。

此 3 闋詞輯録自《申報·自由談》版的《梅訊》專欄。筆記云:

劉翰怡京卿,前日以瑣冗未能赴香南三集,爲之惆悵,特賦《清平樂》三闋。①

上述筆記所説的香南三集,即惜陰先生(趙鳳昌)於 1922 年 6 月 27 日,爲梅蘭芳舉辦的宴會(詳參本編【詞續·A14 ~ A18】按語)。

以上【詞續·D1】至【詞續·D5】5 闋詞,皆録爲劉承幹(翰怡)所賦,其詞風和意象,却與蕙風的"詠梅"諸作一脉相承。劉氏素不以工詞見稱,而且況氏屢有代劉氏作詞之迹(詳參原編散佚詞 D004 至 D013 號),故筆者頗疑此 5 闋《清平樂》亦由蕙風代筆。《梅訊》有説蕙風於梅蘭芳來滬時的投贈之作,"前後已百餘闋"②,或亦包括這些代筆作品在内。

小結

本編續輯得蕙風散佚詞共 62 闋/則,連同前輯的《蕙風散佚詞輯考》(見拙著《況周頤研究論集》,2011 年 4 月於齊魯書社出版)所獲的 119 闋/則,共得 181 闋/則,其中個人及聯句詞作 140 闋。

本編詞作主要輯録自《趙鳳昌藏札》《梅訊》《子苾詞鈔》《時報》等(詳參附録之《蕙風詞總目·續編》),向未爲學者所注意。筆者相信,以況氏晚年詞作發表的習慣觀之,或仍有不少散佚詞作刊登於上海以至江南各地的報章雜志之中。因此,有關況氏詞作的輯佚工作,仍需持續努力。

---

① 見《梅訊》。《申報·自由談》,民國十一年(1922)7 月 1 日(壬戌年閏五月初七日)。

② 見《梅訊》。《申報·自由談》,民國十三年(1924)1 月 8 日(癸亥年十二月初三日)。

八、《蕙風詞總目》續編

説　明

（1）拙編《蕙風詞總目》初爲單行本（香港大學館宗頤學術館2009年3月出版），修訂後刊入拙著《況周頤研究論集》（齊魯書社，2011年4月出版，第246～289頁）。

（2）原編共分三部分：

甲、已入個人詞集作品目（共386闋）。

乙、與友人連句詞集《和珠玉詞》詞目（共138闋）。

丙、鄭煒明撰輯《蕙風散佚詞輯考》目（共119闋/則）。

（3）本續編按拙著《蕙風散佚詞續考》之研究及輯録成果，除標明對原編之修訂外，并增編新輯詞作之目爲丁部。

丁、鄭煒明等撰輯《蕙風散佚詞續考》目（共62闋/則）。

（4）丁部詞目之分類一仍原編之舊，唯詞作序號則標示爲"詞續·A1""詞續·B10"……即A類爲個人詞作；B類爲與友人聯句詞作；C類爲斷句或存目詞作；D類爲托名/存疑詞作。詳《蕙風散佚詞續考》。

詞　目（原編修訂）

（1）原編丙部詞目序號 B011《臨江仙》之六，首句爲“二十四橋春晼晚”；晼晚，原編誤作畹晚。①

（2）原編丙部詞目序號 C010《浣溪沙》，備注欄曰“與朱祖謀聯句，衹存斷句，見張爾田《詞林新語》”②。今據拙著《蕙風散佚詞續考》，由於已考獲該詞全闋，故本序號應予取消。蕙風與朱祖謀聯句之全闋《浣溪沙》，則重編爲【續詞・B10】（詳下）。

① 見《蕙風散佚詞輯考》，鄭煒明著《況周頤研究論集》，齊魯書社 2010 年 4 月第 1 版，第 286 頁。

② 見《蕙風散佚詞輯考》，鄭煒明著《況周頤研究論集》，齊魯書社 2010 年 4 月第 1 版，第 287 頁。

詞　目(續編)

丁、鄭煒明等撰輯《蕙風散佚詞續考》目(共62闋/則)

序號	詞調	詞題	首句	備注
詞續·A1	高陽臺	題王尊農十年説夢圖	錦瑟華年	見《趙鳳昌藏札》
詞續·A2	清平樂		東風絃管	見《梅訊》
詞續·A3	清平樂	之一	歲寒芳意	見《梅訊》
詞續·A4	之二	之二	買花載酒	見《梅訊》
詞續·A5	之三	之三	聽風聽雨	見《梅訊》
詞續·A6	之四	之四	根蟠仙李	見《梅訊》
詞續·A7	之五	之五	紅筵促坐	見《梅訊》
詞續·A8	之六	之六	爲梅扶醉	見《梅訊》
詞續·A9	之七	之七	何時雪北	見《梅訊》
詞續·A10	之八	之八	玉梅芳節	見《梅訊》
詞續·A11	之九	之九	天花剗地	見《梅訊》
詞續·A12	之十	之十	霓裳舊譜	見《梅訊》
詞續·A13	之十一	之十一	衆香國裏	見《梅訊》
詞續·A14	清平樂	之一	瑶京舊侶	見《梅訊》
詞續·A15	之二	之二	蟾圓廿四	見《梅訊》
詞續·A16	之三	之三	香南雪北	見《梅訊》
詞續·A17	之四	之四	華堂倚席	見《梅訊》
詞續·A18	之五	之五	添杯重把	見《梅訊》
詞續·A19	水龍吟		年年海上清秋	見《星期》雜志

（續表）

序號	詞調	詞題	首句	備注
詞續·A20	百字令	侍櫛箴紉（八徽圖題詞之一）	珈笄式度	見《時報》
詞續·A21	臺城路	急智靖變（八徽圖題詞之二）	夜深鄰院聞譆出	見《時報》
詞續·A22	鷓鴣天	遇火整暇（八徽圖題詞之三）	熛怒無端憶昔時	見《時報》
詞續·A23	臨江仙	振廩捍侮（八徽圖題詞之四）	德合无疆家積善	見《時報》
詞續·A24	滿江紅	病榻服勞（八徽圖題詞之五）	病翼垂鴻	見《時報》
詞續·A25	沁園春	手援衆溺（八徽圖題詞之六）	貔耶師耶	見《時報》
詞續·A26	滿庭芳	創學惠鄉（八徽圖題詞之七）	桃李陰成	見《時報》
詞續·A27	浪淘沙	然燈照海（八徽圖題詞之八）	仙路阻重瀛	見《時報》
詞續·A28	五綵結同心		鳳占宜室	見《趙鳳昌藏札》
詞續·A29	百字令		神州鴻術	見《申報·自由談》
詞續·A30	清平樂	之一	才情佳麗	見《梅訊》
詞續·A31	之二	之二	蘭清梅倩	見《梅訊》
詞續·A32	清平樂	題雲林別意圖	暮雲芳樹	見《梅訊》
詞續·A33	沁園春		史體謹嚴	見《學衡》

（續表）

序號	詞調	詞題	首句	備注
詞續·A34	水龍吟	題寒泉閣校碑圖	可無清事消磨	見《蕙風集外詞》
詞續·A35	點絳唇	題揮麈圖	驚座雄談	見《野語雜誌》
詞續·A36	春風嫋娜		儘華鬘劫換	見《趙鳳昌藏札》
以上續輯個人詞作共36闋				
詞續·B1	浣溪紗		百丈空牽上水船（王鵬運句）	與王鵬運、張祥齡聯句，見《子苾詞鈔》
詞續·B2	八聲甘州	樂章	恁芳菲乍换緑陰時（況周頤句）	與張祥齡、王鵬運聯句，見《子苾詞鈔》
詞續·B3	西江月	東坡	誰把沈陰手抉（王鵬運句）	與王鵬運、張祥齡聯句，見《子苾詞鈔》
詞續·B4	陽春曲	梅溪	霧籠花（況周頤句）	與王鵬運、張祥齡聯句，見《子苾詞鈔》
詞續·B5	側犯	白石	碧天雁去（王鵬運句）	與王鵬運、張祥齡聯句，見《子苾詞鈔》
詞續·B6	虞美人	石林	楊絲媚曉花嬌晚（況周頤句）	與張祥齡、王鵬運、王以慜聯句，見《子苾詞鈔》

（續表）

序號	詞調	詞題	首句	備注
詞續·B7	瑞鶴仙	樵隱	嫩涼消得晚縟（王鵬運句）	與王鵬運、王以慜、張祥齡聯句，見《子苾詞鈔》
詞續·B8	南浦	書舟	吟袖又重攜（王鵬運句）	與王鵬運、王以慜、張祥齡聯句，見《子苾詞鈔》
詞續·B9	永遇樂	坦菴	挨過春殘（王以慜句）	與王以慜、張祥齡等聯句，見《子苾詞鈔》
詞續·B10	浣溪沙		恨不將身變叫花（朱祖謀句）	與朱祖謀聯句，見《梅訊》
以上續輯聯句詞作共10闋				
詞續·C1	詞調不詳	贈歌郎徐介玉		衹存目，見《餐櫻廡漫筆》
詞續·C2	詞調不詳	壽詞代繆筱珊		衹存目，見《藝風老人日記》
詞續·C3	浣溪沙	題朱淑貞小象		衹存目，見《黄季剛詩文鈔·詞鈔》
詞續·C4	清平樂	非園讌集	尊前玉屑	衹存斷句，見《趙鳳昌藏札》
詞續·C5	詞調不詳	不詳		有關綫索見《趙鳳昌藏札》

（續表）

序號	詞調	詞題	首句	備注
詞續·C6	詞調不詳	壽梅詞		祇存目，見《趙鳳昌藏札》
詞續·C7	蘭陵王	同黄公渚作		祇存目，見《國聞週報》
詞續·C8	詞調不詳	和邵次公		祇存目，見《趙鳳昌藏札》
詞續·C9	詞調不詳	壽詞		祇存目，見《趙鳳昌藏札》
詞續·C10	詞調不詳	八徽		祇存目，見《趙鳳昌藏札》
詞續·C11	詞調不詳	賀詞		祇存目，見《趙鳳昌藏札》
以上續輯斷句或存目詞作共 11 則				
詞續·D1	清平樂	之一	瓊枝秀出	疑代劉承幹作，見《梅訊》
詞續·D2	之二	之二	聞歌倦矣	疑代劉承幹作，見《梅訊》
詞續·D3	清平樂	之一	因人天氣	疑代劉承幹作，見《梅訊》
詞續·D4	之二	之二	尊前萼緑	疑代劉承幹作，見《梅訊》
詞續·D5	之三	之三	西風紉佩	疑代劉承幹作，見《梅訊》
以上續輯托名/存疑詞作共 5 闋				

九、蕙風詩續考

況周頤以詞學(詞作及詞論)聞名於世,他的詩作一向不爲人所注意。2007 年,筆者於韓國忠州大學《東亞文獻研究》創刊號中,以《晚清大詞人況周頤佚詩研究》爲題,首次發表了所輯獲的況氏佚詩及斷句共 21 首/則,證明詞家況氏其實於不同時期皆有詩作。這些發現,對研究蕙風詞人的背景和整體文學素養等,當有裨益。

該文其後又續有補訂,曾於 2009 年 3 月以單行本《況周頤佚詩輯考》,刊入香港大學饒宗頤學術館學術論文/研究報告系列。該文後又稍加增訂,改題爲《況周頤佚詩考論》,編入拙著《況周頤研究論集》,2011 年 4 月於齊魯書社出版。所輯得的蕙風詩作、斷句及存疑作品共計 47 首/則。

筆者於前輯中已提到,蕙風曾有《香海棠館詠泉詩百篇》之製,可惜求索多年而未得。最近,筆者終於發現了此集的《青鶴》雜志本,連同近年新發現的佚詩或相關綫索若干首/則,可補前編。茲略述如下:

1. 己卯應試詩五言八韵一首

賦得八桂山川臨鳥道,得川字五言八韻①。

八桂登臨處,名山並巨川。
蟾宫和月折,鳥道帶雲穿。
涼陰辰峰外,香浮癸水邊。
蕭蕭驚叱馭,跕跕墮飛鳶。
翠聳千盤路,青餘一髮天。
邸程迷瘴雨,關塞入蠻烟。
雁影三湘隔,羊腸九折連。
高枝欣可借,蓬島接班聯。

前編已然提及,蕙風於少年時,爲了應付科舉考試的要求,不可能完全没有詩作。事實上,蕙風的一些巧思靈動的詩作或斷句,已見録於前編。

蕙風自幼已負詩才,深得師長贊許。《翁同龢日記》"同治十年六月一日"記有:"楊太史少和自廣西學政任滿來見……又云秀才中有績學者况童子周儀,年十歲,詩賦可觀,成語屬對極妙。"②具見其詩賦、文學的天分。

上録詩作爲蕙風於光緒己卯年(1879)應考鄉試(舉人試)時的答卷諸篇之一。當時考官對此詩的評價甚高,有批語謂:"反虚入渾,積健爲雄。清新俊逸,猶其餘事。"由於其應試的詩文俱獲優良

① 據《廣西鄉試硃卷》卷七,見録於王娟《况周頤研究四題》,香港大學饒宗頤學術館,2013 年 5 月,第 67 頁。

② 趙中孚編輯:《翁同龢日記》(排印本附索引)第 2 册,臺灣成文出版有限公司,1970 年,第 607 頁。

成績，況氏得以中式該年鄉試第九名。①

2.《香海棠館詠泉詩百篇》

該集共有咏古錢的絶句 101 首。（該集之《青鶴》雜志本，并有編者識語及蕙風弟子陳運彰題記等，已經筆者整理校訂，是爲《香海棠館詠泉詩百篇》校訂本，刊録於本文之後。）

《香海棠館詠泉詩百篇》分 10 輯見刊於上海《青鶴》第 1 卷第 12 期（1933 年 5 月 1 日出版）、第 14 期（1933 年 6 月 1 日出版）、第 16 期（1933 年 7 月 1 日出版）、第 18 期（1933 年 8 月 1 日出版）、第 20 期（1933 年 9 月 1 日出版）、第 22 期（1933 年 10 月 1 日出版）、第 24 期（1933 年 11 月 1 日出版），第 2 卷第 2 期（1933 年 12 月 1 日出版）、第 4 期（1934 年 1 月 1 日出版）、第 6 期（1934 年 2 月 1 日出版）。該本第 1 輯篇首有雜志編者的識語和況氏弟子陳運彰的題記，第 10 輯篇末又有編者的簡短後記。

據《青鶴》編者識語及陳運彰的題記，此乃蕙風生前未刊遺稿，本已散失，後爲董伯駿先生（待考）得於販書者之手，再由陳運彰録副，交《青鶴》雜志主編陳灨一（甘簃）先生連載。是以知此本或乃源自蕙風手定之稿本。

集内詩作皆七言絶句，共 101 首，主題乃咏歷代錢幣，依錢幣之歷時先後爲次序；每詩以古錢名稱爲題，題名後注有錢幣類型，或并附有相關簡介；詩後間有跋文，自注其詩所涉典故之文獻與史實，以及相關案語等。全帙堪稱一部詩歌體之中國古代錢幣史。

香海棠館，乃蕙風的早期館號之一。筆者以爲，蕙風以“香海

① 參考王娟：《況周頤研究四題》，香港大學饒宗頤學術館，2013 年 5 月，第 59、67 頁。

棠”作爲室號,或與他少年時(13 歲前)的咏海棠詩意①,以及年長後曾居蜀地有關。四川的昌州和嘉州,曾因盛産香海棠而有“海棠香國”之稱。對於唯獨蜀中海棠纔有香之説,蕙風的看法比較唯心,認爲:

> 余謂凡海棠皆香,何嘗爲地限?人自心麤,知者尠耳。“妙氣清微别有香”,香海棠館詠海棠句也。②

又云:

> 海棠之香,若爲我所獨有。何以故?他人未必領會得到。③

除上述咏泉詩以“香海棠館”命名外,況氏又有《香海棠館詞話》(或始撰於寓蜀時期);而他自刻的一種早期詞集《存悔詞》,題爲“香海棠館刊本”。後者刻成於 1887 年,其時況氏居於蜀地。況氏居四川成都期間(1885—1887),認識了篆刻名家沈忠澤,兩人時相切磋金石之學。④ 沈氏與蕙風同好於收藏古代錢幣,《香海棠館詠泉詩百篇·壯泉三十》跋語提到,蕙風曾欲購此錢而爲沈氏捷足先得。集中亦有多處憶記及成都之事。因此,《香海棠館詠泉詩百篇》之作品,或初作於蕙風客居成都之時,而完稿於離蜀之後。

---

① 參考鄭煒明:《況周頤佚詩輯考》,香港大學饒宗頤學術館,2009 年 3 月,第 14 ~ 16 頁。

② 臨桂況周儀阮盦記:《西底叢談》,《阮盦筆記》第 2 種,《蕙風叢書》第 1 册,上海中國書店藏板,丙寅(1926)四月刊本,葉九。

③ 蕙風:《餐櫻廡漫筆》,《申報·自由談》,民國十四年(1925)11 月 19 日。

④ 詳參鄭煒明、陳玉瑩:《況周頤年譜》,香港大學饒宗頤學術館 2011 年 10 月第 1 版,第 36 ~ 40 頁。

筆者近期閲《詞學》第32輯,有《況周頤研究資料考補》①一文,作者吳奇先生對況氏《香海棠館詠泉詩百篇》之存佚及相關問題作了詳細的探討,考證翔實,甚具參考價值。但該文中尚有一二細處可再斟酌,謹略述如下:

第一,吳文謂《青鶴》雜志之《香海棠館詠泉詩百篇》詩作有102首,誤。集内咏泉詩作其實衹得101首;此乃由於其中一首《宣德通寶明宣宗泉》於第九、十輯中重見,筆者於校訂本中已予删正,詳見校訂本第【092】號詩作之説明。

第二,關於況周頤遷至上海的時間,吳文舉陳運彰題記"辛亥歲,先師由皖避地來滬",以及況氏《餐櫻廡漫筆》"辛亥冬,余來滬濱"等資料,認爲況氏抵滬時間,與拙編《況周頤先生年譜》所繫的壬子(1912)四月初有所牴牾。必須指出,陳運彰約於1925年始識況氏,其所説的"辛亥歲",或是約略言之;而況氏筆記《餐櫻廡漫筆》"辛亥冬"云云,乃刊於1924年,屬蕙風晚年所記,容或記憶有誤,兩者皆未能作準。其實,謂蕙風於辛亥年抵滬之史料記載尚多,但拙譜均没有采納。拙譜主要采用了繆荃孫的《藝風老人日記》之記録,并輔以蕙風《餐櫻詞自序》和《高陽臺》詞序(二者均作於1915年)之内證;其時況氏遷滬不久,記憶當猶新也。筆者以爲,在未有更確切的相反證據之前,仍應暫從拙譜之説。②

第三,關於《杳海棠館詠泉詩白篇》之寫作時間,吳文認爲較有可能與《西底叢談》《香海棠館詞話》等著作的完稿或發表同時云

① 吳奇:《況周頤研究資料考補》,見《詞學》第32輯,華東師範大學出版社2014年12月,第368~377頁。

② 詳參鄭煒明:《況周頤先生年譜》1912年"四月七日或稍前"條所據資料及案語,上海古籍出版社2009年5月第1版,第203~204頁。又可參考鄭煒明、陳玉瑩:《況周頤年譜》1911年"九月"條,香港大學饒宗頤學術館2014年7月增訂版,第229頁。

云。筆者則認爲《西底叢談》所記蕙風客居蓉城與沈忠澤相交之記載①,以及《香海棠館詞話》發表於《大陸報》的年份②,皆不足以説明《香海棠館詠泉詩百篇》的寫作時間。錢幣收藏是蕙風的畢生愛好,除却吳文提到他的論古泉諸條筆記以外,他晚年寓滬時更賦有咏外國銀錢的《醉翁操》詞③,又曾與上海錢業公會執事有連,例如爲其會董朱方淦撰寫墓志銘④等,這些事迹或亦有可能是《香海棠館詠泉詩百篇》完稿契機的反映。總之,我們即便可以根據《香海棠館詠泉詩百篇》被蕙風冠以早年室名"香海棠館"來推斷此集的創作時間上限爲他早年客居成都時期,但其完稿時間下限的可能性尚多,未能遽定。

3. 謎體詩二首

謎體絶句(1881)

長途各自去漫漫,付雁傳鱗語未安。
如線泪珠流不得,似曾相識話偏難。

---

① 今據拙譜,蕙風與沈氏的往還尚多,直至 1909 年仍見蕙風囑沈氏刻印的記録。

② 事實上,《香海棠館詞話》早於在《大陸報》發表以前已有刻本。

③ 《醉翁操》"嬋媛"序:"外國銀錢有肖像絶娟倩者,或曰自由神,亦有其國女王真像。"見臨桂況周頤夔笙《餐櫻詞》,《弟一生修梅花館詞》弟七,《蕙風叢書》第 12 册,上海中國書店藏版,丙寅(1926)四月刊本,葉二〇。

④ 況周頤:《先董五樓朱公墓誌銘》,見(上海)《錢業月報》,上海錢業公會,1922 年第 2 卷第 5 期,見"傳誌"第 1 ~ 3 頁。筆者又於拍賣市場上見《朱五樓先生之墓誌銘》拓片圖録(上海工美拍賣有限公司,第七十五屆藝術品拍賣會,2013 年 4 月 21 日古籍善本專場),簡介曰:朱方淦字五樓,湖州人,近代銀行家,此墓志由臨桂況周頤撰文、歸安朱祖謀書丹、安吉吳俊卿篆蓋。有關細節於拙著《況周頤年譜》(齊魯書社 2015 年版)未及備悉,亟記之。

此詩輯自況氏少年時期的燈謎集《辛巳春燈百謎》。光緒辛巳年即公元1881年。謎面以七言絶句作成,射《聊齋志異目》一,謎底爲"促織"。又見拙輯《蕙風謎存》卷一第96則。

謎體七律(約1912—1920間)

世界繁華快事多,新來風景較如何。
隨風夢亦留香國,射虎人疑有謎魔。
紅鬧枝頭春戲電,驂停柳外夜聞歌。
一層更上雲霄近,萬里滄溟接眼波。

此詩輯自況氏晚年居滬時期謎作,見《春謎大觀》。該書有王文濡1920年序言,所録謎作主要選自上海最大型燈謎組織萍社(約成立於1912年)同人的佳製。謎面爲七言律詩體裁,射詞曲目八,謎底爲"天下樂、憶舊游、蝶戀花、迷神引、杏花天影、駐馬聽、最高樓、望海潮"。又見拙輯《蕙風謎存》卷二第118則。

4. 贈沙孟海《菊石圖》自題五言詩一首

自題菊石圖贈沙文若①

霜花不肯紅,寒石無意緑。
持兹語夏蟲,咄咄爾何物。

1926年6月,況周頤曾畫菊石圖贈與沙孟海,并題五言詩一首。題詩者還有況氏的好友馮幵。當時距離他逝世前僅兩個月。

---

① 詩題由編者所加。詩作録自沙孟海《僧孚日録》,見沙茂世編撰《沙孟海先生年譜》1926年6月第4條,西泠印社出版社2010年5月第1版,第29頁。

據沙孟海《僧孚日録》載:

蕙丈畫菊石贈余,並題其上云:"霜花不肯紅,寒石無意緑,持兹語夏蟲,咄咄爾何物。"並囑吾師題之,亦作二十言云:"渲黛成石緑,匀脂寫霜紅,彌襟絢爛意,都在寂寥中。"蕙丈能畫,世無知之者。①

况氏畫作,傳世并不多見。因此,沙氏説"蕙丈能畫,世無知之者"。鄭逸梅《藝林散葉續編》謂况氏曾繪羅漢像和無量壽佛。②另外,據筆者所知,蕙風還曾繪有《紅梅圖》(自題《減字浣溪沙》)③、書畫團扇及《泛舟圖》成扇(贈陳運彰)④、《緗梅圖》(題《如夢令》,贈陳巨來)⑤等,皆作於1925年至1926年間。⑥

5. 待考詩作若干首

(1)曾呈趙鳳昌鑒定的壽詩二首(約1920—1926間)。

此"壽詩"信息,録於蕙風詞人致趙尊嶽信中,見《趙鳳昌藏札》。信云:

---

① 見沙茂世編撰:《沙孟海先生年譜》1926年6月第4條,西泠印社出版社2010年5月第1版,第29頁。

② 鄭逸梅:《藝林散葉續編》第604、2044則,中華書局2005年1月新1版,第65、229頁。

③ 見上海嘉泰2007年秋季藝術品拍賣會之《古籍善本圖録》,拍品第1274號。

④ 見陳運彰:《思無邪菴民國乙丑六月初三日至八月初七日日記手稿》。

⑤ 蕙風:《餐櫻廡漫筆》,《申報·自由談》,民國十五年(1926)2月25日(丙寅年正月十三日)。

⑥ 詳參鄭煒明、陳玉瑩:《况周頤年譜》,香港大學饒宗頤學術館2011年10月第1版,第400、404、410、424、435頁。

壽詩二首,未卜可用否?趁　庭時祈呈｜鑒定。《張丽人墓誌》,所至盼切,如蒙前途惠貽｜一本,必作長調壽詞為報。此事仰仗｜執事甚深。埶風堂所臧書,日來陳列于古書流通｜處,多有罕見之本。明日午後三句鐘前,　兄來敝寓同｜往一看何如?即不購入,亦可增益聞見也。此函收到,祈即｜示复寸椾為荷。匆布,即頌｜高梧仁兄　侍福。　頤頓　五月十七夕"

信末下角又云:

馮夢華所選｜唐五代詞選(只一本)、｜丁福保所刻詩話前後編,｜便中祈　叚下一用,至敂。①

此信没有注明年份,但由於蕙風於1920年始識趙尊嶽②,故暫繫於1920—1926年以待詳考。

(2)曾呈趙鳳昌斧削的律詩二首(約1920—1926間)。

此"壽詩"信息,録於蕙風詞人致趙尊嶽信中,見《趙鳳昌藏札》。信云:

壽詩二律,愧不能工,祈呈｜堂上斧削為幸。陳大聲《秋碧堂集》中,亦有詞二卷,須函達伯夔。此頌｜高梧仁兄起居。頤拜手　四月廿夕

信末又云:

① 國家圖書館善本部編:《趙鳳昌藏札》,國家圖書館出版社2009年10月第1版,見該書第2册,第158頁。

② 詳參鄭煒明、陳玉瑩:《況周頤年譜》"民國九年庚申二月初一日"條,香港大學饒宗頤學術館2011年10月第1版,第338頁。

此信到,祈照片|惠复為盼。①

此信没有注明年份,但由於蕙風於 1920 年始識趙尊嶽②,故暫繫於 1920—1926 年以待詳考。

蕙風晚年較少賦詩。以上兩信皆托趙尊嶽請其父趙鳳昌鑒定、斧削其詩,意甚鄭重,不太像詩人之間交流詩藝的語氣。故筆者以爲,也未可排除這些壽詩、律詩是蕙風爲趙鳳昌代筆的作品,詳待考。

(3)或曾代康有爲作詩贈予程豔秋(1924)。

拙著《況周頤年譜》記載,1924 年農曆八月或之後,游存先生(康有爲)作詩,屬先生代寄程豔秋。③ 蕙風所著《餐櫻廡漫筆》有云:

> 甲子八月,羅癭公逝世於都門。醫藥喪葬,費約萬金,程郎豔秋,獨力任之,哭之甚哀,並爲持服,斯人斯誼,可以風矣。游存先生,賚之以詩,屬蕙風寄玉霜簃,以愧並世士夫反覆靡常、孤恩負德者……④

羅癭公乃康有爲(號游存叟)講學於廣雅書院時弟子。程豔秋(後名硯秋)則是羅癭公的義子。此詩雖説是康有爲囑蕙風寄贈程豔秋之作,但從各人的輩份及筆記内容參之,蕙風除了代寄之外,

---

① 國家圖書館善本部編:《趙鳳昌藏札》,國家圖書館出版社 2009 年 10 月第 1 版,見該書第 2 册,第 187 頁。

② 詳參鄭煒明、陳玉瑩:《況周頤年譜》"民國九年庚申二月初一日"條,香港大學饒宗頤學術館 2011 年 10 月第 1 版,第 338 頁。

③ 詳參鄭煒明、陳玉瑩:《況周頤年譜》,香港大學饒宗頤學術館 2011 年 10 月第 1 版,第 390 頁。

④ 蕙風:《餐櫻廡漫筆》,《申報·自由談》,民國十四年(1925)2 月 11 日(乙丑年正月十九日)。

可能亦作代筆。未敢以爲必是,僅暫列出以備异日詳考。

除了上述之外,筆者亦得知蕙風或曾有詩詞作品,載於《李太夫人事略》(約 1919)及丁輔之夫人遺作《曇見録》(1920)集中。筆者認爲蕙風以詞見稱,有關作品較有可能是詞作,因此暫列爲待考的散佚詞,詳拙著《蕙風散佚詞續考》。

2012 年冬初稿

2015 年 7 月修訂

十、《香海棠館詠泉詩百篇》校訂本

臨桂況周頤遺著①

鄭煒明校訂

校 訂 説 明

(1)本編所依據的底本,爲《青鶴》雜志1933年排印本;現由筆者(鄭煒明)初步校勘編訂(下稱校訂者)。

(2)《青鶴》本乃據陳運彰抄本;而陳氏則據董伯駢所藏的況氏稿本過録(參《青鶴》編者《識語》及陳運彰《題記》)。

(3)校訂者按況氏原意,對其中三首詩的排序作出更動,并改正了個别誤字,詳見相關校注。

(4)底本句讀錯誤頗多,本編徑改之,不另出注。

① 校訂者案:況字,底本悉誤作況,今正。

底本及校訂本詩作編次對照表

《香海棠館詠泉詩百篇》分輯	見於《青鶴》(底本)卷帙①	詩作編入本校訂本之編號
《香海棠館詠泉詩百篇》(一)	第1卷第12期(1933年5月1日)②	【001】~【010】
《香海棠館詠泉詩百篇》(二)	第1卷第14期(1933年6月1日)	【011】~【015】 【017】~【021】
《香海棠館詠泉詩百篇》(三)	第1卷第16期(1933年7月1日)	【022】~【031】
《香海棠館詠泉詩百篇》(四)	第1卷第18期(1933年8月1日)	【032】~【036】 【038】~【042】
《香海棠館詠泉詩百篇》(五)	第1卷第20期(1933年9月1日)	【043】~【052】
《香海棠館詠泉詩百篇》(六)	第1卷第22期(1933年10月1日)	【037】 【053】~【060】 【062】
《香海棠館詠泉詩百篇》(七)	第1卷第24期(1933年11月1日)	【063】~【071】
《香海棠館詠泉詩百篇》(八)	第2卷第2期(1933年12月1日)	【072】~【081】
《香海棠館詠泉詩百篇》(九)	第2卷第4期(1934年1月1日)	【082】~【091】
《香海棠館詠泉詩百篇》(十)	第2卷第6期(1934年2月1日)	【016】、【061】 【092】~【101】

① 《香海棠館詠泉詩百篇》於《青鶴》之各輯之首行,作者署"臨桂况周頤遺著"。《青鶴》排"況"字皆作"况",本校訂本悉依況氏原意更正。

② 本期《青鶴·簡要目録》誤排《香海棠館詠泉詩百篇》作者爲何剛德,其次行《春明夢録》作者則誤爲況周頤。

《青鶴》雜志編者識語

臨桂況夔笙先生(周頤),舉人,官太守。先後居張文襄、端忠愍幕。工倚聲,著有《蕙風叢書》若干卷。頃得其《香海棠館詠泉詩百篇》,亦饒有趣味之作也。

——編者識

陳運彰1933年12月題記

先師遺著,鋟行而外,晚歲述作,猶待整比。曩侍几席,均獲寓目。辛亥歲,先師由皖避地來滬,書籍稿本多散失。此藁向所未見,蓋亦刼灰之餘也。董丈伯駿得於書估之手,出以相示,得録褔本①。惜先師不及見矣!甘簃先生以先師未刊藁見詢,因以付之;敬識顛末,深感董丈之大惠也。壬申嘉平陳運彰記。

香海棠館詠泉詩百篇

【001】②

虞一金化方足布　舜聱也。《泉匯》:化,貨省書,楙遷有無化居,凡刀布化字倣此。

---

① 校訂者案:褔,副也;底本作福,非。
② 詩作編號由校訂者所加,下同。

荒遠誰稽太皡初，品泉端合例删書。
化居文省分明證，禹鼎湯盤閟不如。

案：《路史》於古泉贅，遡至太皡、尊盧，列國小布，往往屬之三皇五帝。《洪志》多因之。又有天品、神品之目，未免失之荒邈。

【002】

乘正尚金尚爰方足布　虞贖金也。《贖金釋文》：乘，四也。尚，同上，上等金也。尚，當省，敵也。爰，鍰省。合言之，直四正書，上等之金可敵贖罪之鍰也。《路史》以爲舜策乘馬贅，訓乘爲策或讀爲止水，正爲馬。諸譔多从其說。

参詳馬幣與鍰金，妙解居然古遜今。
悟到字通文省處，譔家疏繆好披尋。

【003】

乘充化金金尚爰 背 **充** 陰文　方足布　虞贖金也。《泉匯》：乘充化金，言可充當直四之化金也。背復有充字者，恐愚民誤用，故重言以申明之也。《古今泉略》云：弟一二字，近人或釋梁邑，讀爲梁邑斤金金當鋝。又充字，舊云倒子，近或釋作兗，或釋流省。見《觀古閣泉說》。

小異規橅紀乘充，申明不惜偝文同。
先民立灋饒精意，梁邑何勞附會工。

【004】

安邑化金方足布　夏禹贅也。《漢志》：禹自平陽遷安邑。張台讀山下安中,兩口相重,金邊安爪,非。

山下安中兩口重,金邊安爪訓難从。
《説釿》近出才人筆,領異標新雅興濃。

《觀古閣泉説》:安邑蒲坂諸布,曰一斤,金二斤,金或讀金化。其斤金二字,無不平列者。青園云:當讀作釿。王廉生亦著《説釿》一篇,頗有援據。

【005】

甫反化一金方足布　甫反,蒲坂省。《泉匯》云:《詩地理考》舜都蒲坂。疑是虞布,然形模與京泉布同,似一時之制。且《漢志》有蒲坂縣地名,經久未改。或後世所鑄,未可知也。《吉金録》釋涑城,引《左傳》"伐我涑川",屬晉地,亦通。

蒲坂名从《漢志》掺,范金疑屬後諸侯。
涑城更欲参新解,京泉形模問異不?

【006】

山陽方足布　《泉匯》云貨布,《文字攷》引《史記》:嫪毐封爲長信侯,與之山陽地,遂①斷爲秦贇。然形與列國布不類。方首員肩,頗類古金。《詩》:在南山之陽。山陽,山南之通稱,未必定秦地也。

方首員肩類古金,斷爲秦贇信難深。
誰稽《漢志》陽山地,異解紛綸劇快心。

① 原刊作"逐"字,誤。應爲"遂"。今正。

《古泉臆説》:山陽布,自左讀。然《漢志》桂陽郡有陽山。平陽布,自左讀。然《漢志》陽平屬東郡。是二種布,自右讀亦屬地名矣。

【007】

殊布當十化 背 **十貨**方足布 《泉匯》言此迥異諸布,乃殊尤之品,一枚可直十化金也。布字象邢,字畫從横,如織布文。説見《古泉彙攷》。《通志》讀爲商貨,莊布目爲商貨。《古今泉略》云:近,江秋史、孫淵如,皆讀爲扶,比當十斤,謂四指爲扶,二方爲比。比布比之,可當十斤也,形與莽布相類。

商化名留訓未優,文參扶比是還不。
濫觴新莽紛紜制,此布當年號殊尤。

【008】

四布　四布 背 **當十化**　當十化 力足布,布之未翦斷者。名連瞥,見《緯略》。

連瞥名从《緯略》徵,雙珠雙璧貫同增。
譜中赢得新圖樣,僥幸前人剖未曾。

【009】

屯留方足布　晉瞥也。屯,純省。《春秋》襄十八年,晉人執孫蒯於純留。《古今泉略》引高士奇曰:潞子國,赤狄種也。

潞子遺封試攷求,純留从省作屯留。
赤金近訓共純字,此布參觀説較優。

案:周泉"共屯赤金"第二字,有屯、純二訓。屯取屯聚之義,純謂純赤之金。觀此布純字从省,則純訓較優矣。

【010】

同是方足布　晉幣也。同是,銅鞮省。《春秋》成九年,鄭伯如晉,執諸銅鞮,《路史》云:羊舌邑。

羊舌賢聲恍可聽,鎔金記昔上虒亭。
生紅浯翠憑清賞,歌儛襄陽漫解酲。

案:銅鞮伯華,晉之賢大夫也。《漢志》:銅鞮屬上黨郡,有上虒亭。《樂府解題》:都邑二十四曲,有《白銅鞮歌》,亦曰《襄陽白銅鞮》。太白詩:襄陽行樂處,歌舞白銅鞮。

【011】

安陽方足布　秦幣也。《史記·秦本紀》①:拔晉甯新中,更名安陽。此布今世多見。

多多益善安陽布,小篆銀鐡秀絶倫。
珍重地應同拱璧,肯教淪落在風塵。

【012】

平原方足布　趙幣也。賈誼《過秦論》:秦有平原,係戰國平原君所封地。

① 校訂者案:史,底本作吏,非。

平原自昔擅風流,遺製欣从秘笈收。

欲繡翩翩佳公子,貿絲還許買絲不?

【013】

女陽方足布　越幣也。《古今泉略》云:漢縣,屬汝南郡。

故事遥徵《越絶書》,誰將女布佩羅裙。

男泉儻與同珍閟,璋瓦連占慶有餘①。

《越絶書》:女陽亭者,句踐入官於吳,夫人從道産女此亭,養於李鄉;句踐勝吳,更名女陽。

案:莽布泉,世稱男泉,殆不可解。女陽亭,因女而得名,如以此布爲女布,較有明徵也。

【014】

处如方足布　咎如,幣也。处,咎省。《春秋》成三年,晉郤克伐廧咎如。

处如小布具規模,文教欣看下國敷。

二隗當年歌迨吉,香奩曾實媵錢無。

【015】

平陽方足布　《古今泉略》云:案春秋平陽有四。宣八年城平陽,魯地也。昭二十八年,趙朔爲平陽大夫,晉地也。哀十六年,衛

① 校訂者案:底本作余,誤。

侯飲孔悝酒於平陽，衛地也。《史記》秦甯公二年，徙居平陽，是爲魯隱公九年，此秦之平陽也。近人獨指爲衛地，爲詳疏之。此布今世多覯，字畫各殊，斷非一國之制明矣。

春秋地志四平陽，秦晉還兼魯衛詳。

遺物衹今紛幾許，參差文字兢①奇光。

【016】

杜陽方足布　《泉略》云：江秋史訓爲杜陽。《漢志》：屬右扶風，《注》：杜水避入渭。師古曰：《大雅·緜》之詩：人之初生，自土漆沮；《齊詩》作杜。言公劉避狄而來，居杜與漆沮之陽公劉，太王之誤。又《後漢志·注》引《詩譢》曰：周原者，岐山陽，地屬杜陽。

杜陽文省證詩篇，大雅緜詩漢志牋。

踐土食毛容取義，還憑《路史》攷毛泉。②

案：《泉匯》釋作土毛，謂取踐土食毛之義。又引方小東據《路史》云：毛伯爵，河南籍，水旁有毛泉，近上邽。

【017】

武安尖足布　趙幣也。《史記·蘇秦傳》：趙肅侯封爲武安君。

趙地分明紀武安，當年季子快蜚翰。

① 校訂者案：底本作兢，誤。

② 校訂者案：此詩原列於最末第二首。底本此處注云"此首應在平陽布之下"。現據況氏原意移前至此。

劇憐履蹻歸來日，裘敝囊羞抱布難。

【018】

魯昜背 十二朱員足布 楚幣也。《史記·魏世家》：武侯十六年，伐楚，取魯陽。背十二朱。《泉匯》云：朱，銖省。銖兩計較，起於秦古刀布。計銖者，未見有之，自此布始。

魯陽迷畔妙盧垂，幕紀斤權制可追。
麾日御龍懷往事，良金渾欲載神奇。

《一統志》①：水沈洞，在慈利縣西。酉水發源於此，經流魯陽谷，俗謂之魯陽迷。《淮南子》：魯陽公與韓遘難，戰酣方莫，援戈而麾之日，爲之反三舍。《漢志》南陽郡縣，魯陽有魯山，古魯縣，御龍氏所遷。

【019】

齊巛化金空首布 齊幣也。《泉匯》云：巛字向無定論。攷漢碑《司隸校尉楊孟文頌》：巛靈定位，坤作巛。坤，即地也。猶云齊地化金也。《觀古閣泉說》引金壽卿云：巛，乃濟之水，旁移之齊下耳。則讀爲濟化金矣。《古今泉略》或曰：即濟陰二字，離合成文。

攷古閒將石證金，因坤訓地妙推尋。
水旁移下參新解，離合成文又濟陰。

案：齊都臨淄，淄一作甾，《前漢·地理志》：惟甾其道。巛，或

① 校訂者案：志，底本作念，非。

甾省,未可知也。

【020】

美空首布 《泉匯》云:此字頗似羔羊之羔,然義無可取。今釋爲美,取美富之義。

得鼎曾聞自美陽,岐周舊地《漢書》詳。
千金一字嬋嫣甚,取義因文也不妨。

案:《漢書·郊祀志》:宣帝時,美陽得鼎,獻之。又《地理志》:右扶風縣美陽。《禹貢》:岐山,在西北中水鄉,周太王[1]所邑。則美故屬地名矣。

【021】

齊珐化齊刀 《觀古閣泉說》:第二字,或釋作杏,化作九,或釋太公,自屬瞽說。舊誣釋作吉青園,以背文吉字者證其誤。因釋法省。或又以古灋字無作法者爲疑。程易疇、馮晏海,皆釋作寶。石查著説亦謂訓寶較長。案:寶字,或又訓去,謂用去之化也。近人姚覲元作《泉略後敍》,亦从寶省之説。

寶貨當年並省文,諸家聚訟漫紛紛。
太公杏九尤荒繆,攷古何庸泥舊聞。

【022】

齊建邦始珐化齊刀 《泉匯》云:此類刀,皆出齊地,三字者

① 校訂者案:王,底本形訛作壬,非。

多,四字少,六字更少。

斑斕銅質太公刀,文最周詳品最高。

檀匣錦囊珍六字,恍疑一字一龍韜。

【023】

節墨巴之琺化 背 **開邦** 齊刀 《泉匯》引《金石志》:節、即,古字通,節墨即即墨。《史記·田太公世家》:齊威王九年,即墨大夫云云。巴,邑省。

墨山墨水劇清雄,帶厲名城表海東。

霸業祇今成往事,風流文采映青銅。

《泉略》云:即墨,漢膠東國,以墨水得名。案:墨山,在即墨東北,墨水發源於此。

【024】

安昜之琺化 背 **化** 齊刀 或曰莒刀 《泉匯》引《金石録》:安陽布,屬秦晉。此刀亦曰安陽,規制與齊刀同,似齊别有安陽矣。《春秋》成二年,戰于鞌,《注》:齊地。古字多省偏旁,鞌亦可作安也。加陽字者,猶布中之陶,曰陶陽,亓曰亓陽耳。又引劉燕庭云:《後漢書·趙彦傳》:莒有五陽之地。齊莒謂之刀;安陽刀,莒刀也。齊、莒相近,故規制相同。

珠聯璧合古香濃,節墨安昜恍繼蹤。

地志細參齊與莒,良規是否昉隣封。

【025】

明刀圜泉　《觀古閣泉說》①:舊釋明月。《泉匯》釋明刀。有傳形者,廉生竝有小如榆筴者,云與榆筴半兩同時出土。疑爲秦漢之際,改明刀之制,而作圜泉,故文尚仍之。

文尚非泉式已泉,古今器象漸推遷。
栔刀他日還無秉,新莽聊將往制沿。

【026】

寶化周泉　景王二十一年鑄,《漢書》:景王患泉輕,更鑄大泉,文曰寶化。唐固曰重十二銖,又曰大泉五十。鄭衆曰:唐固所謂大泉,乃王莽時泉,非景王泉也。

古豔奇香舀撫摝,参觀莽製遜多多。
大泉誤釋由唐固,怪底元人尚襲譌。

《泉志新編》云:顧烜《泉譜》、金光襲《泉琉録》等書,以大泉寶化兩存之,至董逌《泉譜》,始去大泉五十,只存寶化一品。

《泉略》云:《秋潤文集·周景王大泉說》曰:陶簿晉卿好古泉,得大泉五十。亦誤以莽泉爲景王泉也。

【027】

寶三化周泉　景王鑄。《泉匯》云:三化、六化,以次迭、大迭增其直。正有合於患輕更鑄,俾子母相權之說。後世當十、當百、

① 校訂者案:閣,底本作閤,誤。

當千所由昉也。

患輕更鑄直還增，往制閒憑故物徵。
一自斯泉備倫郭，孔方千古衍雲仍。

《觀古閣泉説》：輪郭始於寶二化，乃孔方兄之祖。

【028】

東周周泉　《泉匯》云：平王遷洛，謂之東周。此當係東遷以後之物。

東洛衣冠緬盛時，奇珍徑寸豔留貽。
收藏近日推劉鮑，觀古閣中雅供宜。

《觀古閣泉説》：東周泉，惟劉青園與余有之。

【029】

共屯赤金周泉　案，《詩》：侵阮徂共，《注》：阮國之地，在河内共城，今汲郡共縣。又《路史·注》：厲王後有共伯和。屯，純省，或即釋作屯，説見前。

侵阮曾聞詠徂共，屯純異解問誰从。
赤金自足超三品，渾古精神妙冶鎔。

【030】

垣周泉　案：《一統志》：垣即周、召分陝處。

分陝當年地未湮，泉稱瓅子太無因。
如何舊謚尤荒繆，贊屬神農字訓神。

《泉志新編》引李孝美曰：此泉銅色純赤，俗稱爲鎖子泉。《泉略》引江秋史曰：宋人側看，以爲神字。謂神農贊，非。

【031】①

重一兩十二珠周泉　《泉志新編》：此泉銅質純赤，面隆幕平，内作環眼，重字、珠字，筆法奇古，其爲周制無疑。荀悦②《漢紀》曰：周泉皆有文。顧烜曰：重十二銖，殆即此耶？重一兩十二珠者，雖名一兩，實重十二銖也。銖字於珠上加一畫，蓋用叚借。

迴③環六字秀天然，彷彿盤匜款識鐫。
紀重漸開秦漢制，魯昜金後見斯泉。

【032】

半兩秦泉《史記》：秦至關中，鑄泉，文曰半兩。顧烜曰：重十二銖。

罷行刀布自嬴秦，孰簡删緐制一新。
怪底當年銅不惜，宫門還見置金人。

---

① 校訂者案：此詩底本緊接於上文，應屬誤排，今正。
② 校訂者案：荀，底本作筍，誤。
③ 校訂者案：底本訛作迴，今正。

【033】

半𠕎漢泉　《漢書·高后紀》:二年,行八銖泉。顧烜曰:高后既患筴泉輕,又苦秦泉重,更鑄八銖泉,文亦曰半𠕎。

渾樸猶存太古風,莢輕秦重妙通融。
它年寶竟誇身毒,巧與斯泉大小同。

《西京雜記》:身毒國寶鏡,大如八銖泉。

【034】

𠕎半漢泉　半𠕎傳形。

錦字回文好竝參,土花斑駁古香含。
紅閨未按諸家譔,笑問斯泉可當三。

【035】

三銖漢泉　《武帝紀》曰:建元元年二月,行三銖泉,重如其文。《觀古閣泉說》:三銖,金旁从金①,其有作金者,皆五銖所改者也。

半兩居然榆筴泉,循名覈實太相縣。
三銖改鑄文如重,傳世無多謚誤詮。

《泉略》引封演曰:半兩泉,有重三銖。兩字中惟作十字,不爲兩人。而穿下有三豎文之泉,豈以三畫爲三銖之記耶?又引《洪

① 校訂者案:底本作金。從詩後況氏案語觀之,知其文應作金。

志》曰:史氏以爲銷半両,更鑄三銖泉,重如其文。則三銖之文明矣。封氏蓋偶未見三銖泉耳。《泉志新編》:按三銖泉無輪郭,似半両,但傳世稀少,故當時諸譜未曾載入。

【036】

五銖漢泉　《武帝紀》:元狩五年,罷半両,行五銖泉。

苕遞六代守成規,漢武真能軌範垂。
廣拾我今同二李,上清童子儻追隨。

《泉略》云:自漢武帝元狩五年,始行五銖泉,中歷七百三十九年,至唐高祖武德四年始廢。又云:宋王十朋子,孟甲聞詩,孟乙聞禮,好蓄古泉。十朋示以詩:廣拾漢五銖,遠及周九府云云。《博異志》:貞觀初,岑文本於山頂避暑,有叩門者云上清童子。岑問曰:衣服皆輕細,何土所出?答云:此上清五銖服。又問曰①:比聞六銖者天人衣,何五銖之異?答云:尤細者,則五銖也。出門忽不見,惟見古泉一枚。

【037】

鐘官赤側五銖漢泉　《泉匯》云:武帝令京師鑄鐘②官赤側泉,如淳曰:以赤銅爲其郭。但今未識鑄法何如。竊疑半両鑄就,皆不磨礲。今五銖因民磨取鋊,故加以周郭,復磨礲之;磨後郭色新赤,因名赤側,非別有制作也。劉青園曰:在陝曾見五銖泉,近五字薄,近銖字厚,三泉疊置,作馬蹶狀。《漢書》作赤仄。《説文》仄

① 校訂者案:底本作日,誤。
② 校訂者案:底本作鍾,今正。

訓側。傾赤仄者,赤而且仄,非獨赤其郭也,説亦可參。《漢書音義》曰:俗所謂紫紺泉也。

鐘官舊制孜應難,紫紺名留義未安。
近日謎家參妙解,三泉壘作馬蹏看。①

【038】

五銖 **穿下** **平** **倒書**　案:諸謎以爲即漢代所鑄平當五銖也。

倒縣平字書穿下,呼作平當是與不?
怕似三銖誤封演,還將舊謎細研求。

【039】

契刀五百 **新莽刀**　《漢書·食貨志》:契刀,其環如大泉,身形如刀,長二寸,文曰契刀五百。

長楴栔員製最工,篆文不與漢書同。
漫云从木非从大,是否當年栔契通?

《泉略》云:《漢志》作契刀。《説文解字》曰:栔,刻也。契,大約也。二字不同義。案:栔訓爲刻,於泉刀義無可取。不如从大訓約,謂此刀約直五百也。栔、契古本相通,《爾雅·釋詁》:契,滅殄絶也。註:今江東呼刻斷物爲契斷。又《吕覽》"契舟求劍",契字亦作刻解。契可訓刻,栔何不可訓約乎?《詩》"契契寤歎",《箋》:契

① 校訂者案:此詩原列於銖五蜀漢泉之後。底本此處注云"此首應鈔在五銖漢泉之下"。現據況氏原意移前至此。

契，憂苦也。《博雅》：栔栔，憂也。亦二字義可相通之一證也。

【040】

一刀平五刃新莽刀　一刀二字，以黄金錯如文，所謂金錯刀也。

往事方憐聚鐵差，多情贈我謝如花。
天涯漫惜囊徒罄，僥倖松醪賤可賒。

方岳詩：鑄錯空糜六州鐵合六州四十三縣鐵，不能鑄此錯也。羅紹威語。張平子《四愁詩》：美人贈我金錯刀。杜詩：金錯囊徒①罄。韓詩：聞道松醪賤，何須恡錯刀。

【041】

大泉五十新莽泉②

莽代金刀布與泉，品分卄四此開先。
公龜壯貝他年鑄，大衍占來好竝牋。

《泉略》云：莽變漢法，前後泉品凡三十有四。而大泉五十爲初鑄。案：《漢志》：莽又鑄公龜壯貝。兩貝爲朋，朋直五十，十朋直五百③。

① 校訂者案：底本訛作徙。今據《全唐詩》正之。
② 校訂者案：大泉，底本誤作太泉。今據詩後況氏案語正之。
③ 校訂者案：底本作伯，誤。

【042】

大泉十五莽泉[①]　大泉五十傳形。

傳邢渾似紙傳模，十五翻疑紀直殊。
更有面文兼四出，新奇欲補吉金圖。

案：大泉十五，有面文兼四出者。又有面文大泉五十，背傳形者。竝於成都友人處見之，諸譜所未載也。

【043】

壯泉三十莽泉

蕭城訪古劇清娛，失去翻憐落掌珠。
一事至今輸瘦沈，壯泉簃裏鏤雲腴。

曩寓成都，有售壯泉三十者，往購稍遲，爲沈瘦粿所得。字文秀渾，薄似開通，似爲贋品。沈精鐵筆，有《壯泉簃印存》；名忠澤，泉唐人。

【044】

中泉三十莽泉

稀如星鳳杳難尋，小築何人愜素心？
前輩風流慨投贈，鱗鴻付託意深深。

---

① 校訂者案：大泉，底本誤作太泉。今據詩後況氏案語正之。

案:中壯二泉,稀如星鳳。又昔人有得中泉,名其臯曰中泉小築者。見《鮑臆園手札》。臆園各有二枚,曾以分贈友人也。

【045】

幼泉二十莽泉

直佸幺泉紀幼泉,冰斯字體秀娟娟。
焚香試啓犀匳看,風度依稀美少年。

【046】

幺泉一十莽泉

幺形宛肖子初生,子母相權稓定名。
更有異文標直十,唐人謚録載分明。

《說文》:幺,小也。象子初生之形。《漢書》:莽變漢制,以周泉子母相權,乃更造大泉。《洪志》曰:封演曰:幺泉,別種曰幺泉直下。

【047】

小泉直一莽泉 荀悦《漢紀》:王莽建國元年春,更作小泉,徑六分,文曰小泉直一,與大泉五十竝行。

小泉相輔大泉行,建國初元製絶精。
序齒宛然居末座,孔方曾否孶諸兄?

【048】

大布黄千莽布　案:此布《洪志》至今皆作大黄布刀,以新莽自謂黄帝①後裔,大黄如大漢大唐等稱。誤矣。黄即横字,古横、衡二字通,詳《禮記》鄭注、《毛詩箋》等書。衡者,平也。大布之平一千,亦有錯刀之平五千也。此是布,非刀,而誤讀千字爲刀,篆文刀字豈有中多一點者乎?但觀幺布等形製,研究自明。説見《兩漢金石記》。

千誤爲刀點漫增,黄横通叚攷何曾?
景巖舊説支離甚,十布文留未互徵。

【049】

貨布莽布　《漢志》:莽即真,以爲書劉字有金刀,乃罷錯刀栔刀。天鳳元年又罷大小泉,改作貨布,鑄作泉布,皆用銅殽以連錫。

金刀罷後罷諸泉,變制遥稽天鳳年。
連錫殽銅成貨布,劉歆斛赤賴流傳。

《泉略》云:諸泉布惟此一品,尺寸最詳。今以建初尺度之,無不與《志》所云纖豪悉應者。足徵建初尺,即劉歆銅斛尺無疑也。

【050】

貨泉莽泉

天心默許漢中興,白水真人瑞早徵。

---

① 校訂者案:黄帝,底本誤作皇帝。今按文意正之。

忌甚轉教成讖語，泉王終是德難勝。

《漢官儀》曰：莽鑄貨泉，其文爲白水真人。光武居白水鄉，乃應其瑞。

【051】

泉貨莽泉　貨泉傳形。

貨泉泉貨迭迴環，仿佛東流去復還。
左右逢源常不竭，底須銅禁幾回頒。

《漢書》：王莽居攝，防民盜鑄，禁不得挾銅炭。

【052】

布泉莽泉　《舊譜》曰：徑寸懸鍼文者，謂之男泉，言佩之則生男。《泉匯》云：重好郭穿上半星。此品《泉志》謂之男泉。張嵩木曰：唐人詩“私戴男泉壓鬢低”，即此泉也。

小篆縣鍼按譜同，半星重好樣偏工。
玉閨差說宜男兆，佩向蘭襟笑靨紅。

【053】

直五百銖蜀漢泉　《洪志》引顧烜曰：徑寸一分，重八銖，文曰五銖，直百。又曰：此泉封氏列不知年代品。

直百聊充府庫虛，五銖猶昉漢京初。
鎦巴舊策垂青史，封氏緣何攷證疏。

《蜀志》曰：先帝初拔成都，軍用不足，劉巴曰：但當鑄直百泉，平諸賈。从之。

【054】

直百蜀漢泉　舊譜：徑七分，重四銖，右曰直，左曰百。

錦江戎馬尚倥傯①，開剏君臣濟變工。
直百泉輕同直一，當年取徹帳鑄銅。

《南齊書·崔祖思傳》：劉備取帳鉤銅鑄泉，以充國用。

【055】

銖五蜀漢泉　五銖傳形。

虎鬥龍爭尚魏吳，匆匆草創漢規模。
如何兩字分明識，大業終難復五銖。

【056】

大泉當千三國吳泉　《吳志》：孫權赤烏元年，鑄當千大泉。

十萬爭傳賜予優，阿蒙百計下荊州。
誰知但有空名在，只合先生挂杖頭。

《晉書·食貨志》曰：孫權鑄當千泉，故呂蒙定荊州，賜泉一億。泉既大貴，但有空名。

① 校訂者案：傯，底本訛作偬。今按詩韻正之。

【057】

沈郎泉晉泉 《晉志》:吳興沈充鑄小泉,謂之沈郎泉。

孔方顛頏絶堪憐,名字風流竟可傳。
贏得玉谿詩句好,謝家輕絮沈郎泉。

義山詩:今日春光太漂蕩,謝家輕絮沈郎泉。

【058】

孝建 背 四銖 宋武帝泉 《宋書》:孝建元年正月,更鑄四銖泉。舊譜:徑八分,重四銖。孝建二字薤葉,四銖二字大篆。

泉標年號未前聞,孝建新題薤葉文。
漢製更誰誇五鳳,空勞贋鼎辨紛紛。

案:《觀古閣泉説》云,謂園有五鳳泉,字在穿左右,甚工。余曾得拓本,似好事者所爲。《泉匯》亦謂五鳳無鑄泉之文。泉紀年號,始於孝建,如五鳳有泉,則在孝建之先矣。

【059】

女泉 文曰五銖 梁武帝泉 顧烜曰:天監元年,鑄公式女泉。張台曰:背有好郭,謂之公式女泉;背無好郭,單謂之女泉。

雌劍曾聞鍊牝銅,女泉梁代製偏工。
背摹好郭惟公式,鑄自民閒未許同。

《金簡記》云:取牡銅以爲雄劍,取牝銅以爲雌劍。

《升菴外集》云:鍊銅時與一童女俱,以水灌銅,銅當自分爲兩段。凸起者,牡銅也;凹陷者,牝銅也。

【060】

稚泉小五銖也　《洪志》曰,《隋書·食貨志》曰:梁初古泉有五銖稚泉。顧烜曰:徑八分半,重四銖,東鏡謂爲稚泉。三吳皆用之。少者至徑六分,重二銖半。世有射雉戲,用此泉也。

稺泉稱謂劇新奇,曾逐三吳射雉嬉。
行用儻同公式女,相權子母恰相宜。

【061】

太平百錢　梁武帝時百姓用古泉有此。

誰將大太字傳譌?幻出龜紋與水波。
僥倖臨平存兩甕,真泉流播至今多。①

《古泉叢話》:案此泉必鑄於泉法極壞之時,故一幺泉可當百蚨。平,即平五千之平,謂其大可平百泉,人識爲太平,誤也。此泉本絶少,齊時所得太平百歲泉,疑即此泉。世不易得,故誤識其文以爲瑞。世傳水波龜紋之類,皆不見真泉,而僞鑄爲厭勝耳。故大小在不類,而大字竟改爲太字。乾隆時,臨平岸塌,出兩甕,此泉遂偏東南。

① 校訂者案:此詩原列於底本最末一首。底本此處注云"此首應在五銖稚泉之下"。現據況氏原意移前至此。

【062】

永安五銖 **背** **土** **北魏宣帝泉** 《貨泉備考》云,《通典》:延昌二年,徐州啓奏求行土泉;是魏時本有土泉之名,以其非由官鑄,故以土字别之耳。《癖談》:北人謂土爲拓,后爲跋。魏之先出於黄帝,以土德王永安之;有土字,表其以土德王也。《泉匯》云:其説特刱,存以備考。《春草堂泉譜》云:魏本拓跋氏。拓,開也。跋,土也。拓跋者,開劈土地之謂也。背有土字,不忘本也。

延昌舊制土泉行,拓土開疆①訓亦精。
土德更稽黄帝裔,生花妙筆快縱横。

【063】

永安五銖 **背** **四出** **東魏泉** 張崙木曰:背文四出者,名令公百鑪泉。邱悦《三國典略》曰:西魏大統七年正月,東魏有雀銜永安泉,置渤陽王高歡前,歡世子澄乃令百鑪别鑄。此泉鄴中號令公百鑪泉。封氏曰:背文四出。

青綺文襦記洞冥,銜泉又見嶲通靈。
令公鑪裏昭元貺,巧鑄玲瓏四出形。

《洞冥記》:帝升望月臺,有三青鴨化爲三小童,皆著青綺文襦,合握鮫文之大泉三枚,以置帝几前,身止而影動,因名輕影泉。

① 校訂者案:底本作彊,誤。

【064】

布泉北周泉　《洪志》曰:《後周書·武帝紀》曰:保定元年七月更鑄泉,文曰布泉,以一當五,與五銖竝行。舊譜曰:徑寸,皆玉筯篆,非男泉也。

玉筯文留璀璨輝,宜男須記此泉非。
晴窗試與縣鉞較,環燕依稀異瘦肥。

【065】

五行大布北周泉　《周書·武帝紀》:建德三年,鑄五行大布泉,以一當十,與布泉竝行。

大布因何號五行,水源木本兆資生。
范金合土誇新製,總恃洪鑪鍛鍊成。

【066】

永通萬國北周泉　《周書·宣帝紀》:大象元年,鑄永通萬國泉,以一當十,與五行大布竝行。

文因細密妙縈紆,大象元年紀設鑪。
萬國永通參儁解,《癖談》當日劇清娛。

《癖譚》云:永通萬國,宜讀萬國永通。

【067】

漢興成李壽泉　《古今泉略》:按李特姪李壽,於晉成帝咸康四年，改國號漢，改元漢興。《洪志》以此泉爲漢莢泉，蓋沿顧烜、李孝美之誤。《史記索隱》注漢莢泉，亦引《泉譜》云文爲漢興也。

分書豈是漢京泉，注史何人管見偏。
也有篆文穿左右，錦官城裏近流傳。

案：漢興泉，文在穿上下者八分書，在穿左右者篆書。篆書泉，曾於成都見之。

【068】

豐貨後趙石勒泉　《洪志》曰：《晉書·石勒載記》曰：鑄豐貨泉。舊譜曰：世人謂之富泉。言收此泉，令人豐富。

磊落當年大丈夫，皎然日月耀雄圖。
遺泉且喜含英氣，漫問真能致富無？

《石勒載記》：勒曰，大丈夫行事，當礌礌落落，如日月皎然，終不能如曹孟德、司馬仲達父子，欺他孤兒寡婦，狐媚以取天下也。

【069】

五銖隋泉　《隋書·高祖紀》：開皇元年九月，初行五銖泉。舊譜曰：肉郭平闊，右邊旁似有一畫，餘三面無。郭用鑞和鑄，故泉色白，俗謂之白鑞泉。

異彩争看白鑞泉，永安舊製遜精妍。
政和大定遥相昉，銀冶休誇萬曆年。

案:永泉五銖,亦有用鑞和鑄者,泉色近白。政和真書泉及大定,均有白泉,《泉匯》有萬曆礦銀泉。

【070】

開通元寶唐高祖泉　《唐書·食貨志》:武德四年七月鑄,徑八分,重二銖四參積,十泉重一兩。歐陽詢制詞,其文以八分兼篆隸二體。

三體歐書妙絶倫,十泉一兩制平均。
開通元寶迴①環讀,誤讀開元自宋人。

《泉略》引周祈《名義攷》俩:通寶自宋人誤讀開通泉文始。按《通考》云:自上及右,迴②環讀之。

吕東萊曰:唐至五代,惟開通之法不可易。《龍川略志》:蘇轍至京師,王介甫問鐵泉。對曰:唐開通泉最善。此皆可證。予家藏《通典》,皆作開通。今刻本作開元,妄竄易也。

【071】

開通元寶 背 掐文

開通掐印辨紛然,梭謚曾苻莽貨泉。
更有刀文惟半月,可知花樣久流傳。

《洪志》曰:《鄭虔會粹》曰:初進蠟樣,文德皇后掐一甲跡,故背

① 校訂者案:底本形訛作廻,非。
② 校訂者案:底本形訛作廻,非。

有掐文。《泉略》云：或謂竇后，或謂楊妃。姚寬《西溪叢語》、王觀國《學林》、吴曾《能改齋漫録》、張舜民《畫墁録》、葉大慶《攷古質疑》，王楙《野客叢書》、周必大《二老堂雜識》，皆嘗辨之。

《泉匯》云：貨泉有背作半月形者，開元泉有此，以爲文德后掐痕。觀此有不始於開元矣。

案：列國刀有一品，面作半月文。《泉匯》云：一畫曲如半規，疑貨字之最減也。然又有作三星形者，曲折相連，如後世大泉五十等背文，不可作半月文之例證乎？

【072】

乹元重寶唐肅宗泉

泉果通神禱不妨，閒將異事話三唐。
景龍廐裏鐘成日，面幕分嵌識吉羊。

《舊唐書》：李輔國鑄飛龍廐鐘不成，急投乹元新泉二文於鑪，而祈曰：如聖躬萬福，國祚無疆，宄孽殄除，四方甯謐，則願不消不爍，一陰一陽，竝見於外。鑄成一如所祈。

【073】

大曆元寶唐代宗泉

青苗泉與地頭泉，制度紛更大曆年。
我愛騷壇十才子，買花沽酒興清閑。

《唐書·食貨志》：大曆元年，天下苗一畝，税泉十五，號青苗泉。又有地頭泉，畝二十。

【074】

得壹元寶史思明泉

字文方重似清臣,渾古堪爲埜客珍。
引證但憑錢氏《譜》,《唐書》未攷惜前人。

王楙《野客叢書》云:龐元英《文昌雜録》,得一元寶,順天元寶,始疑史傳無此泉,得錢氏《泉譜》,乃知史思明鑄。僕謂此見《唐書》甚明,元英其未攷耶?僕家舊有得一元寶泉,字文方重,如顔體,倫郭甚古,後爲好事者取去。今此二泉,人家往往有之。

【075】

周通元寶周世宗泉①

底事金身竟捨身,忘身利世論翻新。
句麗儻有銅堪市,毁佛微嫌損至仁。

《五代史·周紀》贊世宗毁天下銅佛鑄泉,嘗曰:吾聞佛説以身世爲妄,而以利人爲急,使其真身尚在,苟利於世,猶欲割截,况此銅像,豈有所惜哉?由是羣臣皆不敢言。又《四夷坿録》:高麗地産銅銀,世宗遣韓彦卿以帛數千匹,市銅於高麗,以鑄泉。

【076】

開通元寶南唐後主泉　《綱鑑彙編》:後主四年三月,行鐵泉,

① 校訂者案:底本作周宗世泉,誤。

大小一如開元,文亦如之,徐鉉篆文。

貴胄遥遥衍建王,泉文猶自倣三唐。
工書臣子詞天子,阿堵常留翰墨香。

【077】

乹德元寶前蜀後主王衍泉

遺泉今日尚流傳,宋代翻疑鏡背鎸。
攷古未詳公祏號,竇儀淵雅重當年。

袁了凡曰:宋祖改元乹德,以爲前代無此年號矣。後得蜀宫人鏡,其背識乹德四年鑄者,帝怪以問竇儀,對曰:蜀少帝時有此號。今按:《宋朝類苑》:江南保大中,浚秦淮,得石誌。按其刻,有大宋乹德四年凡六字,他皆磨滅不可識。令諸儒參驗,乃輔公祏反江南時年號也。此不惟年號同,併其國號亦同。

【078】

廣政通寶後蜀後主孟昶泉

穿同鳳篛豔當年,故事還从麗句牋。
濯錦江邊新鑄就,月頭支給買花錢。

案:《升菴外集》,漢有厭勝泉、藕心泉,狀如干盾,長且方,而不員。蓋古刀布之變也,與近世花蕊夫人封綬及穿鑰錢相似。見封演及李美《泉誼》《泉略》。又引《白茅堂集》曰:古刀泉左文曰刀,右曰泉。用修在滇得花蕊夫人所佩,正此二説相岐,未知就是廣政泉。花蕊時鑄,或曾穿鑰未可知也。《花蕊宫詞》:月頭支給買花錢,滿殿宫娥近數千。遇著唱名多不語,含羞走過御牀前。

【079】

宋通元寶宋太祖泉　《宋史·食貨志》:太祖初鑄泉,文曰宋通元寶,凡諸州輕小惡泉,及鐵泉、鑞泉,悉禁之。

宋泉精微此權輿,不讓開通信本書。
鐵鑞禁嚴私鑄絶,陋他五代製麤疏。

【080】

淳化元寶 草書 宋太宗泉①

鸞飛鳳翥樣翻新,御筆親題賜近臣。
贏得元之誇趙壹,琴書卧擁未全貧。

徐文靖《管城碩記》:前世泉文未有草書者,淳化中,太宗始以宸翰無之。既成,以賜近臣。王元之有詩云:謫官無俸突無煙,唯擁琴書盡日眠。還有一般勝趙壹,囊中猶有御書泉。

【081】

元祐通寶 行書 宋哲宗泉②

摩挲故物幾欷歔,蔓本鶤圖莠未耡。

---

① 校訂者案:底本作宋太宋泉,誤。
② 校訂者案:底本作宋哲宋泉,誤。

可惜哲宗①初政孅,泉文渾是長公書。

案:元祐泉,舊譜謂司馬温公、蘇文忠所書。今玩此泉,酷肖蘇書也。

【082】

崇甯通寶 平泉 宋徽宗御書泉

瘦金書勢小逾妍,四監遥供歲額泉。
可惜三年罷行用,匆匆换納罕流傳。

《書史會要》:徽宗書,自號瘦金體。今徽宗各泉,皆瘦金書也。《玉海》:崇甯元年八月,户部言:江池饒建四監,歲額上供新泉一百三十餘萬貫。《宋史·食貨志》:三年罷鑄小平泉。《春草堂泉譜》:崇甯泉,小者最少。蓋當時换納改鑄,故不多見。

【083】

大觀通寶宋徽宗御書泉

銀鏷鐵畫秀堪餐,自是泉中絶大觀。
更有杏花詞句好,官家才藻得來難。

按:徽宗有《燕山亭見杏花作》詞。

---

① 校訂者案:底本作宋,誤。

【084】

重和通寶 篆書 宋徽宗泉

重和工緻似宣和，書格無分易傚摩。
狡獪怕逢張鳳眼，精泉近日改鐫多。

秦中有張氏，精於刻泉，號鳳眼張。見《觀古閣泉説》。

【085】

宣和通寶 篆書 宋徽宗御書泉

謚成書畫豔宣和，翰墨風流賞會多。
留得泉文供雅玩，金垂玉屈秀如何。

【086】

慶元通寶 背上 **勑** 下 **五十料** 右 **慶元元年夏** 左 **改鑄此號錢** 南宋甯宗泉 《泉匯》云：鮑子年所臧，背文多至十四字，泉中廑見之品也。

紛紛紀監復書年，南宋編多大小泉。
獨有慶元標鉅製，背文十四豔摹傳。

【087】

端平通寶 當五 南宋理宗泉①

① 校訂者案：端平，底本作瑞平，誤。

宋泉今日易蒐羅，底事斯泉重撫摩。
置監當年惟一月，人間流播本無多。

張端義《貫耳集》：端平鑄泉，一當五。輦下置監。泉不及千緡，費用萬緡，不一月罷。

【088】

大定通寶金世宗泉

代州明詔命郎官，泉制當年鄭重看。
留得銀光璨千古，懷英妙蹟仿尤難。

《續通考》：金世宗大定十八年，代州立監鑄泉。初鑄斑駁不可用，更命工部郎中張大節、吏部員外郎麻桂監鑄。字文肉好，其料微用銀云。

案：大定泉，世傳黨懷英書。

【089】

至元通寶元世祖泉

乹德曾滋宋代疑，至元留識事尤奇。
函中缾底深臧久，預讖興衰果阿誰。

蔣一葵《長安客話》：妙應寺在阜成門內，有白塔一座。元至元八年，世祖發祖石，函銅缾，缾底獲一銅錢，上鑄至元通寶四字。

【090】

至元戊寅 背 **香殿**　見《泉匯》。

元代通行楮幣多，紅鈐緑①字久銷磨。
遺泉賸有香花供，訪古何人芃宇過。

【091】

洪武通寶明太祖泉

鑄鈔當年紀異聞，精華乞取秀才文。
遺泉儻與同盧冶②，慧業靈心幾許分。

祝允明《枝山野記》：洪武初，造鈔不就，一夕夢神告：用秀才心爲之。寤思曰：豈得殺士爲之耶？高后曰：士子苦心程業，文課即心也。因命取大學積課簿鑄造，果成。

【092】

宣德通寶明宣宗泉③

香梟金鑪豔説宣，宣窯款式更瓌妍。
書生近有銅香癖，十様花楠只詠泉。

---

① 校訂者案：底本訛作緣。
② 校訂者案：底本訛作治。
③ 校訂者案：全詩（連詩題、詩跋）見於底本之第（十）輯。然詩題與詩之正文，於底本之第（九）、第（十）輯中重見。現已刪正。

《泉略》云:《如服軒泉謚》十三卷,陳萊孝撰。萊孝,海寧人,曾刻《古泉七絶句》,序云:余少負泉癖,搜羅計一千餘品,桑弢甫題余居曰銅香,以寓嗜痂之意。山陰王湘洲爲圖小册,率賦七絶句於其後,其弟六章云:顧張封李董金洪,正僞譸張太不同。差喜童烏能弄筆,頻年排纘學而翁。小注云:余著《泉謚》,大兒敬禮采録居多。

【093】

萬曆[①]**通寶** **背** **礦銀** **明神宗泉** 《泉匯》云:舊譜未載。劉燕庭曰:是當時開礦之處,偶爾鑄此。

阿誰偶鑄礦銀泉?故事還徵《野獲編》。
賞賜宫娃同豆葉,御前八局典司專。

沈德符《萬曆[②]野獲編》:御前八局中,有銀作局,專司製造金銀豆葉,及金銀泉,輕重不等,累朝以供宫娃及内侍賞賜。

【094】

海東重寶 **高麗國泉**

正朔遥遵貢職虔,海東藩服夙偁賢。
遺規也足垂千古,漫比尋常外國泉。

---

① 原刊作“歷”字,誤。應作“曆”字。今正。
② 原刊作“歷”字,誤。應作“曆”字。今正。

【095】

辟兵莫當 背 除凶去央 漢厭勝辟兵泉

善積凶央自不生，銷兵況值世昇平。

兩言厭勝渾無當，聊與尊彝共品評。

【096】

龜鶴齊壽吉語厭勝泉

品題曾入太鳭詩，蒼雅居然漢晉遺。

何只錦囊供祕玩，好將吉語祝薐闈。

《樊榭山房集》云：吳中有書賈來廣陵，出古泉三百餘見示，刀布正僞諸品皆備，汪君祓江拓其文凡四，以遺予。一曰千秋萬歲，面龍鳳形；一曰長生保命，面有北斗及男女對立狀；一曰斬妖伏邪，面有立神、一蹲虎、一符篆；一曰龜鶴齊壽，面無文。蓋古厭勝錢也。暇日裝潢成册，爲詩題後，並邀祓江同作。詩有云：其三志語擅蒼雅，自耤神力通殷勤。

【097】

永昌富貴 背 壽星雲物之文 厭勝吉語泉

永①昌富貴吉祥辭，秀逸文摹北魏碑。

南極老人介糜壽，繪同雲物絶精奇。

---

① 校訂者案：底本脱永字，今據詩題補。

【098】

五男二女 背 七子圖 **吉語撒帳泉**①

男泉女布瑞同稽，七子團欒祝翠閨。

撒向芙蓉新帳裏，鴛鴦妍暖獲雙栖。

【099】

趙將廉頗 背 人乘馬形 **馬格泉** 《春草堂泉誰》云：易安居士所鑄也。易安作打馬圖，圖四角爲太僕寺、騏驥院、玉門關、沙苑監等名；四正面爲天駟監、飛龍苑、隴西監、汧陽監等名；中曰函谷關、赤岸驛、尚乘局；其馬飛黄緑餌、赤兔千里等名；用三骰子擲色爲滿盆星、小孃子、飳饈兒等名。其例每人馬二十疋，鑄銅爲之，如泉式，刻其文爲馬，各以名馬別之，以爲勝負云。《通考藝文略》有謝景初《打馬格》、宋廸《打馬格》、鄭寅《打馬圖》。陳振孫《書録解題》有無名氏《打馬格局》一卷。

歸來堂裏智句留，金獸香消局未收。

喜得廉頗爲上將，漫憂同輩占頭籌。

歸來堂，易安所居，見《金石録·後序》。易安詞：薄霧濃雲愁永晝，瑞腦消金獸。《漢書·馮唐傳》：上既聞廉頗、李牧爲人良說，廼拊髀曰：嗟乎！吾獨不得廉頗、李牧爲將，豈憂匈奴哉！

① 校訂者案：撒，底本作撤，誤。

【100】

渥洼之馬 背 馬形

雅戲連鑣女伴娱,渥洼龍種快馳驅。
漢皇昔日歌天馬,漱玉仙才昉得無。

魏徵文:渥洼龍種,丹穴鳳雛。《漢書·武帝紀》:元鼎四年秋,馬生渥洼水中,作《天馬之歌》。

【101】

紫燕 背 馬形

紫騮輕俊真如燕,馳騁瓊閨玉局中。
簾捲西風倩消遣,漫勞心事寄征鴻。

易安詞:簾捲西風,人比黄花瘦。又:征鴻過盡,萬千心事難寄。

《青鶴》雜志編者篇末按語

編者按:況夔笙先生此作,計詩百篇①,已陸續刊畢矣。

① 校訂者案:底本之編者所謂百篇,殆爲約數。實計得101篇如上。

十一、蕙風謎存

前　言

況周頤(1861—1926),字夔笙,晚號蕙風。他除了是清末民初一位大詞人、詞學理論家以外,也是一位著名的謎人,被當今謎界評爲20世紀80位代表性謎家之一①,又有"詞人謎家"的稱號。②他的謎作屢被編入當代燈謎叢編③或選集④。邵濱軍、趙首成《百年謎品》一書,給予了蕙風謎作極高的評價:

蕙風之謎,頗喜採書史及稗官逸聞結撰成題。大部分謎作扣合嚴密,思深趣永,的具其詞"韻長味厚"之特色。……蕙

① 參考邵濱軍、趙首成:《百年謎品》,上海古籍出版社2004年9月第1版,見《凡例》第1則。

② 據江更生、朱育珉:《燈謎大世界·人謎家況蕙風》一文,見百度貼吧之原創燈謎吧貼文《中華燈謎古今謎人譽稱、並稱、異稱大全(三)》,下載日期:2015年3月2日。

③ 如百駢編:《謎林》,香港百平藝苑1979年10月影印出版。又如高伯瑜、邱景衡、諸家瑜、陳秉才、郭龍春編:《中華謎書集成》,人民日報出版社1991年5月第1版。

④ 如邵濱軍主編:《歷代燈謎賞析》,上海古籍出版社2002年9月第1版;又如邵濱軍、趙首成:《百年謎品》,上海古籍出版社2004年9月第1版。

風晚歲於謎着力尤多,故其作中除尚存逞才肆氣、獨立高標的一面外,更萌發出一種勇於探索,追求極致、"把謎做絶"之精神,誠爲可貴。①

又認爲蕙風乃"'萍社'翹楚、製謎大家……在波瀾壯闊的萍社創作樂章裏奏出了最強音"②。

蕙風之喜製燈謎,蓋源於家學。在他的筆記著述之中,不乏有關燈謎的篇什,其中有提及其祖父況祥麟與燈謎1則:

> 先輩有言,文藝之事,惟燈謎與圍碁。今人突過古人,機心勝也。先大父花矼公,有燈謎二鉅册,大都渾雅有餘,尖巧不足。録謎詩四首如左(略,詳見本編附録)。詩體平正穩成,雖餘事末技,亦具先正風格。③

由此可見,蕙風少年時和晚歲著力於燈謎,實導源於其祖父況祥麟。這則謎話更反映出蕙風的謎學思想。他認爲燈謎亦具有時代風格,後出謎家的機心往往突越前人,而總體來説,謎作由渾雅而趨於尖巧,是必然的發展趨勢;但蕙風仍主張以平正穩成的先正風格爲尚。

蕙風於1879年秋考中舉人,1880年應考會試失利,其時或涉

① 《況周頤謎作評析》,見邵濱軍、趙首成《百年謎品》,上海古籍出版社2004年9月第1版,第36~37頁。
② 《陳逸石謎作評析》,見邵濱軍、趙首成《百年謎品》,上海古籍出版社2004年9月第1版,第68頁。
③ 蕙風:《眉廬叢話》,見《東方雜誌》1915年第12卷第3號,第14頁。

及一個讓他悔恨終生的應試失誤。[①] 就在這段"蹉跎失意"之時,他完成了《辛巳春燈百謎》的創作(署名"悔道人")。[②] 正如書名所示,《辛巳春燈百謎》收録謎語共100則,約作成於光緒辛巳年(1881)新春以前。蕙風在此書的序文中指出,燈謎大抵起源於古代的讔語;更力主燈謎立格應以不乖先正爲尚。可見蕙風的謎學觀早於其及冠之年已經形成。

此後蕙風致力於詞,詞作和詞話著述成爲他畢生的事功所在。蕙風論詞撰詞,每每講求用典適切。筆者頗疑其相關的功力和技巧,或有得力於製謎之處。應該説,製謎和詩詞用典,其實是一脉相通的。

蕙風自1912年起避地上海,於1912—1913年間加入了萍社[③],此後製作了不少燈謎。萍社是"民國時期上海規模最大、社員人數最多的一個燈謎社團"[④],更被後世推許爲20世紀十大謎社之首。[⑤] 鄭逸梅(1895—1992)的《藝林散葉》有云:"萍社為燈謎組織之規模最大者,發起人乃姚滌源,許東雷,陸律西等。"[⑥]蓋知其一不

---

① 參考鄭煒明、陳玉瑩:《況周頤年譜》,香港大學饒宗頤學術館2014年增訂版,第26~32頁。

② 悔道人(況周頤):《辛巳春燈百謎序》,見高伯瑜、邱景衡、諸家瑜、陳秉才、郭龍春編《中華謎書集成》第2册,人民日報出版社1993年1月第1版,第1023~1024頁。

③ 參考鄭煒明、陳玉瑩:《況周頤年譜》,香港大學饒宗頤學術館2014年增訂版,第242~243頁。

④ 參考江更生:《萍社申江掀謎潮——老上海的猜謎軼事瑣談(四)》,見"上海燈謎網"之海上謎譚,http://www.sh-dengmi.com/,下載日期:2015年8月19日。

⑤ 據"徽風皖韻"網 http://www.dengmi.cn/之"分享:20世紀十大謎社、謎事、謎書、謎刊、百佳謎人、百佳謎作"條,下載日期:2006年1月25日。

⑥ 見鄭逸梅:《藝林散葉》第1846則,中華書局1982年12月第1版,2005年1月新1版,第137頁。

知其二。據萍社領軍人物之一、南社成員王文濡(1867—1935)的《春謎大觀》序言則謂:

> 竭來海上,先後得交陳逸石、況蕙風、賈粟香、孫玉聲、徐岫雲、汪處廬、姚滌源、陸律西、朱覺盦諸君,而我潯張君子良、蔣君山傭亦廁其間,皆於此道三折肱者,職業之暇,餘事為此。創立萍社,八載於兹,始基茗肆,團坐互猜,適興取樂而已。往年冬,始移於滬北泥城橋畔之新世界。壇坫雄峙,氣局闊大。荀子所謂登高而呼,勢非加疾,而響應自遠。用能以十餘人之萍社,一蹴而達四十餘人,源源而來,日無虛夕。……①

據此,則萍社的創社成員應包括王文濡、陳逸石、況蕙風、賈粟香、孫玉聲、徐岫雲、汪處廬、姚滌源、陸律西、朱覺盦、張子良、蔣山傭12位謎壇健將。初時萍社的活動場所爲上海的茶肆,包括文明雅集、天外天、春芳茶樓等地,後來應新世界游樂場(1915年8月落成)之邀移於該處,1917年再移師於大世界游樂場。鄭逸梅又有云:

> 況蕙風每逢萍社文虎會,常攜其子,並帶一包袱去,備射虎獲彩,滿載而歸。但往往失望。②

直至1925年,蕙風有關燈謎的札記,仍見發表於報章。③ 約於20

---

① 見《謎林》第3册,香港百平藝苑1979年10月影印出版。

② 見鄭逸梅:《藝林散葉》第2033則,中華書局1982年12月第1版,2005年1月新1版,第153頁。

③ 載於《眉盧叢話》(見1915年《東方雜誌》),以及《餐櫻廡漫筆》(見1925年《申報·自由談》)。

世紀20年代中期以後,萍社便因老輩相繼凋零而日漸息微了。[①]

筆者初步輯得蕙風謎作共245則,其中有7則重見,實有240則。後出而重見者,本編以注脚標明。本編所録謎語的編號皆爲筆者所加(原刊上皆不著編號),以便於檢索。又爲求明瞭,本編統一謎語的排版格式:編號之後是謎面,以宋體排印;次行起首爲提示語,謎格則以括弧標出;行末爲謎底,悉以"❖"符作爲標記。

本編總名《蕙風謎存》,謎作分爲"《辛巳春燈百謎》"和"《春謎大觀》所録蕙風謎作"兩卷,另附録謎話一卷。

(1)《辛巳春燈百謎》(卷一)。

該書的謎作内容,包括四書、五經、詩詞、文字、小説、物名等類别。蕙風并以其流麗的駢文撰成自序,由此文可以看出,他對燈謎發展史,以及謎語的功能等方面,皆有其獨到的看法,極具參考價值。筆者因未能找到《辛巳春燈百謎》的原刻本,故本編暫按《中華謎書集成》轉换爲繁體字排印。《中華謎書集成》本的編者識語亦附録於本卷之末,以資參考。

(2)《春謎大觀》所録蕙風謎作(卷二)。

《春謎大觀》的編輯者爲"新舊廢物"(據該書部分版本的版權頁),一般相信此乃王文濡的筆名(因爲該書的序文,不同版本先後有署名新舊廢物和王文濡的)。但筆者頗疑此書或有可能乃由況蕙風初輯,後交其好友王文濡領銜刊行。筆者主要依據爲書中有謎作4首,作者署以"花砋公"一名。花砋公即蕙風之祖父況祥麟(號花砋)。《春謎大觀》編者録其謎作而尊稱爲"公",不直録作者

---

① 詳參江更生:《萍社申江掀謎潮——老上海的猜謎軼事瑣談(四)》,見"上海燈謎網"之海上謎譚,http://www.sh-dengmi.com/,下載日期:2015年8月19日。

名諱,這一點或已透露了該書原輯者乃況蕙風的蛛絲馬迹,如是,則"新舊廢物"一號或與蕙風有關,詳待考。案蕙風把自己原編的著作交由王文濡領銜刊行,亦另有實例:署王文濡校閱的《詞話叢鈔》即是。①

《春謎大觀》共收録蕙風謎作145則,分别被編者列入易經、書經、詩經、左傳、四子、古文(包括唐文、宋文)、詩(唐詩、宋詩)、百家姓、千字文、字、地名(左傳地名、春秋地名)、人名(宋人名、四子人名、史記人名)、詩品、詞曲目、六才(指六才子書)、聊目(指《聊齋志異》)、京戲目、書名、物名、藥名等類别。《春謎大觀》初版於1917年1月,至1935年刊至第十版,由上海進步書局印行。1979年此書被影印收入由白福臻編印的燈謎叢編《謎林》(見第三册)。本卷即據《謎林》本録出,卷末并附録《春謎大觀序》,俾一窺編者的意旨以及有關萍社的一些史實。

此外,筆者從蕙風的筆記著作中輯得蕙風謎話7則,附録於編末。

從本編所輯録的蕙風謎作所見,蕙風製謎特别喜歡使用卷簾格。其帶卷簾格的謎作,在《辛巳春燈百謎》的百首謎語中占8首,而在《春謎大觀》的145首之中更有32首之多。他善於巧妙運用唐詩、宋詞、詩品等古典文學素材,甚至乎以四書、五經等經學内容入謎,悉心製作謎面謎底,使之成爲自然渾成的卷簾格謎作,且有向大難度挑戰的傾向,深爲謎學研究者所贊賞。

總而言之,蕙風的謎作,風格雅正,選材廣博,以傳統學問爲根底,出入經史子集而能舉重若輕;謎面的文學形式豐富多樣,韵散

① 參考鄭煒明:《況周頤先生年譜》,上海古籍出版社2009年5月第1版,第313~314頁。

兼備,才氣洋溢。其論謎則追求尖新而渾雅,以能接近自然巧合爲上。蕙風論詞,亦崇尚學力與性靈的結合;其"自然從追琢中出"的詞學主張,於其謎學觀中亦可見一二。

卷一《辛巳春燈百謎》①

序

蓋聞廋辭起於晉朝,隱書標於《漢志》。東方共舍人之語,特擅詼諧;中郎留"幼婦"之題,允推工巧。溯夫秦有卯金之讖,越有庚米之辭,河魚詳左氏之文,井龜仿南朝之制。大抵前人之隱語,即爲今日之迷言。謎之字收於《玉篇》,讔之名見於《吕覽》。考其緣始,各有異同,要不過回互其詞,變通其義。孔文舉詩成離合,實開拆字之先;王荆公句隱姓名,已用諧音之格。墨斗吟於蘇子,體物尤工;金鐘賞自孝文,解人可索。至若集編《文戲》,詩紀唱酬,蓋亦樂此忘疲,言之有味矣。夫雕蟲之技,才士不爲,而燈虎之嬉,近時所尚。莫妙於包藏經句,運用陳言,趣必天然,語皆風雅。苟命意不傷於蕪雜,即搜詞何害於稗官?所可惜者,用心或突過前賢,立格則殊乖先正。蟬能脱殼,尚從一字以推求;龍可點睛,猶本六書之假借。雖云變格不失大方,他如脱太白之靴,誰爲力士?落孟嘉之帽,不必龍山。故美其割裂之名,以就彼心思之絀。鶴原有膝,蜂豈無腰?觚應率爾而操,觴竟若斯之濫。第舍難而取易,儼然斧以斫之。因門靡而誇多,否則瓶之罄矣。是豈謂文章之末而遂忘

① 以下況周頤原序及燈謎百篇,録自高伯瑜、邱景衡、諸家瑜、陳秉才、郭龍春編:《中華謎書集成》第2册,人民日報出版社1993年1月第1版,第1023~1029頁。案:燈謎編號由筆者所加。

體制之嚴乎？僕也，生小善愁，蹉跎失意。黄山谷之好悶，門裏挑心；陶宗儀之獨眠，壁間書字。倦燈倚處淚枕，醒時消一晌之煩憂。耐片時之思索，藉得暫忘恨事，因之稍遣病魔。時則楊柳初春，海棠深夜，清風明月，無可奈何。勝友高朋，不期而至，照將紅燭，籠倩碧紗，奪比錦標，射同雕覆。不惜會心之遠，一鳴或竟驚人；共爭捷足之先，三復居然有得。客既興高而采烈，主尤色舞而眉飛，不亦樂乎？是之取耳，而或謂構十日之巧思，供一宵之暫聚，爲勞已甚，擇術何疏？嗟乎哉！縱俄頃之歡娱，在愁人豈能多得。儻從俗之嗜好，又吾輩所不肯爲。與其枯守而無聊，孰若閒尋之有味也？惟是愁痕滿紙，醉墨連編，格僅避夫紛紜，語難期於深隱。較賀從善千文之虎，殊愧疏浮；比金章宗百斛之珠，自慚固陋。然而蟄鳴鴉語，得每自矜；蠟淚蠶絲，棄之可惜。百條粗擇，一册僅成，必有可觀者焉，爲之猶賢乎已。

悔道人夔笙自識於牡丹巢

辛巳春燈百謎

悔道人夔笙戲製

1. 牙

四書一句　　❖半涂而廢

2. 三十登庸

四書一句　　❖舜南面而立

3. 乃蓮花似六郎耳

四書一句　　❖君子哉若人

4. 僕人以告公遽見之

四書一句（繫鈴格）　　❖不藏怒焉

5. 張柬之等自舉兵討武氏之亂

四書一句 ❖則天子不召師

6. 幾曾見寄書的顛倒瞞着魚雁

四書一句 ❖無有封而不告

7. 燕子樓中擁鬒，良宵無奈聲催。

四書一句 ❖抱關擊柝

8. 諸君功狗耳，酇侯乃發縱指示者。

四書一句 ❖何人也

9. 小春天氣參差是，草色凋零帶夕陽。

四書一句 ❖朝

10. 曰沐則心覆，心覆則圖反，宜吾不得見也。

四書一句 ❖故就湯而説之

11. 光弼登城望之曰：賊兵多而不整，不足畏也。

四書一句 ❖視思明

12. 沛公至咸陽，諸將皆爭走金帛財物之府分之。

四書一句 ❖何獨不然

13. 鬢如反猬皮，眉如紫石棱，自是孫仲謀、司馬宣王一流人。

四書一句 ❖相桓公

14. 歡娱之言難工

易經二句（繫鈴格） ❖作易者，其有憂患乎

15. 四靈惟翁趙不至

易經一句 ❖來徐徐

16. 睿宗始意不傳於隆基

易經一句 ❖立成器

17. 温泉

書經一句 ❖自成湯

18. 前明

書經一句 ❖往哉生生

19. 用柳屯田譜

書經一句 ❖聲依永

20. 白衣致意向陶潛

書經一句 ❖王命予來

21. 郄鑒使門生求婿

書經一句 ❖至于王屋

22. 蠅觸琴弦第一聲

書經一句 ❖營于桐宮

23. 琪珪玘瓘，器盡璠璵。

書經一句（卷簾格） ❖肆嗣王

24. 郤伯見公曰：子之力也夫。

書經一句 ❖其克有勛

25. 帝答留侯所憎誰甚之問

書經一句 ❖言乃雍

26. 君苗欲焚筆硯，果何故耶。

書經一句 ❖大陸既作

27. 詔賈人毋得衣錦綉、綺縠、榴硫、餾

書經一句 ❖以布命於下

28. 十年未遇原非計，虎榜何期竟有名。

書經一句（解鈴兼繫鈴格） ❖厥賦錯上中

29. 案頭閑取金錢問，近日荒疏亦大佳。

書經一句 ❖卜不習吉

30. 威加海内兮歸故鄉，安得猛士兮守四方。

書經一句 ❖邦之榮懷

31. 斜曳湘裙

詩經一句(解鈴格)　❖邪幅在下

32. 臣已早有此心

詩經一句　❖先君之思

33. 宋史朱勝非傳

詩經一句(解鈴格)　❖在浚之下

34. 舜典無訓儉之文

詩經一句(卷簾格)　❖用戒不虞

35. 儂詞多半寫歡娱

詩經一句(解鈴格)　❖哀我填寡

36. 傳經猶憶焦延壽

詩經一句　❖念彼京師

37. 杯酒清談王子敬

詩經一句　❖酌言獻之

38. 面比韓郎桃杏色

詩經一句　❖顔如渥丹

39. 識途推老驥,學步盡驊騮。

詩經一句　❖率由群匹

40. 其醉也傀俄,若玉山之將崩。

詩經一句　❖酌彼康爵

41. 爲謝標榜諸義,數百語皆有佳致。

詩經一句(解鈴格)　❖中軍作好

42. 漫云未得其中趣,此事桓公卻勝人。

詩經一句　❖飲酒温克

43. 沛公説項羽解鴻門之厄,代為達意者,誰耶?

詩經一句　❖因以其伯

44. 自孫興公、劉阿士出，阮思曠不能獨擅其名矣。

詩經一句　　❖綽綽有裕

45. 功臣皆曰：酇侯未嘗有汗馬之勞，徒持文墨議論，顧居臣等上，無乃過歟？

詩經一句　　❖不平謂何

46. 玉刻雙璋，錦挑對褓。

春秋一句　　❖子同生

47. 公孫丁

左傳一句　　❖穆叔未對

48. 遂謝徹，徹因去，佯狂爲巫。

左傳一句　　❖信不叛君

49. 以小弁爲小人之詩

春秋人名一　　❖高固

50. 帝怒罵敬曰：齊虜以口舌得官，今乃妄言沮吾軍。

春秋地名一　　❖訾婁

51. 比翼禽

禮記一句（解鈴格）　　❖不離飛鳥

52. 長吉奚奴

禮記一句　　❖詩負之

53. 美人得耦

禮記一句　　❖聘名士

54. 曲終江上青

禮記一句　　❖止聲色

55. 太真春浴初罷

禮記一句　　❖温潤而澤

56. 玉人何處教吹簫

禮記一句　　❖聲必揚

57. 賦到秋聲悵棄捐

禮記一句 ❖乃修闔扇

58. 清新詩句藏金屋

禮記一句 ❖開府庫

59. 有周昭定承王業,輝映何防競後先。

禮記二句 ❖瑕不掩瑜,瑜不掩瑕

60. 安排小樹宜庭院,珍重折枝當畫圖。

禮記二句 ❖盛於盆,尊於瓶

61. 夜坐談元

唐詩一句 ❖燈下白頭人

62. 琴遇鍾期

唐詩一句 ❖對棋陪謝傅

63. 神女高唐縈夢想

唐詩一句 ❖總是玉關情

64. 被酒徒行,脱帽露頂。

唐詩一句 ❖紅顔棄軒冕

65. 不掩靡蕪徑,秋聲答暮蟬。

唐詩一句 ❖露草覆寒蟲

66. 一從窺見金蓮小,摇漾春情聽不聞。

唐詩一句 ❖自足蕩心耳

67. 霍王小女,紫釵曾寄相思;楊氏阿環,鈿盒不忘舊物。

唐詩一句 ❖總是玉關情

68. 上場詩

漢詩目一 ❖白頭吟

69. 金蓮蹴損牡丹芽

唐詩目一 ❖洛陽女兒行

70. 試問卷簾人,卻道海棠依舊。

詩品一(卷簾格) ❖落花無言

71. 上重華之號

詞目一(卷簾格) ❖虞美人

72. 花前彩索貪春戲,堂上金尊敞賀筵。

詞目一(卷簾格) ❖慶千秋

73. 春一去,雨連綿。剩郎君扶頭更懶,望瀟湘奈何不見? 静看着山光漸隱,妙佳人落在誰邊?

詞目一 ❖天净沙

74. 北闈額數

字一 ❖革

75. 長安客路各分離

字一 ❖踶

76. 斜陽西落,雁字蕭疏。

字一 ❖匙

77. 枝葉扶疏,獨説數十餘萬言。

字一 ❖芫

78. 下邊是檀口點櫻桃,上邊是粉鼻倚瓊瑶。

字一 ❖仲

79. 小立花前,人在誰邊? 王孫去也,拋撇堪憐。

字一 ❖乙

80. 秦淮一望,春意飄零,小佳人早又别離,有心人更須尋覓。

字一 ❖添

81. 昧死再拜

漢人名一 ❖冒頓

82. 東坡

三字經一句(卷簾格) ❖父之過

83. 漸改少年佻達

三字經一句 ❖及老莊

84. 聘貲

時憲書三句 ❖金、女、定

85. 樗櫟庸材

西廂記一句 ❖樹兒下等

86. 東吳定議招親

西廂記一句 ❖準備來雲雨會巫峽

87. 元都觀裏桃千樹

西廂記二句 ❖將一座梵王宮,化作武陵源

88. 香腮紅映白,午後已輕勻。

西廂記一句 ❖脂粉未曾施

89. 登徒子非好色也,實有淫行耳。

西廂記一句 ❖無宋玉般情

90. 補闕連車載,拾遺平斗量。

紅樓夢人名一 ❖多官

91. 妾心古井,漫牽汲水之絲;神女陽臺,誰話行雲之夢。

紅樓夢人名一 ❖琥珀

92. 宋時不重主戰之議

聊齋志異目一(卷簾格) ❖金和尚

93. 晉師逐齊師於華不注

聊齋志異目一(卷簾格) ❖周三

94. 士龍住東頭,士衡住西頭。

聊齋志異目一 ❖陸判

95. 海棠正好東風惡,狼籍殘紅襯馬蹄。

聊齋志異目二 ❖杜翁、小謝

96. 長途各自去漫漫，付雁傳鱗語未安。如綫泪珠流不得，似曾相識話偏難。

聊齋志異目一　　❖促織

97. 一品黼黻冠飾

物名一　　❖鶴頂紅

98. 芰荷疏處見銀塘

物名一　　❖花露水

99. 楊柳攀時横黯澹，海棠垂處帶朦朧。

食物名一　　❖條絲煙

100. 鄴侯余故人也，其藏書三萬軸，余曾一一識之。今假手於肉食者流，則名同而實異矣。緣此輩徒事咀嚼，未能融其渣滓，空洞中時復有物。得余批郤導窾，去其窒礙，便少惡札。由是視余爲骨肉親，饔飧與共，雖黄白物，爲余故亦不惜。然余所需亦不多也。閑嘗溷迹闤闠，伴侶尤多，余亦不復記憶。余偶不在，則此輩隨處有香火緣。雖灰燼之餘，亦可代余職事，但旋即棄之，不若於余之時時佩服耳。

物一　　❖牙籤

《辛巳春燈百謎》之《中華謎書集成》本編者識語①

《辛巳春燈百謎》的作者，是近代詞人況周頤（一八五九至一九二六）②。況氏原名周儀，因避清帝溥儀諱，改爲周頤。字夔笙，號蕙風，又號悔道人。廣西臨桂人。清光緒舉人，官内閣中書。精於

① 見高伯瑜、邱景衡、諸家瑜、陳秉才、郭龍春編：《中華謎書集成》第2册，人民日報出版社1993年1月第1版，第1022頁。

② 據筆者考證，況周頤之生卒年爲1861—1926年；詳參拙著《況周頤年譜》，香港大學饒宗頤學術館2014年增訂版。

詞學,駢文亦工。著有《蕙風詞》和《蕙風詞話》等。喜愛燈謎,曾参加上海萍社的活動。

這本謎集因成書於清光緒七年辛巳(一八八一),收謎百條而得名。集中既有渾然風雅的妙品,也有一些晦澀之作。據傳,當年萍社社員輪流主持謎會,每當周頤值社,來客特少,就因其謎艱深,而贈品又不豐厚。

卷二 《春謎大觀》所録蕙風謎作[①]

1. 蘇彝士河之西,歐羅巴各國以為行商門户之巨海,艦隊星羅,精鋭與陸軍相若。

易經一句[②] ❖地中有水師

2. 服清心丸主方堅決

易經一句(卷簾格) ❖執用黄牛

3. 睿宗始意不傳於隆基[③]

易經一句 ❖立成器

4. 舊本春秋

書經一句 ❖古有夏先后

5. 恭維閻羅天子

書經一句 ❖善無常主

---

① 以下録自《春謎大觀》,見《謎林》第3册,香港百平藝苑1979年10月影印出版。案:燈謎編號及標點符號由筆者所加。原書標出謎格名處,如"卷簾""解鈴"等,本編概於名後加"格"字,成"卷簾格""解鈴格"等,以利便讀者。

② 原刊《春謎大觀》因已作分類輯録,故於謎面後皆不著提示語。本編按《辛巳春燈百謎》體例,據謎作之分類,每則皆恢復標出提示語。

③ 此則已見《辛巳春燈百謎》第16則。

6. 一字拆開，兩橫一直。

書經一句 ❖分土惟三

7. 於集部中專倣法方希直

書經一句 ❖惟學遜志

8. 康熙時鼻字只從今體

書經一句（卷簾格） ❖自作不典

9. 馬霸圖通欸李晉王

書經一句（卷簾格） ❖用克達殷

10. 舒信道媒孽坡詩上狀，以妄自尊大為言。

書經一句（卷簾格） ❖誕告用亶

11. 合歡被

書經一句 ❖鰥寡無蓋

12. 却教菊部輕盈體，為洗時粧學古梅。

書經一句 ❖以旦代某之身

13. 席設卷施閣

書經一句 ❖東為北江

14. 案頭閒取金錢問，近日荒疏亦大佳。①

書經一句 ❖卜不習吉

15. 天台曾共劉郎入，作配銀河織女星。

書經一句 ❖肇牽車牛

16. 霧雨往時開畫本，老人名重問婁東。

書經一句 ❖務時敏

17. 空餘兔影隔山河

書經一句（雙鈎格） ❖視遠惟明

---

① 此則已見《辛巳春燈百謎》第 29 則。

18. 舜典無訓儉之文①

書經一句 ❖用戒不虞

19. 為湘蘭作白練裙院本,連月未能脱稿。

書經一句 ❖百穀用不成

20. 镌鷹揚渭水、鳳來虞廷兩印。

詩經一句 ❖白石鑿鑿

21. 奏曲重逢鄭妥娘

詩經二句 ❖美無度、美無度

22. 新世界文虎

詩經一句 ❖古之人無射

23. 惟高士為乏耳

詩經一句(駢肩格) ❖無俾正反

24. 便教玉局重知舉,得屬龍頭亦暮年。

詩經一句 ❖方叔元老

25. 衝鋒却見出偏裨

詩經一句 ❖突而弁兮

26. 濟有從騎絶難乘,湛能回策如雲,因而相形見絀。

詩經二句 ❖豈無服馬,不如叔也

27. 確是啟南沈翁真蹟

詩經一句 ❖白石鑿鑿

28. 病餘孏作琵琶語

詩經一句 ❖云胡不瘳

29. 記述交遊,皆用駢體

詩經一句(卷簾、繫鈴格) ❖散無友紀

---

① 此則已見《辛巳春燈百謎》第 34 則。

30. 猜我紅娘做的牽頭

詩經一句　　❖有鶯其領

31. 謎語不深，一舉手之勞耳。

詩經一句　　❖淺則揭

32. 王引之通曉輿地學

詩經一句（卷簾格）　　❖徹申伯土疆

33. 侈口國家，繫念身家

詩經一句　　❖譚公維私

34. 與老妻敦倫二次，二之已甚，其可三乎？

詩經集二句　　❖室人入又，矧敢多又

35. 中宮占夢叶熊羆

詩經一句（卷簾格）　　❖子有廷內

36. 倩君傾耳晚安聲

詩經一句（卷簾、繫鈴格）　　❖寧莫我聽

37. 桓公殺公子糾，或謂管仲死之，仲獨曰：否。

左傳一句　　❖其亡也忽焉

38. 即小雅鴻雁首章末句之意

左傳一句（繫鈴格）　　❖哀矜寡人

39. 蓋主上官桀安、桑宏羊，皆與燕王旦通謀，譖毀霍光。

四子一句（卷簾格）　　❖孟子去齊

40. 橐駝講授種植學

四子一句（卷簾格）　　❖教之樹畜

41. 張柬之等自舉兵討武氏之亂①

四子一句　　❖則天子不召師

① 此則已見《辛巳春燈百謎》第5則。

42. 杜必簡嘗自謂,久壓宋延清,不圖其名,乃半在延清下。

四子一句(卷簾格) ❖審問之

43. 碩人其頎,心乎愛矣

四子一句(解鈴格) ❖是以長爲悦者也

44. 任專閫之重,膺持節之榮。鼙鼓銷聲,北海媿不空之酒;封章入告,南唐無並駕之文。

四子二句(繫鈴格) ❖將使卑踰尊,疏踰戚

45. 逢三得一,逢一得三,逢二十進二,逢二加八,四退八進二,逢三得一,逢一得三,逢五除二,逢九除一八各半。

四子一句 ❖非其罪也

46. 與俺達公通縞紵

四子一句(卷簾格) ❖朋友信之

47. 戒之曰:往之女家,必敬必戒,無違夫子。

四子一句(燕尾、卷簾格) ❖言歸于好

48. 鱗潛

四子一句 ❖視之而不見

49. 鞋杯行酒真癡絶

四子一句(卷簾格) ❖頑夫廉

50. 那有鴉鬟膺鶚薦,居然棨戟也遥臨。

四子一句 ❖然則舉烏獲之任

51. 平陽謳者無人識,小字聞呼問阿誰。

四子一句(卷簾格) ❖孰為夫子

52. 當門斜照斜沉下,辛苦聲塵半不聞。

四子一句 ❖一問耳

53. 日本明治以前,主持鎖港等輩,國人皆藐視之。

四子一句 ❖小德川流

54. 於吕不韋有疑辭

四子一句 ❖與父之政

55. 悲秋費淚太無因

四子二句 ❖號泣於旻天、何為其號泣也

56. 燕子樓中擁豔，鴛鴦棒下驚分。

四子一句（鶡稻格） ❖抱關擊柝

57. 不信荆川竟及門

四子一句 ❖豈徒順之

58. 據鄦書，其字從女，内有一畫象，有姦之者，禁止弗姦也，其於六書之旨，蓋有所會而言。

四子一句 ❖毋意

59. 阿房宫賦多香豔語，可以概祖龍之生平。

四子一句（卷簾格） ❖流風善政

60. 夜夜燒空紅扶桑

四子一句（卷簾格） ❖木若以美然

61. 王敦在石頭，太真至，敦便奮發威容，問皇太子：作人何似，何以稱佳？

四子二句 ❖即之也温，聽其言也厲

62. 佳人難得

四子注一 ❖少好貌

63. 憑仗門牆盛桃李，年年絳帳足修羊。

四子一句（卷簾格） ❖富歲子弟多賴

64. 掩面烹酈生，無請分杯羹者。

四子一句（雙繫鈴格） ❖不忍食其肉

65. 知不足齋話舊

四子一句 ❖以文會友

66. 幸免固陋,受益於渌飲先生。

四子一句 ❖博我以文

67. 小楊月樓改唱旦時心事

四子二句 ❖生亦我所欲,所欲有甚於生者

68. 微之營奠

四子一句(蜓尾格) ❖祭肉

69. 思適齋主人與蕘翁齊名,何於蕘翁大名竟得十分之一耶?

四子一句 ❖不千里

70. 仲容遺稿短篇居多

古文一句(移鈴格) ❖少長咸集

71. 留髡商略到纏頭

唐文一句 ❖為歡幾何

72. 遠水望不極,何人記板橋。

宋文一句 ❖渺渺兮予懷

73. 以陳風第八篇作豳風第二篇

宋文一句 ❖月出於東山之上

74. 月下雁字

宋文一句 ❖人影在地

75. 霍氏冠陽、樂平兩侯謀逆,人畏其勢,無敢發覺者。男子張章以語期門董忠。

唐詩一句 ❖敢告(雲)山從此始

76. 阮籍猖狂,宜有此報

唐詩一句 ❖塗窮翻遭俗眼白

77. 香閨蘭湯浴罷,仍回鬧雀聲中。

唐詩一句(卷簾格) ❖竹喧歸浣女

78. 黛玉剖白自家心事,嬌嗔之後,面有笑容。

唐詩一句 ❖林表明霽色

79. 驚看湖海樓非舊，却道芸臺有報章。

唐詩一句（繫鈴格）　　　　◆其年始改稱元和

80. 恆娘以秋波送嬌，又黶然微露瓠犀，使寶帶傚之。

唐詩一句　　　　◆教妾若為容

81. 當年少伯西施外，對影扁舟更阿誰。

唐詩一句　　　　◆落日五湖春

82. 晚歲精擘弢鈐，俯視儕輩。

唐詩一句（繫鈴格）　　　　◆莫學武陵人

83. 高士奇蹤謝儔侶，蒓鱸風味括蒼邊。

唐詩一句（繫鈴格）　　　　◆江村獨歸處

84. 馮

唐詩一句　　　　◆五花連錢旋作公

85. 楊柳向西仙路隔，推敲無計勝窺牆。

唐詩一句　　　　◆春風不度玉門關

86. 一從窺見金蓮小，搖蕩春情聽不聞。①

唐詩一句　　　　◆自足蕩心耳

87. 誰招外股

唐詩一句（求凰格）　　　　◆對此結中腸

88. 平原君定從於楚，食客十九人，了然於身無寸功，徒左右給使令而已。

唐詩一句（卷簾格）　　　　◆勝事空自知

89. 逋仙隱處湘人別，月到中秋水不波。

唐詩一句（卷簾格）　　　　◆平明送客楚山孤

---

① 此則已見《辛巳春燈百謎》第66則。

90. 閨房籌策齊興起，締結良姻到鉅公。

唐詩一句（卷簾格）① ❖老大嫁作商人婦

91. 傳箋為勸花休少，人不知名就菊來。

唐詩一句（卷簾、解鈴格） ❖九重誰省諫書函

92. 心折羣英工訓迪，每令絳帳輟笙歌。

唐詩一句（卷簾、解鈴格） ❖曲罷常教善才服

93. 舊雨豈無居鼎鉉，空聞枚卜到甘羅。

唐詩一句（卷簾、雙繫鈴格） ❖兒童相見不相識

94. 竹竿釣罷，落花無言。

唐詩一句 ❖絲綸閣下文章静

95. 蕙風值社即徵聯

宋詩一句（楹聯格、末一字解鈴） ❖梅雪争春未肯降

96. 霍王小女，紫釵曾寄相思；楊氏阿環，鈿盒不忘舊物。②

唐詩一句 ❖總是玉關情

97. 名花春浦路，彳亍旁牆陰。

百家姓一句 ❖姬申扶堵

98. 蚩然

千字文一句 ❖空谷傳聲

99. 巫峰朝暮無雲雨

字一 ❖晴

100. 青蓮絶代，子美分居。

字一 ❖埜

101. 兩女不分居

字一 ❖砧

---

① 此則原刊不標謎格，今徑補之。

② 此則已見《辛巳春燈百謎》第 67 則。

102. 喬

字一　　❖佞

103. 白頭到老

字一　　❖鴇

104. 米氏雲山露側峰

字一　　❖雪

105. 中國書無旁行者

左傳地名一(雙解鈴格)　　❖華不注

106. 帝怒罵敬曰:齊虜以口舌得官,今乃妄言阻吾軍。①

春秋地名一　　❖訾婁

107. 日在上難為早,日在下難為明。哉在上見禮記。在在上見書經。

宋人名一　　❖安民

108. 禽難逢比翼

四子人名二(繫鈴格)　　❖柳下惠、少連

109. 兜鍪耀武裝

史記人名一(卷簾格)　　❖卿子冠軍

110. 長離閣集

詩目三　　❖王、采薇、著

111. 据冒巢民年譜,董姬以辛卯正月卒於如皋。杜茶村稱其首邱繡闥,見影梅菴憶語。世俗譌傳北去之說,不足信也。

詩目二　　❖小宛、終南

112. 回互

詩目二　　❖鴛鴦、伐木

---

① 此則已見《辛巳春燈百謎》第50則,該本"阻"字作"沮"字。

113. 口兒作念心兒印

詩品一句 ❖誦之思之

114. 八月多晴日

詩品一句(繫鈴、卷簾格) ❖疏雨相過

115. 天王得兆心臣駭

詩品一句 ❖大河前橫

116. 善養祝耆年

詞曲目一(卷簾格) ❖十六字令

117. 未歌先娟,尾聲更佳;是真尤物,微妙無儕。

詞曲目一 ❖五韻美

118. 世界繁華快事多,新來風景較如何。隨風夢亦留香國,射虎人疑有謎魔。紅鬧枝頭春戲電,驂停柳外夜聞歌。一層更上雲霄近,萬里滄溟接眼波。

詞曲目八 ❖天下樂、憶舊游、蝶戀花、迷神引、杏花天影、駐馬聽、最高樓、望海潮

119. 微之詩名

詞曲目一(卷簾格) ❖齊天樂

120. 春一去,雨連綿。賸郎君扶頭。更嬾望瀟湘。①

詞曲目一 ❖天净沙

121. 人生七十古來稀

六才子書一句(繫鈴格) ❖老的少的

122. 方寸靈臺貯太真

六才子書一句 ❖心坎兒上温存

---

① 此則謎底同《辛巳春燈百謎》的第 73 則,謎面亦與該則首 16 字全同,唯該首“賸”作“剩”,斷句亦略异。

123. 錯認王八叫跟班

六才子書一句 ❖疑是玉人來

124. 草玄一半已畢

六才子書一句 ❖做了牽頭

125. 先拂商絃後角羽

六才子書一句 ❖本宫始終不同

126. 黛玉因寶玉忽然冷落,有心屏棄鉛華,自拚顣頞。

六才子書一句 ❖疏林不做美

127. 明貳臣入新朝,無異寡婦再嫁。

六才子書一句 ❖來清醮

128. 寇深已成眉急

六才子書一句 ❖侵入鬢雲邊

129. 柳下非今之柳下

六才子書一句(徐妃格) ❖惺惺惜惺惺

130. 信阻潮紅,珍餐英落。

六才子書一句 ❖閉月羞花

131. 閔子長府之論,曰如之何,曰何必,語意極有含蓄。

六才子書一句(卷簾格) ❖盡在不言中

132. 玉兔最知儇

六才子書一句 ❖我審視明白

133. 舊友今同巷

六才子書一句(蝦鬚格) ❖做這一弄

134. 廉州推官

聊齋志異目一(卷簾格) ❖李司鑑

135. 泰山北斗

聊齋志異目一(卷簾格) ❖方韓

136. 在狗言狗

聊齋志異目一(紅豆格) ❖折獄

137. 朋來應道是梅溪

聊齋志異目一 ❖王十

138. 蘇武書

京戲目一 ❖牧羊卷

139. 石畫齋文外編

書名一(遥對格) ❖對山書屋墨餘録

140. 脱帽讀關雎

書名一 ❖唐詩三百首

141. 史籀作

書名一 ❖古文觀止

142. 少君高尚

書名一 ❖宣室志

143. 無而為有,老者安之望之,儼然不啻。若是其口出,出斯出矣,入則去之。

物名一 ❖戲鬚

144. 畫圖分占兩婆婆

藥名二 ❖丹皮、青皮

145. 掩口一笑,把手相逢。

藥名一 ❖胡盧巴

王文濡《春謎大觀序》

今之燈謎,古之廋詞也。考之於經,左氏為多。麥鞠之問,庚癸之呼,皆廋詞也。厥後淳於東方雜以滑稽,伯喈、文舉出以典雅。隱語之流傳,遂沿為文家一種游戲之作用,鈎心鬬角,炫慧矜奇。

於是乎在春燈名目,權輿何代,徵信無從。舊籍相傳:宋仁宗時,君明臣良,人和年豐。上元佳節,金吾放夜,文人學士,相與粧點風雅,歌頌昇平,拈詩成謎,懸燈以招猜者。然當時所撰大都一句一謎,故有獨脚虎之號。後人文虎、燈虎之名義,即本此。亦有稱為商燈者,或自謙為有待商量之義歟?自宋以下,元明無甚著聞。有清一代,取材廣博,創格宏繁,名家筆記中往往見之。專書之刊,始自唐薇卿、俞曲園兩先生。近又有張起南君《橐園春燈録》,或以博雅見長,或以新穎擅勝,或以奧曲誇奇,要皆自成機杼,不落窠臼。至采輯他人,排比成集,寥寥殊不多見。竭來海上,先後得交陳逸石、況蕙風、貫粟香、孫玉聲、徐岫雲、汪處廬、姚滌源、陸律西、朱覺盦諸君,而我潯張君子良、蔣君山傭亦廁其間,皆於此道三折肱者,職業之暇,餘事為此。創立萍社,八載於兹,始基茗肆,團坐互猜,適興取樂而已。往年冬,始移於滬北泥城橋畔之新世界。壇坫雄峙,氣局闊大。荀子所謂登高而呼,勢非加疾,而響應自遠。用能以十餘人之萍社,一蹴而達四十餘人,源源而來,日無虚夕。當此玄黄擾攘之秋,新舊黨人奔走運動、争名奪利之日,而寒江伏處,數十窮措大之學問、之經濟、之氣概,日消磨於游戲文字中。竭其一得,僅僅博游覽場所之歡迎,高踞一席,自鳴得意。幸乎不幸,我同人對此感情為何如耶?歲月駸駸,寒暑一易,門分類别,存積日多。同人集議,僉謂雕蟲小技雖不合乎大雅,而遯辭寓意,譎譬指事,要自寓乎弼違曉惑,警世諷時之旨。梓而行之,鴻爪雪泥,藉此不没,亦以見繁華齷齪場中,尚有此韻人韻事之點綴也。僕以門外漢,偶爾效颦,得叨附驥。剞劂之介紹,義務之校讐,個人心力用告無罪。至選取宗旨,寧少毋濫,寧雅毋俗,寧大方毋纖巧,寧緊切毋寛泛,寧平正通達,使人一覽易知,毋晦澀艱深,苦人作三日索。凡此種種,皆稟承同人商略而行之,非末學膚見所敢擅主也。兹除同人所作外,益以曲園、藹園、勉盦諸先生之作,暨山傭君所録自他人者,共得五千餘條。搜羅富有,則吾豈敢;而持此以驕坊刻,所謂洋洋大觀者,尚非讏言矣。

民國九年重三日,吴興王文濡序於滬北望古遥集樓

蕙風謎話七則

(鄭煒明輯)

(一)

先輩有言,文藝之事,惟燈謎與圍碁。今人突過古人,機心勝也。先大父花矼公,有燈謎二鉅册,大都渾雅有餘,尖巧不足。録謎詩四首如左:永嘉徐照與徐璣,翁卷還連趙紫芝,解奉唐人爲軌範,是何名譽在當時。(禮記一句。謂之四靈。)鹵汁杭灰細酌量,摶沙不惜屢探湯,黄金變作琅玕色,白玉凝爲琥珀光。圓象渾成丸可擬,花紋隱映畫難方,縱然融化如膠漆,也合黎祈與共嘗。(物一。皮蛋。)楮生滿腹貯粃糠,野艾從茲不擅長,既有微雲生氣燄,全無利喙肆鋒鋩,解嘲權比梅花帳,謬獎居然龍腦香,昔日高郵如爇此,露筋何至歎紅妝。(物一。紙蟲煙。)又一字至七字詩云:好,工;是寶,非銅;堪拂拭,謝磨礱;分臨秋水,近隔眉峯;邊隨長纜繫,上有小橋通;説者名爲靉靆,看來不復朦朧;助彼緑窗挑繡姹,資予棐几讀書翁。(物一。眼鏡。)詩體平正穩成,雖餘事末技,亦具先正風格。

(二)

燈謎有絶巧者,亦有奇拙者。以"慘覩"二字,隱四書人名六,即唐詩一句:襄陽回望不勝悲。此謎底不能有二。按《慘覩》,乃《千鍾禄》院本之一齣,演明建文帝出亡事;雖據野史,近於不經,然詞筆甚佳也。此齣情景,建文飄泊襄陽,回首南都,極傷心慘目之致;原曲云:"〔傾杯玉芙蓉〕收拾起大地山河一擔裝,四大皆空相。歷盡了渺渺程途,漠漠平林,壘壘高山,滚滚長江。但見那寒雲慘霧和愁織,受不盡苦雨悽風帶怨長。雄城壯,看江山無恙。誰識我一瓢一笠到襄陽。〔尾聲〕路迢迢,心快快,何處得穩宿碧梧枝上。忽飄來一杵鐘聲,錯聽了野寺鐘鳴當景陽。"曩寓京師,一夕,過某胡同,見一家門首設有燈謎,亟下車觀之,有人揭去二條,其一云:"身爲萬乘之尊,還挑破銅爛鐵擔子。"底《書經》一句:"朕不肩好貨。"余嘗謂宋人詞拙處不可及,此謎拙處亦不可及。

(三)

唐蘇頲聰悟過人,纔能言,有京兆尹過父瓌,命頲詠尹字。乃曰:丑雖有足,甲不全身,見君無口,知伊少人(見鄭處誨《明皇雜録》)即燈謎之拆字格也。

(以上3則見《眉廬叢話》,載《東方雜誌》。)

(四)

與君木談楹言,因憶王夢湘(以慜)歷山舜廟之作:高山仰止,景行行止;卿雲爛兮,糺縵縵兮。時代恰合,工巧不能有二,唯是文章本天成,妙手偶得之,前後乎夢湘,保無與夢湘闇合者。曩論製謎,不取底面成語者(或美之,曰玉合子),亦同斯旨。夢湘武陵人,詞格在夢草二窗之間,湘野後七子之一。

(五)

標前人冷僻詩句一,隱句中一字,規以為鵠,而別書五字於左,即以所隱之字,羼雜其中,覆鵠下方,徵人射之,命曰“詩謎”。甲乙之際,此事盛行。鄞縣陳器伯,有詩賦其事曰:“詩文雖小道,宇宙亦大謎。寥寥五字中,所孕絶深邃。或以奇制勝,或以平為貴。或銖兩悉稱,使人意難會。字義多奥窔,匠心工狡獪。明眼發其覆,與子共經緯。徹上復徹下,知己先知彼。此語索解人,豁然破其匭。”器伯名道量,君木之弟子也。

(六)

昔人有以謎體為詩者(見《雜體詩鈔》),為詞者不經見。宋陳德武浣溪沙云:“山上安山(出字)經幾歲,口中添口(回字)又何時。”是以謎體為詞也。

(七)

近人製謎,以“一箇一樣,一箇一樣”云云,隱宋詩七言絶句全首:“獨上江樓思悄然(一箇),月光如水水如天(一樣)。同來玩月人何處(一箇),風景依稀似去年(一樣)。”底面天然巧合,不能有二。

(以上4則見《餐櫻廡漫筆》,載《申報·自由談》。)

後記

年前我爲拙著《況周頤年譜》撰寫某補記時,曾說:

唯多年辛勤,竟輒爲不肖者所竊掠;晚近更有某校注本,隱括出處,大幅襲録達百餘頁者。

剽竊者之明目張膽、亦步亦趨,令人瞠目結舌。其更甚者,此等無耻之徒,反屢屢獲委參與重大研究項目;而有關之主事者,竟爾視而不見,聽而不聞,不亦奇哉? 學派、學閥之怪力亂神,有如此者!

雖然,當今學風淪喪,世道日衰,吾輩固無可奈何之,唯千百載後,豈無史筆褒貶論正耶? 事涉是非真理,不容瀟灑,祈識者共鑒。

然而更有甚者,此册書名"校注"的"巨著",竟有發表於某大社會科學網的僞學術書評,贊其爲"標志性成果"。僞書評作者乃出版該書的責任編輯,屬華東某大出版社。在該僞書評發表前,我已曾多次向該社投訴該書的學術道德問題,但顯然未獲尊重。此後不久,該僞書評又再度刊發於廣西河池某學院學報,廣爲流傳。而該學報的主編,恰爲該"校注"的作者。至於僞書評作者,又恰爲該

“校注”作者的校友和師姐。行文至此，豈能不慨嘆我國學界重門户關係而輕學術規範的陋習呢？

近聞我國教育部公布《高等學校預防與處理學術不端行爲辦法》，内容甚好，希望有助遏制人情和利益關係凌駕於學術尊嚴之上的不良風氣。吾等且拭目以待。

最後，我要向曾爲我提供資料的同仁陳德好，爲我多次校對的同仁羅慧和孫沁，以及爲此書編校付出辛勞的齊魯書社各位編輯，致以衷心的感謝，他們都使拙著更趨完善。

鄭煒明

2016年3月31日

圖書在版編目(CIP)數據

況周頤研究二集/鄭煒明,陳玉瑩著.—濟南:齊魯書社,2016.4

ISBN 978-7-5333-3486-4

Ⅰ.①況… Ⅱ.①鄭… ②陳… Ⅲ.①況周頤(1859-1926)—生平事迹 ②詞(文學)—詩詞研究—中國—民國—文集 Ⅳ.①K825.6 ②I207.2-53

中國版本圖書館CIP數據核字(2016)第120942號

況周頤研究二集

鄭煒明　陳玉瑩　著

主管單位	山東出版傳媒股份有限公司
出版發行	齊魯書社
社　　址	濟南市英雄山路189號
郵　　編	250002
網　　址	www.qlss.com.cn
電子郵箱	qilupress@126.com
營銷中心	(0531)82098521　82098519
印　　刷	山東金坐標印務有限公司
開　　本	880mm×1230mm　1/32
印　　張	10.75
插　　頁	3
字　　數	260千
版　　次	2016年4月第1版
印　　次	2016年4月第1次印刷
標準書號	ISBN 978-7-5333-3486-4
定　　價	**39.00圓**